JN140244

罪母
【危険な同居人】

秋月 耕太

フランス書院文庫X

罪母【危険な同居人】

もくじ

最高の年上誘惑レッスン
ママと叔母とピアノの先生

フランス書院文庫X

罪母

【危険な同居人】

危険な同居人

ママと美姉・プライベートレッスン

プロローグ

それは、待ちに待った夏休み初日、七月二十日の朝のことだった。

「……くん……ねぇ、ゆーくんっ……」

中村裕也が自室のベッドで心地よく寝息をたてていると、どこからか聞きなれた声と共に、何者かが体を揺らしはじめたのである。

「ほらぁ、ゆーくん、ご飯できたよぉ。早く起きて一緒に食べよ」

小さく肩を揺すられながら、活発的な美声で呼びかけられる。年の頃は二十代前半といったところだろうか。裕也に対する愛情が感じられる呼びかけ方だ。

「……んっ、もう少し……あ、あと五分だけ……んんっ……」

「もぉ、早くしないとご飯冷めちゃうよぉ。ねぇ、ゆーくん、ゆーくんっ」

それでも聞こえないふりをして、なんとかこの場をやり過ごそうとする。すると体を揺らしていた手がぴたりと止まり、しばしの沈黙が訪れた。

「ふーん、ゆーくんったら、どうしても起きないつもりなんだぁ」

あっそう、という感じで言った後、悪戯っぽく言葉が続く。

「……じゃあ、こっちにも考えがあるんだから」

と、どうやらベッドに乗ってきたらしく、鈍い音をたててベッドが沈む。ギシギシとスプリングが軋んでいけば、上から妙な威圧感が襲ってきた。横寝入りしている耳元に生温かい吐息が当たり、妖しい声でそっと囁かれる。

「ねぇ、お姉ちゃんがキスしてあげよっか？」

（お姉ちゃんッ!?）

妖艶な囁きを耳にした途端、寝ぼけ気味の頭が瞬時にして冴え渡った。すかさず上体を捻って仰向けになり、声の主を仰ぎ見る。

「ふふっ、そんなにびっくりして。……どう、ちょっとは目が覚めた？」

その距離わずか十センチ。裕也の目と鼻の先には、嬉々として微笑む実姉・夏樹の面持ちがあった。ライトブルーのパジャマに身を包んだ姉は、まるで弟を押し倒したかのように、四つん這いで真上から覆いかぶさっている状態だ。

「お、お姉ちゃん……」

色白ながらもほどよく焼けた健康的な肌に、スッと筋の通った鼻。ぱっちりと見開かれた二重の瞳に、小振りで艶やかな桜色の唇。

そして、さらさらの黒髪が作りだす爽やかなポニーテール。

間近で眺める二十一歳の容貌は、思わず見惚れてしまうほどに美しかった。その透き通るような瞳に吸いこまれそうで、動揺していた心さえ静まってしまうくらいだ。

「なぁに、ゆーくん？」と、夏樹が顔を覗きこみ、お姉さんっぽく訊いてくる。

「え、えっと……そ、その……」

名前を呼ばれて我に返り、裕也はまたうろたえてしまう。あまりに突然な状況と、意味深すぎる先ほどの囁き。頭が混乱して、咄嗟には返事が浮かばない。

(な、なんでお姉ちゃんが僕の上にっ!? そ、それにキスって……じゃなくて、そう！ とりあえずどいてもらわなきゃ。たしかご飯ができてるって言ってたし)

「だから、その、どいてほしいんだ。じゃないと僕、起きれないから」

「どうして？ なんでどかないといけないの？」

からかうように言って、美姉の口元が楽しげに笑う。きっとふざけているのだろう、そのわざとらしい口ぶりは、裕也の動揺を見越してのものだ。

「だ、だって、お姉ちゃんに乗られてたら起きれないし、だからその――」

口早に説明しようとすれば、夏樹の顔面が迫ってきた。鼻先が触れそうなほどの急接近に、平常心はもろくも崩れ去ってしまう。

「いいじゃない、ゆーくんはもっと寝てたいんでしょ？　だったら好きなだけ寝ていいよ。……ほぉら、目瞑ってごらん」

「い、いやっ……けどっ……」

（お姉ちゃん、一体どうしたっていうの⁉　か、顔がこんなにも近くに……）

慌てふためく間にも、顔にはかすかな吐息がかかり、鼓動を高鳴らせてしまう。

弟の狼狽ぶりを嬉しそうに見つめる夏樹は、耳元で悩ましげに囁いてくる。

「ほぉらぁ、早く寝たらぁ。……そうしたら、お姉ちゃんがゆーくんにたくさんいいことできるのになぁ」

「い、いいことッ！」

その小悪魔のような呟きに、心臓が飛びだしてしまうかと思った。

信じられない気持ちで横を向けば、姉は真剣さと妖艶さの入り混じった笑みを浮かべるだけ。からかわれるのは慣れっこだが、こういった類の悪戯には免疫がない。

「お、お姉ちゃん、ぼ、僕、その……」

自分たちは姉と弟。血の繋がった、正真正銘の実姉弟なのだ。

それを説明しようとすれば、両腕でしっかりと抱きつかれてしまう。全身が隙間なく密着し、顔同士も唇が触れあわんばかり。

「……ゆーくんってば、なに勘違いしてるのぉ？　お姉ちゃんは、寝てるゆーくんにいーっぱいチューしてあげようと思っただけだよ」

と、そこで悪戯っぽい笑みを浮かべ、

「……ふふっ、もしかして、なにか他のこと期待しちゃった？」

「ち、違うよッ！　僕はエッチなことなんて別に――」

「へぇ、ゆーくんはエッチなこと考えてたんだぁ。ふぅーん……」

茶化すように言って、好奇心に煌めくまなざしで瞳の奥を見据えてくる。

「えっ!?　そ、それは……そうじゃなくてッ！　ぼ、僕はただお姉ちゃんが……」

蠱惑的な瞳で直視されれば、もうパニック状態だった。恥ずかしさや焦りで頭がいっぱいになり、うまく言葉がまとまらない。

「ふふっ、ゆーくんってばそんな困った顔して……。ちょっとからかっただけでこんなに慌てちゃうなんて、もぉっ、本当に可愛いんだからっ！」

再び首筋に腕をまわされ、頬をくっつけてはすりすりされる。それはまさに愛情表現の極みといった様子で、怒りさえどこかへ飛んでいってしまうほどだ。

「……もぉっ、お姉ちゃんのバカ」

（もう知らないよ！　お姉ちゃんは僕をからかってばっかりで……どうせ僕はただの弟で、お姉ちゃんは僕で遊んで楽しんでるだけなんだ！）

やるせない気持ちでいっぱいになり、拗ねるようにしてツンと横を向く。これ以上弄ばれてはたまらない。さっさと姉に退いてもらい、起きて朝食を取るべきだ。

「……どいてよ。僕、もう起きるから」

不機嫌そうに呟けば、抱きついたままの夏樹が顔を覗きこんでくる。

「もしかして、怒っちゃった？」

「知らない……。それより早くどいてってば。このままじゃ起きれないよ」

つっけんどんな弟の返事に、「ゆーくん……」と小さく夏樹。さすがにやりすぎたと思ったのだろう、その声音は物悲しげで、表情もどこか切なさを滲ませている。

と、次の瞬間、頭が抱きかかえられ、額に柔らかなものがチュッと触れた。

(えっ⁉　ええっ！)

プリンみたいにプルプルしていて、ゼリーのごとく瑞々しい感触。

しばし思考停止したのち、おでこにキスされたのだと気づく。

「お、お姉ちゃんッ！」

声を裏返らせながらうろたえると、ふっと唇が離れていった。だが依然、抱擁は続けられたまま。顔面には、ふたつのたわわな膨らみが押しつけられている。

「……ごめんね、ゆーくん。お姉ちゃんはゆーくんのことからかったりしちゃうけど、それはゆーくんが大好きだからだよ。ゆーくんが好きすぎるから、つい悪戯しちゃったりするの。……ゆーくんは、こんなお姉ちゃんなんて嫌い？」

むっちりしたバストに顔を埋められながら、真面目な口調で問いかけられる。

弟への絶対的な愛情からきているのだろう、その声は悲しくも優しい響きに満ちていた。

「嫌いなんかじゃないよ。僕、お姉ちゃんのこと大好きだもん。今までだってずっとそうだし、これからだってずっとそうだよ」

それを聞いた夏樹は、抱きかかえていた腕を緩め、今度は頬にキスしてくれた。チュッという可愛げな音と共に、小振りな唇がほっぺに当たる。

「ふふっ、ゆーくんにキスすると、お姉ちゃんはすっごく嬉しい気分になるんだよ。へへっ……もっといっぱいチューしたげるね！　ほらっ、ちゅっ……」

「ああっ、お姉ちゃんっ！」

慌てて声をあげるものの、抱きしめられている状態では逃げられない。楽しげに微笑む夏樹によって、顔面にはキスの嵐が見舞われていく。

「ほぉらぁ、ゆーくん。逃げちゃダメだよっ」

「お姉ちゃん！　ちょっとこれは恥ずかしいよっ！」

「だったら、恥ずかしがるゆーくんにはもっとチューしちゃうからっ！」

「ダ、ダメだってば！　お、おねーちゃーんっ！」

子供のようにじゃれあっていく、歳の離れた姉と弟。

先ほどの真剣な雰囲気は微塵もなく、今はただふざけあっているだけだ。

朝の静けさのなか、二人の声が狭い室内に響き渡っていたその時、部屋のドアがゆっくりと開き、大人の余裕を感じさせる美声が聞こえてきた。

「なっちゃんったら、裕ちゃんと一緒になにしてるのぉ？」

呆れた口ぶりで部屋へと入ってきたのは、二人の実母・香奈子だった。

「もぉっ、なっちゃんにはすぐに裕ちゃんを起こしてきて、って頼んだのに。早くしないと、せっかくの朝ご飯が冷めちゃうじゃない」

十代の少女のごとき可愛さで、ぷくっと頬を膨らませる美母。

白ブラウスの上からピンクのカーディガンを羽織り、ベージュのロングスカートを穿いた香奈子は、今年で三十九歳になる。

長い黒髪をアップに纏め、純白のキッチンエプロンを身に纏ったその姿は、いかにも良妻賢母といった出で立ちだ。パッと見の印象は温厚で、全身から柔和なオーラが出ているとでも言えばいいのだろうか。

大きめの瞳はいつもどこか眠たげで、ちょっと太めの眉は困っているかのように垂れさがり気味。愛らしい小鼻はスッと筋が通っていて、瑞々しい唇はぽってりと肉厚なため、ついしゃぶりつきたくなってしまいそう。

そんな母の声を耳にして、夏樹が不満げな声を漏らす。

「あぁんっ、せっかくいいところだったのにぃ」

「いいところだった、じゃないでしょう。ママは、早く裕ちゃんを起こしてきて、ってお願いしたのよぉ。一緒に遊んでたらダメじゃないのぉ」

両腕を前で組み、右手だけを頬に当て、「困った子ねぇ」というようにこぼす。

どうやら子供たちが一階におりてこないから、気になって様子を見にきたらしい。

「さぁ、なっちゃんだってまだ着替えてないでしょう。裕ちゃんはママに任せて、早く着替えてらっしゃい」

「はぁい、ママ」

と、夏樹が残念そうに部屋を後にすれば、裕也は香奈子と二人きり。

まさに大和撫子といった感じの母は、とてもではないが歳相応に見えない。なにせ、肌理細やかな肌は雪を思わせるほどに透き通り、その張り艶といったら可憐な乙女時分のまま。三十代前半どころか、二十代後半と言っても通ってしまうことだろう。

もっとも、二十代の身体とは違い、全体的にはうっすらと脂肪が乗っている。だがそのほどよい肉づき具合は、大人の色香を存分に醸しだしていた。むっちりと熟れた身体つきは、年月を重ねた女だけが持つ妖しいフェロモンに包まれている。

香奈子はベッドの前に立つと、息子の顔を覗きこんだ。

中腰になり、おっとりした口調で優しく語りかける。

「おはよう、裕ちゃん。もう目は覚めてる？」

「うん、おはよう、ママ。……早く起きなくてごめんなさい」

「いいのよ、どうせなっちゃんのほうから悪戯してきたんでしょう？　ふふっ、お姉ちゃんったら、本当に裕ちゃん大好きだもんね」

「う、うん。そ、そうだけど……」

そこまでストレートに言われるとなんだか面映く、いくらか俯き加減になる。するとと左右の頬に両手のひらがぴたりと添えられ、くいっと真正面を向かされてしまう。

「……ねぇ、裕ちゃん。ママとなっちゃん、どっちが好き？」

「えっ!?　ど、どっちって……」

真剣なまなざしでの唐突な質問に、思わず声が上擦ってしまった。

「ふふっ、だからぁ、ママとお姉ちゃんのどっちが好き、って訊いてるのよ？」

「いや、その……えっと……」

もちろん答えられるはずもなく、ただ言葉を濁すしかない。

「あらあら、裕ちゃんったら正直なんだから……」

と、すべてを見越したような美貌が近づき、驚く間もなく唇が奪われる。

「……ンンッ」

心のなかで「えっ⁉」と叫んだ瞬間には、唇同士がぴったりと触れあっていた。

唇に感じる、瑞々しくも、もっちりと柔らかな独特の感触。

それが母の艶やかなリップだと気づくのに数瞬、さらにキスしているのだと理解できるまでに数秒かかる。……ドクンッと高鳴る心臓の音。

(マ、ママと……ママとキスしてる！)

母親相手というのもさることながら、少年にとってはこれがファーストキス。ほっぺやおでこであれば数え切れないほどされてきたが、唇でのキスは初体験だ。

感動と驚愕が同時に押し寄せたのも束の間、ふっと唇が離れていき、初めての口づけはあっという間に終わってしまった。信じられない気持ちで母を見ると、香奈子も照れくさいのか、頬をほんのりと桃色に染め、恥ずかしそうに口を開いた。

「ふふっ、裕ちゃんのファーストキス貰っちゃった」

「ママ……」と、ただ呟けば、伸ばされた人差し指が唇に当てられる。

「このことはお姉ちゃんにはナイショよ。……さぁ、早く着替えなさい。なっちゃんがキッチンで待ってるわ。ママも先に下へ行ってるからね」

そして、急に大人びた母親の顔つきになり、部屋から出ていったのだった。

「……さぁ、起きなくちゃ」

しばらく呆然としたのち、軽いため息をついてベッドから身を起こす。

だがこの時、まだウブな少年は想像すらしていなかった。この朝こそが、誘惑に満ちた魅惑の四十日間の幕開けだということに……。

第一章　挑発的すぎる美姉　甘い指先

1

洗顔と着替えを終えた裕也は、一階にあるダイニングキッチンへと向かった。

中村家は閑静な住宅街に佇む二階建ての一軒家。間取りは３ＬＤＫで、それぞれが姉、弟、そして母の部屋と振り分けられている。

父親は十年以上前に他界しており、それからはずっと母と姉弟での三人暮らし。収入はないが、父の保険金と祖父母からの援助があるため経済的な問題はない。

リビングのドアを開けると、キッチンテーブルには母と姉が座っていた。

四人掛けのテーブルには座席が決まっており、裕也と夏樹が隣同士に座り、息子の真正面に香奈子が座る。それが物心ついた時からの約束だ。

モダンな雰囲気漂う生活空間は、比較的シンプルな家具で構成されている。

フローリングのリビングの中央には絨毯が敷かれ、その上にはガラス天板のリビングテーブルと三人掛けのロングソファーがひとつ。あとはその真正面にコーナーボードが設置され、テレビにビデオ、本や小物などが置かれているくらい。

明るいリビングへと入っていくと、香奈子が声をかけてきた。

「あら、裕ちゃん、早かったのね。……さぁ、ご飯食べましょう」

「ゆーくん、はやくっ。もうお腹ぺこぺこなんだからぁ」

それに続いて、夏樹が席に着くよう手招きする。

「ママ、お姉ちゃん……あらためておはよう」

自分の席に腰をおろし、母姉に向かって挨拶をする。

こうやって二人の顔を見ないと、裕也の朝ははじまらない。家族揃って朝食を取ることが、少年にとってはなにより幸せなひとときなのだから。

テーブルの上には洋風の朝食がきれいに並べられていた。

トーストはこんがりと狐色に焼け、ベーコンエッグは見事にパリッ。ツナとプチトマトのサラダは新鮮そのもので、マグカップに注がれた手作りのコーンポタージュからは、とうもろこしの甘い香りが漂っている。

「ふふっ、おはよう。ちゃんときれいに歯磨けた？　もう寝癖はついてない？」

トーストにバターを塗りながら、幼子を心配するように香奈子が尋ねる。

「うん、ちゃんと歯も磨いたし、髪型も整えたよ」

「えらいわね。それじゃあ、はい」と、トーストが皿に乗せられた。

いくらなんでも過保護だと思うのだが、自分でバターを塗ろうとすると、母は拗ねてしまうのだ。いわく、「これもママの仕事」らしい。

「いただきます」と一言告げ、三人は食事をはじめていく。

テレビを見たりしないので、食事中はもっぱら家族での会話の時間だ。

「……そういえば、今日からバイトすることにしたの」

何気ない話の途中で、夏樹が思いだしたように口を開いた。

「ええっ、本当なのっ⁉　そんなのちっとも知らなかったけど」

「そうよ、ママもそんなの聞いてないわ」

唐突な話に、揃って驚きの声をあげる。夏樹は現在、大学三年生。今日から夏休みだとは知っていたが、アルバイトの話などまったくの初耳だ。

「うん、だって昨日決まったんだもん。友達から急にやってってって頼まれて、そしたらいきなり面接連れてかれて、そのまま即、採用されちゃったから」

あっけらかんと言い放つ夏樹に、香奈子は不安げな口ぶり。

「でも、そんな急な話、ママ心配だわ。……一体なんのお仕事なの？」

「なんかビアガーデンみたいなところだって。お客さんの注文を聞いて、それを運ぶのが仕事みたい。夕方から深夜までだし、野外だから結構暑いみたいだけど、その分、時給もよかったから、まぁいいかなって」

「それでもちょっと突然だよ。だってお姉ちゃん、あんまりバイトとかしたことなかったでしょ？　いきなりバイトするなんて、なにか欲しい物でもできたの？」

心配なのは裕也とて同じ。飾りっ気のない姉は、あまりお金を使うタイプではない。だからこそ、いきなりアルバイトをしだす理由が気になったのだ。

「ふふーん、そ、れ、はぁ……」

夏樹は怪しく微笑んでから、いきなり横から抱きついてきた。

「ゆーくんにプレゼント買ってあげるためだよっ！」

「プ、プレゼントってどういうことっ!?」

そんなことを言われても、これっぽっちも身に覚えがなかった。おねだりをした記憶はないし、欲しい物があるわけでもない。

照れながら姉の表情を窺えば、夏樹は得意げな笑顔を浮かべ、

「ゆーくんだって、もう大人でしょ？　欲しい物が色々とできてくる年頃じゃない。だから私がお金を貯めて、なんでも好きな物を買ってあげるの」

「あらあら、なっちゃんったら優しいのね、ふふっ」

名案とばかりに言った夏樹に、香奈子が穏やかな微笑みを送る。度が過ぎると言っても過言ではない弟思いだが、姉と同じく、母もそうは思わないらしい。

だが、裕也としては手放しで喜べる話ではない。なにせ、自分のためにわざわざ姉が働くのだ。いくらなんでも気が引ける。

「そんなのいいよ。僕、特に欲しい物なんてないし……。それにそういうところって、酔っ払いの人とかがいるんでしょ？　だったら色々と危ないんじゃ……」

と、途中から言い訳っぽく遠慮すれば、

「なぁに？　もしかして心配してくれるの？……それとも、せっかくの夏休みだから、お姉ちゃんと一緒にいたい？　私が家にいなかったら寂しくなっちゃう？」

「ぼっ、僕は別に寂しいわけじゃ――」

ストレートな表現に照れれば、夏樹はこちらの表情を凝視してくる。すべてを見通すような瞳で見つめられれば、もう白状するしかない。

「……やっぱりお姉ちゃんがいないと寂しいから、その、僕はバイトなんてしてほしくないよ。それに、心配なのは本当だし」

恥ずかしながらも正直に話せば、夏樹はにこっと上機嫌。

「ふふっ、やっぱり寂しいんだ。それならそうと、最初から言ってくれればいいのに。もぉっ、ゆーくんはお姉ちゃんがいないと全然ダメなんだからぁ！」

嬉しそうに言い、喜びを前面に押しだして頬擦りしてくる。裕也としては「そっちが言わせたんじゃないか……」と思うばかりだ。

「じゃあ、結局アルバイトは断るのね？」

香奈子が話に割り入って尋ねると、夏樹は意外にも首を横に振った。

「ええっ！　どうしてっ？　今、いやなら言ってくれればいい、って――」

「ゆーくんと一緒にいられないのはつらいけど、やっぱりお金は貯めといたほうがいいと思うの。もしなにかあった時、少しでもあればなんとかしてあげれるでしょ？」

真面目な顔で答えたのち、一瞬、間を置いてから、

「……それに、もうちょっとしたらゆーくんのお誕生日だもん。とっておきのプレゼントを考えてるから、ゆーくんは楽しみに待っててね！」

まっすぐな笑顔で言い切られれば、それ以上なにも言えなかった。

本当は誕生日プレゼントなどよりも、姉と過ごす時間のほうがずっと大切に決まっている。だが、そうすることによって姉自身が喜べるのだ。

そんな裕也の心情を察したのだろう、香奈子がまとめに入るように、

「そこまで考えてるなら仕方ないわね。ママはなっちゃんのこと応援するわ」

続いて、息子の気持ちを気遣う、優しさに満ちたあたたかな口調。

「なっちゃんも頑張ってくるんだから、裕ちゃんも寂しいけど我慢しなくちゃね。大丈夫、お昼のうちはずっと一緒にいられるでしょう。夜は寂しくないように、ママがずっと側にいてあげるから、ねっ？」

思いやりの感じられる言葉に、「うん……」と小さく頷く裕也。いきなりゆえに戸惑いはしたが、一般的に考えれば大学生がバイトをするくらい普通なのだ。

「そんなにがっかりしなくてもいいよ。どこかに遊びに行きたいんだったら、お姉ちゃんがいつでも好きなところに連れてってあげるから」

と、夏樹はそこで満面の笑みを浮かべ、

「この夏休みの間、二人でいっぱい楽しい思い出作ろうねっ！」

「まぁ、よかったわね、裕ちゃん。ふふっ……」

食卓を包みこむ穏やかな空気。他愛もないが、かけがえのない朝のひととき。

親子はなおも楽しげに会話をしながら、ゆっくりと食事を続けていく。

2

落ち着いた蟬の鳴き声に混じって聞こえる、カリカリというペンの音。

一日のうちで一番暑い時間帯を終え、やっと夕方に差しかかろうとしはじめた頃、裕也は自室にあるミニテーブルで宿題をしていた。

ガラス製の天板には、数学の教科書と問題集が広げられている。

「ふぅ、結構進んだかな」

シャーペンを置いて一息つく。時計の針は、午後四時をまわったところ。

昼食後、しばらくゲームをしてから取りかかったので、もう三時間くらいは勉強しただろうか。思いのほか進んでいるので、これなら予想よりも早く片付きそうだ。

(そういえば、お姉ちゃん、どこでも遊びに連れてってくれるって言ってたっけ)

姉の笑顔を思いだし、行楽の行き先に想いを馳せてみる。

(遊園地とかアスレチック……ううん、やっぱりプールか海水浴かな)

少年の脳裏に、灼熱の太陽の下で泳ぐ自分の姿がありありと浮かぶ。日光を反射させキラキラと煌めく水面に、全身が引き締まるほどに冷たい海水。海の家で買うカキ氷は最高で、想像しただけで心が弾むようだ。

(……もし海水浴に行ったとしたら、三人とも水着に着替えるんだよね)

と、同時に、もうひとつの喜ばしい想像が降って沸いてくる。

(ママとお姉ちゃんの水着姿かぁ)

何気なく思い描いただけで、頭に血が上っていくのがわかった。

なにしろ二人とも、プロポーションは抜群だ。餅のようにたっぷりとした胸元の膨らみから、ギターのごとくくっきりとした腰のくびれ。そこから続くなだらかで豊満なヒップラインを想像するだけで、もうたまらなくなってしまいそう。

だが裕也はすぐさま冷静になり、その邪念をかき消した。なにせ相手は実の肉親なのである。にもかかわらず劣情を覚えるなど、あってはならないことなのだから。

(そうだよ、僕はなにを考えてるんだ！　ママやお姉ちゃんでエッチな気分になるなんて、そんな、そんなこと……)

単に卑猥な感情ならまだしも、それを抱いた相手が母や姉……。

家族であるという事実を強く意識すると、沈痛な気分が襲ってくる。

月並みな表現なら罪悪感。視点を変えれば、肉親だという現実に対する悲壮感とでも言えばいいのだろうか。どちらにせよ、重苦しい感情には変わりない。

「……やっぱり、僕が変なのかな」

晴れ渡った空を眺め、ポツリと呟けば、なんだか空しくなってしまう。

裕也が性に関心を持ったのは、ごく最近のこと。ある晩、夢精したのがきっかけで、その日からなんとなく性を意識するようになった。

その感覚は日増しに強くなり、やがてはっきりとした性欲に変わった。それ自体は別に自然な変化だが、それによって浮上してきた問題が、家族を異性として意識するようになってしまったことだ。

大好きなママとお姉ちゃんが類稀なる美貌の持ち主で、そのうえ豊満な肉体も兼ね備えているのだから、思春期の少年が意識してしまうのも無理はない。だがそれでも肉親であることには変わりなく、裕也が悩むのは当然だろう。

「ママ……お姉ちゃん……」

思いかえせば、家に男は一人きり。それも姉とは歳が離れていることもあり、これまでは特に性別に配慮しない暮らしをしてきた。ようするに二人とも無防備というか、裕也をまったく男として見ていないのだ。

性欲に目覚めてから思い知ったのだが、家内には生活のなかでのラフなひとこまが数多くあり、その都度、欲情を刺激されてしまうことになる。

湯上がりのバスタオル姿であれば、すらりと伸びる瑞々しい太腿が、寝起きのパジャマ姿であれば、開いた胸元から顔を覗かせる柔肉の谷間が、さらには洗濯機に放りこまれている脱ぎたての薄布までが、若い牡を無条件に昂らせてしまう。

それだけならまだしも、キスなどの肉体的なスキンシップまで加えられるのだから、日々、我慢の連続だ。今朝だって、姉が真面目な表情にさえなっていなければ、確実に勃起していただろう。そして、それを指摘されたに違いない。

（そうだよ、今朝はお姉ちゃんに抱きつかれたままいっぱいチューされたし、ママにだって、唇にファーストキスされて……）

朝の出来事を回想すれば、ふと、口づけの決定的瞬間が蘇る。

あの時はとにかく面食らっていたが、あらためて考えると、母子がキスするなど普通ではまずありえないのではないだろうか。ファーストキスにもかかわらず性的に興奮しなかったのだって、単に衝撃的だったから。

もし今一度キスするとなれば、間違いなく勃起してしまうはず。

（ママの唇、すごく柔らかかったな。それにお姉ちゃんの唇だって……。ああっ！これからもあんなことばっかりされたら、もうどうにかなっちゃいそうだ！）

これから先、果たして母姉と三人で暮らしていけるのか、裕也には実に不安だった。それに、これまでは真剣に考えたこともなかったが、姉が自分のことをどう思っているかも気になる。と、同時に、自分自身が姉をどう思っているのかも……。

「……お姉ちゃん、か」

物心ついた時から、ずっと一緒に暮らしてきた姉。

母よりもさらに身近な存在だった、大好きなお姉ちゃん。

今まで考えもしなかった分、己の感情さえうまく理解できていない。姉として好きなのか、それともひとりの女性として愛しているのか、はたまた、ただ身近な異性として、性欲からそんなふうに感じているだけなのか。

しばらく苦悩してみたものの、いっこうに答えは出なかった。それどころか、悩めば悩むほど自分の本心がわからなくなっていく。

そんな思春期の苦しみをよそに、朝の記憶を蘇らせたせいか、股間では勃起がすっかりと自己主張をしていた。力強く漲っていて、すでに鈍痛を覚えるくらいだ。

(はぁ……また大きくなっちゃってる。もう我慢できそうにないし、こうなったら、やっぱりアレするしかないのかなぁ……)

やるせない気持ちになりながら、ベッドの下に隠してある物体に視線を送る。

そこにあるのは、クラスメイトに貰った秘蔵のアダルト雑誌。

(ママはどこかへ出かけてるけど、お姉ちゃんは隣の部屋にいるし……)

自慰するべきか我慢すべきか。そんなことで悩んでいると、タイミング悪く部屋のドアがノックされた。返事を聞くまでもなく、夏樹が室内へ入ってくる。

「ゆーくん、あそぼっ!」

明るく叫んだ姉の服装は、真っ白なタンクトップにデニム生地のホットパンツ。日頃から家ではラフな格好を好む夏樹らしくはあるが、今日は特に露出度が高く、もう夏全開といった装いだ。丸いヒップはツンとつりあがった感じで、その若々しさに満ちた張り具合がいたく魅力的。そこから二本の脚がすらりと伸びていて、特に太腿はしっかりと引き締まりながらも柔らかそうである。

肌全体がほどよく小麦色に焼けていて、その健康的な色合いが目に眩しい。

「やっぱり夏だね。ああっ、すっごく暑い」

夏樹は手で顔を扇ぎながら、裕也の隣に腰をおろした。

「あっ、勉強してるんだ。ふふっ、えらいね。お姉ちゃんが褒めてあげる」

と、胸元に頭部を引き寄せ、子供を褒めるようになでなでしてくる。

柔らかな身体からほのかに香る、爽やかでいて甘い匂い。シャンプーの芳香なのだろうか、柑橘系の自然な微香は、大人のお姉さんを意識させるには十分だ。

「お姉ちゃん、こんなふうにされたら恥ずかしいよぉ」

「ふふっ、ゆーくんったら照れちゃって。……お姉ちゃんになでなでされるの、そんなに恥ずかしいの？」

「そ、そりゃ恥ずかしいよっ。僕、もう子供じゃないんだから」

「いいのいいの。この部屋にはゆーくんと私の二人っきりなんだから」

「よくないよぉ。これじゃあ宿題できないし……」

「そんなのいいじゃない。夏休みの宿題なんて、お姉ちゃんが全部してあげるから。……さぁ、今からなにして遊ぼっか？」

あっけらかんと言って、真横から顔を覗きこんでくる夏樹。

だが、裕也はそれどころではなかった。なにせ勃起している最中なのだ。

そこへ開放的な出で立ちを見せつけられ、しかも抱き寄せられてしまっては、おさまるものもおさまらない。それどころか余計に欲情してしまい、下手をすれば取りかえしのつかない事態になりかねないのである。

(このままじゃマズいよ! なんとかしないと、オチン×ン大きくしてるのお姉ちゃんにばれちゃう。そんなことになったら、きっと嫌われちゃうよ)

「ダ、ダメだよ。僕、早いうちに宿題すまして、それからゆっくりと遊ぼうって思ってるんだから」

「だからぁ、宿題はお姉ちゃんがしてあげるって言ってるじゃない」

「そんなのダメだって。宿題は自分でやるから意味あるんだよ」

それを聞いた姉は、しばしの間考えこむと、しぶしぶといった口調で言った。

「……じゃあ宿題が終わるまで、お姉ちゃんは本でも読んで待ってるね」

「ええッ! そんなっ!」

「別にいいでしょ? それともゆーくんは、お姉ちゃんに出ていってほしいの?」

「そ、そういうわけじゃないけど……」

「なら決まりね。はい、ゆーくんはお姉ちゃんにかまわず宿題してていいよ」

弟の背中をポンと叩き、真後ろにあるベッドに飛び乗った。

(ああっ、どうしよう! これじゃあオナニーどころか、勉強すらできないよ!)

予想外の展開に、裕也はただうろたえることしかできない。

その深刻な思いとは裏腹に、逸物は依然として勃起状態を保ったまま。

こうなっては仕方ないと、再びシャーペンを握り、問題集に取りかかる。黙って問題を解き進めれば、二人きりの室内にペンの音だけが聞こえていく。

だが静寂もわずかの間で、すぐに夏樹が後ろから抱きついてきた。首筋に両腕がまわされ、背後からぴったり密着されては、耳元で悩ましげに囁かれる。

「……ねぇ、ゆーくぅん。もう宿題なんかやめて、お姉ちゃんと一緒に遊ぼうよぉ。今だったら、いいことといっぱいしたげるよぉ」

その妖しげなお誘いは、まるで小悪魔の誘惑だった。耳にした途端、朝のやりとりが頭によぎり、全身がざわっと粟立ってしまう。

背中に当たるふにっとした感触に、黒髪から漂うリンスの香り。

思春期の少年にとって、妙齢を迎えた姉の身体はまさに刺激の塊だ。平常時ならまだしも、勃起している状態では、火に油を注がれているようなもの。

「お姉ちゃん、ゆーくんのしてほしいことだったら、どんなことでもしてあげるよ？　なんだってしてあげるんだよ？……ねぇ、聞いてるのぉ。ゆーくん、ゆーくぅんっ」

右肩に顎を乗せられ、体を前後に揺さぶられる。

だが澄ました顔の裕也は、微塵も動じる気配をみせない。

「……わかった、お姉ちゃんはひとりで本読んでればいいんでしょ。……もぉっ、ゆーくんなんて知らないんだからっ」

ふんっ、とばかりにいじけ、再びベッドに戻る夏樹。

やっとのことで解放され、裕也は心中、胸を撫でおろす。

(ふぅ、お姉ちゃん拗ねちゃったけど、これでなんとか誤魔化せたかな)

背後にチラと目をやると、姉は気だるそうに寝そべり、雑誌を読みながら脚をばたつかせていた。手持ち無沙汰に揺れ動く、引き締まった二本の美脚。太腿と脹脛のラインがいたく艶かしく、気をつけなければ見惚れてしまいそうだ。

視線を机の上へと戻した裕也は、問題集を解き進めていく。

そうして、五分ほど過ぎ去った頃だろうか。

「……あぁっ、暑い。……暑くて我慢できないから、もうブラ脱いじゃおうかなぁ」

突然、後ろから聞こえてきたのは、どう考えても不自然な呟き。いかにもわざとらしい口調だが、それもきっと計算のうちで、こちらの反応を窺うために違いない。

（お姉ちゃんったら……でも、そんなことで引っかかる僕じゃないからね）

振り向けばその時点で姉のペース、と、裕也は黙って勉強を続ける。

「よし、もう脱いじゃおうっと。……お姉ちゃん、これからブラジャー脱ぐからね」

さらに独り言が続き、背後でなにやらごそごそと動いている気配がした。

そして、金具が外れるパチンという音が聞こえてくる。

まさかと思った直後、頭上を越えてなにかがポーンと飛んできては、テーブルの上にふぁさっと落ちた。問題集に乗っかったそれは、なんと水色のハーフカップブラ。

（こ、これって……じゃあお姉ちゃんは本当にッ⁉）

ごくシンプルな下着を注視しながら、背後にいる姉の格好を想像する。

タンクトップしか身に着けていないのだから、ノーブラになればゴム鞠のような膨らみの曲線がくっきりと際立ってしまっているはず。それにあれほどの巨乳なら、乳首の突起具合までもが生々しく認識できてしまうだろう。

雰囲気から弟の動揺を感じとったのか、夏樹が再び隣へとやってきた。その表情は真面目そのもの。年上のお姉さんを気取っている感じだろうか。

「……ねぇ、せっかくだからお姉ちゃんが勉強見てあげよっか？」

「い、いいよ。僕、自分でちゃんとできるから」

「でも、教えてくれる人がいたほうがはかどるでしょ？　お姉ちゃん、こう見えても数学は得意なんだよ。それになんたって大学生なんだから」

言いながら前屈みになり、顔を急接近させてくれれば、タンクトップの襟首が大きくさがり、くっきりと浮かびあがった胸の谷間が目に飛びこんできた。

（うわっ！　お、お姉ちゃんの胸……近くで見ると本当にすごい……）

両腕に挟まれた乳房による、柔肉と柔肉による押しくら饅頭。

豊かな丸みを帯びた双乳は、左右からむにゅりと潰しあい、圧巻としか言いようのない光景を作りだしていた。それはさながら、グラビアで見かける「ギュッと寄せて谷間強調ポーズ」のようで、生乳の自己主張がすさまじい。

ボリュームたっぷり、迫力満点。

まさに、たわわに実ったと表現するのがぴったりな育ちっぷりだ。

「ほぉらぁ、ゆーくぅん、お姉ちゃんが教えてあげるってばぁ。……二人で一緒に、仲良くお勉強しよう、ねっ？」

「おっ、お姉ちゃんッ！」

真横から腕に抱きつかれ、膨らみを押しつけられていく。それはちょうど、乳房の間に腕を挟みこまれている状態だ。豊乳を拘束する物がないため、感じられる柔らかさは普段とはもう桁違い。弾力もすさまじく、圧倒的な存在感が迫ってくる。

（や、柔らかい！　なんだこれ、おっぱいがこんなに柔らかいなんて……）

えもいわれぬ極上の感触に、思わず感動してしまう。こんなおっぱいを好きなように揉めたならば、どれほど素晴らしいことだろう。

「ほら、宿題するんでしょ？　お姉ちゃんが見てたげるから、どんどん問題解いてくといいよ。さっ、はやくはやくっ」

妄想する暇もなく、横から夏樹が急かしてくる。けれども、上腕には蕩けるような若乳が当たっているのだから、集中など到底できるはずもない。

（おっぱいが……お姉ちゃんのおっぱい柔らかすぎるっ……）

問題集は全然頭に入ってこず、代わりに胸のことばかりが広がっていく。なにせ柔らかな感触だけでなく、ムチムチとした魅惑の谷間が視界に展開されているのだ。

薄手の生地をパッツンパッツンに伸ばしきっている肉塊は、今にも布を破りきり、ポロリとこぼれてきそうだった。見えている部分は上乳だけだが、隙間から顔を覗かせている分、ある意味では裸よりもいやらしい。乳暈のピンクこそ窺えないが、見えそうで見えないギリギリさ加減が男心を熱くさせる。

そのうえ、布地には乳首がぷっくりと浮きでているのだから、もはや凶悪この上ない。否が応でも、バストへと視線が釘付けになってしまう。

「……ねぇ、ゆーくぅん。さっきから一体どこ見てるのかなぁ？」

無意識に胸元を盗み見していたところに、悪戯っぽく尋ねられた。「えッ!?」と慌てて顔をあげれば、妖艶な微笑みが返ってくる。

「もぉっ、せっかく勉強教えてあげようと思ったのに、ゆーくんったらずっとお姉ちゃんのおっぱいばっかり見てるんだからぁ。……ゆーくんのエッチ」

夏樹はほくそ笑みながら、「メッ！」とからかうように笑った。

「お姉ちゃん、ゆーくんがこんなにエッチだなんて思わなかったなぁ」

「そ、それはだってお姉ちゃんが――」

「へぇ……ゆーくんったら、自分がエッチなのをお姉ちゃんのせいにするんだ？」

「そっ、そういうわけじゃないけど」

「だったらなぁに？　現に今、お姉ちゃんの身体をいやらしい目で見てたじゃない。胸の谷間を覗き見して、エッチな想像してたんじゃないの？」

じりじりと追いつめるように、危険な笑みを浮かべながら問い詰められる。

ここまではっきり指摘されれば、もはや言い逃れできなかった。姉が意図的に誘惑してきたのは明白だが、だからといって好色な視線を送っていたのはいただけない。

「それは、その……ごめんなさい」

しゅんとなり、消え入るような声で謝った。すると慰めるような口調で、

「いいんだよ、ゆーくんだって男の子だもんね。そういうことに興味が出てきても当然だもん。……ほら、そんな顔しないで」

小さく頷き、姉の顔色をそっと窺う。最初から怒られないとはわかっているが、それでもなんだかばつが悪い。

と、優しげな笑みを浮かべていた夏樹が、にわかに悪戯っぽい表情になった。獲物をみつけた猫のごとく、宝石のような瞳が妖しく輝きだす。

「……それで、一体どんなこと考えてたの？　ゆーくんの年頃だったら、毎日毎日、エッチな妄想ばっかりしてるんでしょ？」

「ま、毎日なんて考えてないよ！　今はたまたまお姉ちゃんが――」

「嘘ばっかり。最近のゆーくん、すぐエッチな目してるもん……。さっきだって、腕に当たってるおっぱい、もみもみしてみたいなぁ、とか思ってたんじゃない？」

「うっ、それは……」

そのあまりに的確な推測に、裕也は動揺を隠しきれない。

「お姉ちゃん、ぼ、僕……」うまい言葉がみつからず、情けない声で美姉を呼ぶ。

と、夏樹は耳元に口を寄せ、小悪魔っぽく囁いてきた。

「……お姉ちゃん、知ってるんだから。ベッドの下にエッチな本隠してあるの」

その瞬間の驚きを、なんと表現すればいいのだろうか。

全身の毛が逆立ち、肌という肌に鳥肌が立つ。あたりの景色がぐらりと揺れ、頭のなかはもう真っ白。大袈裟でなく、本当に世界の終わりがきたかのようだ。

（ば、ばれてたッ！　お姉ちゃんに、エッチな本のことばれてたっ……）

裕也がただ固まっていると、夏樹はベッドの下へと手を伸ばし、くだんの雑誌を引っ張りだした。裸体で埋めつくされたページが、目の前でパラパラと捲られていく。

「うわぁ、すごいね、女の人のいやらしい写真ばっかり……。あっ、これなんかすっごくエッチだよ？　ふぅーん、ゆーくん、こんなの好きだったんだぁ」

無邪気に言った姉が、うなだれた弟の顔を覗きこむ。

「ねぇ、どうしたの？　エッチな本隠してるのばれてショックだった？」

「あ、えと……その……」

「ふふっ、大丈夫。心配しなくても、ママには黙っててあげるから」

得意げに言ってから、そこでふっと雰囲気を変え、

「けど、お姉ちゃんはショックだったなぁ……。まさかゆーくんが、他の人のいやらしい写真見てたなんて」

いくらか僻みっぽいその呟きに、裕也はかすかに反応する。

（……他の人？　他の人ってどういうこと？）

その口ぶりでは、まるで自分だったならよかったと言っているようなもの。

確かめるような思いで姉の表情を探れば、返ってきたのは愛情こもった微笑だった。けれども、それだけではまだ真意は摑めない。

「……ところでさ、この表紙の女の人、誰かに似てると思わない？」

尋ねられた瞬間に、質問の意図が理解できた。それに、美姉の思惑さえも……。

雑誌に目をやれば一目瞭然。

表紙&巻頭グラビアを飾っている女優は、見るからに夏樹そっくりなのだ。

（お姉ちゃん、これに気づいてたんだ……）

むろん、それは偶然ではない。一週間ほど前のある日、友人の家に招待された裕也は、そこで彼から「好きな本を一冊持って帰っていい」と言われ、パッと目についた雑誌を貰った。一目見て気に入ったそれこそが、現在ここにある本であり、選んだ理由は言うまでもなく、表紙の女性が姉に瓜二つだったから。

「でも、誰に似てるんだろ？　よく知ってる人だと思うんだけどなぁ……。ゆーくん、わかる？　もし知ってるんだったら教えてほしいなぁ」

にやにやと嬉しそうな笑みを浮かべ、これみよがしに訊いてくる夏樹。

どうやら、弟の口からそれを白状させたいらしい。

「……ちゃんだよ」

「ん、なに？　聞こえないよ？　もう一回言って」

「……お、お姉ちゃん。……お姉ちゃんに似てるんだよッ！」

「あぁんっ、ゆーくんッ！」

覚悟を決めて叫んでみれば、勢いよく抱きつかれ、後ろへ押し倒されてしまう。

「ちょっ、お姉ちゃんッ！」

「ゆーくんったら、私にそっくりな人の写真を見てたなんて嬉しいッ！　あぁんっ、もぉ大好きッ！　ゆーくん、好き好き、だーい好きッ！」

「うわっ、ちょっと待ってよ！　お姉ちゃんっ、おねえ──ンンッ！」

慌てふためく唇を、艶やかな美唇で塞がれる。真正面から重なった瑞々しいリップは、ぴったりと密着して痛いくらいに吸いついてきた。

（キス！　お姉ちゃんとキスしてるっ！）

突然の事態を受け、驚愕に目を見開く裕也。

にわかには信じられないが、姉の口唇は蕩けるように柔らかい。

二人きりの室内に、「んんっ……ンッ……」と、くぐもった声が漏れていく。

（お姉ちゃん、すごい……なんだかいつもと全然違う）

瞼を閉じた夏樹の美貌は、他になにも考えられないとでもいうような雰囲気だった。舌こそ入れてこないものの、ちゅっちゅ、ちゅっちゅと上唇を吸い、下唇を吸い、さらには上下を同時に吸って、再び上唇へと吸いついてくる。

箍が外れたとでもいうべきその様子は、想いの強さを切実なまでに示すもの。

好きで好きでたまらない。愛おしくてどうしようもない。

そんな夏樹の強い気持ちが、唇を通して裕也にもひしひしと伝わってくる。

しばらくして、唇がふやけたように感じられた頃、やっとのことで口づけは終わった。二人の口まわりは唾液まみれで、べとべとのぬるぬるという有り様だ。

「お、お姉ちゃん……」

「……ふふっ、ゆーくんと唇でチューしちゃった」

うっとりと呟く面持ちは、喜びと照れが綯い交ぜになった複雑なもの。

どうやら、無我夢中で唇を吸ってしまったのは恥ずかしいが、キスできたこと自体は嬉しいので、そんな表情になっているらしい。

体勢としては覆いかぶさられたままなので、全身が密着しすぎて暑いくらいだ。

そして、次の瞬間、夏樹の口から信じられないような言葉が発せられた。

「……ねぇ、お姉ちゃんとエッチなことしよっか？」

3

淫靡な声音で囁かれた裕也は、一瞬、自らの耳を疑った。

（お姉ちゃんと、エ、エッチなことをする……）

頭のなかで反芻すれば、動悸が一段と激しくなる。興奮により顔が急激に火照っていき、ちょっと息が苦しいくらいだ。

「そ、そんなのダメだよ……だって、僕とお姉ちゃんは……」

「あら、そんなこと言って。……じゃあ、このお尻に当たってる硬いのはなぁに？」

ふふっ、とからかうように尋ね、弟の下半身に跨っている腰を動かし、その下にあるこわばりを前後に擦っていく夏樹。

その言葉通り、ズボンのなかの若竿は、もはやはち切れんばかりだった。服の上からではわからないが、鈴口からは我慢汁さえちびり出ている状態だ。

「ゆーくんの、もうカチカチになってるよ。それにすごく熱い……。これ、エッチな気分になってるって証拠でしょ？　ほら、こうすれば気持ちいいんだよね？」

「あうっ！　お姉ちゃんッ！　そんなに動かされたら、ああっ……」

まるで匂いつけのように、姉の下半身は卑猥にグラインドをはじめた。股間にある恥丘の膨らみで裏筋を擦られれば、未知の快感にうめき声が漏れてしまう。

弟の面持ちを眺める夏樹は、腰の動きをますます速めていきながら、

「ふふっ、ゆーくんったらとっても切なそうな顔してる……。こうされるのが気持ちいいの？　お股でオチン×ン擦られるの、そんなにいい？」

「う、うんっ……いい、いいよおっ！」

「これでもまだ、お姉ちゃんとはエッチしたくない？　実の姉弟だからできないなんて、寂しいことというの？」

「ううっ……だ、だっていけないよぉ。そんなことしたらママが――」

「でも、ここはもっと気持ちよくなりたいって言ってるよぉ？……ゆーくんがいやって言うなら、もうやめちゃおっかなぁ」

意地悪っぽく言っては、淫靡な腰使いをぴたっと止めてしまう。途端に逸物への刺激が失われ、一気に切なさが押し寄せてくる。

お預けをくらい、「……お姉ちゃん」と縋るように呼びかけると、夏樹はまた上体を傾けて、耳元でこっそり囁いてきた。

「……ゆーくん、ひとりでオチン×ン弄ったことある？」

その瞬間、三度目の衝撃が少年を襲った。ぎょっとしすぎて、もはや声もでない。

「ねぇ、したことあるんでしょ？　エッチな本見て、オナニーしてたんだよね？」

（お姉ちゃん、僕がアレしてるの、オナニーしてるの知ってたんだ……）

これは直感だが、姉の口ぶりはすべて承知のうえでのものだ。あんな恥ずかしい行為を家族に知られていただなんて、たまらなく絶望的な気分に見舞われていく。

「恥ずかしがらなくてもいいんだよ。男の子は皆やってることなんだから。……それにお姉ちゃん嬉しかったんだからね。これでゆーくんとエッチなことができるって」

「お姉ちゃん……」

愛情こもったその言葉に、心が緩やかに落ち着いていくのがわかった。情けなさは嘘のように消え去り、あたたかな気持ちがじんわりと胸に広がっていく。

「それじゃあ、キスしよっ。……さっきみたいなチューじゃなくて、大人のキス。やり方わかる？　わからなかったら、お姉ちゃんの真似すればいいからね」

黙って頷けば、頬が両手で優しく包まれ、美貌がゆっくりと接近してきた。

（キ、キスするんだ……お姉ちゃんと、大人のキス……）

瞼を閉じ、緊張に胸を高鳴らせると、唇にソフトな感触が……。

「んんっ、んふっ……」

先ほどとは打って変わって、それはひどく繊細な接吻だった。引きこまれるようにして唇が触れあい、互いの感触を確かめるように吸っていく。

と、すぐに姉の唇が開いては、ねっとりした舌が差しだされた。弟の唇を割り入ってきたそれは、前歯の隙間を通り抜け、口腔へぬるりと侵入してきた。

（舌だっ⁉　お姉ちゃんの舌が入ってきたッ！）

大人のキスに面食らっている暇もなく、口内に潜りこんできた舌粘膜は、まるで軟体動物のごとく、にゅるりと舌へ絡みついてくる。

「んんッ！　んっ……んふっ……うぅんっ、んふぅ……」

お互いに息を荒くしながら、粘膜と粘膜とを複雑に縺れさせていく。

それだけでなく、歯の表面からその裏側、歯茎までもが舌先で舐められていき、絡みあう舌同士が相手の温もりを伝えあう。

（ああっ、これが大人のキス！　僕、お姉ちゃんとキスしてるんだッ！）

裕也は感動しながらも、ともかく動きを倣うしかない。

両腕でしかと姉を抱きしめ、舌による性交を愉しんでいく。

（知らなかった、舌ってこんなにも柔らかかったんだ……。それにぬめぬめしてて、なんかもうたまらない。こんなキスだったら、ずっとずっとこうしてたいよ）

生まれて初めてのディープキスは、さながら夢心地の体験だった。

舌のぬめりや柔らかさ、さらに口腔内の温度などが、未体験の悦楽を与えてくる。意思は徐々に薄れていき、体まで溶けてしまいそうだ。

口いっぱいに広がるのは、脳を蕩けさせるような唾液の甘さ。

唾に味などないと思っていた少年は、その魅惑の味わいに心を奪われ、もっともっとと求めるように舌を蠢かせていく。

（ああ、お姉ちゃんの唾ってなんて最高なんだろう。甘くて美味しくて、これならいくらでも飲んでられるよ……。ああっ、お姉ちゃん、お姉ちゃんッ！）

絶えず舌を動かしているため、二人の口腔には唾液がどんどん分泌される。それを相互に交換すれば、姉弟による絶妙のブレンドの完成だ。

「んふぅんっ、ンンッ……じゅるるっ、んっ……んふっ、ジュルルルッ……」

裕也と夏樹は夢中になって、愛情が作りだす液体を啜りあう。口まわりをべっとりと濡らし、涎が垂れるのもかまわず、ひたすらに相手を求めていく。

そのまま、数分の時が過ぎ去ったろうか。

どちらからともなく舌を動かすのをやめれば、重なりあう唇がおもむろに離れていった。

朱唇からは一筋の透明な糸が伸び、プチンと切れて落下する。

「……大人のキスはどうだった？」

「よかったよ……すごく、すっごくよかった」

「ふふっ、お姉ちゃんもだよ。……キスなんかしたの、ゆーくんとが初めてだもん」

心から嬉しそうに微笑んで、はにかみながら付け加える。彼氏など作ったことない夏樹ならば当然だが、あらためて言われてみると驚きだ。

ふと、姉の顔から視線をおろせば、間近に迫るのは強烈な胸の谷間だった。しかも上半身が水平になっているせいで、双乳は木になったふたつのメロンのよう。

悩殺的すぎる情景に生唾を飲めば、夏樹が妖しげな笑みを浮かべる。

「おっぱい、生で見たいんでしょ？　いいよ、今見せたげる……」

上体を垂直にまで起こし、タンクトップに両手をかけた。そのまま持ちあげるように脱いでいけば、見事なまでの豊乳がプルンッと弾けるように姿を現す。

「う、うわぁ……お、おっきい……」

そのあまりの大きさに、感嘆のため息しか出てこない。

たわわに実った球体は、九十四センチのGカップ。巨乳ではあるが、緩みや垂れは微塵も感じられず、むしろキュッとつりあがっては上向き加減。

乳暈のサイズはごく普通で、色は澄んだチェリーピンク。すっかり興奮しているためか、乳首はぷっくりと肥大して、見るからに弄ってほしそうだ。

「ほら、早く触ってごらん……。ゆーくんだけのおっぱいなんだから、遠慮なんかしないで好きなようにもみもみしていいよ」

馬乗りの体勢で前傾した夏樹が、揺れ動く乳房を目の前へと差しだした。

「いいの？　本当にいいのっ⁉」

「もぉっ、いいに決まってるじゃない。ほぉら、こうやって……」

そして、今もって躊躇する弟の手を取り、胸元へと導いていく。

（あっ！）

手のひらが右の乳房に触れれば、むにゅっ、と極上の感触がそこに……。

丸みを帯びた若肉は、柔らかながらもしっかりした弾力に満ちていた。二十代の素肌がなせる業なのか、ちょっと触っただけなのに、若々しい張りが感じられる。

（すごい！　手で触ると全然違う！　うわっ、うわぁあっ！）

指先にほんの少しだけ力を入れれば、ぷりぷりの感触に息を飲む。それは他に例えようのない素晴らしさ。これが乳房に秘められた魔力なのかと心が躍る。

「どう、むにゅむにゅって柔らかいでしょ？　ほらほら、もっと揉んでいいよ。

気がすむまで、思う存分、おっぱいもみもみしていいんだからね」

得意げに言う夏樹に頷き、五本の指たちにやおら力をこめてみる。

手に有り余る柔肉に指がめりこみ、むにゅっ……。

ひと揉みだけでは飽き足らず、もう一度むにゅ、さらにむにゅむにゅ。

続けざまに揉んでいけば、瞬く間におっぱいの虜。

裕也は左手も追加して、両方の乳房を同時に揉みしだいていく。

「あンッ、んっ……ゆーくんってばそんなに一生懸命揉んで……んっ、おっぱい、ずいぶんと気に入ったんだね……う、嬉しい、あぅンッ、あっ、あぁんっ……」

それが姉の喜びとばかりに、幸せに満ちた吐息を漏らす。

その声を聞いて、快楽を覚えているのだと気づいた弟は、姉をもっと悦ばせようと、ひときわダイナミックに左右の球体を揉みつづけていく。

（ああ、お姉ちゃんのおっぱい、柔らかくて……ああっ、おっぱいすごい……）

面白いほどに弾んで揺れる、目前に捧げられた双子の果肉。

はち切れんばかりの瑞々しさを内蔵したバストは、むにゅりと指をめりこませても、若さで内側から跳ねかえしてくるようだった。そのためすこぶる揉みごたえがあり、いくら揉んでもまったく飽きがくる気配がない。それどころか、揉めば揉むほど素晴らしさが伝わってきて、かえって揉みくちゃにしたくなるくらいである。

「あふぅっ、いいよぉ……うぅんっ、ゆーくんの手、気持ちいいっ……」

されるがままの夏樹は瞳を閉じ、快楽に身を震わせていく。

頬を上気させ、恥ずかしげに身悶えていくそのさまからは、処女特有の初々しさが感じられた。必死で快感を堪えているようであり、逆に求めているようでもある。

ときおり顔にかかるのは、悶えからくる甘い吐息。

眼前に迫る、ぷるぷると揺れ動く若い乳房。

それらによって劣情が刺激されていけば、もはや我慢の限界だった。

爆発寸前にまで昂っている若勃起からは、透明な先走りが垂れ流しになっており、パンツの内部をもうドロドロにしてしまっている。

「……お姉ちゃん、僕、もう我慢できないよぉ」

「んっ……大丈夫だよ。今、お姉ちゃんが気持ちよくしてあげるから……」

夏樹は弟の上から退き、仰向けに寝そべっている裕也の右側に座った。正座から脚を崩した、俗にいう「女座り」になり、ズボンのテントにそっと手を伸ばす。

「オチン×ン、すっごく硬くなってるね。もうパンパンで、とっても苦しそう……」

そして、限界まで膨れあがった肉棒を、布の上から前後に撫ではじめる。

「あっ、そ、それ……」

「ねぇ、こうされると気持ちいいんでしょ？　なでなでされるの気持ちいい？」

艶っぽい口調で囁きながら、流れるような動きで触られた。しなやかな指先が裏筋を亀頭へ向けてなぞり、また付け根へと戻っていく。

それは触れるか触れないかくらいの、絶妙でいてじれったいタッチ。

敏感なラインを軽く撫でられていく裕也は、弱々しい喘ぎを漏らすしかない。

「ゆーくんのここ、こうしてるだけでもう爆発しちゃいそうだよ？」

「そんなのいやだよっ、もっとちゃんと、あっ、あぅぅっ……」

「ふふっ、ゆーくんったら可愛い声。……ねぇ、お姉ちゃんにどうしてほしい？どうすればいいか言ってくれなきゃ、なにすればいいかわからないよぉ？」

布の上から肉竿を掴んで扱きつつ、悪戯っぽく尋ねてくる。

「オチン×ンしごいてっ……直接触って、オチン×ン擦ってほしいっ」

「うん、いいよ……じゃあズボン脱がしたげるね」

おもむろにジッパーがおろされれば、取りだされたのはいきり立った肉の棒。

外気に晒された若牡は、文句なく剝けきり、何本もの青筋を走らせていた。天井に向かってそびえ立つそのさまは、もはや大人顔負けだ。亀頭こそウブなピンク色をしているものの、全体としては少年の姿からは想像もできないほどに雄々しい。

「うわぁっ……ゆーくんのオチン×ン、すごく大きい……」

目を見開き、呆然と感想を口にする夏樹。

おそるおそる手を伸ばし、硬直しきった肉幹を指でそっと包みこむ。

(お姉ちゃんの手が！　お姉ちゃんが僕のオチン×ン握ってるッ！)

「ふふっ、オチン×ン握っちゃった。……ねぇ、いつもひとりでどうしてるの？」

「こ、こうやって手で、上下にシコシコって……」

「こう?」と、手淫のジェスチャーを真似て、右手がストロークを刻みだす。握り具合はいくらか弱めだが、そのくらいが今の裕也にはちょうどいい。

「あぁあっ！　お姉ちゃん……あっ、いいよっ……うぅっ、あぅうっ……」

真上から瞳を覗きこまれながら、剛直が緩やかにしごかれていく。

速度自体は速くないが、興奮しきった分身にはそれで十分だった。なにせ焦らされたうえに、手コキをしてくれているのは大好きな姉なのだ。お姉ちゃんにされていると思うだけで、自分でするのとは比べ物にならないほどの快楽が襲ってくる。

「これくらいでいいの？　それとも、もっと速くシコシコしてほしい？」

まっすぐな笑みを浮かべながら、夏樹が楽しげに囁いてくる。その明るくも色っぽい面持ちを眺めているだけで、このまま達してしまいそうだ。

「速くしてほしいけど、それじゃあすぐに出ちゃいそうなんだ……。僕、もっとこうされてたい。ずっとこのまま、お姉ちゃんの手でされてたいから」

「あら、出しちゃってもいいじゃない。こんなになってるんだから、一回くらいじゃおさまらないでしょ？　お姉ちゃんは何回でも好きなだけしてあげるよ」

「で、でも射精したらお姉ちゃんの手が——」

「そんなの気にしなくていいの。ゆーくんはただ気持ちよくなることだけを考えてればいいんだから。……ほぉら、そんなこと言ってるとこうしちゃうぞッ！」

「ああっ！　お姉ちゃんッ！」

悪ふざけっぽく言われたと同時に、竿しごきのスピードが一気に増した。握り加減も強めになり、雁首辺りが重点的に責められていく。

裕也は括約筋に力をこめ、射精を堪えることしかできない。興奮しきった肉棒から生まれる快楽はすさまじく、腰が前兆にわなないてしまう。

「あぁっ、ダメだよ！　ぼ、僕、もう……あ、あああっ！」

愛情こもった手しごきにより、熱い煮え滾りが急速にこみあげてくる。男性器全体を鈍く痺れさせるそれは、まるで火山のマグマのようだ。

灼熱の奔流が精管を駆け上ってくれば、ついに我慢の限界だった。睾丸がキュッとつりあがり、射精寸前の躍動感が襲ってくる。

「いいよ、出して。ゆーくんがイクとこ、お姉ちゃんにちゃんと見せて」

「ああっ、でちゃう！　でるっ、あぁあああああぁあぁあッ！」

びゅくんっ！　びゅくびゅくっ、びゅるるるるっ！

男根がビクンッと大きくしなり、大量の白濁液が勢いよく飛びだしていった。溜まりに溜まった一番搾りは、ドロリと色濃く、それに噎せかえりそうなほど生臭い。

肉棒が収縮を繰りかえせば、そのたびにスペルマが発射され、空中に大きなアーチを描いていく。それらは少年の腹や胸、挙句には顔面にまで降りそそぐ。

(僕、お姉ちゃんの手で射精したんだ。大好きなお姉ちゃんの手で……)

幾度も放出を続けながら、裕也はその事実に感激すら覚えていた。後ろめたさから妄想すらできなかった夢が、今まさに実現しているのだから無理もない。

手筒はなおも動いているため、射精時の恍惚感も相まって、気分はもう天国だ。このまま死んでしまってもいいとさえ、本気で思えてくる。

ひと通り痙攣がおさまると、夏樹は逸物から手を離し、指についた汚れをペロッと舐めた。無意識に見惚れてしまうほどの、艶かしすぎる大人の仕草。

「いっぱい出したね。お姉ちゃんのシコシコ、そんなに気持ちよかった？」

「うん、とっても気持ちよかったよ」

素直な感想を述べれば、姉は嬉しそうににっこりと微笑む。

「よかった、ゆーくんが喜んでくれて。……それにしても、本当にたくさんピュッピュしたね。ふふっ、ずいぶんとたっぷり溜まってたんだぁ」

夏樹は上体を極端にかがめ、まるで添い寝するような体勢になった。そして腹部に顔を寄せ、真っ赤な舌で、まだ生温かい精液をぺろりと舐めとりだしたではないか。

「な、なにしてるのッ!?　やめなよ、そんなの汚いよっ！」

咄嗟に大声で叫ぶものの、口唇によるお清めは止まらない。ねっとりとぬめる艶かしいベロが、れろり、れろーりと白濁をきれいにねぶっていく。

(お姉ちゃんが、僕の、せ、精液を……)

生々しい体液を排泄物として捉えていた少年は、その光景に釘付けとなった。

驚きのあまり頭がひどく混乱して、うまく二の句が継げそうにない。

「ふふっ、そんなことないよ。ゆーくんの出したものだもん、全然汚くなんてないよ。それに、弟の後始末はお姉ちゃんの役目なんだから……んれろっ」

肌に唇が触れ、腹部から胸元へと、ぬるぬるの舌が這わされていく。

白濁をこそげ取っていく、朱唇から伸びたピンクの粘膜。それを操る面持ちからは、姉としての使命感と弟を想う一途な気持ちが感じられる。

(ああ、お姉ちゃんの舌がぬるって……あっ、なんだかすごく気持ちいい……)

素肌の上に残っていく、ナメクジが通った後のような透明な痕跡。

皮膚で味わう初めての感触は、想像を遥かに超えた気持ちよさだった。

手で撫でられるのとはまったく違う。舌粘膜はねとっと湿り気を帯びていて、それにじっとりと温かい。姉の淫猥な表情もあってか、ただ舐められているだけなのに、その独特のぬめりにブルッと身震いしてしまう。

やがて舌は胸板から首筋へ、さらには顔まで這いあがってくる。

くすぐるように頬をぺろりと舐められれば、顔は興奮で耳まで真っ赤。自分がいかに子供で、姉がどれほど大人かを思い知らされたような気分だ。

「んっ、んんっ……これで大体きれいになったね。……あれぇ、そんなぼーっとしてどうしちゃったのぉ？」

弟の間抜けな表情を見て、夏樹がからかうように続ける。

「でも、まだまだここは元気いっぱいだよぉ。ほぉら、こうしたらまた……」

「あっ、お姉ちゃん！　あぁあぁあっ！」

絡みつくような卑猥な手つきで、勃起したままの砲身がまた擦られていく。今度は最初からハイペース。獣液のぬめりが、快感をよりいっそう大きくする。

「こんなに厳ついオチン×ンなのに、ちょっと弄られただけで可愛い声出して……。ふふっ、ゆーくんったら可愛いんだから」

そこで突然、ふとなにかを思いついたように手が止まる。怒張への刺激をいきなり失い、裕也は「どうしたの？」と不思議そうな視線を送った。

「……ゆーくん、ちょっとだけ目瞑ってて。いい、絶対に目開けちゃダメだよ？」

「な、なに？　どうするの？」

「いいからいいから。……大丈夫、変なことなんてしないから、ねっ？」

その企み顔にかすかな不安は残ったものの、言われた通り瞳を閉じる。すると、横でなにやらがさごそと動く様子が伝わってきた。

どうやら物音から想像するに、姉は服を脱いでいるらしい。

(お姉ちゃん、上のシャツはもう着てないから……ま、まさかッ!?)

可能性として残っているのは、下半身のホットパンツだけ。ということは、もしかしたらズボンだけでなく、よもやその下のパンティまでも……。

(お姉ちゃんのアソコが見れる……お姉ちゃんの、オ、オマ×コが……)

これから姉の秘所が見れるのかと思うだけで、期待に胸が膨らんだ。ごくりと生唾を飲みこめば、鼓動は早鐘を打ち、こわばりが欲望に震えていく。

「………」

緊張に体をこわばらせつつ、黙って姉からの合図を待つ。

と、予想に反して、声が聞こえてくる前に顔面へなにかが乗せられた。ふんわりと重さを感じさせないそれは、どうやら布製品のようだ。

(あれ？　なんだかこれ、いい匂いがする……。こ、この匂いってッ!?)

そこはかとなく漂ってきた芳香は、紛れもなく美姉の匂い。

爽やかで清楚な体臭に混じっているのは、尿独特のアンモニア臭。

さらに甘酸っぱい淫臭までブレンドされているならば、これはもうひとつしかない。

「ふふっ、わかったみたいだね。いいよ、目開けても」

許しを得て瞼を開けば、ブラとお揃いの水色が目に飛びこんできた。

それはレースなど一切ついていない、ビキニタイプのシンプルなパンティだった。セクシーとは言えなくとも、健康的なキュートさが感じられる下着である。綿独特の自然で優しい肌触りが、活発的な姉のイメージにぴったりだ。

チラと夏樹に視線を向ければ、下半身はホットパンツに守られていた。どうやら恥部を見せてもらえるわけではないらしく、ほんのちょっとだけ残念な気持ち。

「ふふ、ゆーくんったら残念そうな顔してる。……大丈夫、そんなしょんぼりしなくても、アソコはまた今度見せてあげるから、ねっ？」

「しょ、しょんぼりなんてしてないよっ」

「ふーん……。まっ、それよりも、ほらっ！　お姉ちゃんのパンツ、まだちょっと温かいでしょ？　なんたって脱ぎたてのホカホカだぞぉ？」

言われてみれば、顔に乗せられたパンティはまだほんのりと温かい。

香気と温もりのダブルパンチに、秘所を見られなかった悔しさもどこへやら、この薄布が姉の陰部を覆っていたのだと思えば、肉竿が力強く反応していく。

「ちょっと恥ずかしいけど、匂いだってちゃんと残ってるでしょ？」

「うん、お姉ちゃんの香りと、その……オシッコとエッチな匂いがする」

「いいんだよ、好きなだけクンクンしても。ほら、手で持って匂ってごらん？」

薄布を顔に押しつけてみれば、濃厚な女性臭が鼻孔を通り抜けていった。

どこか甘くて、ちょっと酸っぱくて、それに特有のアンモニア臭がかすかに匂う。それらがひとつに相まって、海綿体に血液を送りこんでいく。

（すごいや、お姉ちゃんのパンツって、こんなにもいい匂いがするんだ。オシッコだって、臭いどころかドキドキするし、それにこの甘酸っぱいのだって……）

染みから発する淫臭を嗅ぎながら、裕也は恍惚に浸っていく。

その複雑極まりない生々しさは、すべて姉の秘所から分泌されたもの。そう意識するだけで、たとえどんな匂いとて、素晴らしいフェロモンに感じられるのだ。

「これからは、お姉ちゃんの脱いだパンツ、好きなだけ使っていいからね。その代わり、もうこんなエッチな本なんか見ちゃダメだよ」

「うん、もうそんなの見ないよ。パンツのほうがずっといいもん」

「それなら、さっきの続きしてあげるね。ほら、パンツ嗅ぎながら出していいよ」

みたび屹立に指が絡まり、まろやかな上下運動を開始する。

スピードは先ほどと同様に、しょっぱなから最高速度。砲身には精液と先走りが絡みつき、甘美な手しごきをよりいっそうスムーズな動きに変えていく。

「アァッ！　そ、そんなにしたら、僕、またすぐに……」

牝の発情臭を嗅いだため、剛直は射精以前にも増して敏感になっていた。手筒が亀頭のくびれを摩擦するたび、甘い痺れが背筋を駆け上り、全身から力が抜けていく。

「こうやってシコシコされるの、そんなに気持ちいいんだね。それならもっと速くしてあげる……ほら、ほらほらっ」

リズミカルなかけ声と共に、一段と素早いストロークが刻まれていく。添い寝され、柔らかな乳房を押しつけられながら、手しごきの快感が膨らんでいく。

「あっ、お姉ちゃん、気持ちいいよっ……気持ちよくってたまんないよぉ……」

「だったら、ほぉら、こんなことしたらどうなるかな？　お姉ちゃんのパンツが、ゆーくんのオチン×ンをくるんじゃうぞっ」

顔面からパンティが奪われ、それを使って剛直が手で握られた。魅惑の薄布で分身がすっぽり包まれたまま、布越しに激しく擦られていく。

（ああっ、お姉ちゃんのパンツが、オマ×コのところがオチン×ンに当たってる！）

カチカチになった勃起に当たる、ねちょりと生々しい感触。それは間違いなく姉の汚れであり、すなわち秘部に触れていた部分。

言うなればある種の擬似セックスに、肉棒は限界にまで硬くなる。

アソコに触れていたところに、オマ×コに当たっていた染みに密着している。それだけでもう十分だった。気持ちとしては、姉と繋がっているみたいだった。

さらに夏休みの開放感。姉との行為だという背徳感。そして、部屋中に立ちこめている精液の匂いと、それに混じるお姉ちゃんの甘い体臭。

それらすべてがひとつになって、興奮は最高潮に達していった。雁首を責めつづける激しい動きに、たちまち射精感がこみあげてきてしまう。

「あっ、ああぅっ……お姉ちゃん！　おねえちゃぁん！」

「ゆーくん、キスしよっ！　お姉ちゃんとキス！」

「うんっ、おね――ンンンッ！」

むしゃぶりつくように唇が奪われ、即座に舌が侵入してくる。

「んんっ、ンふぅんっ……ンンっ、んふっ……んふぅうんっ……」

懸命に鼻で息をしつつ、互いの粘膜を濃密に絡みあわせる姉弟。

ジュルルッという卑猥な音をたてながら、唇を吸い、舌を吸い、何度も唾液を飲ませあっては、口唇での交わりに夢中になっていく。

その間も、しなやかな指はしゅにしゅにと動きつづけたまま。白指での熱心な愛撫に、牡の滾りが下腹部からこみあげてきては、やがて臨界点を突破する。

（ああっ、出るッ！　もう、で、でるぅぅううッ！）

「んんッ！　んっ、ンンンンンンンッ！」

籠もった叫びが部屋に響き渡り、鈴口から二度目の白濁が放出された。

その噴射は初回と変わらず壮絶で、濃さや臭度も強烈そのもの。幾度となく痙攣が繰りかえされれば、水色のパンティに濃厚な精液が染みこんでいく。

あらかた欲望を吐きだすと、そこでようやく手が止まり、唇も離れていった。

「ねぇ、ゆーくん。お姉ちゃんのこと、好き？」

「うん、好きだよ……大好きだよ」

「お姉ちゃんも、お姉ちゃんもゆーくんがだーい好き」

確認するように互いを呼びあい、しばらくその体勢を保つ二人。

姉の面持ちを眺めていると、こうしているのがまるで夢のようだった。

射精後の心地よい倦怠感が、それにいっそう拍車をかける。実姉と淫行に耽ったという事実にも、これといって罪悪感など沸きはしない。

だが、そんな静寂を打ち破ったのは、携帯電話の無機質な着信音。

すぐさま夏樹がメールを確認し、素っ頓狂な声をあげる。

「ああっ、もうこんな時間ッ！　ごめんね、ゆーくん。お姉ちゃん、もうバイトの時間なの……ああんっ、大変ッ、遅れちゃう！」

大慌てで衣服をかき集めながら、部屋を出ていこうとする。

と、ドアを開け廊下に出たところで、くるりと後ろを振り向き、笑顔でひとこと。

「……ゆーくん、またお姉ちゃんとエッチしようねっ」

その健康的な微笑みに、部屋にひとり取り残された少年は、パンティを握りしめながらしばらく呆然としつづけた。

これからはじまっていくであろう、美姉との淫靡な生活を思い浮かべながら……。

第二章　優しすぎるママ　素敵な美肉

1

「ほらほら、ゆーくん、頑張らないとまたお姉ちゃんが勝っちゃうぞっ！」

青空澄み渡る午前のリビングに、夏樹の楽しげな声が響き渡った。

「そ、そんなこと言ったたって、僕こういうの苦手だし……」

それに続いて、裕也の悔しげな叫びが聞こえてくる。

洒落た雰囲気の日めくりが示す日付は、夏休みもはじまったばかりの七月二十五日。

蝉時雨も本格的になり、外の景色は夏本番ももう間近といったところ。

甲子園のテレビ中継さえはじまっていない今日のような日は、この休暇が永遠

ていた。
そんな幸福感のさなか、姉弟は向かい合ってリビングのフローリングに座って
に続いていくかのような気分にさせてくれる。

二人が熱中しているのは、どこか懐かしいオセロゲーム。

床には姉と弟に挟まれる形でラシャ張りのオセロ盤が置かれており、開いてい
るマスはあとちょっと。とは言っても、盤上を支配している石は夏樹の黒がかな
り多く、もはや残り全部を取ったとしても勝てるかどうかわからない。

(お姉ちゃんってば、こういうことになるといつも本気になるんだから……)

圧倒的に不利な状況ではあるが、それでも頑張って勝とうとする。

二個、三個と、黒石を白石に変えていったが、それらはすべて黒石に戻されて
しまい、終わってみれば盤上はほぼ黒一色という散々な有り様であった。

「はい、またまたお姉ちゃんの勝ち！」

「もぉっ、お姉ちゃんったら強すぎるんだよぉ」

「ふふっ、ごめんごめん、今度はちゃんと手加減するから、ねっ？」

弟の顔を覗きこみ、満面の笑みを浮かべる夏樹。

だが、その言葉もすでに五回目ともなれば、いい加減馬鹿馬鹿しくなるものだ。

「もういいよ、お姉ちゃんってば、さっきから全然手加減してくれないんだもん」

ぷいっと拗ねては、もう終わりにしようとばかりに石を片付けはじめる。いくら他愛のない遊びとはいえ、負けてばかりでは止めたくもなるのも無理はない。

「あぁんっ、ゆーくんごめんっ、ごめんってばぁ！」

「わぁっ！」

真横から抱きつかれ、機嫌を直してというように頬擦りされる。そのすりすりはペットの猫のような仕草で、されたこっちが恥ずかしいくらいだ。

しかも、姉の上半身は薄地のTシャツ一枚だけ。

ノーブラの乳房でむにむにと刺激を与えられるのだからたまらない。膨らみの頂にそびえる突起を感じとれば、意識せずとも欲望が頭を擡げてきてしまう。

「ねぇ、ゆーくぅん、許して。お姉ちゃん、今度から本気出したりしないからぁ。ねっ、いいでしょ？　お姉ちゃんとゲーム続けてくれるよねっ？」

そんな変化を知ってか知らずか、夏樹はさらに密着の度合いを増し、甘えるような口調でおねだりしてくる。おそらく意図的なのだろう、若乳房の押しつけはよりいっそう露骨になり、二の腕に感じる柔肉の感触がすさまじい。

（ああ、お姉ちゃんったらまたそんな！　あっ、すごいっ、柔らかい……）

薄布越しのおっぱい責めに、とみに性欲が膨らんでしまう。もちろん、気持ちの問題だけでなく、牡の部分にも変化が起こりはじめているのは言わずもがな。

（ダ、ダメだよお姉ちゃん。台所にはママだっているのに……。直接エッチなことじゃなくても、オチン×ンが大きくなってたら……ああっ、もぉっ……）

「ふふっ、ゆーくんったらそんな困った顔してどぉしたの？」

警告を目で訴えてみるも、夏樹は明るく微笑むだけ。

天然の笑みが半分、弟をからかって愉しんでいるのがもう半分。

「わ、わかったよっ！　ゲーム続けるからちょっと離れて！　ほ、ほら、そんなにくっついてたら暑いでしょ？　このままじゃ、二人とも汗だくになっちゃうよ？」

「ふふーん、大丈夫。ゆーくんとだったら、汗だくになっても全然平気だもーん」

と、手をポンと打ち、

「あっ、そうだ！　そうなったら二人で水風呂に入ろっか？　今日はすごく暑いから、きっと冷たくて気持ちいいよっ？」

（あぅうっ、お姉ちゃんの匂いがする……。これ、シャンプーの香りかな？　ううん、それ以外にもなんか甘い……そう、これ汗の匂いだ……）

全身を包みこむ芳香は、紛れもなく美姉自身の体臭だ。マイルドでいて、どこか自然の恵みを連想させる爽やかな匂い。嗅ぐだけで気持ちを安らかにしてくれる。

もっとも、それは平常時の場合であって、性的に興奮している今は逆効果。ポニーテールの黒髪から漂う、年上のお姉さんらしいシャンプーの微香も相まって、いきり立ちはどんどんその容積を増していく。

（お姉ちゃん、今日もエッチするつもりなのかな？）

母の気配を気にしつつ、裕也は姉の思惑を探る。

夏休み初日の誘惑があってからというもの、美姉はこうしてことあるごとに、淫らなスキンシップを図るようになっていた。はじまりはちょっとした悪戯でも、弟が反応するとそれが次第にエスカレートし、やがて明らかな性戯へと移る。

まだ胸を触ったり、勃起を手でしごかれたりするだけだが、それでもスキンシップの範囲を逸脱しているのは確かだろう。少なくとも、健全なレベルではないはずだ。

「ほらほら、もっとこうしてくっつこうよ。二人で汗べとべとになって、一緒に冷たいお風呂入ろっ！　ほら、お姉ちゃんはもう二度とゆーくんから離れないぞっ！」

「お姉ちゃぁん……」

押し倒さんばかりの勢いでくっつかれ、もはや途方に暮れていたその時、背後からおっとりした声が聞こえてきた。

「……あらあら、なっちゃんたらまた裕ちゃんを困らせてるの？　ダメよぉ、裕ちゃんが可愛いからって、あんまりおいたしちゃ。ふふっ、いけないお姉ちゃんね」

声の主はもちろん香奈子。キッチンで洗い物をしていた母は、エプロンで軽く手を拭きながら、いつも通りのたおやかな笑みを浮かべている。

「そんなことないよ、ゆーくんは全然困ってなんかないもんねっ。ほぉら、こんなにも私にひっついてきて、ずっとこうしてたいって言ってるよっ」

「そ、そんなこと言ってないよぉ……ねぇ、ママぁ、助けてよぉ」

砂漠で水を求める旅人のように、目前の母へと手を伸ばす。

ただでさえ外の気温は三十二度を超えようかという気候なのに、これでは本当に二人揃って汗まみれになってしまうから。

「ふふっ、二人とも本当に仲良しさんね。よそのお家では喧嘩ばかりしてる姉弟もたくさんいるみたいだから、ママとってても嬉しいわ」

マイペースな口調で笑う。この程度のことは日常茶飯事なので慣れているのだろうが、裕也としては見捨てられたような気分だ。

「そ、そんなぁ……」

「ほぉら、ママもああ言ってるじゃない。姉弟は仲良く、いつも一緒にいるのが一番なんだよっ。ゆーくんと私は大の仲良しだもん、ずっとずーっと、こうやって二人で遊んでるんだよねっ」

明るく言った夏樹は、大袈裟なほどにじゃれついてきて、顔面にキスの雨を降らせていく。ちゅっちゅ、ちゅっちゅと、恥ずかしいくらいに接吻する。

香奈子は子供たちの様子を眺めた後、頼もしげに口を開いた。

「じゃあちょっと、二人にお留守番をお願いしようかしら。ママこれから、お昼とお夕飯のお買い物に行ってくるつもりなの」

「うん、いいよ。二人で仲良くお留守番してるから、安心して買い物してきてね」

「まぁ、なっちゃんったら。……それじゃあ、一時間くらいしたら帰ってくるわね」

「ちょ、ちょっと待ってよ！　ママ、ママぁっ！」

　エプロンを外し、買い物用のトートバッグを持って出かけようとする。それを止めようとするも、香奈子は穏やかに微笑んでは、右手をバイバイと軽く振った。

「いってきまぁーす」

「いってらっしゃーい」

　部屋から母が出ていけば、ほどなくして玄関の扉が閉まる音が聞こえてくる。

　フローリング仕立てのリビングには、裕也と夏樹の二人きり。

　母親の目がなくなったことにより、あからさまな性行為も思いのままだ。

「……ふふっ、ゆーくぅん」

　夏樹が途端に妖しげな声を出し、横から顔を覗きこんできた。

「お、お姉ちゃん」

　淫靡さを増した面持ちに、心臓がトクトクと高鳴っていく。全身からは汗がじっとりと滲みでるような気がするし、なんだか息が詰まりそうだ。

「ほぉら、二人でもっと仲良しになろ。さぁ、お姉ちゃんの膝に乗っていいよ」

言われるままに、胡坐をかいた姉の上へと腰をおろす。すると両腕が前にまわってきて、放すまいというように後ろから強く抱きかかえられる。

「ふふっ、ゆーくん捕まえたっ！」

背後から抱きすくめる格好で、横から顔を覗きこんでくる夏樹。

「ねぇ、今日は一体どんなことしてほしいのかなぁ？」

「そっ、それは、えっと、その……」

好奇心のまなざしで見つめられ、照れくさくて言葉が出ない。

本当はすぐにでも怒張をしごいてほしいのに、射精するまで優しく擦ってもらいたいのに、なぜか素直にその気持ちを伝えられないのだ。

「ふふっ、ゆーくんったら恥ずかしがっちゃって……。でも、ほぉら、ここはとっても正直になってるぞっ」

くすりと笑う姉の右手が、すっと股間へ伸びてきた。

これまでの淫らな触れあいにより、肉茎はすでに完全勃起。付け根は燃えるように熱く、陰嚢がじんわりと痺れ、早く射精させろと訴えているかのようだ。

「あうっ！」

ズボンの上からでもお構いなしに、若牡がしっかりと握られる。強すぎず弱すぎず、絶妙な力加減で摑まれ、緩やかなペースで上下に擦られていく。

「ほぉら、本当はこうしてもらいたかったんでしょ？　こうやって、お姉ちゃんにシコシコしてもらいたかったんだよね？」

「うんっ、してもらいたかった。お姉ちゃんの手で、あっ、あぁあっ……」

「ふふっ、ゆーくん可愛い。……ねぇ、これいつ頃からこんなに大きくなってたの？　いつぐらいからこんなに元気に、カチカチのビンビンになってたの？」

「あっ、マ、ママがいた時から、お姉ちゃんが抱きついてきた時から……アァッ！　ダメだよ、そんなにされたら僕、あぁっ、あああぁっ……」

耳元で囁かれつつ、しなやかな指で剛直をやんわりしごかれていく。

全身を預けているせいなのだろう、布地越しにもかかわらず、興奮度合いは強烈だ。まさに手玉に取られている心境で、このままでは即座に果ててしまいそう。

「ゆーくんってばエッチなんだね。……もしかして、こんなふうにおっぱいむにゅむにゅされただけでも、エッチな気持ちになるのかな？」

そう言って、はち切れんばかりの双乳を背中になすりつけてきた。

胸板と背に挟まれる柔肉。むにゅっとゴム鞠のようにひしゃげ、その圧倒的な存在感をこれでもかというくらいに伝えてくる。

（うわぁっ！　お、おっぱいがぐにゃって……ああっ、すごいよ、柔らかいッ！　むにむにのぷりぷりで……あっ、なにこれッ、すごすぎるよぉ！）

柔らかいのに弾力があり、潰されてもはっきりとした意志で押しかえす。若さが織りなすエネルギッシュな肉感に、少年はもはや射精寸前。欲情によって体温が上昇し、蒸れるような暑さによって、びっしりと汗をかいていく。

「お姉ちゃん、ぼ、僕もう我慢できないよ。もうダメだよ、出ちゃうよぉ！」

「ふふっ、いいよ……ほぉら、もっと速くシコシコしてあげるから、いっぱいっぱい、白いのぴゅーってしてごらん。……ゆーくんが気持ちよくなるところ、お姉ちゃんによーく見せて。お姉ちゃんで、たくさん気持ちよくなって」

「で、でもまだズボンが……」

「いいのいいの、あとで洗濯すれば大丈夫。……ほらほら、そんなことより、おっぱいが背中に当たってるんだよ。ゆーくんのだーい好きなおっぱいなんだぞぉ」

若竿しごきを続ける夏樹は、胸を押しつけながらそっと囁く。

「……ねぇ、わかる？　おっぱいの先っぽ、ちょっと硬くなってきてるの……。それ、お姉ちゃんもエッチな気分になってるって証拠だよ。オチン×ンと一緒で、気持ちよくなると、ぷくって膨らんでツンってなっちゃうんだから」

耳元での恥ずかしげな告白に、裕也はさらに大興奮。

たしかに、最初のうちは柔らかかった乳頭は、いまやすっかりとしこりきっていた。はっきりと自己主張する、こりこりとした肉突起。それが背中へと押しつけられているため、ぷっくりとした勃起具合がありありと感じとれてしまう。

（本当だ！　おっぱいの先っぽ、コリって硬くなってるっ！　お姉ちゃんのおっぱいが、乳首がオチン×ンみたいにカチコチになってる……）

女体の変化に感動すれば、もはや我慢の限界だった。

なにせ、脳裏にはぷっくらと肥大したピンク色の突起が、そのツンッと気丈に上向き加減な態度までが、乳暈の皺から先端の切れ目に至るまで、さながら接写写真のごとく、鮮明に思い浮かんでいるのだ。

それに加え、背中には心地よい弾力が、首筋には温かな吐息が、そして男根には手コキの愉悦が与えられているのだから、堪えきれずとも無理はない。

熱いものがこみあげてきて、一気に爆発してしまう。

「あぁあぁッ！　出るっ、でちゃぅ！　うぁあぁあああっ！」

ドクッ、ドクドクッと脈打ちながら、パンツの内部に濃厚な白濁が溢れていく。

だが、それでも微塵もいやな気はしない。大好きな美姉の手で達していると思うだけで、放出の快感は二倍にも三倍にも膨れあがっていくのだから。

「……ふふっ、たくさん出したみたいだね。どう、ゆーくん、気持ちよかった？」

ひと通り脈動がおさまってから、あたたかい笑顔で尋ねられる。

「うん、気持ちよかったよ。……ただ、ちょっとパンツのなかがヌルヌルだけど」

素直な感想を伝えれば、腰にまわされていた両腕が離れていった。

「ほら、ゆーくん、立ってこっち向いてごらん」

「えっ？　どうして？」

「いいからいいから……ほらっ、はやくはやくっ」

尻を叩くように促され、腰をあげて反転する。姉と対面する格好になれば、夏樹は年頃の少女がよくする、正座から脚を外側へと広げた座り方、いわゆる「ぺたんこ座り」になり、ちょうど目の高さに位置している股間の膨らみに手を伸ばした。

「あっ……」

「はい、それじゃあズボン脱がしたげるね……」

すらりと細長い指によって、ジッパーがさげられ、ズボンとパンツがおろされた。むわっと噎せかえるような性臭と共に、肉竿が跳ねるように飛びだしてくる。

「ふふっ、ゆーくんのオチン×ンべとべとだぁ……。量も多くて匂いもすごいし、さっきの射精がそんなに気持ちよかったんだね」

自らの手によって快感を与えてやれたのが嬉しいのだろう、白濁まみれの屹立に美貌を近づけながら、夏樹が弾んだ声をあげる。

「それにここ、ちっとも小さくなってないよ。気持ちいいのたくさんぴゅっぴゅしたのに、まだまだこんなに元気いっぱい」

と、そこで上目遣いになり、

「……ねぇ、これをどうしてほしい？　それとも、これでどうにかしたい？」

からかうように、悪戯っぽく訊いてきた。

透き通るようなふたつの瞳に見入られれば、胸がかぁっと熱くなり、勃起具合は一段と激しさを増していった。百八十度近くに反りかえった若牡は、わなわなと興奮に打ち震えながら、先端から透明の露をたらりたらりとこぼしだす。

「ど、どうにかするって、そ、それって……」

「あれぇ、ゆーくんったら顔が真っ赤になってるぞぉ？　それにオチン×ンもピクピクしてるし……もしかして、すごくエッチなこと想像しちゃった？」

「だっ、だってお姉ちゃんが変なこと言うから――」

「ふふっ、ゆーくんってば慌てちゃって。もぉ、ほんっとーに可愛いんだからぁ！」

嬉しそうに微笑む夏樹。だが、急に真面目な顔になると、

「……でも、そういう大人なのはまた今度ね。その代わり、今日は別のいいことしてあげる……。ほぉら、こんなふうに……んっ、ちゅっ……」

若勃起に美貌を寄せ、亀頭の先端へと唇で軽く口づけした。

「あぅうッ！」

突然の刺激に総身がわななく。姉はさらに朱唇を開き、オーラルピンクの愛らしい舌で、砲身に纏わりついたスペルマをペロペロぺろぺろと舐めとりだす。

「あぁアッ、お姉ちゃんッ！　ダメだよそんな、汚いよっ、あぁぁああっ！」

「……これ、フェラチオって言うんだよ。女の人が、大好きな人のオチン×ンをお口で気持ちよくしてあげるの……んんっ、んろっ……ぺろっ、ぺろれろっ……」

上目遣いで話しながら、絡みつくような舌使いを続ける。

種子汁まみれの屹立と桃色の美唇が、淫靡なコントラストを作りあげ、さらに純粋なまなざしが、猥褻な行為とのギャップによって猛烈に劣情をかきたてる。

(お姉ちゃんがオチン×ンを、僕のオチン×ンを舐めてる……)

眼前で繰り広げられる口唇愛撫に、裕也は驚きを禁じえない。

そういった行為は知っていたが、まさか自分がされるなどとは思ってもみなかった。それも大好きな姉からなんて、にわかには現実が信じられない。

それに、指とは違った粘膜の感触は、未体験の気持ちよさだ。唾液まみれのべロはねっとりしていて柔らかく、軟体動物のようににゅるにゅるしている。射精後の肉幹に粘膜が絡みつくたび、背筋には電流が駆け抜けていく。

「どう? お姉ちゃんのフェラチオ気持ちいい? こうやってオチン×ンをペロペロするの、気に入ってくれた?」

「うん、いいよっ……これ、すごくいい……あっ、あああぁっ……」

「ふふっ、じゃあもっと気持ちよくしてあげるね。オチン×ンについてる白いのも、全部きれいに舐めとってあげる……んっ、んちゅっ……れろれろっ、レルルッ……」

「うぁあっ、はぁああああっ……」

フェラチオの快感に身震いすれば、舌使いがさらに激しくなる。弟の分身へと顔を寄せ、顎をわずかに持ちあげつつ、舌腹を使って裏筋を丹念にねぶっていく。

（ああ、お姉ちゃんの舌が……あぁっ、すごいッ、ペロペロって、あぁあっ……）

一番敏感なラインに沿って、上から下へ、下から上へとぬるぬるの粘膜が這いまわる。そのあまりの気持ちよさといったら、両脚から力が抜けさり、震えてしまって立っているのがつらいくらいだ。全身の神経が男根にのみ集中したような感覚で、舐められる以外のことが考えられない。

竿の付け根にじんわりとした性感が生まれ、全身に広がっていく。

「……んっ、これで全部きれいになったね。……ふふっ、でもゆーくんの先っぽからは、どんどんエッチなお汁が出てくるよぉ？　あぁんっ、ぬるぬるがいっぱいで止まらない……これじゃあ、いくら舐めても終わらないよぉ……」

こびりついていた粘りをひと通り舐めとり、夏樹が満足げに微笑む。

その弾むような桜色のリップは、様々な体液によって妖しく煌めいていた。唇独特の潤いに満ちた瑞々しさは、あたかも男を誘っているかのようである。

その表面を舌でぺろっと舐める仕草が、またなんとも艶かしい。

「んっ、これってちょっとしょっぱいんだ。それになんだか、エッチな味……」

「そ、そうなの？」

「ねぇ、これって気持ちいい時に出るんでしょ？　たしか、我慢汁って言うんだっけ？　ふふっ、なんか面白い名前。ゆーくんは気持ちいいの我慢してるの？」

鈴口から漏れだす涎をチロッと舐めては、好奇心いっぱいに尋ねられる。

「そんなのはよくわからないけど、我慢はしてるよ。だってそうしないと、気持ちよすぎてすぐに射精しちゃいそうだから……」

「ふふっ、別に我慢なんてしなくていいんだよ。お姉ちゃんのお口でいっぱい気持ちよくなって、好きな時に好きなだけぴゅってすればいいんだから」

「でも、そんなことしたらお姉ちゃんの顔に……」

「そんなの気にしなくていいの。だって私は、ゆーくんが気持ちよくなってくれると嬉しいんだもん。ふふっ、だから安心して、いつでもぴゅっぴゅしていいよ」

と、そこで手筒が動きだし、

「……ほら、手でも気持ちよくしてあげるから」

上目遣いで見つめられ、上下に素早く擦られだす。ほどよい力加減で握られたまま、高速の手しごきによって責めたてられる。

「お姉ちゃん……」

姉の心遣いに胸がじぃんと熱くなれば、快感もより大きくなった。しゅにしゅにとしたストロークが気持ちよく、気を抜けばすぐに果ててしまいそうだ。

「お姉ちゃんは、ゆーくんのためだったらどんなことだってしたげるよ。ゆーくんが望むなら、どんなエッチなことだってしてあげる。……だってお姉ちゃんは、ゆーくんが大好きなんだもん。ゆーくんのことが、世界で一番好きなんだもん」

そこまで言って、再び舌を裏筋に伸ばす。

「……だからほら、もっともっと気持ちよくなって。オチン×ンが大きくならなくなるくらい、白いの出なくなるまで、お姉ちゃんのお口で気持ちよくなって……」

肉茎を指で擦りつつ、亀頭全体を丹念に舐めはじめる。

雁首の周囲から亀頭のネクタイ、さらに先端の裂け目にいたるまで、亀頭の至る所に、ねっとりとしたベロが濃密に絡みついていく。

（ああっ、そんなことされたら、気持ちよすぎて立ってらんなくなっちゃうよお）

肉竿には手しごきの快感が、先端部には唾液まみれの悦楽が、それぞれ相乗効果となって裕也を骨抜きにしてしまう。膝には完全に力が入らず、もはや姉の肩に手を乗せて踏ん張っているだけ。それもかなり危なげで、尖らせた舌先がチロチロと尿道口を責めた時などは、思わず倒れそうになったくらいだ。

ふと足元へ目をやると、フェラチオを続ける熱心な様子が窺えた。

それはまさに、口唇愛撫と呼ぶに相応しい健気さだった。ぼんやりと眺めているだけで、弟を気持ちよくしてあげたいという想いが伝わってくる。

「んんっ、れろれろっ……レルレロッ、ンッ……んふっ、ぺろれろれろっ……」

意識して唾液を溜めているのか、こわばりは大量の唾でもうドロドロ。それが肉竿へと垂れていって、甘しごきの愉悦を何倍にも増幅させる。

それに加え、空いているほうの手でふぐりを優しく包みこむように揉まれれば、腰が抜けてしまいそうなほどに気持ちいい。

「こういうのはどう？……んんっ、ちゅるるる、ちゅるるるる……」

顔を横倒しにして、まるでフルートでも吹くかのように、唇で竿を横咥えした。

さらに舌先を小刻みに動かして、裏筋を左右に責めていく。黒髪をなびかせながら、瑞々しい朱唇が、竿沿いにじゅるじゅると平行移動する。

「んふぅ……いい？　お姉ちゃんのお口、気持ちいい？」

「うん、いいよ……オチン×ンがとけちゃいそうなくらいだよ」

「ふふっ、そう言ってもらえると嬉しい……んちゅっ、ンンッ、んれろれろっ……」

続けざまに玉袋へ口づけがなされ、ちゅっ、ちゅっと優しく吸われる。

手筒によって心地よいストロークを刻まれつつ、射精寸前の引き締まった陰嚢が、うっとりと愛しげに舐められていく。

（ああ、そんなところまで舐めてくれるなんて……お姉ちゃん、好きだよ！　あぁっ、フェラチオとっても気持ちいいよぉ！）

姉の奉仕を少しでも長く味わうため、腹筋と括約筋に力をこめ、こみあげてくる射精感にひたすら耐えていく裕也。だがそれでも、初体験のフェラチオはあまりに甘美すぎて、童貞少年は急速な勢いで臨界点へと向かってしまう。

「ああっ、ダメだよ！　出ちゃう、もう出ちゃうよぉ！」

限界を告げれば、夏樹が再び、裏筋を猛烈に舐めまわしてくる。手では睾丸を転がしながら、亀頭から肉茎のすべてをあますところなくねぶりたおす。

足元へと目をやれば、こちらの視線に気づいた姉が目元でにこっ。

『いいんだよ、ゆーくん。さぁ、白いのいっぱい出して……お姉ちゃんの顔に、ゆーくんの濃い精液ぴゅっぴゅってかけて……』

愛に満ちたその瞳は、はっきりとそう語っていた。弟を絶頂に導けるのが姉の喜びなのだと、姉は弟のために存在するのだと、純粋なまなざしが伝えてくるのだ。

（あぁあっ、お姉ちゃん！　そんな顔されたら僕、も、もう……あぁぁあっ！）

一片の曇りすらない視線を向けられ、姉への想いが沸点に達した。それまで堪えていた射精衝動が、一気に爆発してしまう。

「ああっ、お姉ちゃんッ！　出すよ、出すからねっ！　うっ、うぅうウッ！」

びゅくんっ、びゅくびゅくっ、びゅるるるるぅううううっ！

若勃起が大きく脈打ち、大量の精液がすさまじい勢いで噴出した。どろりと濃厚な白濁汁は、真上に発射されたのち、姉の美貌へと無遠慮に降りそそぐ。

「あぁんっ、ゆーくんのがいっぱい出てるぅ……」

それでも夏樹は、丹精こめた奉仕をやめない。弟に最高の射精を体験してもらおうと、裏筋にそってぺろぺろれろれろ、心のこもった愛情奉仕を施していく。

やがて激しい収縮を繰りかえしたのち、こわばりが精を放ち終えた。

放出後にくる言いようのない達成感に浸りつつ、美姉の顔面へと目を向ければ、そこには生クリームのごとくべっとりとこびりついた白濁が……。

（お姉ちゃんの顔に、僕の白いのが……）

普段は明るい姉の淫靡な容貌に、思わずごくりと生唾を飲む。

顔面中をスペルマで汚しているというのに、いやらしいとは思えても嫌悪感はまったくない。猥褻であるはずの光景は、むしろ美麗と表現していいくらいだ。

裕也が言葉も出せずに唖然としていると、夏樹は人差し指で粘りを拭い、口元へ運んでは当然のようにぺろり。

「……ふふっ、いっぱい出たね。お姉ちゃんの顔、べとべとになっちゃった」

満足げに微笑むその表情は、もはや健全で爽やかなもの。

フェラチオという性的な行為の直後だというのに、顔面いっぱいに牡のシャワーを浴びたはずなのに、健康的な笑顔は真夏の太陽のように清々しい。

「こんなにたくさん射精するなんて、フェラチオ気に入ってくれたんだね。ふふっ、お姉ちゃんすっごく嬉しいぞっ！」

美貌に付着した体液を舐めとりつつ、再び硬直を緩やかにしごきだす夏樹。

「……でも、ここはちっとも満足してないみたいだから、まだまだペロペロしてあげるね。オチン×ンが萎んで、白いのが出なくなるまで舐めててあげる……んんっ」

笑顔の姉は、そう言ってまたも逸物を舐めはじめた。

二度の射精を終えても萎えぬ屹立に、ぬめぬめの舌が絡みつく。竿が根元から、れろりれろーりとねぶられるごとに、下半身にはもどかしい性感がこみあげていく。

（ああ、お姉ちゃん……好きだよ、お姉ちゃん……）

最高の奉仕を施されている裕也は、大好きな姉の面持ちを眺めながら、こうしてこのまま、ずっとこうされていたいと願うのだった。

2

「ねぇ、裕ちゃん、お湯加減はどうかしら？」

それはようやく夏真っ盛りを迎えた、七月三十日の夜のこと。

夕食を終えた裕也がゆったりと風呂に入っていると、磨りガラスの向こうから、香奈子のおっとりとした声が聞こえてきた。

「うん、大丈夫。ちょうどいい湯加減だよ」

特にこれといって気にせず、いつもと同じ調子で答える。

と、それを聞いた母から返ってきた言葉は、予想だにしないものだった。

「そう……じゃあ、ママも一緒に入っちゃおうかしら」

「ええッ!?」とびっくりした時には、どうやらすでに服を脱ぎはじめている様子。

ぼんやりと浮かぶ悩ましげなシルエットが、一枚一枚、衣服を脱ぎ捨てていく。

「ちょ、ちょっと待ってよ！　な、なんでママが一緒に入るのッ！」

「あらぁ、どうして？　裕ちゃんとママは親子なんだから、なんにもおかしくないでしょう？　全然普通のことじゃない」

息子の主張に、香奈子は実に不思議そう。

「で、でもッ、それは小さい間だけで、僕はもう子供じゃないんだし――」

「……もしかして、裕ちゃんはママとお風呂に入るのがいやなの？」

「そ、そんなこと……ないけど……」

母の声はいたく物悲しげで、とてもではないがこれ以上強く言えそうにない。

「はぁ……。いいよ、入ってきても。ママも一緒に入ろう、ねっ？」

「本当？……うふっ、やっぱり裕ちゃんもママと一緒に入りたかったのね」

香奈子は途端に明るくなり、鼻歌交じりに服を脱いでいく。

（……でも、どうしよう。ママと二人でお風呂だなんて）

曇りガラスに映る影を眺めながら、これからの問題に頭を悩ませる。

母や姉と入浴していたのは、もう何年も昔のこと。もちろん、性欲になど目覚めていない時期であり、現在とは事情が異なる。

美母の肉体は普段でさえたまらなく豊艶なのだから、全裸となれば勃起は必至。股間を隠しきるのは不可能だろうから、そうなった時に母がどんな顔をするかわからないし、どう対応していいのかもさっぱりだ。

そうこうしているうちに、香奈子は入浴の準備を整えたようで、独特の音をたててガラス戸がスライドした。身を隠すようにしてバスタブに肩まで浸ったまま、チラと洗い場に視線を送れば、あまりの光景に心臓がドキッ。

（マ、ママッ！）

せめてタオルで前を隠してくれたならば……などという願いも空しく、浴室へと入ってきた香奈子の姿は、その豊満すぎる肉体を惜しげもなく晒すもの。息子は思春期真っ只中だというのに、かつての記憶と変わらない無防備さだ。

裕也はごくりと固唾を飲みこみ、母の立ち姿を盗み見るようにして観察した。

湯船に顔まで浸かっているため、向こうからはばれないはず。

数年ぶりに見た美母の肉体は、相も変わらずグラマラスそのものだった。全体的にボリューム感があり、透き通るように白いもち肌が柔和な印象をもたらしている。

男の視線を釘付けにする、胸元でたぷんと揺れ動く乳房。

かつて吸っていた母性のシンボルは、百センチをゆうに超える大きさだ。

ブラのカップは、たしかHだったかIだったか。日本人としては著しく巨乳なため、海外から輸入した下着しか身に着けられないのも頷ける。

そこからは、くっきりとしたウエストのくびれへと続いている。

まさに女性の象徴とでも言うべき曲線は、バイオリンを思わせるなだらかなもの。うっすらとついた皮下脂肪が熟女特有の色香を醸しだしていて、その曲線美自体の素晴らしさに、思わず撫でまわしたくなるほどである。

魅惑のラインを下へ追っていけば、むっちりと盛りあがった臀部が佇んでいる。

熟脂肪が詰まっている美尻は、たっぷりと豊かな膨らみだった。三十代ゆえの質量は、その肉づきにもかかわらず、これっぽっちも張り艶を失ってはいない。

さすがに上向きとは言えないまでも、キュッと丸く締まっては、見事な球形を保っている。

（ああっ、ママってばなんてすごい身体なんだ……。すごいよ、すごすぎるよ！）

「うふふっ、裕ちゃんとお風呂なんていつぶりかしらぁ」

昂る裕也の気持ちをよそに、のんびりとした母の口調は、いつになく嬉しそうな響きに満ちあふれている。なぜ突然、こんなことを思いついたのかはわからないが、年頃の息子としては気恥ずかしいことこの上ない。

貴婦人のごとく風呂椅子に腰をおろした香奈子は、しなやかな身のこなしで浴槽から湯を掬い、数回、肩から浴び湯を繰りかえす。

艶やかな黒髪は普段にも増してアップに纏められていて、うなじから肩、そして背中にかけての一筋がいたく美しく、眺めているだけでため息が出そうなほど。肌の張り艶がなせる業なのか、身体へと浴びせられた水分は、あたかも防水加工されているかのごとく、ピンッと弾けながら流れていく。

（ママったら、せめて前くらい隠してよ。それでないと僕、もう……）

真横で繰り広げられる大人びた仕草に、否が応でも性欲が刺激されてしまう。

肩口から湯を浴びせる所作も色っぽいが、それより刺激的なのが、ボリューム満点の乳房が織りなす、湯を掬う際の大袈裟すぎる揺れ動き。たゆんっ、たゆんっと揺れ動くそのさまは、意図的に弾ませているのではと疑ってしまうくらいである。

（うわぁ……ママのおっぱい、ぶるんっ、ぶるんってなってる）

むろん、わざとではないのだろうが、見せつけられる側としてはたまらない。かなりの興奮を覚えるのと同時に、逸物があっという間にこわばっていく。

（た、大変だっ！　これじゃあ出るに出られないよっ！）

大慌てで鎮めようとするも、分身は水中で誇らしげに屹立したまま。

しかも、まさに最悪のタイミングで、香奈子が声をかけてきたではないか。

「裕ちゃん、もう十分に温まったでしょう？　さぁ、こっちにいらっしゃい。……ふふっ、久しぶりに、ママが体を洗ってあげる」

たおやかな笑みで誘われては、断れようはずもない。しかしこのまま湯船からあがれば、元気の有り余った若牡を母に晒してしまう。

（どっ、どうしよう？　無理だって言ったらママはまた悲しむだろうし、かといってこのままじゃ出れないし……あああっ、もうどうすればいいんだ！）

そんな葛藤も露知らず、香奈子は相変わらずの口ぶりで、

「どうしたの？　ほら、早くあがってらっしゃい。そんなにずっと入ってたら、

のぼせて真っ赤になっちゃうわよぉ」

「う、うん……けど……」

解決策がみつからず、裕也はただモジモジとするだけ。

すると息子の胸中を悟ったのか、香奈子が優しく諭してくれる。

「……ふふっ、裕ちゃんったら恥ずかしがってるのね。……大丈夫、ママとは親子なんだから、少しも恥ずかしがる必要なんてないのよ」

さらには、飛びこんできなさいとばかりに両手を広げて、

「ほぉら、ママなんて、裕ちゃんに見られてもちっとも恥ずかしくないもの。……さぁ、ママのところへいらっしゃい。ほらぁ、早く、ねっ？」

多少は恥じらってほしいのだが、そこまで言われては仕方がない。裕也は腹を括りながらも、できるだけばれないようにと、母に背を向けて湯からあがった。

「あらあら、どうして後ろ向いてるのかしら？　ふふっ……」

顔を見せない息子に対して、おどけるように笑う。

「だ、だって……やっぱりちょっと照れくさいから」

「うふふっ、しょうがないわねぇ。……じゃあ、はい、ここに座りなさい。まずは背中から洗ってあげるから」

落ち着いた言葉に促され、母の前に置かれた風呂椅子へと腰かける。

真後ろに全裸のママがいるのだと思うと、心臓は早鐘を打ちっぱなしだ。こわばりを隠すように背中は丸まり、視線はただ俯き加減。

香奈子はボディタオルを手に取り、ボディーソープを二、三度つける。手揉みしてそれを泡立てていけば、タオルはすぐさま真っ白な泡に包まれていく。

（あっ、ママが……）

ふと顔をあげてみたその時、真正面のバスミラーに、二人の姿が映っているのに気がついた。幸いにも下半身までは見えないが、上半身は丸見えだ。タイルへ膝をついた母の胸元で、ふたつの膨らみがたぷん、たぷんっと揺れ動いている。

「はぁい、それじゃあ洗うわね」

一言告げて、泡まみれの布が素肌に当てられた。

そのままゆっくり、実に心のこもった力具合で、背中が手厚く擦られはじめる。

（あぁ……こうやって人に背中洗ってもらうのって、気持ちいいや……）

直前までは照れくさかったが、いざ洗われはじめると、なんとも言えぬ心地よさに包まれていく。ただ体を洗ってもらっているだけなのに、他人から優しく奉仕されているというだけで、すごくリラックスできるのだ。

しかも、その相手は実の母親なのだから、安心感は言い尽くせないくらい。柔らかなタオルで入念に背中を擦られていけば、もう眠ってしまいそう。

「……ふふっ、こうやってると昔を思いだすわ。って言っても、まだほんの数年前のことなのよ。裕ちゃんはこうやって洗ってもらうのが大好きだったんだから」

普段よりも数段落ち着いた呟きは、まさに母親の口調だった。満点の母性に裏打ちされた語りかけは、我が子を想う無償の慈愛に満ちあふれている。

「でも、この体も、いつの間にかどんどん大きくなっちゃうのね。背中だって、前はもっとちっちゃかったのに……。ママ嬉しいけど、裕ちゃんが知らないうちに大人になっていくみたいで、なんだかちょっと寂しいわ」

その言葉の最後のほうは、母ならではの切なさが強く滲みでていた。

（ママ、そんなにも僕のことを……）

嬉しい気持ちでいっぱいで、ただ黙っていることしかできなかった。

それでも香奈子は、ほどよい力加減で丹念に背中を洗いつづけてくれる。優しく、そして丁寧に、気持ちのこもった手つきで一日の汚れが落とされていく。

と、そんな穏やかな空気のなかで、香奈子が突然、思いだしたように口を開いた。

「……ところで裕ちゃん。最近、ママになんか隠してることないかしら？」

「えっ!?」

完全に意表をつかれた形となり、うっかり後ろを振りかえってしまう。そこには心なしかむくれている感じの面持ちが……。

「なんとなくそう思っただけなんだけど、ママには言えないようなこととかしてるんじゃない？　そう、例えばなっちゃんと二人きりで……」

口ぶり自体はおっとりしているが、その声からは無言の圧力が感じられた。怒っているわけではないが、やんわりと問い詰めているような雰囲気だ。

（お姉ちゃんとのことがママにばれてた!?　まさかそんな……けど、この様子からするとやっぱり……）

おそらくこれは、確たる自信があっての質問。

直感でそう読みとると、もはやどうすることもできなかった。とにかく、母への申し訳なさでいっぱいで、すぐにでも泣きだしてしまいたくなる。

「……ママ……ぼ、僕……その……あの、だから、えっと……」

涙を堪え、それでも言葉を紡ごうとすれば、温かな手のひらがそっと頭に乗せられ、聖母のごとき穏やかな微笑みが向けられた。

「いいのよ、裕ちゃん、泣かなくても……。ごめんね、ママが急に訊いちゃったから、驚いちゃったのね。……ほぉら、そんな顔しないで、ねっ？」

その態度から、母がそれほど悲しんでいないとわかり、少しだけ落ち着きを取り戻す。だが、まだショックが残っていて、うまくは喋れない。

「あの、ごめんなさい……僕、だからその……」

「ふふっ、勘違いしちゃだめよ、ママは怒ってるわけじゃないんだから。ただ、どんなことをしてるのか訊きたいだけ」

慰めるように囁いて、そこで一呼吸。

「……本当は、なっちゃんとエッチなことしてる、そうよね？」

諭すように優しく問われ、裕也は気まずげに頷いた。

それを見た香奈子は、小さくひと笑い。

「だから、そんなに悲しそうな顔しなくていいの。……そりゃお姉ちゃんとエッチなことするのはいけないけど、裕ちゃんくらいの年頃だと、そういうことがしたくなってても仕方ないもの。……誘ってきたのはお姉ちゃんなんでしょう？」

「え、えっと……」

母の口ぶりは、いたって穏やかなものだった。だが、もしかしたら姉が叱られるのではと考え、裕也は咄嗟に口を噤む。

「大丈夫、なっちゃんを叱ったりはしないわ。ママは知らないことにしてあげる」

「ほ、本当っ⁉」

「ええ、絶対。……まさかセックスまではしてないでしょう？」

「それはしてないよ。その……手とお口で出してもらっただけだから」

「うんうん、それならいいわ。……でもね、さっきも言ったけど、姉弟でそういうことをしちゃいけないのよ。裕ちゃんもそれはわかるわよね？」

「うん、わかるよ。家族とはしちゃダメなんだよね……ごめんなさい」

「ふふっ、もう謝ったりしなくていいの。しちゃったものはしょうがないもの」

香奈子はそこで真剣な表情になり、諭すような口調で続けた。

「でも、これからはもうしちゃダメよ。なっちゃんが誘ってきても、絶対にエッチしないでほしいの。……わかった？　ママと約束できる？」

そう言って、真正面からまっすぐ瞳を見つめられる。

もちろんその言い分は理解できるし、母を悲しませたくはない。ただ、本当に誘惑から耐えきれるかの自信がなく、声にもそれが表れてしまう。

「……う、うん。約束する。もうお姉ちゃんとはエッチしないよ」

するとそれを感じとった香奈子が微笑みながら、

「でも、本当に我慢できるのかしら？　なっちゃんがいやらしい格好でやってきても、エッチなことしないで堪えきれる？」

「それは……で、できるだけ頑張ってみようと思うけど……」

それを聞いた香奈子は困った顔になるも、即座に納得した表情をみせた。

「あらあら……けど、それも仕方ないわよね。……でも心配しなくても大丈夫よ。ママがちゃんと、我慢できるようにしてあげるから……」

そして、息子の両肩にそっと手を乗せては、まるで恋人のように背後からぴったりと密着してきたではないか。

（えっ⁉）

泡まみれの背中に当たる、むにゅりと柔らかで豊かな膨らみ……。夏樹のよりもさらに柔和な乳房は、熟れ頃ならではの包みこむような感触を備えていた。

「マ、ママ⁉」

慌てて振りかえろうとすると、耳元で色っぽく囁かれる。

「……ふふっ、裕ちゃんだって男の子だもんね。この頃は、エッチなことばっかり考えちゃうんじゃない？　オチン×ン、すぐに大きくなっちゃうんでしょう？」

「ママ、一体なにをッ――」

「大丈夫、恐がらなくていいのよ。……ただ、なにもしなかったら誘われた時、我慢するのが大変だと思うの。だから裕ちゃんが苦しまないように、ママが代わりに、気持ちよくしてあげようと思って……」

「ええっ⁉」

悩ましげな美母の言葉に、びっくりして耳を疑う。

なにせ、姉とはダメと言っておきながら、母親である自分がその身代わりを務めようというのだ。どう考えても納得できるはずがない。

「そんなのおかしいよッ！　お姉ちゃんがダメならママだって――」

「ママはいいのよ。だってママはもう大人だし、これから彼氏ができたりもしないでしょう？　なっちゃんはそうじゃないからいけないのよ。……それに、ママは裕ちゃんのお母さんだもの、それくらい当然のことなんだから」

「け、けどっ……」

「言ってみれば、ママのはエッチじゃなくて、そういう気分を発散させてあげるだけ。裕ちゃんをすっきりさせてあげて、エッチな誘惑に勝てるようにするだけなの」

「で、でも……」

やはり納得できずにいると、香奈子は切なげに表情を曇らせる。

「……それとも、ママとじゃいや？　ママじゃエッチな気分になれない？」

「えっ！　そ、そんなわけ、ないけど……」

「じゃあいいじゃない。……ほぉら、おっぱいでこうやってされると、ぬるぬるしていい気持ちでしょう？　ほらほら、もっとむにゅむにゅしてあげるわね」

まだ決めかねている息子を急かすように、乳房が背中に擦りつけられていく。

しっかりと肩を摑みながら、上体をくねらせ何度もスライドさせていく。

（ああっ、おっぱいで背中が！　うぁあっ、これっ、気持ちいい……）

にゅるんっ、にゅるるんっ！

背と胸の間で押し潰れた柔肉が、上下運動を繰りかえす。

さながら性風俗店のような女体洗いは、驚くほどにいい気持ち。

肌と肌とが直接触れあう感触がたまらなく、背にたっぷりとまぶせられた泡のぬめりが、それをよりいっそう素晴らしい性感へと昇華させていく。

「んっ……どう、おっぱいで背中洗われる気分は？……んふぅんっ、ママのおっぱい……気持ち、んっ……いいかしら？……んっ、んふっ……」

かすかな吐息を漏らしながら、柔らかなバストが滑っていく。

「いいよ……すごく気持ちいい……こんなの初めてだよ」

「ふふっ、裕ちゃんに喜んでもらえると……ママもとっても嬉しいわ……。それに、なんだかママも……あふぅんっ……いい気持ちに、なって、きたみたい……」

豊潤な胸をむぎゅむぎゅと押しつけ、甘い吐息を漏らす香奈子。

目前の鏡に目をやれば、頰をほんのりと上気させている美貌がすぐそこに……。うっすらと桃色に染まった肌に、じっとりと煌めく汗の粒。瞳はとろんと愛欲に潤み、ぽってりと厚ぼったい唇からは、蕩けるような声が漏れている。

どうやら、息子に尽くすことによって官能を得ているらしく、生温かい鼻息を首筋にふぅっとかけられるだけで、牡の本能はますます燃えあがってしまう。

(ママ、すごく色っぽい顔してる。……こんな顔見るの初めてだ)

煽情的な美母の容貌に感動していると、泡まみれの右手が肩越しに伸び、勃起しっぱなしだった若竿をぬるりと摑んだ。

「あうぅっ！」

まるでサイズを測るように、探るような手つきで分身が撫でられる。

「……ふふっ、裕ちゃんの、すっかり大きくなっちゃってるわね。子供の時はあんなにも小さくて可愛かったのに、もうカチカチで大人みたい」

と、そこで耳元に口を寄せ、

「……もしかして、ママが入ってきた時から、ずっとこうなっちゃってたの？」

さわさわと優しく弄りながら、艶めかしく尋ねられた。

「だ、だって、ママの身体がエッチすぎるから……」

「あらあら、そんなに顔真っ赤にして……うふふっ、可愛い裕ちゃん」

ぬるぬるの指先が手筒を作り、緩やかなペースでいきり立ちを擦りはじめた。

「じゃあまずは、おててでシコシコしてあげるわね」

「あっ、ママッ！　あっ、あぁああっ……」

美母のしなやかな指による、いとおしむような甘美な手しごき。

同時に胸も動かされれば、その快感はたちまちのうちに倍増していく。

「裕ちゃんったら苦しそうな声出して……。こうされると切ないの？　こうやってオチン×ン擦られたら、気持ちよくて我慢できなくなっちゃう？」

「そ、そうだよ。オチン×ン弄られたら、僕もう、すぐにっ……」

「ふふっ、ここはこんなに逞しいのに、まだまだやっぱり子供なのね。……こんなにも可愛い裕ちゃんなら、このままママが食べちゃおうかしら？」

「えっ⁉　アッ、あぁああっ！　アアアアアッ！」

おどけるような言葉に一瞬うろたえるも、質疑の声をあげる間もなく、亀頭のくびれが重点的にしごかれる。性感のポイントを的確についたその動きに、痺れるような愉悦が下半身に広がっていき、全身からは緩やかに力が抜けていく。

「……ふふっ、オチン×ンがピクピクしてる。……なっちゃんにもこんなふうにしてもらったの？　こうやって、いっぱい気持ちよくしてもらった？」

「うんっ、いっぱい、こうやってしてもらったっ……」

「でも、もう絶対してもらっちゃだめよ。エッチな気分になったら、ママがいつでも出させてあげるから。我慢しなくても、好きなだけぴゅっぴゅさせてあげるからね」

「うんっ、わかった、わかったよっ。だ、だから……あっ、あああぁっ！」

巧みな手コキによるあまりの愉悦に、半ば叫ぶように声をあげてしまう。

湿度の高さからくる蒸し暑さに、浴室全体を包みこむ淫靡な雰囲気。背中に感じる蕩けるような乳房の柔らかさと、ストロークを刻む手筒の気持ちよさ。

それらすべてが相まって、そのまま果ててしまいそうだった。

と、香奈子は手しごきの速度を落とし、母性の滲んだ声音でぽつり。

「……裕ちゃんは、ずっとママに甘えてていいのよ。親離れなんかしないで、ずっとずーっと、ママの側にいていいんだからね」

「マ、ママ……」

ふとこぼされた母親の本音に、胸がじぃんと熱くなる。

こうして気持ちよくしてくれているのだって、息子を想うがゆえの行為。母だからこそ、子供が過ちを犯さないように、わざわざ慰めてくれているのだ。

(ママ、僕のためを思ってこんなことを……)

そう考えると、突然のスキンシップにも納得できた。あたたかな感情がこみあげてきては、それが愛欲をよりいっそう昂らせていく。

「……はい、背中はこれでおしまい。次は前洗ってあげるから、ちょっとそこに寝そべってちょうだい」

唐突にこわばりが解放され、香奈子が床にマットを敷く。裕也は促されるままに、ビニールでできた布団の上へ仰向けに。

「はぁい、それじゃあ、前もおっぱいで洗ってあげるからね」

そう言うやいなや、香奈子は息子の両脚を膝で跨ぎ、四つん這いの体勢をとった。ちょうど真上から覆いかぶさっているような体勢だ。

さらに、両手で乳房を中央に寄せると、息子の胸板へと近づけていく。

「ほぉら、ママのおっぱいが裕ちゃんの胸にくっついちゃうわよ」

乳肉がぴたんっと胸に触れ、むにゅっとゴム鞠のように歪んだ。たっぷりと重量を湛えた膨らみは、もっちりと蕩けるように柔らかく、まるで搗きたての餅のよう。

弾力こそ二十代には敵わぬものの、それが逆に吸いつくような質感を生みだし、欠点どころかたまらない魅力になっている。

(ママのってすごいや。たぷんたぷんしてて、それにぬるぬるのふにふにだよ。重たいのに幸せだし……このまま包みこまれて、体ごと溶けちゃいそうな気がする)

どっしりと圧しかかる心地よい重みに酔いしれていると、母の上半身が前後に動きはじめた。泡に包まれた豊乳で体の前面が洗われる。

にゅるんっ、にゅるるんっというリズミカルな動作は、丹精こめてという言葉

「ふふっ、いいわよ。裕ちゃんがそう言うなら、毎日こうしてあげる……。ママ、これだったら、毎日してもらいたいくらいだよ」

「ママのおっぱい、最高だよ。こんなに気持ちいいの初めてだもん。……ああ、

少年の胸元から下腹部までが、いやらしく潰れた乳房で清められていく。

柔肉は、見ているだけでその柔和さを如実に伝えてくる。スライムのように幾重にも変形していく

間に溜まっているのがひどく艶かしい。

それに、浴室の温度によってかなり汗をかいているらしく、その水分が胸の谷

首筋はほんのりと桃色に色づき、おりてきた前髪はさり気なく横顔に張りついている。

瞳を軽く瞑り、熱を帯びた吐息を漏らすその表情は、まさに妖艶そのものだ。

船を漕ぐようにして全身を揺すり、香奈子の肉体奉仕は続く。

ちゃんの体、ぴかぴかにしてあげる……んっ、んふぁっ、んふっ……」

「うふふっ、じゃあ、もっと気持ちよくしてあげるわね。ママのおっぱいで、裕

「うん、いいよ……もう、天国みたいだよ……」

「んふっ、んんっ……どう、おっぱいで洗われるの、とってもいいでしょう?」

がぴったりだ。乳房の柔らかさと泡の滑りが絶妙で、本当に蕩けてしまいそう。

裕ちゃんのお願いだったら、なんだってきいてあげちゃうんだから……」

そこで一旦、動きを止め、香奈子はゆっくりと後ろにさがっていった。ちょうどその顔が、裕也の股間の辺りにくるところまで移動する。

ふくよかなバストの真下にあるのは、欲望に膨れあがった牡の象徴。泡まみれの屹立は限界にまで反りかえり、腹部へぴったりと張りついている。

「ねぇ、もっといいことしてあげましょうか？　もっともっと、とってもエッチで気持ちいいこと……」

「えっ⁉　な、なにをするの？」

「うふふ、こうするのよ……」

香奈子が妖艶な微笑みを浮かべ、胸の谷間で怒張を挟んだ。腹筋とほぼ平行になっていた砲身が、左右の柔肉によって覆いつくされてしまう。

「ああっ、ママッ！」

首をあげ股間に目をやれば、逸物はすっかりと姿を隠していた。ふたつの餅が下腹部に降り立ち、自らの重みで潰れているとでも言えばいいだろうか。けして短くないこわばりは、ピンクの亀頭が顔を覗かせているだけだ。

「これ、パイズリって言うらしいのよ。……すごくいやらしい名前でしょう？

それにとっても、エッチな格好……」

両手で双乳を寄せあい、母性の象徴で男根を挟みこんでくれる。

ふんわりと包まれているようなその感覚は、ただそれだけで射精してしまいそうなほどだ。バストの重ささえ心地よく、泡のぬめりが性感にいっそう拍車をかける。

「……このままママのおっぱいで、オチン×ン気持ちよくしてあげるわね。……さぁ、ママのむにゅむにゅで、たくさんいい気持ちになりましょうねぇ」

幼子に語りかけるように言って、おもむろに上体を揺すりだす。

乳房を両側から真ん中に寄せ、「んふっ……んふぁっ……」と艶かしい吐息を漏らしながら、たっぷりと肉の詰まった膨らみで分身を愛撫していく。

「ああっ、すごいっ……おっぱいがヌルンッて、アッ、あぁぁあっ……」

熟れ肉が前後に擦れるたび、屹立全体を言い知れぬ快感が襲った。

それはさながら、全神経がそこだけに集中したような感覚だ。乳房との密着感はすさまじく、圧迫しながら擦られる感じがたまらない。

官能に背中が大きく震え、つい情けない声が出てしまう。

「うふふっ、裕ちゃんったら女の子みたいな声出して……。そんなにもママのおっぱいがいい？　おっぱいでオチン×ンしごかれるの、そんなにいいの？」

「うんっ、いいよッ……いい、すごく……」

「それなら、もっと激しくしてあげる。オチン×ンが蕩けちゃうくらい、やわやわのおっぱいで擦ってあげる……ほぉら、こうすると気持ちいいでしょう……」

それが母親としての務めとばかりに、香奈子が身体を激しく揺らす。くねっ、くねっと尺取虫のように動き、熟乳によって牡の象徴を責めたてていく。

（ああ、このパイズリっていうのたまらないよ……こんな気持ちいいおっぱいの使い方があったなんて……。あうぅっ、オチン×ンが蕩けちゃいそうだっ……）

淫らにくねる動作を眺めながら、半ば朦朧とした意識で感慨に浸る。

こんな行為があることさえ知らなかったが、実際に体験してみると、それはまさに王様気分。物理的な悦楽もさることながら、己の分身を乳房で愛撫されているという満足感が最高だ。ひと擦りひと擦りするごとに、頭部が甘やかに痺れていく。

「あぁんっ、裕ちゃんのオチン×ン、とっても硬くて逞しいわ……。それに燃えるように熱くって、なんだかママまで、エッチな気分になっちゃいそう……んんっ、んふぅぅんっ……んぁあっ……はあぁあんっ……」

熱心にパイズリを続ける吐息に、おんなの色香が混じりだす。

鼻にかかったその口調は、まさにうっとりとでも言うべき響き。

すでに股間の割れ目からは、とろりとした女蜜がうっすらと滲みだしている。

「ああ、ママ……はぁああっ、ママ、ママぁ……」

「あぁら、そんな切なそうな顔してどうしたの？　もうオチン×ン、イッちゃいそうなの？　白いのぴゅっぴゅ、我慢できなくなっちゃいそう？」

「うん、そうだよ……気持ちよすぎて、もう我慢できないよぉ……」

「我慢なんてしなくていいのよ。裕ちゃんの仕事は、ママで気持ちよくなることなの……。ママのパイズリでたくさんいい気持ちになって、オチン×ンに溜まったエッチなお汁を出し切っちゃうことなんだから」

限界を間近に控えた息子に、ひときわ優しく語りかける。

「……ほぉら、好きなようにイッてごらん。ママの大きなおっぱいで、裕ちゃんだけのおっぱいで、オチン×ンから白いのいっぱい出しちゃいなさい。……もうなっちゃんとはエッチしなくてもいいように、タマタマに溜まってるいやらしい気分を全部ぴゅってしちゃいなさい……んっ、ほらっ……ンンッ……んふぅンッ……」

さらに動きが速められれば、快楽は二倍にも三倍にもなった。

たちまちこみあげてくる、狂おしいくらいの射精欲求。豊乳が往復して竿をひと擦りするごとに、愉悦によって内股が引き攣り、足の指たちがわなないていく。

(あぅっ、気持ちいい……ママのパイズリ、気持ちよすぎるッ!)

「ああ、もうダメだっ……出るよぉ、射精しちゃうよぉ!」

「いいのよ、好きなだけ射精しちゃいなさい。ママに遠慮なんかしないで、出したいだけぴゅっぴゅすればいいんだからね……ほぉら、こうして……んっ、んんっ!」

切羽つまった叫びを聞いて、一気にラストスパートがかかる。

もっちりと吸いつくような感触がぬるりと泡を帯びたまま、裏筋から雁首、さらには亀頭から陰嚢までもをねっとりくまなく刺激していく。

瞬く間に壮絶な淫楽が生まれれば、もはや堪えている暇さえなかった。熱い血潮が駆け上り、ふわふわの熟れ乳の谷間で、肉棒がビクンッと脈打ちだす。

「あぁっ、出るっ! 出る、出るぅぅぅッ!」

「いいわっ、出して! ママの顔に、裕ちゃんの白いのいっぱいかけてっ!」

ドクンッ! びゅくびゅく、びゅるるるぅぅぅっ!

次の瞬間、心地よい膨らみに覆われたまま、大量の精液が迸った。

放出の勢いはすさまじかったが、豊潤な乳房がすべてを包みこんでいるため、それらは皆、バストや顔にべっとりと付着していくばかり。その感覚は口内射精とはまったく異なり、膣内射精はこのような感じではないのかと思わせる。

「……ふふっ、とってもたくさん出したわね。裕ちゃんがたっぷり気持ちよくなってくれたみたいで、ママとっても嬉しいわ」

ひとしきり射精がおさまると、香奈子が心から幸せそうに微笑んだ。

その満足げな面持ちは、まさに母親ならではのもの。母性と慈愛にあふれており、眺めているだけで射精後の気だるさが薄れていく。

「どう？　これだったらママとの約束守れそう？」

「うん、なんとか大丈夫」

「じゃあ、ママと約束のキスしましょう、ンッ……」

おもむろに美貌が近づき、そっと唇が奪われた。

（ンッ……ああっ、ママ……）

ねっとりと舌を絡みあわせる、おとなしくも情熱的なディープキス。

互いにそっと抱きしめあい、ぬめりを帯びた舌を触れあわせれば、もはやなにも考えられなかった。溶けあうような密着感と、粘膜同士が擦れあう感覚が心地よい。

甘露な唾液の味だけが、口いっぱいに広がっていく。

「んんっ……んちゅ、んふぁっ……ンッ、ンンンッ……」

裕也は口唇と唾を味わいながら、幸福感にただ全身を委ねていく。

しかし、大丈夫などと答えたのはあまりにも楽観的すぎた。少年の頭は浴槽の淫靡な雰囲気により、完全にのぼせていたのだから……。

3

（……でも、お姉ちゃんがやってきたら、僕はどうすればいいんだろう）

茹だるような暑さの昼過ぎ、自室の床で仰向けになっていた裕也は、天井にある蛍光灯を見つめながら姉への対応に頭を悩ませていた。窓の外には澄み渡った青空が広がっており、真っ白な入道雲が綿飴のごとく広がっている。

太陽は嫌味なまでに照りつけていて、室内気温は三十一度。

暑いのは暑いが、フローリングに寝そべっていると背中が冷たくて気持ちいい。

（ママにはああ言っちゃったけど、実際問題、お姉ちゃんを傷つけないでうまくエッチだけを避けるなんて……）

ほぼ不可能に近いのではないか、先ほどから答えはそれしか浮かばない。

「はぁ……」

一旦、思考を中断して、大きなため息をひとつ。これ以上は時間の無駄だとわかっていても、母との約束を守るためには名案をひねりださねばならない。

（ああっ、あんな約束なんて簡単にするんじゃなかったかも）

昨夜、入浴中にさんざ射精させてもらった裕也は、「もう絶対にお姉ちゃんとエッチなことしちゃダメよ」と、念を押された。

もちろん、その時はそう思っていたのだが、一夜明け興奮が冷めてしまえば、それがどれほど困難かがわかるというものだ。

いくら母が性欲処理をしてくれても、だからといって美姉への憧憬がなくなるわけではない。それに頭ではわかっていても、迫られればやはり性欲が勝ってしまう。

（けど、僕はママと約束したんだ……約束した以上は守らないと、ママを裏切ることになっちゃうよ）

まずなにより重要なのは、大切な母を悲しませないこと。

そう結論づけた少年は、もう姉とは淫らな行為をしないと心に誓う。

ただ、そこで問題になってくるのは、これからの対処法だろう。

弟に拒絶された姉は、たとえそれがどんな理由であれど、間違いなく拗ねるに決まっている。それだけならまだしも、ひどく悲しんで泣きだすかもしれない。

と、ちょうどそんなことを考えていた、その時だった。

部屋の扉が突然開き、夏樹が元気いっぱいに入ってきたのである。

「ゆーくん、あそぼっ！」

「お、お姉ちゃんッ！」

仰向けに寝そべったままの裕也は、その格好に目を見張った。

上下逆さまに映った姉の服装は、真っ白なカッターシャツと、同じく純白のパンティだけというもの。わざと煽情的な服装を選んでいるのは明らかで、シャツの裾からはチラチラと下着が見え隠れし、デルタの頂にある魅惑の恥丘が目に眩しい。

すらりと伸びる、張りに満ちた太腿も刺激的で、脹脛のなだらかなラインにさえ興奮を覚えてしまうほど。若々しいヒップはキュッとつりあがっていて、その丸い引き締まり具合は新鮮な小桃を思わせる。

「あれっ、なんでこんなところで寝転んで……ふふっ、わかった！　お姉ちゃんのパンツ、下から覗こうと思ってたんでしょ？」

足元の弟に気づいた夏樹は、からかうように明るく言った。

「ち、違うよっ！　僕は別にそんなこと――」

「ふふっ、照れちゃって。わざわざこんなことしなくても、パンツくらいいつだって見せてあげるのに。……もぉっ、ゆーくんは本当にエッチなんだからぁ」

飛び起きて否定するも、夏樹は笑ってぴったりと身を寄せてきた。

背後から両腕で抱きしめられ、その若々しい肉体をこれでもかと密着されれば、すぐさま股間に血液が集まりはじめてしまう。

「ねぇ、今日はどんなエッチしよっか？　ゆーくん、なにかしてほしいことある？」

さも当然のように尋ねる瞳は、妖しい光を灯している。その輝きに先ほどの決意が揺さぶられ、一瞬にして色欲に押し流されてしまいそうだ。

「ダ、ダメだよ、そんなことっ……」

「あれっ、どうして？　ゆーくんはお姉ちゃんとエッチしたくないの？」

「だって、その……僕とお姉ちゃんは姉弟だから、姉弟でそういうことしちゃいけないから……だからその、もうこういうエッチなことは……」

懸命に理性を保ちながら、なんとかそれだけ口にする。

しかし、その言葉とは裏腹に、下半身ではこわばりが涎を垂らしはじめていた。体は陥落寸前だが、それでも母との約束を破るわけにはいかない。

「ふーん、ゆーくんったら、急にそんなこと言うんだぁ……。今まであんなに触ってたのに、お姉ちゃんの身体には興味なくなった？　もう飽きちゃったの？」

「そ、そんなことないってば！」

「だったら……ほぉら、ここ見てごらん？」

視線で指し示された先は、美貌の真下にある胸の谷間。

ふたつの肉まんが詰めこまれたような襟元は、カッターのボタンが三つ目まで外され、むっちりとした柔肉が今にもこぼれだしそうだった。

それに、あまりに乳房が大きすぎるためか、布地がパツンパツンに引っ張られていて、ボタンが弾け飛んでしまいそうである。それは見るからに悩殺的で、思わず顔面を埋めるか、鷲摑みにしたくなる破壊力を持っていた。

（うわぁっ……なんか裸よりもエッチかも……）

ごくりと生唾を飲んでしまえば、ここぞとばかりに悪戯っぽく、

「お姉ちゃん、さっきからおっぱいがちょっと窮屈なの……。ねぇ、お願い。ゆーくんの手で、シャツのボタン、全部外して……」

その声音は、通常よりも二倍ほど媚びた響きだった。加えて、潤みを帯びた上目遣いで見つめられれば、気持ちが壮絶にぐらついてしまう。

（ダメだダメだッ！　僕はママと約束したんだ……もうエッチなことしないって）

肉欲を振り払うように、頭を左右に振りたてる裕也。

「もぉっ、ゆーくんったら……」

そんな様子に焦れたのか、夏樹は頬を膨らませた。やがて痺れを切らしたらしく、裕也の体を後ろへ捻り、自分の身体へと無理やり引き寄せてしまう。

「あっ！　ちょ、お姉ちゃんッ――」

押し倒して襲いかかるような格好になると、瞬時に力いっぱい抱きしめられた。胸元に飛びこみ、豊乳に顔面を挟まれたその体勢は、息苦しくも心地よい。

「ダメだよそんなの。ゆーくんはもう、お姉ちゃんのものなんだからっ」

最愛の弟を両腕で包みこみ、姉はいたって明るい口調。普通なら横暴にさえ聞

こえる言葉も、夏樹が発するとごく当然のように聞こえるから不思議である。

「だってお姉ちゃんは、ちっちゃい時から、ずっとゆーくんのこと知ってるんだもん。だからゆーくんはお姉ちゃんのものなのっ」

ひときわ嬉しそうに言いながら、ギュッ、ギュッとバストへ顔を押しつけられる。もはや健康的とさえ言えるその行為に、抗議の言葉すらでない。

（ああっ、やっぱりお姉ちゃんには勝てないよ！　僕のことこんなにも好きでいてくれるし、それにおっぱいだって柔らかくて気持ちいいし……）

柑橘系の爽やかな体臭を吸いこみながら、抵抗など無理だと諦める。母との約束を破るのは心苦しいが、やはり自分には美姉を拒絶するなど不可能だ。

「さぁ、ゆーくん、今日はどんなことしたい？　昨日みたいに、オチン×ンなめなめしてあげよっか？　それとも、おっぱいで気持ちよくしてほしい？」

昨夜、母がしてくれたように、胸で挟んでしごいてもらえる……。

姉のパイズリを想像しただけで、居ても立ってもいられなくなってしまう。

「お姉ちゃんッ！」

興奮のあまり大声で叫んだその時、ふいにドアがノックされた。

「ねぇ、裕ちゃん。麦茶持ってきたんだけど、入っていいかしら？」

母の声で我に返った少年は、逃げるようにして姉の胸元から飛びのいた。

すかさず漫画雑誌を手に取り、床に座ってそれを読みはじめる。

「は、入っていいよ」

努めて冷静を装い返事をすると、香奈子が部屋へ入ってきた。そして、後ろから弟の漫画を覗きこんでいる夏樹を目にして一言。

「……あら、なっちゃんもいたのね」

別に不自然な口ぶりではなかったが、その瞳ははっきりと裕也を見つめていた。ちょっと怒っているというか、多少、睨んでいると言ってもいい。

「うん、ゆーくんと一緒に漫画読んでるんだよ、ねっ?」

何事もなかったかのように、夏樹が同意を求めてくる。

裕也は冷たげな視線をひしひしと感じながら、「う、うん……」と頷くだけ。

「あら、そうだったの。ふふっ、本当にお姉ちゃんと仲良しなのね、裕ちゃん」

明らかに当てつけっぽく言う。もっとも、そんな時でさえ母は嫌味っぽくはなく、どこか拗ねてみせる年頃の少女のように可愛らしい。

さらに香奈子は、なにか思いついたのか、ポンと手を打った。

「そうだわ。ちょうどなっちゃんに、お使いに行ってもらおうと思ってたの。ちょっとお願いできるかしら？」

「えー、今せっかくゆーくんと遊んでるのにぃ」

「お願いよぉ。ママ、お夕食の準備があって出かけられないの、ねっ？」

笑みを浮かべながら頼みこむ母に、姉は「しょうがないなぁ」といった様子。

「じゃあゆーくんも一緒にいこっか？」

「それはダーメ。裕ちゃんはこれから、夏休みの宿題をしなくちゃいけないんだもの。……ね、裕ちゃん？」

すかさず香奈子が妨害すれば、裕也としてもそれに合わせるしかなかった。

「ごめんね、お姉ちゃん。……僕、まだいっぱい宿題あるから」

「ゆーくんまで、もぉっ……」

にわかに悲しそうな顔になった夏樹だったが、すぐに仕方ないと諦めたのか、しぶしぶといった感じで納得した表情をみせた。そしてすぐに立ちあがり、母から買ってくる物を聞いてメモすると、そのまま部屋を出ていってしまう。

「じゃあね、ゆーくん。帰ってきたら、またお姉ちゃんと遊ぼうねっ！」

4

「……さぁて、裕ちゃん」
二、三分経ち、玄関のドアが閉まる音を確認してから、香奈子がおもむろに裕也を呼んだ。その声には恨めしげな響きが含まれている。
静まりかえった室内には、母と息子の二人きり。

香奈子はお盆をテーブルに置くと、するりと隣に近づいてくる。

「マ、ママ……」

これまで一言も喋っていなかった少年は、気まずさを覚えずにはいられない。母はもちろん、姉弟がなにをしようとしていたかを悟っているだろう。それはつまり、裕也が約束を破ろうとしていたことを意味しているのだから。

「もぉ、あれだけダメって言ったのに……しょうがない裕ちゃんね」

ぴったりと身を寄せてきて、かなり呆れた口調でこぼす。それは怒っているというより、やんわりと咎めているような雰囲気だ。

「ごめんなさい。僕、我慢しようとしたんだけど、その……」

「いいのよ、裕ちゃんだって一生懸命頑張ったんでしょう？……でも、もう大丈夫。これからママが、我慢できるようにしてあげるから……」

艶を帯びた声音で言うと、母親の面持ちに妖艶なおんなの色香が混じる。色白の頰や首筋がうっすらと紅潮し、瞳がとろんと潤んでいく。

「さぁ、ベッドに座りなさい……今日もいっぱい、気持ちよくしてあげるからね」

黙って頷き、真後ろにあるベッドへ腰かける。

香奈子は部屋のカーテンを閉め切ってから、背中を向けて服を脱ぎはじめた。

「……ママ?」

興奮と驚きが混じった声で呼べば、下着姿になった美母がこちらを向く。

下着は淑女らしい華麗で繊細な刺繡に彩られ、色は温和な薄ピンク。部屋全体がうっすらと暗くなっているため、白雪のような肌の色合いとの対比が目に眩しい。

浴室の朗らかな照明の下でとは違い、照りつける陽射しを厚手のカーテンで遮った室内はどこか妖しげで、たまらなく淫靡なムードを醸しだしている。

「お風呂では裸だったから……どう? 下着姿もエッチでいいでしょう?」

悩ましげな視線を送ってきた母は、少年の傍らへ腰をおろし、ぴったりと身体を密着させてきた。そして、透き通るように白い右手を股間の膨らみへと伸ばす。

「……ふふっ、裕ちゃんのここ、もうパンパンになっちゃってるわね」

興奮により作られたテントが、艶めかしい手つきでさすられる。

それと同時に、甘ったるくも上品な体臭が鼻孔をくすぐれば、勃起はさらに肥大した。真横に感じる体温も生々しく、頭のなかが淫らな思考でいっぱいになっていく。

「かわいそうに、オチン×ンがなかでとっても苦しそう……。ずっとつらかったでしょう？　今、助けてあげるからね」

「……ママぁ、はやくぅ」

「はいはい……。ふふっ、裕ちゃんはせっかちさんなんだからぁ……」

香奈子がズボンのボタンを外し、緩やかな手つきでジッパーを下げた。

「はぁい、それじゃあぬぎぬぎしましょうね」

息子と触れあえるのがよほど嬉しいのだろう、その声は喜びに満ちており、まさに幸せそのものといった様子。手さばきも実に軽快で、これから性行為をはじめるというよりは、幼子が用を足させてもらう時のようだ。

（ああ、またママがオチン×ン気持ちよくしてくれるんだ……）

男根が露わになっていく光景を眺めながら、快感への期待に胸を躍らせる。

もしかしたら、今日は他の方法でしてもらえるのではないか。自分の知らない快感が味わえるのではないか。そんな思考が脳裏を掠め、もう楽しみで仕方ない。

「うふふっ、オチン×ン、もうこんなに大きくなってる。先っぽからもお汁をいっぱい溢れさせて……なっちゃんがそんなにエッチでたまらなかったの？」

若勃起を取りだし、耳元でからかうように囁いてくる。

その口ぶりはどことなく意地悪で、きっとやんわりとした当てつけなのだろう。

「だってお姉ちゃんが、おっぱい見せてくるから……」

「あらあら、裕ちゃんは本当におっぱいが好きなのねぇ。お風呂でママのを散々揉んだのに、それでもまだ足りないのかしら？」

続けざまに、ちょっぴり毒を含んだ口調。普段は温厚な香奈子だけに、そんなふうに言われると、とても申し訳ない気分になってしまう。

「だ、だって……僕……」

「ふふ、ごめんごめん。ちょっとからかってみただけよ。はい、だからそんな悲しい顔しないで、ねっ？」

かるい意地悪だったのだろう、母は背中にまわしてきた腕で、胸元へと抱き寄せてくれた。言わば横からもたれかかる格好で、少年は無意識に上体を預けてしまう。

「ああっ、ママぁ……」

「あらまぁ、裕ちゃんったら甘えん坊さんねぇ。こんなに大きいのに、赤ちゃんに戻っちゃったのかしら」

息子の体を受けとめた香奈子は、幸せそうに微笑んだ。

「……ふふっ、戻りたかったら、いつだって戻っていいのよ。甘えたい時には、ママがこうやって、好きなだけ抱っこしててあげるから」

片腕で抱きかかえられたまま、よしよしと頭を撫でられる。それだけで最高に幸せな気持ちになり、もう射精などどうでもよくなってしまいそうだ。

(ああ、ママ……好きだよ、ママぁ……)

「……けど、赤ちゃんはこんなところ、大きくしたりしないわね」

茶化すように呟いて、屹立へと手を伸ばす。剝き卵のようにすべらかな白指が、こわばりきった肉竿をそっと包みこむ。

「裕ちゃんの、とっても硬くてすごく熱いわ。もうガチガチで、我慢できないって言ってるみたい」

と、うっとり呟いてから、

「……ふふっ、この元気いっぱいなオチン×ンが、エッチな気分の元なのね。これがお姉ちゃんとエッチしようとさせる、悪い子なんでしょう？」

からかうように言って、ほどよい締めつけの手筒で若茎を擦った。漏れだす先走りを指に絡ませながら、ねちょねちょと竿をしごいていく。

「ああっ、いいよっ……ママの手、すごく気持ちいい……」

「裕ちゃんは、こうやってシコシコされるの好きなのよね？　抱っこされたままオチン×ン気持ちよくされるの、大好きなんでしょう？」

「うんっ、好き。大好きだよ」

「うふふっ、ママもよ。……はぁい、それじゃあ、いけないいけないオチン×ンから、白いのたくさん、ぴゅっ、ぴゅってしましょうねぇ」

幼児をあやすように言って、手淫のスピードを徐々に加速させる。透明な汁で指を汚されながら、その滑りを利用して素晴らしい快感を与えていく。

（ああっ、ママの手がシコシコって……はぁあっ、き、気持ちいい……）

裕也は母に身を任せながら、めくるめく悦楽にまどろむだけ。それ以外のことなどなにも考えない。体中の力を抜き、与えられる刺激だけをただ愉しむ。

香奈子は右手を上下させつつ、そんな息子を愛しげに見つめていた。

その情景は、さながら絵画に描かれた聖母像のようだ。見る者を安心させるマリアの微笑。類稀なる美貌からは、無償の慈愛と母性愛が感じられる。

「……ねぇ、裕ちゃん、こっち向いて」

「なに、ママ――ンンッ！」

顔をあげると、すかさず唇が重ねられた。

どうやら逸物をしごくうちに興奮してしまったらしく、ぽってりと肉厚な美唇がわずかに開き、なめらかな舌が口内へするりと入りこんでくる。

「んんっ、んむっ……ンンッ、んふぅぅんっ……」

それを受け入れた裕也は、自分の舌を差しだした。柔らかな粘膜同士が触れあえば、口いっぱいに広がるのは母の味。それをもっと味わおうと舌を動かす。

（ああっ、ママの舌美味しいよ！　唾がとっても甘くて、たまんないよぉ……）

テクニックなどどこにもなく、母子は熱烈に求めあうだけ。相手の唇にしゃぶりつき、次は逆にしゃぶりつかれ、ちゅぱちゅぱぺろぺろと口まわりを唾液で汚す。

互いの舌を絡めあい、口内分泌にまみれた粘膜を擦りあわせる。

ただそれだけで、脳がじんわりと痺れていき、体が蕩けてしまいそうだった。

無我夢中で唾を啜れば、言いようのない甘美な味わいが喉を通り抜けていく。

「んんっ……」

しばしの間、接吻を堪能してから、二人の唇は離れていった。どちらの唇も唾液でぬめりきり、透明な橋が伸びては落ちる。

「……じゃあ、今日はお口でしてあげるわね」

上下の唇をぺろりと舐め、香奈子が唐突に立ちあがった。裕也の足元に跪き、開かれた脚の間へ身を寄せて、右手で優しく怒張を握る。

「お口で、ってまさか……」

「そうよ、フェラチオしてあげるのよ。オチン×ンたくさんなめなめして、裕ちゃんをいっぱい気持ちよくさせちゃうんだから……んっ、んちゅっ……」

そびえる隆起へ美貌を寄せ、裏筋をぺろっと舐めあげる香奈子。

刹那、電流が背筋を駆け上り、思わず「あうっ！」と呻いてしまった。

「ふふっ……オチン×ン、とっても敏感なのね。それにすごくいやらしい匂い……」

と、くんくんと匂いを嗅いでから、垂れ流しの我慢汁の様子に、

「あんっ、しょっぱいお汁が次々に溢れてきてドロドロよぉ。……もおっ、裕ちゃんは本当にエッチなんだからぁ……んっ、んふっ……んふぁ、ちゅるるっ……」

頬を赤らめながら、嬉しそうに肉棒へ舌を這わせていく。

（うわぁっ、ママ、いやらしいっ……）

口唇愛撫の面持ちは、まさに淫らな牝そのものだった。

瞳は熱を帯びて潤み、唇は唾液により妖しく煌めいている。ほんのり色づいたうなじの曲線がひどく妖艶で、かすかに確認できる後れ髪がまた色っぽい。

香奈子は舌腹で裏筋を、れろり、れろーりとねぶっていく。そのラインだけを執拗に、上から下へ、下から上へと舐めるのだ。

「あぁあっ、舌が……あぁっ、そ、それっ……すごくいいっ……」

根元からねっとり舐められれば、ただ恍惚の声が漏れていく。

なにせ、その舐め方はあまりに巧みだったから。心のこもり具合も半端ではない。頭を上下させながら、舌だけが絡みつくように竿へ張りついてくる。

何度も何度も情熱的にねぶりまわされ、体がピクピクと震えてしまった。

それに、剛直へと奉仕する母の表情はあまりに麗しく、顔におりてくる前髪をサッとかきあげる仕草などは、ただそれだけで男心を魅了してしまう。

「あぁんっ、裕ちゃんのオチン×ン、逞しくてとっても素敵……。こんなの舐めてたらどんどんエッチな気分になって、我慢できなくなっちゃいそう……」

惚けたように呟く香奈子。その舐め方はいっそう情熱的になり、裏筋だけでなく、砲身全体にれろれろと舌が絡みついていく。

(ああ、ママの顔って、なんてエッチなんだろう。オチン×ン舐めてるだけなのに、こんなにもいやらしいなんて……)

献身的な横顔が愛しくてたまらなくなり、無意識に母の頭へ手を伸ばす。黒髪を愛でるように優しく撫でると、それに気づいた香奈子が穏やかに微笑んでくれた。

「……裕ちゃん、ペロペロ気持ちいい?」

「うん、いいよ。すごく気持ちよくて、もう出しちゃいそうだよ」

「ふふっ、まだダメよ……気持ちいいのは、まだまだこれからなんだから」

熱っぽく告げると、肉茎に手を添え、亀頭をねっとりと舐めだした。雁首から鈴口までが、温かな舌によって複雑に責めたてられていく。

「あうっ、ママッ！」

唐突な刺激に頭を両手で掴んでも、濃密な舌使いは止まらない。亀頭全体を包みこむように、柔らかな舌粘膜が様々な動きで絡みついてくる。

「んろぉっ……んちゅううっ……んふぁ、んんっ……レルルルッ……」

「ダメだよ！　そんなにされたらすぐ——あうぅッ！」

限界を告げようとしたその瞬間、肉筒の根元が指の輪で強く握られた。痛みすら覚えるほどの締めつけに、途端に射精感が遠のいていく。

「こぉら、まだダメって言ったでしょう？　まだまだここからが本番よ。さぁ、ママのお口のなか、オチン×ンで思う存分味わってね……んふっ、ンンンッ……」

上目遣いで甘く咎め、顔を起こして亀頭の先端に口づける。ぽってりと肉厚な唇がＯの字に開き、そそり立ちをゆっくりと咥えこんでしまう。

「あっ、そんなっ！　あっ、あぁあああっ……」

ぬめらかな感触が亀頭を包みこみ、それが勃起全体を覆いつくしていく。ほどよい温度と湿度が作りだすねっとり感は、口内粘膜独特のもの。指で握られるのとはまったく違うし、舌で舐められるのとも別世界。

（ママが僕のオチン×ンを、オチン×ンを食べちゃってる……）

自分の股間に目を向けながら、足元で展開されている光景に感嘆する。

隆々とそびえていた屹立は、その半分までがすっぽりと口内に埋まっていた。根元の部分だけが露出していて、艶やかな美唇から怒張が生えているかのようだ。しかも、真上からすっぽりと咥えている表情と言ったら、見るからに猥褻でありながらも、美しさを感じさせずにはいられないもの。まさに艶美としか言いようのない大人の面持ちに、少年は言葉もなく見惚れてしまう。

（ああ、ママの顔、最高にエッチだよ……それに、口のなかって温かくてぬるぬるしてて、入れてるだけで気持ちいいや……）

にゅるりとした口唇の柔らかさ加減に、えもいわれぬため息が漏れる。窄められた唇の締まりと、裏筋に当たる舌の弾力が気持ちよく、もうそれだけで大満足。

だが、もちろんそれで終わりのはずもなく、頭部が緩やかな上下運動を開始した。牡全体を覆い包んでいる口内粘膜が、硬直しきった肉棒を甘やかに摩擦する。

「んっ、ンンッ……んふっ、んふぁっ、ンンンッ、んふぅううん……」

香奈子は心から愛しそうに、息子の分身を口唇でしごいていく。力いっぱい竿に吸いつき、頬をへこませながらじゅぼじゅぼと出し入れするそのさまは、まさにおしゃぶりと呼ぶに相応しかった。温かな口腔にはたっぷり唾液が満ちているので、なかに入っている部分だけが蕩けてしまいそうだ。

「あうぅっ、すごいよっ……あああっ、いい、きもちぃーよぉ……ぬるぬるで、はあぁぁっ……オチン×ンがとけちゃいそうだよぉ……」

ねっとりと濃厚なフェラチオに、裕也はただ夢見心地。母の頭に両手を添え、口をだらしなく半開きにしながら、初体験の悦楽に身を任せきる。

「んふっ、んふぁっ、むふっ、じゅるるっ……ふぅんっ、ジュルルルッ……」

手で根元をしごき、力いっぱい吸いつきながら、香奈子は熱心に頭を動かす。男好きのする朱唇をキュッと窄め、口腔内に唾液をたっぷりと溜めこんでは、愛しくて愛しくて仕方ない、美味しくてもう止められないとでもいうように、勃起しきった肉柱をしゃぶっていく。

その按配は絶妙で、竿には手筒の強い力加減が、亀頭には舌腹のふにふに具合が、それぞれ至極の気持ちよさ。男性器はあますところなく愛撫され、先端から根元、さらにはその下にある陰嚢までもが、透明な唾によってべっとりと濡れそぼっていく。

「んふっ……どう、こうやっておしゃぶりされるの、気持ちいいでしょう？」

砲身から口を離し、熱のこもった上目遣いで囁いてくる。

若勃起をしゃぶっていた桜色の唇は、唾液により妖しいてかりを帯びていた。それをぺろりと舐める仕草が色っぽく、胸がドキッと弾んでしまう。

「裕ちゃんの、すっごく大きくてカチカチで、それにピクピクしてるのよ……。ママ、裕ちゃんが喜んでくれてると思うと、もっとおしゃぶりしてあげたくなっちゃうの。ほぉら、こんなふうに……」

もっと気持ちよくしてあげるわね、と言うように、香奈子が舌を使いだした。亀頭の付け根から裏筋までを、素早い動きでペロペロと舐めまわす。

舌を上下にぶれさせるその舌使いは、まるでミルクを飲む子犬のよう。さらに再び亀頭を咥え、淫らなおしゃぶりを再開させていく。

「ンンッ、んふっ……れろれろっ、ジュルルッ……レロロッ、んふぅうんっ……」

しゃぶっては舐め、舐めてはしゃぶり、技巧を駆使した濃厚なフェラチオが続いていく。その間も、手で竿の根元をしごくのは忘れない。

それに加え、もう一方の手でふぐりを揉んでくれるのだから最高だ。複数の刺激を一度に与えられれば、もはやなにも考えられなくなってしまう。

「あぁんっ……裕ちゃんのオチン×ン、とっても美味しくてたまらないわ……。

こんなオチン×ンだったら、ママ、ずっと舐めてたいくらい……」

香奈子は肉棒に頬擦りするように、根元から丁寧に舐めあげる。

こわばりに服従しているようなその様子は、もう淫靡としか言いようがない。

おしゃぶりはいっそう激しさを増し、男性器全体が唾でぬるぬるになっていった。大量の唾液は玉袋から滴り落ち、フローリングの床に水溜まりを作っていく。

と、そこで舐めしゃぶりが中断され、縋るような視線が送られてきた。

「……ねぇ、裕ちゃんも一緒に、ママを気持ちよくしてくれないかしら？」

「えっ⁉　ど、どうやって？」

「だから、ママの大事なところも気持ちよくしてもらいたいの……。裕ちゃんはそんなのいやかしら？　ママのアソコなんて見たくない？」

「い、いやなわけないよ！　見たい、僕もママを気持ちよくしたいッ！」

「ふふっ……じゃあ、ベッドに仰向けになって」

二人は互いに重なりあう格好、俗に「シックスナイン」と呼ばれる体勢になった。

「ねぇ、ママのパンティ、どうなってるかわかる？」

肉竿をしごきつつ、いくらかはにかみながら訊く。

裕也の目と鼻の先には、ピンク色の薄布が曝けだされていた。ふっくらと膨らんだクロッチの部分には、楕円形の染みがくっきりと浮かびあがっている。

「……い、色が……色が変わって水溜まりみたいになってるよ」

「それはね、ママがエッチな気分になってる証拠なのよ。裕ちゃんのをおしゃぶりしてたから、オマ×コがいやらしく濡れちゃってるの」

（マ、ママ……）

鼻にかかった甘ったるい口調に、ごくりと固唾を飲む裕也。至近距離から漂ってくる、噎せかえりそうな牝臭も強烈で、頭がクラクラしてしまいそうだ。

（オ、オマ×コが見れるんだ……この向こうに、ママのオマ×コが……）

「さぁ、パンティを脱がせて……。ママのオマ×コ、好きなだけ見ていいからね」

「う、うん……」と、緊張気味の返事をひとつ。

両手で薄布の端を摑み、震える手つきでおろしてみれば、それはゆっくりと太腿を滑り、三角形が上下反対になった。腰まわりから完全に離脱すると、淫猥な染みの部分だけがぬちょっと生々しい音をたて、透明な糸を引きながら離れていく。

（う、うわぁ……アソコが、ママのオマ×コが……）

覆っていた物がなくなると、太腿の根元にぷっくらとした膨らみが現れた。いかにも柔らかそうな楕円形の小山は、さながらマドレーヌのようである。

その周囲に生い茂っているのは、黒々とした恥毛たち。魅惑の花園の中心でかすかに蠢くのは、石榴を縦に切ったような、媚肉による真っ赤な割れ目。

「ほぉら、よーく見てごらんなさい。……ママのここが、このいやらしい割れ目が、裕ちゃんが産まれてきたところなのよ」

初めて見る秘部に呆然としていると、香奈子が己の股間へと手を導いた。ぷっくりと肉厚な大陰唇に指を添え、Vの字にして秘裂を開帳してみせる。

（わぁあッ！）

ビーナスの小丘に咲いた、カーネーションピンクのハートマーク。

ぱっくりと開かれた膣粘膜は、淫らな蜜によりしとどに濡れそぼっていた。まるで蜂蜜を垂らしたように、てらてらと妖艶にぬめっている。それはまさに淫花と呼ぶに相応しい開花具合で、咲き誇っているという表現こそがぴったりだ。

（これがママの、僕が産まれてきた、オ、オマ×コ……）

眼前に広がる卑猥極まりない光景に、たちまち心を奪われてしまう。

すぐ鼻先で、くぱぁ……と開いている女花こそが、自身が誕生した秘孔。左右に広げられた女陰は、童貞少年の想像を遥かに超えた猥褻さだった。これまでの人生で、これ以上卑猥な形状にはお目にかかったことがない。

まず視線を捕らえたのは、恥丘にそよぐ草むらだった。

黒々とした生い茂りは盛りあがりをみせているのに、毛の一本一本は驚くほどにしんなりとしている。いかにも柔らかそうだが、その生え方といったら秘唇の周囲を覆うようになっていて、いやらしいことこの上ない。それでも下品さは微塵も感じられず、むしろ秘裂を華々しく飾っていると言ったほうがいいだろう。

それに、猥褻に肥大した二枚の肉ビラは、充血しきってすでに真っ赤。たっぷりと蜜にまみれたその姿は、見るからに摘んでほしそうだ。

「こ、これが……オマ×コ……」

てらてらとてかる細部の姿形は、息を飲むほどに生々しかった。

保健体育の教科書で見た味気ないイラストとは全然違う。どこかでアワビのようだと聞いていたが、確かにその例えにも頷ける。

(す、すっごい……こんなエッチなところから、僕が産まれてきたなんて……)

熟れ頃の女性器を目の当たりにして、裕也は生唾を飲みこむことしかできない。

歳相応の魅力を携えた淫裂は、オマ×コと呼ぶのがぴったりな器官だった。色のくすみもほとんどなく、妖しげに蠢く様子にただ興奮させられるばかり。

「どう、ママのアソコを見た感想は？　とってもエッチな形でしょう？」

「う、うん。考えてたのよりその……ずっとずっといやらしいよ」

「ふふっ……ほら、ここ見える？　このヒクヒクしてる穴に、オチン×ンが入ってくるの。ここにオチン×ンを出し入れするのよ。ほぉら、こんなふうに……」

ちゅぽっ、ずぬぬぬぬっ……。

香奈子がもう一方の手を淫部にあてがい、おんなの窪みに指を入れる。

すると、くちゅっとかすかな音が鳴り、人差し指が根元まで隠れてしまった。

そして再び指が引き抜かれれば、透明な蜜がとろっと溢れかえってくる。

（う、うわぁっ！　すっ、すごいッ！　オマ×コが指を……あっ！　エッチなお汁がなかからあんなに……）

それはまるで、メープルマシュマロからこぼれるシロップさながらだった。

指を丸ごと受け入れてしまった女壺に、粘液に絡みつかれた白指。それらの光景は卑猥としか言いようがなく、下半身では勃起が鈍痛を訴えてくる。

「ねぇ、見てるだけじゃなくて、ママを気持ちよくしてほしいの。裕ちゃんのお口で、オマ×コをいっぱい舐めまわして──アァンッ！」

おねだりの言葉が終わるやいなや、さしだされたご馳走にむしゃぶりつく。

陰唇に添えた両親指で肉裂を割り開き、果汁滴る牝肉を夢中で舐めまわしていく。

「ンッ……もぉっ、裕ちゃんったらいきなりなんだからぁ……。うふふ、ならママも、もっと気持ちよくしてあげちゃうから……ンンッ、んふぅんっ……」

いけない子ね、といった感じで呟いて、フェラチオを再開させる香奈子。

竿の部分を手で上下に擦りつつ、温かな口唇のすべてを使い、舐めてはしゃぶり、吸いついてはしごきながら、極上の快楽を与えていく。

「んふぅんっ、ンンッ……じゅるるるっ、ンッ……ずずずぅううっ……」

（ああっ、美味しい！　ママのオマ×コ、なんてエッチな味なんだ！　本当に美味しくて、これならずっと舐めてたいよッ！）

負けじとばかりに、秘裂を猛烈にねぶりまわし、愛液を啜り飲む。

二枚のラビアと、フードを被ったままのクリトリス。

蜜を溢れさせつづける秘穴に、見えるか見えないかくらいの尿道口。

パールピンクの膣粘膜すべてがたまらなかった。甘酸っぱい発情臭に脳裏を支配されながら、口唇のすべてを駆使して、牝肉の全部を味わっていく。

「アァンッ、凄いわっ……そんなに激しく……ンッ、うぅんっ……」

膣口に舌を入れ、内部をめちゃめちゃにかきまわせば、香奈子がたまらず男根を放した。だがそれも一瞬で、すぐさま猛烈なおしゃぶりに戻る。

「んふんっ、ンンッ……んふぁ、ンンッ……んっ、ん、んっ、んんんっ……」

（あっ、あうぅっ！　す、すごい！　そんな奥までっ……あっ、あぁあああ……）

肉茎のほとんどをのみこむように、高速で頭が上下する。それだけでなく、口内では舌が竿に絡みつき、うねうねと蠢いているのだから強烈だ。唇での締めつけと、口内粘膜の柔らかさ。それに唾液のまったり感に、舌の蠕動がもうたまらない。

「ンンンッ！　んっ、ンンンンンンッ！」

（ああっ、すごいよ！　オチン×ンたまらないよ！　こんなすごいフェラチオじゃ、オマ×コ舐めてられなくなっちゃうよぉ！）

必死で舌を動かそうとしたが、あまりの愉悦に満足にいかない。気を抜いたら、口内の気持ちよさに呆然としてしまいそうだ。

（でも、ママがこんなにしてくれてるんだ！　ぼ、僕だって！）

懸命に理性を保ちつつ、目鼻の先にある秘唇に口づける。口いっぱいに媚肉へとむしゃぶりつき、牝汁を啜りながら縦横無尽に舌をつかいまくる。

「んふっ、ンンッ……んふぁ、んんんっ……じゅるるっ、ジュルルルッ……」

（ああっ、美味しい！　オマ×コもうたまらない！）

ひたすら女蜜を堪能しながら、口唇愛撫の性感に身を震わせる。天然の媚薬の味わいもさることながら、もたらされる官能もすさまじく、剛直は爆発寸前だ。

「んっ……ダ、ダメだよッ！　ぼ、僕、もうっ……」

「んふっ……いいのよ、ママのお口に出しちゃっても。裕ちゃんの濃い精液、全部お口で受けとめてあげるから」

香奈子は一度、男根から口を離し、

「……さぁ、ほら、我慢しないで、白いのたくさんピュッってして。裕ちゃんの気持ちいいお汁、ママにたっぷり飲ませてちょうだい……んんっ、んふぁ……んふぅんっ、んはうぅんっ……ンンッ、ジュルルルッ、んっ、んんんんっ……」

そして息子を最高潮へ駆け上らせるべく、ラストスパートをかけてくる。若勃起を根元まで咥えこみ、唇や舌をフルに使って、猛烈にしゃぶりたてまくる。

それはいわゆるディープスロート。普通であれば、先端が喉を突くためかなり苦しいはずなのに、母の顔には苦痛の色など微塵も浮かんではいない。

それどころか、ひたすら裕也を悦ばせるために、一心不乱に頭を上下させていく。

「ああっ、出すよっ！　ママの口のなかに、精液いっぱい出すからねッ！」

「んふぅんっ！　んふっ！　ジュルルッ、ふぅんんっ、んんんっ！」

「うぅっ、ママ――ンンンンッ！」

その瞬間、母がねだるように美臀を振りたて、雫滴る秘部を顔面に落としてきた。

口いっぱいに流しこまれる、飲んでも飲んでも溢れつづけるラブジュース。顔全体を包みこむのは、むっちり柔和な尻肉と、ねっとりと熱いおんなの媚肉。

淫ら極まりない顔面騎乗に、牡の昂りが急速に沸点を迎えてしまう。

（ママのオマ×コが僕の顔に！　僕の口に、オマ×コが押しつけられてるッ！）

射精寸前の一瞬にしか味わえない、目も眩むほどの快感の激流。

下腹部から熱いものがこみあげてきては、それが口内で一気に爆ぜた。

「ンッ！　んんっ、ンンンンンッ！」

ゼリーのような粘膜の内部で、煮えたぎる欲望が大量に放出されていく。

勢いよく迸る白濁は、溜まりに溜まった濃厚なもの。生臭いそれを香奈子は残らず口腔で受けとめ、躍動がおさまるまで勃起から口を離さない。

（あぁっ……オチン×ンがとけてくみたいだ……。すごく気持ちよくって、なんだか射精が止まらないよぉ……）

ねっとり温かな口唇に覆われ、口内射精の愉悦にまどろむ。

砲身を優しく包まれたままする放出は、肉体的な達成感だけでなく、精神的な安堵感さえも与えてくれた。しかも、その間もずっと射精を促すかのように、玉袋がやんわりと柔揉みされるのだからたまらない。

やがて、脈動が緩やかにおさまりをみせると、香奈子が喉をかすかに鳴らし、口腔に満ちているザーメンを飲みくだす。それも、まるで甘露な美酒であるかのように、うっとりとした面持ちで、こくり、こくりと飲んでいくのだ。

（精液飲んでる……ママが僕の精子を、飲んでくれてる……）

射精後の倦怠感に包まれながら、その様子を漠然と感じとっていく。スペルマを嚥下していく表情は満足げで、ある種の達成感に満たされていた。

「んふっ、んっ、ごくんっ……。ふふっ、たっぷり出したわね。ママのフェラチオ、喜んでもらえたみたいで嬉しいわ」
濃厚な種子汁をそっくり飲み干し、穏やかな笑みを浮かべて言う。

精を解き放ったばかりだというのに、その両手は竿と袋に添えられたまま。

それだけでなく、ずっとこうして愛でていたいとでも言うかのように、ゆるりとした愛撫を加えつづけてくれている。

「僕もすっごく嬉しいよ。気持ちよかったし、それに精液飲んでくれたんだもん」

「ふふ、それはそうに決まってるでしょう。可愛い息子が出してくれたものなんだもの、ママがごっくんするのが当たり前なのよ」

さも当然とばかりに言い切った香奈子は、幸せそうに小さく笑った。

「……それにしても、裕ちゃんのザーメン、とっても濃くってこってりしてて、それにあんまりにも量が多いから、ママ、ちょっと驚いちゃったわ、うふふふっ」

「だ、だってすごく気持ちよかったから……」

なんだか照れくさく言い訳をすれば、唇にそっと人差し指が当てられる。

「ふふっ、でも男の子はそれでいいのよ。白いのがたくさん作られてるってことは、裕ちゃんが健康な証拠なんだから」

　と、息子の股間に視線を送り、

「……あらあら、でもここはまだまだ元気いっぱいね。これくらいじゃ、全然出したりないって言ってるわよ？」

「あぅっ！」

　出したばかりの逸物がしごかれ、情けない声が漏れてしまう。

「はぁい、それじゃあまたおしゃぶりしてあげるから、たくさん気持ちよくなって、もう一度ぴゅっぴゅしましょうねぇ……んんっ、レロレロレロッ……」

　心から嬉しそうに微笑んだ香奈子が、またも肉棒をねぶりはじめる。まるでそれが自らの使命であるかのように、執拗な舐めしゃぶりを展開していく。

（ああっ、ママ……気持ちいいよ、ママ……）

「んんんっ、じゅるるるっ……んっ、んふっ、ジュルルルッ……」

　裕也もまた同じように、目の前にある恥部を舐めまわす。恥肉のすべてをねぶりたて、滾々と沸きでる恥蜜を心ゆくまで啜り飲んでいく。

　そうして、透き通るような青空の下、陽射しの遮られた薄暗い室内には、母子によるふたつの水音が淫らに響き渡っていった。

第三章　気持ちよすぎる一日　ふたつの初体験

1

「さぁ、ゆーくん、最後はここだよ。ほら、早くなかに入ろっ！」

「えっ⁉　でもここって……」

「いいからいいからぁ。……ほら、こっちきて。でないと置いていっちゃうぞ！」

「わ、わかったよ……まっ、待ってよ、待ってったらぁ！」

夏休みも中盤に差しかかろうとしていた、八月十二日。姉に誘われ一日中デートに連れまわされた裕也は、半ば強引にラブホテルへと連れこまれた。

今日は少年の誕生日。

だからこそデートしていたわけだが、映画館からファーストフード店、さらにはゲームセンターからデパートというこれまでのコースがいたって普通だったため、これは完全に予想外の展開である。

「ゆーくんとこういうところにくるの、ずっとお姉ちゃんの夢だったんだよ」

嬉しくてたまらないといった感じで、恋人のように話しかけてくる夏樹。

(……お姉ちゃん、今日ははじめからここにくるつもりだったんだ)

姉の思慮にいまさら気づき、複雑な思いに苛まれる。それというのも、ここ最近はほとんど性行為できていないことが原因だ。

姉弟の行為が母にばれてから、かれこれ一週間。夏樹による誘惑は俄然続いていたが、その都度、香奈子からの横槍が入り、それが成功することは少なかった。

もちろん、まったくなかったわけではない。母からきつく禁じられても、だからといって性欲がおさまるわけもなく、年頃の少年が我慢できずとも無理はない。

母との約束を破るのは心苦しいが、姉を悲しませたくもない弟としては、仕方なく母姉との二重生活を送っていたのである。

「でもさ、今日の夜は家で誕生パーティーをするってママが……。どうするの？早く帰らないともうすぐ夕方だよ？」

「それなら大丈夫。今まだ五時過ぎでしょ？　一時間くらいで帰れば間にあうよ」

「そ、それでも遅くなったらやっぱりママに――」

二人でエッチなことをしているのではないかと心配されてしまう。

途中まで口にしかけたが、すんでのところで口を噤む。なにせ、母にばれるのも問題だが、母との関係が姉にばれるのはもっと問題だ。

と、夏樹が真正面にやってきて、両手で包みこむように抱きしめてきた。

「……ゆーくんはそんなにママが大事なの？　お姉ちゃんと一緒にいるより、ママと一緒にいるほうがいい？」

その落ち着いた口調からは、美姉の痛烈な思いが感じられた。ここ最近、どうしても姉を避けていたため、寂しさを覚えていたのだろう。今日のデートとて、弟と二人きりになりたかったからに違いない。

「そんなことないよ！　僕、お姉ちゃんと一緒にいると楽しいもん。ただちょっと、ママが心配するといけないから、って思っただけで……」

「ゆーくんは優しいんだね……。でも、今、一緒にいるのは私なんだよ？　ゆーくんはお姉ちゃんのことが好きじゃないの？　いっぱいエッチなことしたくないの？」

さり気なく母について触れれば、夏樹が切なげな表情になる。それは普段の天真爛漫な笑顔からは想像できないような、いたく物悲しげな面持ちだ。

「す、好きだよっ、好きにきまってるじゃないか！　エッチだっていっぱいしたい、お姉ちゃんとだったら、たくさんエッチしたいにきまってるよッ！」

姉の言葉に、部屋いっぱいに響き渡る声で叫ぶ。

母の言い分はわかっている。けれども、やはり自分は姉が好きなのだ。それを実感した途端、香奈子との約束は頭のなかから消え去ってしまう。

「それじゃあさ……ねぇ、ゆーくん、ちょっとだけ後ろ向いててくれる？」

「えっ、な、なに？」

「ふふっ、ゆーくんのために、誕生日プレゼントを用意するんだよ」

「えっ⁉　プレゼントってさっきデパートで色々と——」

「そういうのじゃなくて、もっと特別なプレゼント……。ほら、はやくぅ」

「えっ、う、うん……」

うきうきしている夏樹に促され、裕也は黙って後ろを向いた。

（お姉ちゃん、一体なにくれるつもりなんだろう？　欲しいものはもう買ってもらったし、けど特別って……。それに、なんでわざわざラブホテルなんかで……）

そんなことを考えている間にも、背後からは、なにやら動いているような気配が伝わってきた。気にはなるが、用意ができるまで黙って待つ。

「……もういいよ。さぁ、ゆーくん、こっち向いて」

姉に呼ばれ振りかえる裕也。と、そこには驚くべき光景が広がっていた。

「お、お姉ちゃん！」

ベッドに「ぺたんこ座り」をしている夏樹に、思わず声が上擦ってしまった。

なにせその格好は、全裸の上に真っ赤なリボンを巻きつけているだけというもの。

それも、ちょうど胸と股間を隠すように工夫されていて、大切な部分がうまく伏せられているその感じは、まさにラッピングという表現がぴったりだった。

「ふふっ、ゆーくん驚いた？」

「お姉ちゃん、そ、それって……」

「じゃーん！　ゆーくん、お誕生日おめでとう！　お姉ちゃんそのものが、ゆーくんへの誕生日プレゼントだよッ！」

それが世界最高の名案であるかのごとく、満面の笑みを浮かべ、弟を待ち構えるように両手を大きく広げる夏樹。

「…………」

そのあまりのまっすぐさに、そのあまりの眩しさに、少年は言葉を失ってしまう。

一瞬、なにが起こったかよくわからず、目の前の光景が理解できない。

「……ねぇ、どうしたの？……もしかして、こんなプレゼントでがっかりした？」

押し黙っている弟を見て、夏樹が自信なさげに声をかける。その表情は不安そのもので、今にも泣いてしまいそうだ。

そこで我に返った裕也は、部屋いっぱいに響き渡る声で叫んだ。

「そんなことないよッ！　僕、すごく嬉しいよッ！」

そして、すぐさまベッドに飛びこんでは、姉の身体に抱きついていく。

「きゃぁあんっ！　ゆーくんっ！」

それを真正面から受けとめた夏樹は、そのまま弟を抱きしめ唇を奪った。姉弟は抱擁しながら舌を絡めあい、熱烈なディープキスを続けていく。

「ンッ……お姉ちゃん」

唇を離し、熱い視線を姉に送ると、にっこりと微笑みを返してくれる。

「ふふっ、今日はいっぱい、お姉ちゃんを楽しんでね。なんたって、今の私はプレゼントなんだもん……。さぁ、ゆーくん、お姉ちゃんを好きにして……」

肢体から無駄な力を抜きさり、シーツの上にだらりと寝そべる姉。その姿はいつもと違い、まだあどけない少女のようであった。その姿が最大の要因なのか、仕草や口調までがやけに初々しく感じられ、眺めるだけで鼓動が高鳴りはじめてしまう。

「じゃ、じゃあ、これ、取るね……」

緊張した面持ちで、胸元にあるリボンを解く。美姉の胸など毎日、目にしているはずなのに、なんだか初めて見るような気がするから不思議である。

あらかじめかるく結んであったのだろう、薄布が簡単に外れると、若々しい乳房が露わになった。それもまるで、プレゼントボックスから飛び出てきたように。

「ふふっ、なんだかこうやってるとドキドキするね」

かすかに震える弟の手を見て、夏樹が照れくさそうに言う。

その胸元の膨らみは、仰向けでもしっかりと盛りあがりを保っていた。

高級な陶磁器を思わせる、お椀型の見事な双丘。透き通るような肌は張り艶ともに申し分なく、桃色の先端では、ツンと上向いた乳首が恥ずかしげに佇んでいる。

「……さ、触るよ、お姉ちゃん」

そう言って、はち切れんばかりの豊乳に手を伸ばす。

手に余りすぎる乳房は、さながらふたつのメロンのようだ。かるく触れただけでむにゅっと歪み、それでいて内側からはしっかりとした弾力で跳ねかえしてくる。

（ああっ、お姉ちゃんのおっぱい柔らかい。……それにむにむにって感触もたまらないし、揉んでも揉んでも、もっと揉みたくなっちゃうよ）

手のひらをめいっぱいに広げつつ、柔肉の感触をまったりと楽しむ。

ふにゅっ、ふにゅりっと指がめりこむたび、その若々しさが手から伝わる。

優しく、そして穏やかに、まるで割れ物でも扱うかのように撫でていけば、夏樹はかすかに身体を震わせ、熱い吐息を漏らしはじめた。

「……ねぇ、ゆーくぅんっ」

しばらく胸を揉んでいると、弱々しく呼びかけられた。

「どうしたの、お姉ちゃん？」

「な、なんかね……今日はいつもと感じが違うの……。触られてるだけで変なくらい気持ちいいし、そ、その……な、なんだかちょっと恥ずかしいの……」

そう告げる姉の面持ちは、羞恥によってほんのりと赤く染まっていた。普段であればまずお目にかかれない初々しさに、逆に落ち着きが戻ってくる。

（今のお姉ちゃん、ちょっと可愛いかも……）

これまではずっと、姉主導のエッチだった。それが今は、弟である自分が主導権を握っている。ならば今日は、姉をできるだけ気持ちよくさせてあげたい。

「お姉ちゃん、おっぱい揉まれるの気持ちいい？　僕に揉まれると感じちゃう？」

ちょっとだけ優越感を覚えながら、柔肉をやんわり揉んでみる。その感触を確かめるように、五本の指を繊細に駆使して、むにゅり、むにゅむにゅとこねまわす。

「……んっ、いいよ……おっぱい揉まれるの、気持ちいい……」

夏樹は感じているらしく、目を瞑ったまま小さな声で答えるだけ。その可愛げな仕草に気をよくして、裕也は姉に跨ったまま、両手で豊乳を揉みたおしていく。

「お姉ちゃん、もっともっと、おっぱい気持ちよくしてあげるね……」

極上の触り心地に浸りながら、乳房に顔を近づけた。

片手を動かすのを止めて、そちら側の乳首をぺろっと舐めてみる。

「ひゃぁあんっ！」

夏樹が声をあげたのに気をよくして、もう一度突起を舐めあげる。一度二度とそれを繰りかえし、ぺろぺろと上下に責めていく。

「あんっ、ンンッ……ゆ、ゆーくぅん、ダメぇ……そ、そんなにペロペロしちゃ、んんっ、あぁあっ……そ、それダメだよぉ……」

（お姉ちゃん、乳首が結構感じやすいんだ）

姉の弱点に気づいた裕也は、今度は上下だけでなく、左右にも舌を使ってみた。舌腹や舌先を巧みに駆使して、四方向から桜色の突起を弄ぶ。

「うぅんっ……ダ、ダメっていってるのにぃ……ンッ、あぁんっ」

性感帯を責められる夏樹は、快感に身を震わせるしかない。口ではダメと言っているが、むろん本心ではないだろう。羞じらっている様子がいじらしい。

片方を十分に責めたてた裕也は、次はもう一方へと移った。まろやかな手つきで双乳を揉みながら、ふたつのサクランボを優しく、激しく苛めていく。

（あっ、おっぱいの先っぽが……）

乳首責めを続けていると、柔らかかった突起が硬さを増してきた。それに伴い体積も増していき、言うなれば肥大、もしくは勃起という感じである。

「お姉ちゃん、おっぱいの先っぽ、大きくなってきてるよ？」

嬉しそうに告げられると、夏樹はいやいやと顔を振り、

「だ、だってゆーくんが苛めるからだもんッ！」

「ふふっ、じゃあもっと苛めてあげるね」

その仕草にいっそう気分がよくなり、ぷっくらと膨らんだ肉実に吸いつく。乳輪ごと口に含み、ちゅーちゅーとかるく吸いたててみる。

こりこりとした乳頭の大きさは、人差し指の先端ほど。口内で舌先を使い、コロコロと優しく転がしてみれば、頭上から聞こえてくるのはかすかな吐息。

「あんっ、ゆーくん、そんな吸っちゃ……んんっ、ンッ……ふぅうんっ……」

「お姉ちゃん、乳首そんなに感じるの？」

「うんっ、すごく感じるっ……身体が熱くなって、お腹の奥がキュンッってしちゃうのっ……んんっ、あぁあんっ、あっ、はあああぁっ……」

甘い吐息を漏らしながら、左右に顔を振りたてる夏樹。

すっかりしこりきった突起はツンッと気丈で、実に弄り甲斐があった。

思いきり吸ったり、チロチロと舐めまわしてみたり、ピンッと舌で弾いたり、歯で甘噛みしてみたり……。どんな責め方をしても違った反応が楽しめ、裕也は

しばらくの間、ひたすらに肉実を弄んでいく。

「ねぇ、ゆーくぅん……」

ふと気がつくと、頭上から熱っぽい声で呼ばれた。

「なに、お姉ちゃん？」

「あのね、その……おっぱいだけじゃなくって、下も触っていいよ」

「し、下って……」

「うん、アソコ……オマ×コも弄って……」

甘えるような囁きに、裕也はごくりと生唾を飲む。

（お姉ちゃんがアソコを……オ、オマ×コを見せてくれる……）

これまでお預けされてきただけあって、女陰部への思い入れはかなりのもの。美姉のもっとも秘められた部分。男を受け入れるための秘所。それを見られると考えるだけで、頭のなかが熱くなり、肉茎はいっそうこわばりを増していく。

「……これまでずっと見せてあげなかったでしょ？　恥ずかしいのもあったんだけど、一番大切なところだから……いずれゆーくんを受け入れてあげる場所だから、こういう特別な日に初めて見せてあげようって考えてたの」

「お姉ちゃん……」

「さぁ、お姉ちゃんの誕生日プレゼント受け取って……」

はにかみながらも、弟を挑発するかのように、秘部が目前に曝けだされる。

(あっ、色が……)

真っ赤なリボンの柔らかい生地には、小さな染みができていた。縦長にできたその楕円形こそ、姉が感じて秘所を濡らした証拠に他ならない。

恥染みが鼻へと接近すれば、香ってくるのは甘酸っぱい発情臭。

牝のフェロモンとも言うべき分泌は、母のよりもずっとフレッシュな匂いだった。甘ったるくも、どこか青臭さを覚えさせる微臭。実りたてのフルーツを思わせる若々しい女香を嗅げば、たちどころに欲情してしまい、頭が沸騰してしまいそうだ。

「……ほら、触ってみて。ここにオマ×コがあるんだよ」

「う、うん……」

囁きに導かれ、禁断の膨らみにそぉっと手を伸ばしてみる。

ぷっくりした肉土手を指で押してみると、それは驚くほどに柔らかく、マシュマロのようにふにふにしていた。押せばそのまま、どこまでもへこむのではないかという独特の感触に、これが女性器を取り囲む肉なのかと感動する。

（う、うわっ、すごい！　おっぱいよりも柔らかいかも！）

魅惑の楕円形をぷにぷにと突き、汚れの中心へ指先を押し当ててみれば、そこはたしかにじんわりと湿り気を帯びていた。

愛液が持つ冷たさの奥に潜む、じっとりと蕩けるような蒸し熱さ。

それこそが、女陰が発する媚肉の恥熱に違いなかった。

「弄ってもいいよ。ほら、割れ目みたいなのがあるから、そこを指で擦ってみて」

「えっ！　う、うん……」

ドキリとしつつ、指を上下に動かしてみる。

指先に当たる窪みに沿うようにして、優しく繊細に擦ってみれば、そこにはたしかに数センチほどの割れ目があった。ただ裂けているだけでなく、内部からは肉ビラがはみでていて、指先に力を入れるとネチョっと割り開くのがわかる。

「あっ、そうっ、そんな感じっ……んっ、あっ……んぁあんっ……」

昂る気持ちを抑えつつ、緩やかに指をスライドさせていく。

すると美姉の口からは、甘ったるい声が漏れた。だんだんと大きくなる嬌声に比例して、布地の恥ずかしい水溜まりもその面積を拡大していく。

（うわぁ……お姉ちゃんのアソコ、どんどん濡れていく）

見るみるうちに濡れそぼっていく薄布に、もう驚きが止まらない。

ひたすら上下に擦っていけば、一分もしないうちにリボンはたっぷり水気を吸い、股間に当たっている部分がビショビショになった。吸収しきれない水分がじわっと溢れ、瑞々しい太腿を伝い、シーツへと流れ落ちていく。

「ねぇ、ゆーくぅん……お姉ちゃん、もう我慢できないよぉ……。リボン取って……オマ×コ、直接触ってぇ……」

頬を紅潮させておねだりする。もう待ちきれないのか、その声は火照ったようであり、いかにも弱々しい響きだ。

「じゃ、じゃあ取るよ」

はやる気持ちに後押しされ、リボンに手をかけ、それを緩やかに脱がしていく。

（ア、アソコが見れるんだ……お姉ちゃんの、オマ×コが……）

美姉の恥部への期待感で、心臓は爆発寸前だ。ドクドクと猛烈に高鳴っていて、耳元では心音がうるさいほどに鳴り響いている。

結び目がほどけ、しゅるりとリボンが外れていけば、Ｙの字を思わせる魅惑のデルタがお目見えした。透き通るほどに白く、陶磁器のようになだらかな丘。ぴったりと閉じられ、かすかに震えている両脚が、その光景をより神聖にみせている。

（あ、ああっ……ここが、これがお姉ちゃんの、オ、オマ×コ……）

初めて目にした姉の痴態に、どうしても興奮が抑えきれない。

見開かれた瞳に飛びこんできたのは、なだらかな恥丘を覆う黒い茂み。ビーナスの丘を守護するそれは、毛の一本一本が繊細かつ柔らかそうで、流れるような三角形を描いていた。陰毛特有の縮れもあまりみられず、草むらというほども茂っていない。言うなれば萌えているといった感じだろうか。

そのせいで丸見えになっているのが、恥毛の下で息づく秘唇だ。

ぷっくりとした肉饅頭の中心には一本切れ目が入っており、その内側からビラビラがかすかに顔を覗かせていた。さすが処女というだけあってか、陰唇はあまり肥大しておらず、色だって透き通るようなパールピンクのまま。

（これがお姉ちゃんのオマ×コなんだ……濡れてて、なんかエッチすぎるよ……）

妖しく光る女肉を眺め、裕也はただ呆然とするばかり。まだ脚が閉じられているため、内部の形状までは窺えないが、それでもいやらしさは抜群だ。

「……どう、お姉ちゃんの誕生日プレゼント、気に入ってくれた？」

「うんッ！　すごいよっ、最高だよッ！」

「これじゃあよく見えないでしょ？　ほら、もっと見やすくしたげるね」

夏樹が膝の下に腕を通し、M字に開脚してくれる。

さらに、大陰唇に片手を添え、Vの字にした指でぱっくりと女裂が開帳されれば、ぷっくらとした楕円形に、ハートマークにも似た桜色の粘膜が展開されていく。

「う、うわぁ……」

そのあまりの光景に、ポカンと口が半開きになり、感嘆のため息しか出てこない。

これみよがしに広げられた膣粘膜は、淫猥ながらも美しさが感じられる部位だった。個々のパーツは複雑極まりなく、それぞれがひときわ生々しい。若い年齢ゆえ清純さが感じられるが、牡を猛烈に引き寄せるなにかが備わっているのである。

（なんてきれいなオマ×コなんだ……キラキラしてて、まるで宝石みたいだ）

これまで誰にも晒されたことのない、花びらを思わせる小陰唇。

左右の肉ビラはたっぷりと愛液にまみれながら、ほんの少しだけ蠢いていた。未発達なのでビラビラというには不似合いだが、それでも淫靡な唇には変わりない。

まだ乙女のものだけあって、そのざわめきは自らの存在を羞じらっているかのようだ。それでいてねとねとと糸を引いているのだから、女とはつくづくいやらしい。

二枚の秘唇の間には、サーモンピンクの粘膜が存在しているだけ。

膣前庭の上には極少の穴があり、おそらくそれが尿道口なのだろう。陰唇の合わせ目にあるクシャクシャとした皮の下には、肉真珠が隠れているに違いない。すでに体内ともいえる媚肉は、秘められた蜜でてかるばかりだ。そして……。

(この穴が、お姉ちゃんのオマ×コの穴……)

淫唇の中央でぽっかりと口を開けている、おとこを咥えこむための窪み。

まだ何人たりとも足を踏み入れていない乙女の園は、まるで息をするかのごとく、かすかにヒクヒクと開閉していた。その動きは眺めれば眺めるほどに妖しく、早くきて、入ってきて、と牡を誘っているようにさえ見える。

肉壺の内部からは透明の汁が滾々と溢れ、はしたない涎をシーツへとこぼしていた。牝の匂いも布地越しとは比較にならぬほど強烈で、頭がじんわりと痺れていく。

「…………」

「……ねぇ、ゆーくん、なにか言って。お姉ちゃん、こんなところ誰にも見せたことないから、自分以外の人に見られるの初めてだから……すごく恥ずかしいんだよ」

指で、くぱぁ……と恥裂を広げながら、頬を赤らめて呟く夏樹。

いくらお姉さんぶっていても、そこはやはりまだ生娘。自分自身のもっとも秘められた場所を晒すことに、かなりの羞恥を覚えているらしい。

「お姉ちゃんのアソコ、なにか変じゃない？　見てていやじゃない？」

「い、いやなんかじゃないよ！　なんて言ったらいいのかわからないけど、その……とってもいやらしくて、見てるだけでドキドキするし……」

「ふふ、よかった。オマ×コって変な形でしょ？　お姉ちゃんね、ゆーくんがショック受けたりしないか心配だったんだから……」

「ショックなんて受けたりしないよっ」

と、裕也は否定してから、

「……ねぇ、触っていい？」

「いいよ……ゆーくんの好きにして」

顔を真っ赤にした姉の了承を得て、右手をそろりと秘裂に近づける。

おんなの割れ目は大量の蜜によって濡れそぼり、もはや洪水状態だった。伸ばした人差し指を膣口にあてがい、穴の内部へズブッと挿しこんでみる。

「んんっ！」

その刹那、夏樹が大きく身体を震わせ、明らかな反応をみせた。それでもゆっくり奥へと押しこんでいけば、人差し指は肉穴にすっぽりと入りきってしまう。

（は、入ったッ！　お姉ちゃんのオマ×コに、ゆ、指が……）

肉棒を受け入れるための器官なのだから、それくらいは当然なのだが、それでも驚かずにはいられない。ぽっかりと口を開けていた小さな穴に、自分の指が入っている。その事実だけで感動で胸がいっぱいになり、もう嬉しくて仕方ない。

（うわぁ、オマ×コのなか、あったかい……それにすごく、ヌルヌルしてる……）

「んっ……ゆーくんっ、その、あんまり激しく動かさないでね……。お姉ちゃんまだ処女だから、膜が破れちゃうかもしれないから……アッ……」

本当はいくらか怖いのだろう、夏樹が震えながら言った。

それでも止めさせようとしないのは、弟への愛情が強いから。自分の身体を差しだして、裕也に思う存分楽しんでもらおうと思っているに違いない。

「じゃ、じゃあ、ゆっくり動かすね」

そんな気持ちを察しつつ、緩やかに指を出し入れしてみる。

まだ男を咥えたことのない膣内は、指一本でもキッキッと言っていいくらいだった。潤滑油が豊富だからこそ多少は動かせるものの、それでもスムーズとはいかず、気をつけないと内壁を傷つけてしまいそうである。

(ああっ、これがオマ×コのなか……お姉ちゃんのなかなんだっ……)

興奮しきった頭で抽送を続けながら、蜜壺の感触に全神経を集中させる。

火傷しそうに熱い膣道のまわりには、無数の肉襞が張りめぐらされていた。ほんのかすかにザラザラで、それが複雑に蠕動しながら侵入者へと絡みつく。

膣壁全体が締めつけてきて放すまいと吸いついてくるので、指を入れているだけでも十分に気持ちいい。これほどまでの穴なのだから、ここに勃起を挿しこんだら……と想像するだけで、下半身に大量の血液が集まっていく。

「ああっ、ゆーくんの指、んっ……気持ち、いいよっ……んふぅうんっ……」

夏樹が甘く身悶えていけば、膣分泌はさらにその量を増し、今にも滴り落ちそうなほどになっていた。指もいくらか抜き差ししやすくなり、襞の蠢きが心地よい。とろとろの膣はキュウキュウと締めつけてくるので、抽送はあくまでスローペースだ。

「ねぇ、舐めて……お口で、お姉ちゃんのペロペロしてぇっ……」

もう指だけでは満足できないのか、媚びるような声でおねだりされる。

「う、うん、舐めるよ。オマ×コ舐めまわすからね……」

女孔からちゅぽっと指を引き抜くと、愛液がたらーりと糸を引いた。人差し指は根元まで粘液にまみれていて、その独特の光沢が艶めかしい。

「ぺろっ……」

「ひゃぁんんっ！」

ピンクの粘膜を舐めあげれば、牝の味が口いっぱいに広がった。

ねっとりと粘りつくような分泌液は、牡をいきり立たせる天然の媚薬。

言葉では言い表せない甘酸っぱさが、たちまち硬直を奮い立たせる。

（ああっ、これがお姉ちゃんの味なんだ！　これがお姉ちゃんのオマ×コの味！）

「ンッ、んんっ……ぺろれろっ、じゅるるるるっ……」

一度その味を口にすれば、もはや理性など吹き飛んでしまった。

両手で姉の膝を摑み、縦横無尽に舌を使う。じゅるるっ、れろれろっと陰部のすべてをあますところなく舐めまわし、たっぷりと溢れ出るラブジュースを啜り飲む。

「んっ……そ、そんな急に……アッ、あああっ、すごい、いいっ……」

夏樹は両脚を掲げたまま、甘い声で喘いでいった。ぱっちりとした瞳を閉じ、唇をキュッと嚙みしめながら、流れるような黒髪を揺らしていく。

(美味しいよッ！　お姉ちゃんのオマ×コ、すっごく美味しいッ！)

一度飲みはじめると止まらない。なにしろ、舐めれば舐めるほど愛液の分泌は激しくなるのだ。しかも量だけでなく、その粘性や味の濃度まで高まるのだからすごかった。ねっとりと糸を引く甘露さがたまらなく、二枚の花弁から膣前庭、尿道口から膣口までもを無我夢中でねぶりまわす。

「あンッ、ダメぇ……そ、そんなに激しくペロペロされたら……あんっ、あぁぁっ」

頭上からは、ひときわ甲高い嬌声が漏れていく。よほど感じているのか、その太腿はふるふるとかるくわなないていた。切羽つまった声の調子から、快楽のすさまじさがありありと伝わってくるようだ。

悶絶する姉に感化され、裕也は口唇をフルに使い、さらに熱烈なクンニリングスを続けていく。顔面を股間に埋め、わき目もふらず濃厚な刺激を与えつづける。

「ダ、ダメえっ！　気持ちよすぎて、お姉ちゃん変になっちゃうよぉ……。アンッ、ゆーくぅんっ……ああっ、いいよぉ……変になるくらい気持ちいいっ……」

鼻にかかった甘声で喘ぎ、夏樹は上下の口から涎を垂れ流しにする。

もっと舐めてとでも言うように、腰を浮かして唇に恥部を擦りつけてくる。

(そういえば、たしかママが……)

母から教えてもらった知識を思いだし、人差し指と親指で表皮を剝いてみる。

フードの下からその姿を露わにしたのは、真っ赤に充血したクリトリス。

そのルビーのような光沢と、木の実を思わせるクリッとした形状が可愛らしい。

「あっ！　ゆ、ゆーくん、そこ——きゃうんっ！」

夏樹がなにかを言いかけるが、かまわず秘豆を舐めてみる。するとどうだろう、姉の身体が鯉のようにビクンッと跳ねたではないか。

(うわっ⁉　す、すごいやっ！)

その反応のすさまじさに驚きつつ、舌先で秘芯を責めていく。ころころと左右に転がしてみたり、チロチロと上下にねぶらしてみたり、口撃の仕方は色々だ。

「ふぁあぁっ、あぁあああっ！　そ、それダメッ！　そこはダメぇええッ！　あっ、ふぁあっ、あああぁっ……アアッ、ひゃぁああああああっ！」

女の急所を責められた夏樹は、止めどなく嬌声をあげていった。ビクッ、ビクビクッと痙攣が続き、声からも余裕がなくなっていく。

淫核へ吸いつき、ひたすら舌を動かしていけば、気分はもう最高だ。

媚肉の味わいもさることながら、姉の秘部を舐めまわしている、自分の舌技によって美姉を悦ばせているという事実が、少年を幸せな気持ちにさせていく。

「ンンッ、ジュルルルッ……んんっ、ちゅぱ、ちゅうううううぅ……」

「あぁっ、ゆーくんっ……あぁっ、ふぁあああっ、ひゃぁあんっ、ンンンッ！」

口いっぱいに広がるおんなの蜜と、鼻孔を満たす牝の発情臭。

そこに感じきった悶絶の喘ぎまで加われば、脳の髄までが痺れを帯びていく。

（ああっ、セックスしたい！　お姉ちゃんとセックスしたいッ！）

心ゆくまで女裂を舐めまわし、愛液をたっぷり啜っていけば、当然のように挿入願望が膨れあがっていくというもの。

ぱくぱくと開閉するおんなの穴に、素晴らしい動きで指へと快感を与えてくれた蜜壺に、ビンビンにそそり立っている肉棒をずぶりと挿しこみたい。

一番奥まで突っこんで、力の限り激しい出し入れを繰りかえしたい。腰を思いきり振りたてて、内部の締まり具合を好きなだけ堪能してみたい。

獣のような欲望が限界まで大きくなれば、もう口に出さずにはいられなかった。

「お姉ちゃん、セックスしようよ！ 僕、セックスしたい！ お姉ちゃんのオマ×コにオチン×ン入れたい！ ねぇ、いいでしょ、セックスさせてほしいんだ！」

それを聞いた夏樹は一瞬固まった後、困った顔になってしまう。

「……ゆーくん、それはまだ早いの。大人になったらさせてあげるから、それはもうちょっとだけ我慢して、ねっ？」

「でも、もう辛抱できないんだッ！ ねぇ、いいでしょ？ セックスさせてよ、オチン×ン我慢できないよぉ！ ねっ、いいでしょ？ いいでしょ？」

したくてしたくてたまらなくなり、縋るようにお願いする。なにせ、もうここまできてしまったのだ。いまさらお預けなんてつらすぎる。

だが夏樹は少し考えたのち、心から申し訳なさそうに言った。

「ごめんね、ゆーくん。セックスはまだどうしてもダメなの」

「お姉ちゃん……」

まさかの却下にうなだれれば、それを励ますように明るく提案される。

「……そのかわり、代わりにセックスと同じくらいいいことしよっ。ゆーくんもお姉ちゃんも、二人とも気持ちよくなれる方法だよ」

そして、身体を起こしてから、

「……さぁ、仰向けに寝てみて。すごくエッチで、気持ちいいことしてあげるから」

これ以上わがままを言っても仕方ない。言われた通り仰向けに寝転ぶと、立ちあがった夏樹が腰の上を跨ぎ、そのまま腰をおろしてきた。それはちょうど和式トイレで用を足す時の格好で、てらてらと妖しく輝く処女花が丸見えだ。

「ほら、お姉ちゃんのオマ×コで、ゆーくんのオチン×ンにキスしてあげる……」

ゆっくりと腰が落とされていけば、反りかえった竿の裏筋に秘唇が触れる。

（あっ、お姉ちゃんのアソコと僕のオチン×ンが……）

ねちょっ……という生殖器同士の接触に、思わず身震いしてしまう。

ねっとりとぬめる粘膜は熱く、蕩けそうなくらいに柔らかかった。ちょうどキスされているような感覚だが、牝汁の粘性が性器独特の生々しさを伝えてくる。

「じゃあ動くよ……お姉ちゃんのオマ×コで、オチン×ンを気持ちよくしてあげる。ほら、こんなふうに、んっ……ンッ……んあっ、んふぅっ……」

「あっ、お姉ちゃん！　あぁぁっ、うぁあっ……」

両手で肩を掴んできた夏樹が、騎乗位のごとく前後に腰を動かしはじめた。怒張の裏側を小陰唇によって擦るそれは、俗に「騎乗位素股」と呼ばれる行為だ。

にゅるんっ、にゅるんっという感じで、肉棒の上を滑っていく秘唇。

大量の分泌液にまみれているため、その動作は実になめらかだった。若勃起へと与えられる愉悦も、フェラチオに勝るとも劣らない。

「ほぉらぁ、ゆーくぅん、これ、すっごくエッチでしょ？　見て、オマ×コとオチン×ンが、ぬるぬるって擦れあってるんだよっ……」

甘い吐息を漏らしながら、熱心に腰を使っていく夏樹。

瞳を瞑り、羞じらい気味に「んっ……んんっ……」と腰をくねらせれば、ぷっくらと膨らんだ左右の花弁が、とろっとした恥蜜を砲身になすりつけていく。

（うっ、こ、これすごいや……お姉ちゃんのアソコがぬるって……）

初めて体験する性器粘膜の擦りあいに、声もなく体が震えてしまう。

締めつけられているわけではないが、乗られているので体重がかかり、怒張へと与えられる圧迫感はすさまじい。にゅるにゅると摩擦しあうふたつの性器。姉の腰がスライドするたび、言いようのない気持ちよさが背筋を駆け抜けていく。

「あんっ、すごいよぉ……なんだかだんだん、気持ちよくなってきたのぉ……」

頰を赤らめる夏樹が、鼻から抜ける声で言う。

はじめはそろそろとした腰の動作だったが、往復していくうちに速さを増していき、やがて自ら快楽を求めるように、卑猥で激しいグラインドへと変化していく。

「ふぅんっ、これ、気持ちいぃっ……オチン×ンがにゅるにゅるって……あンッ、いいよねっ？　ゆーくんもこれ気持ちいぃよねっ？　あんっ、はぁああンッ……」

騎乗位の夏樹が、潤んだ瞳で問いかけてくる。

もちろん、気持ちよくないわけがない。

秘裂で擦られている実感もさることながら、とろとろの潤滑油越しに肉ビラでしっかりと挟まれ、竿の根元から亀頭の先端までを摩擦されているのだ。特に雁首の上を通過する瞬間が素晴らしく、ひと擦りごとに背筋がわななないてしまう。

「うん、いぃよ……これ気持ちよくて、本当にセックスしてるみたいだもん……」

素股の快感に打ち震えながら、両手を伸ばし間近で揺れる双乳を摑む。

腰使いに合わせぷるぷると弾んでいた乳房は、ずっしりと手に重かった。しかも力強く暴れるため、下から支えるようにして持たねばならない。

十本の指をふんだんに駆使し、張りのある柔肉を揉みしだく。指を動かすごとに内側に秘められた若々しい弾力が感じられ、実に心地よい揉みごたえだ。

「あぁンッ、ゆーくぅんっ……いいよっ、気持ちいいよぉ……んんっ、ふぁあん……オチン×ンが、オチン×ンが熱いのぉ……んっ、あっ、はぁああんっ……」

「僕もだよ、オマ×コ熱くてぬるぬるで、なかに入ってるみたいだよっ」

「あっ、んんんっ……オマ×コが擦れるのが気持ちよくて、んふっ、腰が勝手に動いちゃうっ……とまらない、気持ちよすぎてとめられないのぉ……」

悩ましげに腰を前後させ、蕩けるような声を漏らす。

もう感じすぎて仕方ないらしく、その仕草は淫らそのもの。ぐりぐりとお尻が動いては、これは私のだと臭いつけをするかのように、肉茎が摩擦されていく。

「あぁっ、お姉ちゃん！　そんなに激しく動かされたら、あぁあっ、うわぁっ！」

一心不乱なマーキングに、もう限界を堪えるだけで精いっぱい。

剛直ごと蕩けてしまいそうに気持ちよく、気分は完全にセックスのそれだ。

手に余るバストの柔らかさも絶妙で、こみあげる射精欲求が抑えきれない。

「いいよ、イッても……お姉ちゃんも気持ちよくて……イ、イッちゃいそうっ……。アンッ、いいっ、きもちぃーよぉ……くぅぅんっ、あっ、ふぁあああんっ……」

もはやたまらなくなったのか、夏樹がぎゅううぅっとしがみついてくる。

その瞳はきつく瞑られ、息ははぁはぁと荒く、顔は耳までもう真っ赤。

絶頂寸前なのは一目瞭然で、抱きついていないと堪えきれないといった様子だ。

「ああっ、いいよっ、イキそうだッ……ああっ、あああああっ」

「ゆーくぅんっ、好きだよっ、好きぃ、大好きぃ……ンッ、ンンンッ……」

どうやら感極まったらしく、熱烈に唇が奪われた。

「んんっ、んふぅうんっ！　んちゅっ、ンンッ！　んんんんっ！」

もちろん、その間も女陰による若牡しごきは続いている。ニュルニュルと溶けるような粘膜の擦りつけあいが、欲望を限界へと導いていく。

（ああっ、出ちゃうよッ、お姉ちゃんのオマ×コで、あぁあっ、でるぅううッ！）

全身に圧しかかる体重を感じながら、裕也はたまらず精を放った。

二人の体に挟まれた格好の剛直は、濃厚な種子汁をたっぷりと撒き散らしていく。

「ンンッ、ンンンンッ！」

同時に夏樹の上体が跳ね、背筋がなだらかなアーチを描いた。体へのしがみつきは限界にまで強くなり、もう抱きしめられるのが痛いくらい。

かすかにビクビクと痙攣しているのが、絶頂の証なのだろう。口端から一筋の涎を垂らしながら、一瞬だけ硬直したのち、ぐったりと力なくうなだれてしまう。

「……ゆーくん、気持ちよかった？」

「……うん、すごくよかったよ」

少しして射精がおさまっても、二人は動こうとしなかった。ただこの幸福を噛みしめていたかったから。姉弟は重なりあったまま、互いの体温を感じとっていく。

2

裕也と夏樹が帰宅すると、リビングには誕生パーティーの準備が整えられており、二人の帰りを待っていた香奈子が顔を膨らませていた。

「もぉ、二人とも遅かったじゃないの！　ママ、ずっと待ってたのよぉ」

拗ね気味の母に謝ってから、三人はパーティー——とは言っても、食事をするだけなのだが——をはじめていく。

裕也の好物ばかりが並べられたご馳走を平らげ、蠟燭を吹き消してからケーキを食べ、「お誕生日おめでとう」と祝われ、そしてプレゼントが贈られた。

休日のため、姉のアルバイトがどうしても休めず、時間的には一時間ほど。

弟をさんざ可愛がった夏樹は、八時になるとしぶしぶ仕事へ出かけていった。

「さぁ、裕ちゃん、こっちにいらっしゃい。久しぶりにママが抱っこしてあげる」

それから一時間後、かすかに緊張しつつ母の寝室の扉を開けると、そこには薄ピンクのパジャマに身を包んだ香奈子が待っていた。ダブルベッドに腰かけ、早く飛びこんできなさいとでも言うように、微笑みながら大きく両手を広げてだ。

（マ、ママ……）

同じくパジャマ姿の裕也は、室内の雰囲気になんとなく身構えてしまう。

幼少の頃には母と共に眠っていた部屋。だが天井の蛍光灯が消され、間接照明だけがぼんやり灯っている寝床は、どこか大人びたムードに覆い包まれていたからだ。

「ふふっ、どうしたの？　裕ちゃんは昔、ここで寝てたでしょう？　別に恥ずかしがることなんてないのよ。……ほぉら、早くママのところへいらっしゃい」

部屋の入り口で突っ立っている息子に、美母は膝の上を手でぽんぽんと叩いて、ここに座りなさいと促してくる。母性に満ちあふれたたおやかな笑みと、あたたかく優しげな撫で声で誘われては、言われるままに従うしかない。

（ああっ、ママ、なんかちょっとドキドキするよ……。どうしてかな？　別に一緒に寝るだけなのに、それなのに今日のママは、なんだかすごく……）

普段も十分すぎるほどにきれいだが、今はそれに加えて、どこか艶めかしい雰囲気を纏っているように感じられる……。

一歩一歩、ベッドへ近づきながら、裕也はなぜか興奮していく。

なにか特別なことがあるわけでもないのに、ちょっと一緒に寝るだけなのに、自分でもよくわからないのだが、どうしても母を意識してしまうのだ。

そもそも、事の起こりは夏樹の外出後、裕也が風呂に入ったことにはじまる。いつもであれば母は一緒に入浴してくれるのだが、今日はパーティーの後片付けが大変らしく、久々にひとりきりのバスタイム。

その後、入れ替わるようにして香奈子が入浴したわけだが、浴室へ行く前に、「裕ちゃん、今日は久しぶりに一緒に寝ましょうか。ちょっと早いけど、九時になったらママのお部屋にきてね」と告げられたのである。

その時点では特になんとも思っていなかったわけだが、いざ母の寝室へと足を向けると、どこか言い知れぬ緊張感が襲ってきた。部屋のノブに手をかけた時には、鼓動が高らかに早鐘を打つまでに……。夕方から降りつづけている小雨の響きが、一種独特の世界を生みだしたからかもしれない。

揃えられた脚の上へ、背を向けた格好で遠慮がちに腰をおろす。

「うふふ、裕ちゃん捕まえたっ！」

「あっ！」

と、背後から伸びてきた腕によって、そのまま優しく抱きかかえられた。

その抱擁は強すぎず弱すぎず、息子をリラックスさせる絶妙の抱き加減。

否応なしに力が抜け、つい母の胸元へと甘えるようにもたれかかってしまう。

「裕ちゃん、お誕生日おめでとう。……この間まで子供だとばかり思ってたのに、もうこんな歳になったのね。無事に大きくなってくれて、ママとっても嬉しいわ」

「ママ……」

慈愛に満ちた祝福の言葉に、幸せな感情が胸にじんわりと広がっていく。

母の太腿は独特のむっちり感を湛えていて、実にいい座り心地だった。それに、背もたれになっている豊乳のクッションも素晴らしい。全身を包みこむ肉体はどこもかしこも柔らかだから、抱きかかえられているだけでいい気持ちだ。

ほんのりと漂う香水と体臭の入り混じった匂いも穏やかで、たちまちのうちに緊張感が薄れていった。先ほどまでのドキドキもどこへやら、ただこうしているだけで、いつの間にか眠ってしまいそうである。

「こうやって抱っこしてあげるのも久しぶりね。小さい時はこうされるの大好きだったのに、最近の裕ちゃんったら、全然ママに甘えてくれないんだもの」

「だって僕は、もう小さい子供じゃないんだよ」

「大きくなったって、裕ちゃんはママの息子じゃない。……裕ちゃんが甘えてくれなかったら、ママ、寂しくて泣いちゃうんだから、ふふふっ」

それが当然とばかりに言って、幸せそうに笑みをこぼす。

「今日はママと一緒じゃなかったけど、ちゃんとお湯のなかで温まった？　肩まで浸かって、いーち、にーい、って百まで数えた？」

「うん、ちゃんと百まで数えたよ。一人で入るの久しぶりだったから、なんだかすごく懐かしい感じがしたし」

「まぁっ、裕ちゃんったら！　ふふ、そんな意地悪なことという子は、ママがこうやって身体で温めてあげちゃうんだからっ……」

ぴったりと背中に密着され、両腕でぎゅううっと抱きしめられる。

背中から母の体温が伝わってきて、自分は本当に愛されているのだと、世界一愛されている息子なのだと、身も心も幸福な温もりに満たされていく。

（ああ、ママの身体ってあったかい……それにとっても、懐かしい匂いがする……）

そうやって無上の喜びに浸っていた母子は、どちらからともなく顔を見合わせた。

「……それじゃあ、一緒におネンネしましょうか？　まだ寝るには少し早いから、二人でお話でもしましょう」

頷いて、母の元から立ちあがる。

香奈子は掛け布団をめくり、流れるような動作でベッドに身を横たえた。横臥してこちらに顔を向けたまま、入ってきなさいと言うように布団を持ちあげてくれる。

「さぁ、隣にいらっしゃい。ママがずっと、ギュッってしてあげるから」

「えっ!? う、うん……」

ギュッ、という言葉にドキリとしつつ、布団の隙間に身を滑りこませる。

向かい合うように横向きになれば、言葉通り引き寄せられ、柔らかな胸元へがっちりと抱きしめられてしまった。

「ふふっ、こうやってると本当に懐かしいわ。……裕ちゃんはすごく寂しがりやさんだったから、こうして抱きしめてあげないと寝れなかったのよ」

「そ、そうなの？」

「ええ、そうよ。裕ちゃんってばもう覚えてないの？ ちっちゃい頃はおねしょもよくしたし、とっても甘えん坊さんだったんだから」

と、そこで悪戯っぽく微笑み、

「……ふふっ、でもそれは、今もあんまり変わってないみたいだけど」

そうして幼児期のエピソードに花を咲かせ、他愛もない会話を続けていけば、香奈子が思いだしたように話題を変えた。

「そういえば、夏休みの宿題はどうなってるの？　ちゃんと進んでる？」

「うん、全然大丈夫だよ。だってもうほとんど終わっちゃってるから」

「……じゃあ、ママとの約束は？　お姉ちゃんとはもうエッチなことしてない？」

「えっ⁉　えと、そ、それは……」

不意をついた質問に、思わずたじろぎ顔をそらせてしまう。

「それは、なぁに？　ほら、裕ちゃん、こっちを向いて」

やんわりと叱るような口調に、横に向けていた顔を元へ戻す。その視線の先には、子供の悪さを問いただす母親の面持ちが……。

「マ、ママ？」

「裕ちゃん、今日は帰るの遅かったわよね？　それになんだか、石鹸のいい匂いがしたわよ……。お姉ちゃんと二人して、一体どんなところに行ってたのかしら？」

「え、えっと……それは、その……」

「もしかして、ママに言えないようなところに行ってたんじゃないの?」

「………」

はっきりと意思がこめられた質問に、ただ口を噤むよりなかった。いつかはばれると覚悟していたが、やはり約束を破ってしまったのはばつが悪い。

(やっぱり、ママだって気づいてたよね……。でも、僕だって……)

ごめんなさいの気持ちが半分、でも仕方ないという思いがもう半分。

開き直りなどしてはいけないのだろうが、母だって姉の性格を知っているのだ。だとすれば、いくら性欲を満たしてくれても、エッチしてはいけないという約束に無理があるとわかるはず。

俯いたまま、許しを請うように上目遣いで見上げれば、香奈子もそれを理解してくれているのか、ふぅと小さくため息をひとつ。

「もぉっ、裕ちゃんったら本当にきかん坊さんなんだからぁ……。ママが毎日たくさん気持ちよくさせてあげてるのに、なっちゃんともエッチして」

「だ、だって……」

「ふふっ、そんな顔してもダメよ。ママとの約束を破る悪い裕ちゃんは、こうやってメッ! しちゃうんだから」

からかうように言って、伸ばした人差し指でおでこをツンと突かれる。その仕草はとても穏やかで、少しも怒っているようには見えない。

と、そこで少しだけ真面目な顔になり、

「でも裕ちゃんってば、そんなにもエッチなことがしたいの？　なっちゃんに誘われたら、やっぱり我慢できそうにない？」

思春期の性欲を考慮した上で訊いているのだろう、その口調は理解ある母親としてのそれだ。息子に非があるにもかかわらず、ちっとも咎めている雰囲気ではない。

「うん、やっぱりエッチな気分になったら我慢できないよ。それに僕、お姉ちゃんのこと好きだし、お姉ちゃんだって好きって言ってくれるから……」

真摯に話を聞いてくれる母に、心に秘めていた想いを正直に告げる。

実の姉弟だとはわかっていても、好きなものは好きなのだ。それを隠しても仕方ないし、隠すようなこともしたくない。

それを聞いた香奈子は、しばし考えるような仕草を見せてから、

「……じゃあ仕方ないわね。なっちゃんとエッチなことしてもいいわ」

「本当ッ!?」

「ええ。その代わり、本当のセックスだけはしちゃダメよ。エッチとそれとは、やっぱり全然違うもの。……もし赤ちゃんができちゃったりしたら大変でしょう?」

挿入さえしなければ悪戯ですんでも、挿入してしまえばそれではすまない。おそらく香奈子はそういったことを言っているのだろう。

と、裕也はいくらか残念そうに、

「それなら大丈夫だよ。だってお姉ちゃん、セックスはさせてくれないんだもん」

そんな言い回しでは、させてくれるならしてしまうと言っているようなもの。するとそれを感じとった香奈子が、おもむろに口を開く。

「……裕ちゃんは、どうしてもセックスしてみたい?」

そのストレートな質問からは、意味深なニュアンスが感じとれた。それはさながら、「したいならさせてあげましょうか?」とでも言うかのように……。

「ママ?」

信じられない気持ちで呼べば、すべてを見越した頷きが返ってくる。

「いいのよ、どうしてもしたいなら、ママがセックスさせてあげる。それが本当の、ママからの誕生日プレゼント……。ただし、それで裕ちゃんがなっちゃんとのセックスを我慢できるなら、ね。……どう、約束できる？」

穏やかな、しかし確かな意思を持った言葉は、官能と慈愛が綯い交ぜになった響きに満ちていた。妖艶でいて母性的。それは母親だけに許された囁きだ。

（マ、ママと……僕がママと……セ、セックス……）

そんなふうに問われても、答えはただひとつだろう。大好きなママが初めての相手になってくれるのであれば、これ以上望ましい話はない。

「ほ、本当にいいのっ⁉ ママ、セックスさせてくれるのッ？」

「ええ、もちろんよ。大好きな裕ちゃんのためですもの、ちゃんと約束を守れるのなら、好きなだけセックスさせてあげるわ」

「僕、約束するよ！ お姉ちゃんとは絶対にしないッ！ 絶対にセックスしないから、だからッ！」

「あらあら、そんなに大きな声だして……。ふふっ、それじゃあ、ンンッ……」

両手で頭を抱きかかえられ、いきなり唇が奪われる。侵入してきた舌に舌を絡ませれば、ほんのりとした唾液の甘さが、口いっぱいに広がっていく。

「んんっ、んふぅんっ……んふぁ、ンンッ……」

粘膜同士を擦りあわせ、幾度となく唾を交換してから、母子はゆっくり唇を離す。

ねっとり濃厚なキスだけで、逸物はすでに完全勃起。さらに性交への期待感から、先走りをドロドロに溢れさせている。

「ママ、早くセックスさせてっ。もうオチン×ンが我慢できないよっ」

「はいはい。じゃあまずは、パジャマをぬぎぬぎしましょうね」

香奈子は布団をめくり、横になったままパジャマのボタンを外してくれる。上を脱がせ、ズボンとパンツもおろしてから、甘えるような微笑みを浮かべた。

「さぁ、次は裕ちゃんがママのを脱がせてちょうだい」

おそらくは、息子の初体験をより素晴らしいものにしてあげようという、母親としての気遣いなのだろう。仰向けになった香奈子に促され、裕也はその隣へ膝立ちになり、豊満な肉体を上から眺めた。心臓をドクドクと高鳴らせながら、パジャマのボタンに手をかけ、緊張に震える指先でそれをひとつずつ外していく。

(セ、セックスするんだ。これから僕は、ママとセックス……)

初めて女性の衣服を脱がしている実感が、童貞少年の興奮を煽る。

ボタンが外れていくごとに、寝巻きの前が大きく開き、煌びやかなレースに彩られた、純白のブラジャーが姿を現す。下のズボンも脱がせると、肉づきのいいむっちりとした太腿と、ブラとお揃いのパンティが目の前に。

さらに、さんざ苦労してブラジャーのホックを取り外し、スルスルと薄布をおろしてしまえば、母子は揃って生まれたままの姿になった。

(ママが裸に、ベッドの上でママが裸になってくれてる……)

白く透き通るような肌の女体に、興奮はさらに増していく。

仰向きでもなだらかな盛りあがりを保っている双乳に、流れるような曲線を描く脂の乗ったウエストのくびれ。豊かな肉づきの臀部はたっぷりと丸みを帯びていて、そこから伸びる太腿のむちむち具合は、思わず撫でまわしたくなるほどだ。

母の身体は毎日、風呂場で目にしているが、これからセックスするのだと思えば、欲情の滾りもひとしおだった。もはや感動的とさえ言ってもいい。

豊悦な肉体がいつにも増して魅力的に映り、気持ちの昂りが抑えられない。

「……裕ちゃんもママも、二人揃って裸んぼうね。お風呂でもないのに裸なんて、なんだかちょっと恥ずかしいわ、ふふっ」

ちょっとはにかむように笑う。可憐さを感じさせるその笑顔が無性に愛しく、裕也は母の胸元へ、上から覆いかぶさるように抱きついた。

「あぁっ、ママッ！」

「あらあら、裕ちゃんったらやっぱりまだまだ甘えん坊さんね。……大丈夫よ、ママはいつまでも、こうやって抱きしめててあげるから」

息子の体をそっと抱きしめ、その頭をよしよしと愛しげに撫でる香奈子。

互いに裸になっているため、肌と肌とがぴったりと密着しては吸着しあい、そのままひとつに溶けあってしまいそうだ。

裸身の母子が抱きあうほの暗い寝室に、しっとりとした雨音だけが響いていく。

3

「……それじゃあ、セックスしましょうか？」

少しして、互いの肌がじっとりと汗ばんできた頃、耳元でそっと囁かれた。

黙って頷き、母の身体から身を離す。香奈子はベッドに仰向けになると、膝の下に両腕を通して開脚し、上へと持ちあげるように掲げてくれる。

「さぁ、もう我慢できないでしょう？　早くなかへいらっしゃい。ママが裕ちゃんの初めてになってあげる。このヌルヌルの穴で、オチン×ンを全部受けとめてあげるから……優しく包みこんで、いっぱい気持ちよくしてあげるからね……」

脚を抱きかかえて曝けだされた女陰部は、もうしっぽりと濡れそぼっていた。秘割れの中央からは、とろりと蜜がこぼれている。サーモンピンクの花弁もふんわりと開いていて、おとこを受け入れるための準備は万全だ。

「うんッ！」と叫び、母の足元に膝立ちになる。M字に持ちあげられた膝を掴み、糸引く淫裂へ怒張を向け、そそり立つ切っ先で膣口に照準を合わせていく。

（ついにセックスできるんだ……ママと、ママとセックスできるッ！）

渦巻く興奮を抑えきれず、腰を押しつけるようにして、一刻も早くと言わんばかりに挿入を試みる。だが、未経験の少年にとってそれは思いのほか難しく、パンパンに膨らんだ亀頭は愛液のぬめりで滑るばかり。ただでさえ気持ちばかりが焦っているのに、失敗がさらなる焦りを呼び、なかなかうまく入らない。

（あ、あれっ、あれれっ？　なんで入らないんだよッ!?）

そうして何度も奮闘していると、しなやかな指がそっと屹立を摑んだ。

ハッとなって結合部から顔をあげれば、香奈子の穏やかな笑みが、いつもと同じ柔和な微笑みが目に飛びこんでくる。

「焦らなくてもいいのよ。……慌てなくても、ママはどこにもいかないわ」

「う、うん。そうだね……」

あたたかな響きの声を聞き、ひとまずは冷静さが戻ってくる。

だが、それと同時に、言いようのない情けなさが心を曇らせてしまう。

「ふふっ、そんな悲しい顔しないの。裕ちゃんは初めてなんですもの、わからなくって当然よ。誰だって最初はうまくいかないものなんだから」

「でも、ママ……」

「大丈夫、ママが手伝ってあげるから。……ほぉら、ここよ。オチン×ンを入れる時は、角度がとっても重要なの。さぁ、このまま腰を前に突きだして……」

優しく励まされ、砲身の先端が秘孔の位置へと導かれた。

亀頭に感じる、じっとりとぬめった媚肉の熱さ。恥蜜のねっとりした感触も生々しく、これから秘穴に挿入するのだというリアルな実感が沸いてくる。

(ママのなかに入るんだ！　ママと、ママとひとつになれるんだッ！)

「そ、それじゃあ、い、いくよっ……」

「ええ、きてっ……ママのなかに、帰ってらっしゃい……」

「う、うんっ……くっ、うぅううううっ！」

母の両肩をしっかりと摑み、万感の思いで腰を突きだす。いまだ初々しい亀頭が、温かな膣粘膜にゆっくりと包みこまれていく。

「アッ、はぁあっ……はぁあああっ……」

初体験の感覚に、生まれて初めての挿入感に、声にならない吐息が漏れる。

膣内は想像以上に狭く、入り口がキュウッと甘美に締まった。

それでいて内部の壁はとても柔らかい。そのほどよい温度も相まって、入れているだけで男根が蕩けてしまいそうだ。ぬめりを帯びた肉道を緩やかに押し開いていけば、なんとも心地よい密着感が分身を覆いつくしていく。

(ああっ、これがママのなかっ！　これがママのオマ×コなんだッ！　す、すごいや……ぬるぬるしてて、オチン×ンが吸いこまれちゃいそうだっ……)

ずぶずぶと肉棒を突き入れながら、未知の感覚に感動する。

無数の襞を備えた膣壁は、侵入者に対してぴったりと密着してきた。膣全体が吸いつくように、奥へ奥へと積極的にいざなってくるのだ。その動きは歓迎と呼ぶに相応しく、これが本当のおんななのかとはなはだ驚愕するばかり。

「アッ、あぁあっ……ゆ、裕ちゃんのが、裕ちゃんのが入ってくるぅ。……あぁっ、すごい、オチン×ンがズブズブって……アァッ、はぁあああっ……」

若牡を柔穴で咥えこみ、香奈子が惚けた吐息を漏らす。

その美貌は耳まで真っ赤に染まり、煌めく汗が一筋、艶やかな頬を伝っていく。

（ああっ、やった……ついに、ついに童貞を卒業できたんだ……。僕は今、ママのなかに入ってるんだ……ママとセックスしてるんだ……）

「はぁっ、はぁああああああ……」

一番奥まで入りきった瞬間、なんとも言えない吐息が漏れた。

これでセックスできたのだと、膣内に挿入しているのだと、その事実だけで胸がいっぱいになり、他になにも考えられなくなってしまう。

「あンッ、だめぇ……嬉しくって、アソコが勝手に動いちゃうぅ……。ふぁああっ、すごいっ……なかが勝手に……ンンッ、ふぅううんっ……」

極度の興奮によるものなのだろう、根元までずっぽりと埋没しきった瞬間、竿を取り囲む肉襞がウネウネと蠢き、射精寸前の剛直に壮絶な刺激をもたらしてきた。

極少の突起が複雑にざわめいて、肉幹を柔らかくしごいてくるのだ。

（えっ、ママッ！　うぁあっ、なにこれッ⁉）

その気持ちよさは段違いで、もう腰が抜けてしまいそうなほど。

これまで味わったことのないレベルの悦楽に、ついに童貞を卒業できたのだという達成感も加わって、堪える暇もなく精の脈動がはじまってしまう。

「アッ、あぁっ！　はぁぁあぁぁあああああぁあッ！」

ドクンッ！　ドクンッ！　ドクドクドクッ！

（ああっ、出てるッ……ママのなかに、思いっきり射精しちゃってるッ！）

いきなりの絶頂に本人が驚くも、濃厚な白濁液は膣内にたっぷりと注がれていった。その放出感はすさまじく、小刻みに腰が震え、全身の力が一挙に抜け落ちていく。

やがて迸りがおさまると、うなだれるように母の胸元へ倒れこんだ。むにゅりと柔和な感触がたまらず、無意識に顔面を埋めてしまう。

（ああ、よかった……オマ×コに出すのって、こんなにも気持ちいいんだ……）

まさに極楽とでも言うべきひとときを味わったのも束の間、一回出したことにより冷静さが戻ってくると、自分が犯した行為に愕然となる。

（えっ！　な、なかにッ！　なかに出しちゃった⁉）

その事実を認識すれば、大変なことをしたという後悔が胸に押し寄せる。慌てて豊乳から顔をあげれば、いつもと変わらない笑顔がすぐそこに。

「……あらまぁ、裕ちゃんったら入れただけで出しちゃったのね」

まるで何事もなかったかのように、香奈子はいたって穏やかな口調。

「あ、あのッ……えっと、そのっ……ご、ごめんなさいッ！」

裕也はただ、泣きそうになりながら謝るだけだ。

「あら、どうして謝るの？」

「だ、だって、僕その……な、なかで思いっきり出しちゃったから……」

と、慌てる息子を安心させるように、

「ふふ、そんなこと気にしなくていいのよ。今日は安全な日だから大丈夫。……それにママのは、裕ちゃんだけのオマ×コなんだもの。だから出したくなったら、いつでも好きな時に、好きなだけドピュドピュってしていいんだから」

「で、でもっ……」

平然と言われ、思わず言葉を返そうとすれば、香奈子が小さく微笑んだ。

「それにしても、いきなりだなんてママもちょっと驚いちゃったわ。それにこんなにもたくさんだなんて……」

そして、体内に流しこまれた牡の血潮を噛みしめるように、ぽぉっと欲情の籠もった瞳になる。その面持ちからは息子の成長を確かめる母親としての喜びが感じられ、叱るどころか嬉しがっているようにさえ見えた。

けれども、出し入れの一回もなく漏らしてしまった事実は、男からすればとても情けないものだ。そう思った裕也が俯いていると、なめらかな手がスッと伸びてきて、ほんわりとした手のひらが頬に添えられた。

「……いきなり出しちゃったことなら、全然気にしなくていいのよ。さっきも言ったでしょう、初めてなんだからうまくいかなくて当然、って。だから裕ちゃんはちっとも恥ずかしくないし、少しもカッコ悪くないの」

と、そこで一呼吸置き、

「……これからママといっぱい練習すれば大丈夫。すぐに上手になるから、だからほら、そんなに悲しい顔しないで、ねっ？」

できうる限りのあたたかな口調で、幼さの残る息子を励まそうとする。

慈愛に満ちあふれたその言葉に、裕也はなんとか元気を取り戻す。

「うん、そうだね……そうだよね」

「うんうん、それでいいのよ。やっぱり裕ちゃんは元気な顔が一番ね。裕ちゃんが悲しい顔してると、ママまで悲しくなっちゃうもの。ふふっ、それに……」

そこでふと言葉を止め、祝福の笑顔になった。

「おめでとう、これで裕ちゃんも一人前の男の子よ。どう、ママの誕生日プレゼント、気に入ってくれたかしら？」

「もちろんだよ！　これ以上いいプレゼントなんてないくらいだもん！」

「うふふ、裕ちゃんったら……。さぁ、ならさっそく動いてみましょうか。オチン×ンは硬いままだから、このますぐできるでしょう？　焦らなくていいから、まずはゆっくり、腰を引いてオチン×ンを抜いてみましょうね」

「こ、こう？」と、はやる気持ちを抑えながら、そろりと腰を引いてみる。

するとどうだろう、緩やかに抜けていく屹立に対し、一分の隙間もなく絡みついていた膣粘膜が、放すまいと纏わりついてくるではないか。

（な、なんだこれッ!?　オマ×コが僕のに絡みついてくる！）

その内部のざわめきは、秘穴自身が意思を持っているかのようだった。それでも腰を後ろに引けば、雁首の返しが膣道を逆撫でし、快感が背筋をわななかせる。

（……ああっ、なにこれ、オチン×ン全体がしゃぶられていくみたいだ）

ゆっくりと腰を引きつづけ、そのすさまじい抵抗感に逆らっていく。すると根元まで見えなくなっていた若竿が、先端を残してその身を外気に曝けだした。

「そう、上手よ……んっ、今度はまた、あンッ……な、なかに戻してごらん」

「う、うんっ」

鼻にかかった甘声にドキリとしながら、再び腰を押し戻してみる。肉筒はにゅるんっといった感じで、挿入時よりも驚くほど簡単に入ってしまった。

とは言っても、穴のきつさに変わりはなく、締まり具合もまったく同じ。

熟女だからこそなのだろう、媚肉全体がふわふわしていて柔らかく、温かい布団で抱きしめられているようなのだ。それはまさに母親の抱擁とでも呼ぶべき優しさで、はからずも腰が動きだし、緩やかながらも前後運動を刻みだしていく。

「あっ、そ、そうよっ……うまいわ、裕ちゃん……あンッ、んんっ……」

抽送が開始されると、香奈子がそれを褒めながら、甘く蕩ける吐息を漏らした。

「ほ、本当？　これでいいの？　こ、こんな感じで大丈夫？」

「ええ、いいわよ、その調子……あっ、そう、そんな感じで少し速く……そう、上手よ、とっても上手っ……あぁんッ、そう、そんなふうに……アッ、うぅんっ……」

手探りで腰使いを習得しようとする息子を、母は言葉で優しく励ます。

「んっ、そう、裕ちゃん……と、とっても素敵よっ……ンンッ、あぅうんっ……」

最初のうちは応援しているだけだったのだが、やがてストロークが大きくなっていくにつれ、その声は次第にはっきりとした嬌声へと移り変わっていく。

(ああ、セックスってなんて気持ちいいんだろう……。こうやって動いているだけで、なんにも考えられなくなっちゃうよ……)

ズボズボと出し入れを繰りかえせば、だんだん思考が鈍っていった。膣内の心地よさだけが脳裏を支配し、腰を使うことしか考えられなくなる。

結合部からはじゅぶじゅぶと水音が鳴り響き、それがさらなる興奮を誘う。

射精したばかりの怒張はもうパンパンに漲っていて、二度目の射精感はすぐそこまでこみあげてきていた。一回一回と往復するごとに、下半身では溶岩がどろどろと煮立っていき、苦しいくらいに火照っていく。

「あぁっ、ママッ！　気持ちいい……はぁあっ、セックス気持ちいいよぉ……」

両膝を手でしっかりと押し開き、わき目もふらず腰を振りつづける裕也。

その様子を眺める香奈子が、余裕ある母親の口調で、

「裕ちゃんったら、そんな切なそうな顔で一生懸命腰動かして……。ふふ、本当に可愛いわ……ママのなか、そんなに気持ちいい？　そんなに夢中になっちゃうくらい、ママのオマ×コ気に入ってくれたの？」

裕也は一旦、腰を止め、もっとも深く繋がった状態で言葉を返す。

「気持ちいいよ。すごくすっごく気持ちいい……。だってママのなか、やわやわなのにキュッって締まってくるし、あったかくてヌルヌルだから、オチン×ンが蕩けちゃいそうなんだもん……。ママのオマ×コ、本当に最高だよ」

「そんなに喜んでもらえるなんて、ママとっても嬉しいわ……。ママだってね、裕ちゃんのオチン×ンがとっても気持ちいいの。裕ちゃんが入ってるって思うだけで、子宮の奥がキュンッってなって、エッチなお汁が止まらなくなっちゃうの……」

そこまで言った表情が、ほんのわずかに曇りをみせる。

「……本当のこと言うとね、ママちょっと心配だったの。もしかしたら、初めてのセックスがママとだなんて、いやなんじゃないかって……」

「そんなわけないよッ！　だって僕、初めてがママで本当によかったと思ってるもん。大好きなママで童貞を卒業できて、夢みたいだって気持ちになってるんだから」

「ふふっ、ありがとう、裕ちゃん……ママも裕ちゃんの初めてになれて幸せよ。……裕ちゃんを生んで、本当によかったわ」

「ああ、ママ！　ママぁ……」

そのあまりの嬉しさに、裕也は正常位で繋がったまま、母の胸元へ飛びこんだ。豊満すぎる乳房に両手を添え、ボリュームたっぷりの谷間に顔を埋める。ほどよい肉づきの柔らかさと、甘く優しいママの匂いに、全身ごと浸っていく。

「あらあら、ママのなかに帰ってきたせいで、赤ちゃんに戻っちゃったのかしら？　ふふっ、よしよし、いい子いい子……」

背中を抱きかかえられ、頭を優しくなでなでされる。

するとどうだろう、しっとりと吸いつくような肌の温もりと、すべてを包みこんでくれる膣内の按配に、体全体が膣壁に覆われているかのような錯覚が起こった。ありとあらゆるものから守られている気がして、心が静まり安らいでいく。

「さぁ、裕ちゃん、そろそろ続きをしましょうか。このままだと、すぐになっちゃんが帰ってくる時間になっちゃうわよ。ママはそれでもいいけれど、裕ちゃんはそれでいいのかしら？　オチン×ン、一回射精しただけで満足できる？」

しばらくはこのままでいたかったが、その言葉に目が覚める。

裕也はまったく忘れていたが、二時頃には夏樹がバイトから帰ってくるのだ。

「そんなのいやだよっ、僕もっとママとセックスしたい！」

「じゃあ、このまま腰を使ってごらんなさい。ママと抱きあったまましましょう」

甘い囁きに促され、母の首筋に腕をまわしてグラインドをはじめる。

「あぁっ、いいよぉ……ママのなか、すごく気持ちいーよぉ……」

少年はかくかくと腰を振りながら、腰ごと蕩けるような快感に呻いてしまう。覚えたてにもかかわらず、つい先ほどまではぎこちなかったはずなのに、蜜滴る肉壺を激しい腰使いで穿っていく。

「あぁンッ、いいわっ……すごい、こんなのって……。あんっ、すごいのっ、急に激しく、ンンンッ……ああっ、ダメ……ママ、か、感じちゃうぅ……」

急に様になってきた腰使いに、驚きの混じった嬌声があがった。その口調からは余裕が消え去り、感じすぎてたまらないといった雰囲気だ。

母子はぴったりと密着し、玉のような汗を滲ませていく。

「ああっ、ママ！　ママぁっ！　ママぁあッ！」

「ねぇ、裕ちゃん、こっち向いて！　キス、ママとキスッ――ンンンッ！」

呼ばれるままに顔をあげれば、すかさず唇が奪われた。

「んふぅんっ！　んちゅぅううっ！」と互いの唇にむしゃぶりつき、舌を絡めて唾液を交換する。キスによる興奮により、結合部では途端に限界が訪れてしまう。

びゅるっ、びゅるるるっ、ビュルルルルルルッ！

(ああっ、ママ！　もっとキスしてッ！　もっともっと唾を飲ませてッ！)

びゅくびゅくと種子を迸らせながら、それでも裕也はピストンを止めない。

愛情を求めるようにディープキスを続け、それ以外は考えられないとでも言うべき必死さで、ただひたすら猛烈に腰を振りつづける。

「あぁっ、出てるっ……なかで熱いのがびゅくびゅくって……。ああっ、すごいっ……裕ちゃんの温かいのが、んんっ……お腹いっぱいに広がっていく……」

ぎゅっと息子にしがみつく声は、膣内射精の愉悦に震えていた。

接吻は舌での遊戯からまた唇の吸いあいへ、さらには互いに舌を差しだし、尖らせた先端だけをチロチロレロレロと触れさせあう。

「……裕ちゃんの、ちっとも小さくなってないわっ……まだ全然硬いままっ……はぅっ！……あぁっ、またなかで大きく……アンッ、ふぁぁぁあんッ……」

「うんっ、僕まだこうやってセックスしてたい！　ママのなかにもっと出したい、出なくなるまで射精したいッ！……ああっ、すごいよッ、腰がちっとも止まらない！　気持ちよすぎて、腰が勝手に動いちゃうよぉ！」

「ふぁあんっ！　ゆ、裕ちゃん!?　そ、そんなに激しく突かれたら、ママもう……あんっ、ダメっ！　ダメなのっ！　あぁあっ、アンッ、ダメえええっ……」
　下半身全体を叩きつけるように動かせば、母が切羽つまった声で啼いていく。
その美貌は女悦によって完全に蕩けきっており、瞼はとろんと眠たげに潤み、
ぽってりとした唇はもう半開き。口端からはとろりと涎が垂れさがり、アップに
纏められた黒髪は乱れ、そのうちの数本が頬に張りついている。
「ママもイキそうなの？　僕のオチン×ンでイッちゃいそうなのっ？」
「そ、そうよ……ママ、もうダメなの……ズボズボされるの気持ちよすぎて、裕
ちゃんに恥ずかしいところ見せそうなのっ……」
　香奈子は必死で息子にしがみつき、イヤイヤと首を振るばかり。
　発情度合いが高まってきたせいなのだろう、肉棒を咥えこむ柔穴では、柔和な
肉壁がいっそう締めつけを増した。と、同時に、びっしりと張りめぐらされた襞
たちが複雑に蠕動し、様々な方向から二重三重の肉茎しごきを施してくる。
「うぅっ！　そんなキュッって締めつけられたら……だ、出したばっかりなのに
また、あうぅうっ……な、なかが動いて、くっ、くぅうううううっ！」
　まるで複数人から一度にフェラチオされているような感覚だった。そのあまり
の快感に、瞬く間に射精感がこみあげてくる。

結合部では分泌液が量と粘度を一段と増し、その下のシーツは精液と愛液でもうぐちゃぐちゃ。高速で出入りする砲身は白濁にまみれきり、性交の激しさとすさまじさを如実に物語っていた。

「ああ、裕ちゃん！　裕ちゃんっ！　ゆうちゃんッ！　ゆうちゃぁあんッ！」

「ママ！　ママっ！　ママッ！　ママぁあッ！」

パン！　パンッ！　パンァッ！　パァアアアンッ！

かすかな雨音を伴奏にして、夜の寝室に乾いた音色が鳴り響く。

素早い腰使いが激しいリズムを刻むなかで、母子はただ呼びあうだけ。互いをひたすらに求めあい、獣のごとくどこまでも愛しあっていく。

「裕ちゃん、好きよッ！　ママは世界で一番、裕ちゃんが大好きッ！」

「僕もだよ、僕もママが大好きだッ！　好きだよ、ママ、ママぁ、ママぁあっ！」

「アアッ、裕ちゃん、イクぅ、ママ、もうイッちゃうッ！」

狂ったようにズンズンと秘壺を穿っていけば、母はもはやメロメロだった。

裕也の我慢も限界に近く、発射への階段を駆け上っていく。

「出すよっ！　ママのなかに精液いっぱい出すからねッ！」

「ええ、きてッ！　ママのなかに、裕ちゃんの濃いのたくさん出して！　濃い精液、オマ×コにたっぷり注ぎこんでッ！」

「ああっ、出すよっ！　もう、くぅううううっ！」

「ふぁあっ、もうダメぇえっ！　ママもイクッ、イッくぅうううううっ！」

息子の頭を強く抱きかかえ、香奈子が絶頂の叫びをあげる。

爪が白くなるほどの力でしがみつかれれば、それに連動した形で膣道が窄まった。想像を絶する締めつけと、腰が抜けそうなほどの吸引が肉棒を襲う。内部の壁全体がざわめき、複雑極まりない蠕動によって、最高の射精を誘発させていく。

（あああっ！　オ、オマ×コが吸いついて……す、すごいッ……オチン×ンごと吸いとられるみたいだっ……）

「あぁあっ、出るッ、でるぅうううううっ！」

ドクンッ！　ドクンッ！　ドピュドピュドピュゥウウウウウッ！

ひときわ強く腰を打ちつけた瞬間、頭のなかが真っ白になり、母の最奥で爆発が起こった。脈動するこわばりから、どろりと濃い欲望が子宮に打ちこまれていく。

（ああっ、出てる……ママのオマ×コのなかで、はぁああぁあぁ……）

これでもかというほど締まる膣内は、幾重にも収縮を繰りかえし、あたかも射精を促すかのよう。裕也は至上の愉悦を味わいながら、放出の快感に身を任せていく。

少しして脈動がおさまっても、若牡は俄然そそり立ったままだった。

母と息子は繋がったまま、互いの面持ちを確かめあう。

「ふふっ、ママ、裕ちゃんのオチン×ンでイッちゃったわ……」

そこにはいつもと変わらない、母性に満ちた微笑みがあった。ちょっと恥ずかしそうなのは、息子の前で思いきり達してしまったせいだろうか。

「……裕ちゃんの、まだ大きいままね。ママ、逞しい男の子はとっても好きよ……。さぁ、これくらいじゃ物足りないでしょう？　今度はママが上になってあげるから、もっともっと、二人で気持ちよくなりましょうね」

艶っぽい口調で囁かれた後、胸元へ優しく抱きしめられる。揺り篭を思わせるそれはまさに、母親ならではの抱擁だ。

「うん、ママ……もっともっと、ずっとセックスしようね」

そうして、夏樹が帰宅するまでの数時間、雨音が響く薄闇のなかでは、母子による性のハーモニーが奏でられつづけたのだった。

第四章　禁断すぎる二重生活　熟と若の間で

1

「あぁんっ、ゆーくんってばオチン×ンもうドロドロにしちゃってるぅ」

すでに八月も半ばを過ぎ、学生たちが夏の終わりを意識しだす十八日。

朝から出かけていた裕也と夏樹は、茹だるような昼下がり、できたばかりのファミリーレストランに入っていた。

と言っても、ここは女子トイレの個室内。姉に半ば強引に連れこまれた少年は、ズボンとパンツをおろした状態で、便座に腰かけていた。

「ふふっ、あれだけ恥ずかしがってたのに、ここは元気いっぱいなんだからぁ」

足元には夏樹が跪き、そびえ立つ剛直に美貌を寄せている。

クーラーの効いていない室内は蒸し暑く、二人で入っているのが温度の高さをよりいっそう際立たせていた。

「お姉ちゃん、やっぱりやめようよ。お店の人に見つかったら大変だよ？」

「ゆーくんったらまだそんなこと言って……。それなのに、オチン×ンをこんなにビンビンにさせてるのは誰なのかなぁ？」

「あうっ！」

最後の抵抗を試みると、しなやかな指先で裏筋をつぅーと撫で上げられた。羽根先でなぞられるようなゾクッとする感覚に、抗う気力さえなくなってしまう。

（それにしても、最近のお姉ちゃんはどうしたんだろう。ママはもう邪魔しなくなったのに、なんだか余計に、僕にくっついてくるようになったみたいな……）

母との初体験をすませたあの日から数日、姉との行為を許可した香奈子は、夏樹が裕也の部屋に入っていても、見て見ぬふりをしてくれるようになった。

当然、妨害はなくなったわけだが、美姉は弟とのデートをいたく気に入ったらしく、暇さえあれば外へ連れだされる日々が続いている。今日もそうやって午前中から連れまわされ、あまりの暑さからこの店に駆けこんだところなのだ。

「それにしても、すごくエッチな匂い……。ふふっ、汗いっぱいかいたもんね。

お姉ちゃんが、今きれいにしてあげる、んっ……」

　クンクンと鼻を鳴らした夏樹が、太腿を割り開いて肉筒をぺろっと舐めあげる。根元から幾度か舐めたのち、鈴口の辺りを重点的にねぶりまわす。

「あっ、お姉ちゃんッ！　あああっ……」

「ふふっ、ゆーくんの、しょっぱくてとっても美味しいよ。いやらしいお汁が舐めても舐めても溢れてくるの……。お姉ちゃん、なめなめ大好きになっちゃった。お仕事中だって、ずっとおしゃぶりすることばっかり考えてるんだから」

　上目遣いでうっとりと呟き、砲身を丹念に舐め清める夏樹。

　男性器からはむわっと強烈な性臭がするのに、生臭いそれを嫌がるどころか、むしろ喜んでいる様子だ。裕也は肉棒に舌が這っていく光景を眺めながら、絡みつくような口唇奉仕の快感にただ身を震わせるだけである。

「……お姉ちゃん、そ、それ……エッチすぎるよぉ……」

　舌腹を駆使して雁首の汚れをこそげ落とし、先走りまみれの肉茎をねっとりねぶられれば、情けない声しか出てこない。

　夏樹はこわばりをしごきつつ、舌先で鈴口を責めながら、

「お姉ちゃんをこんなにしたのは、ゆーくんなんだからね。お姉ちゃんがゆーく

んを好きすぎてたまらないのも、オチン×ンが大好きになっちゃったのも、全部ゆーくんのせいなんだから……うふんっ、んんっ……レロロッ……れろれろれろっ……」

　恥ずかしげに頬を赤らめ、さながらフルートを吹くかのごとく、顔を横倒しにして上下の唇で愛撫する。裏筋にちゅっ、ちゅっと吸いつくだけでなく、唇の間から舌先を伸ばして蠢かせ、敏感なラインを刺激していく。

「あうっ！　そ、そんなにチロチロされたら、あぁあっ、うぅうっ……」

「ふふっ、今日はペロペロするだけじゃないからね。ほぉら、こうやって……」

　右手を竿の根元に添え、その可憐な唇でぱっくりと亀頭を咥えこむ。ぬるりとした口内粘膜が先端を包んでいき、やがて根元まで覆いつくす。

（お姉ちゃんが、ぼ、僕のオチン×ンを咥えてる……）

　股間では剛直全体が、すっぽりと口に埋まっていた。見えているのは根元だけで、そこに桃色の唇が花びらのように添えられている。

（ああ、お姉ちゃんの口のなか、すごくねっとりしてて温かい）

　その絡みつくような感覚は、蜂蜜に逸物を突っこんでいるかのよう。砲身のすべてが覆われているので、そこだけが異世界にでもいったような錯覚さえ覚えてしまう。

「んっ、んんふぅ……んふぁっ、んっ、じゅぽっ、ジュルルルッ……」

口内の愉悦に浸る間もなく、激しいフェラチオが開始された。

頭が上下に揺れるたび、それに合わせポニーテールの黒髪がなびく。

唇を窄め、肉竿を締めつけながら吸いつかれれば、その気持ちよさは格別だ。

舌腹を裏筋へと当てられ、そのわずかなざらつきで擦られるのがたまらない。

「ああっ、口のなか気持ちいいよ……オチン×ンとけちゃいそうだっ……」

根元までのみこむディープスロートで、猛烈に肉竿がしごかれていく。口内に唾液を溜めているらしく、じゅぽっ、じゅぽじゅぽっと下品な音が鳴るのが卑猥だ。口全体を使って吸いつかれているので、腰ごと抜けるのではとさえ思えてしまう。

「んふっ……ふふっ、まだまだこれからだよ。お姉ちゃん、とっておきのを思いついたんだから……んんふっ、ふぅんっ……レロレロッ、んじゅるるるうッ……」

「あっ、うわぁあああっ！」

その瞬間、口内の肉棒を二重三重の快感が襲った。どうやらスロートしながら口内で舌をローリングさせたらしく、上下への吸引と内部での蠕動がすさまじい。弟の性感を知り尽くしたテクニックを組み合わされては、とても我慢などできはしない。

「ああっ、それダメッ！　それ気持ちよすぎて、ああっ、もう……出るッ！」

姉はそれを見越していたらしく、濃厚な迸りをそのまま口腔で受けとめてくれた。さらに小さく喉を鳴らし、精液を残らず飲み干していく。

「んっ、んんっ、ごくっ……。んふっ、今日もすごい勢いだね。それにすごく生臭いし、喉に絡みつくみたいにねっとりしてるから、全部飲むの大変なんだよぉ？」

「ご、ごめん……」

「ふふっ、謝らなくってもいいの。お姉ちゃんだって、好きで飲んでるんだもん……。あれ、とっても臭くて変な味だけど、ゆーくんのだって思うと美味しく感じられるの。ゆーくんが気持ちよくなってくれた証拠だから、全部ごっくんできるんだよ」

と、急に真剣な表情になり、上目遣いで不安げに尋ねてきた。

「ねぇ、ゆーくん。ゆーくんは、もしかしてこういうのいやじゃない？」

「へっ？　ど、どういうこと？」

唐突な質問に首を傾げると、夏樹は自信のない面持ちで、

「お姉ちゃんね、ときどき我慢できなくなるの。ゆーくんのことが好きすぎて、好きで好きでたまらなくて、どうしても堪えきれなくなっちゃうの」

そこで一旦、口を止め、珍しく自虐的な口ぶりに。

「自分でも、変だってわかってるんだよ？　家族なのに、実の姉弟なのに……って。でも、どうしようもないんだもん。世間ではいけないことなんだ、って頭ではわかってても、心がいうことを聞いてくれないの……。お姉ちゃんの身体が、ゆーくんと同じようにしてできたこの身体が、ゆーくんのことを求めちゃうの……」

「お姉ちゃん……」

初めて耳にした姉の想いに、そのあまりに物悲しげな響きに、なんと言っていいかわからず、ただ沈黙するしかなかった。

これまでは自分だけが悩んでいたと、姉は愉しんでいるだけだと思っていたのに、そうではなかったのだと己の鈍感さを思い知らされた気分だ。

「ねぇ、お姉ちゃんをおかしいと思う？　やっぱりこんなお姉ちゃんはいやか

な？」

「そんなわけない！　絶対の絶対にそんなことないッ！」

「ふふっ、よかった。……お姉ちゃん、ちょっぴり不安だったんだぞ。もしかしたら、ゆーくんはこういうのいやなんじゃないかって。本当はデートやエッチなんて止めたいのに、優しいから付き合ってくれてるんじゃないかって……。そう考えるとすごく心細くなって、余計にひっついたり、誘惑してみたりしちゃうの」

それはまさに、ここ数日の過剰なスキンシップの理由だった。

おそらく夏樹は、弟と密接な関係になっていくほど、言い知れぬ不安に苛まれていったのだろう。だからこそ朝から裕也を連れだし、デートに付き合わせていたのだ。

「……お姉ちゃん、ごめんね。僕、今までお姉ちゃんの気持ちも知らないで」

「ううん、気にしなくていいよ。だって、ゆーくんはなんにも悪くないもん。謝る必要なんて全然ないんだから……んっ……」

そう言って、姉は肉竿をれろーりと舐め、根元の玉袋に舌を伸ばした。その美貌は尽くせる喜びに満ちていて、見ているこっちまで嬉しくなってしまいそうだ。

「んちゅっ……ねぇ、ここで白いのが作られるんだよね？　このタマタマが、ゆーくんの精子を一生懸命作ってるんでしょ？」

「あっ、そ、そこはッ！」

「ここも気持ちよくしたげるね。これからもたくさん射精できるように、いっぱいなめなめしてあげるから……んっ、ちゅっ、んちゅっ、ちゅぅううっ……」

刺激に弱い陰嚢が、ちゅっちゅとキスの嵐に見舞われていく。

袋全体が舐めまわされ、裏側までもが丹念にねぶられる。さらには袋ごと口に含まれ、ねっとりした口腔内で睾丸がコロコロと転がされた。

（あうっ、そ、そんな場所まで……あっ、袋のなかで金玉が、あああっ……）

くすぐったさも混じった玉転がしの快感に、背筋がブルルッと震えてしまう。

夏樹は手で雁のくびれをしごきつつ、ふぐりをくまなく舐めまわす。

「ねぇ、今日はおっぱいでしてあげよっか？」

「お、おっぱいで？」

「そうだよ、ほら、こんなふうに……」

言うやいなや、手早くTシャツとブラを脱ぎさり、左右の膨らみでいきり立ちを挟みこむ。両側から押し潰される、張り艶に満ちた乳肉の塊。乳間は汗によってじっとりとぬめり、むにゅりとした豊乳の柔らかさがなんとも心地よい。

「ほぉら、見てごらん。オチン×ン、おっぱいに挟まれて見えなくなってるよ。……ふふっ、ゆーくんの大好きなおっぱいで、たくさん気持ちよくしてあげるね」

真下から覗きこむような体勢になり、緩やかに上体を動かしはじめる。にゅるっ、にゅるんっという揺れ動きと共に、若々しいバストで肉茎がしごかれていく。怒張は弾力のある柔肉に包まれていて、先端が時折、ぴょこっと顔を覗かせるだけ。卑猥にひしゃげた双乳の頂では、桃色の突起が弓なりの残像を描いていた。

「あふぅう！　そんなにしごかれたら、ああっ、あああっ……」

「ふふっ、ゆーくん、とっても切なそうな顔してる。……パイズリとっても気持ちいいんだ。オチン×ンの先から、トロトロのお汁がどんどん溢れてきてるよ」

その言葉通り、亀頭の切れ目からは、先走りが止めどなく漏れていた。

独特の粘性を持った体液は、汗と混じりつつ胸の谷間に溜まっていき、乳肉しごきの滑りをよりなめらかなものに変えていく。

「あぁんっ、この透明なの、すごくエッチな匂い……。ねぇ、ゆーくん、こっち見て。おっぱいでオチン×ン擦りながら、いやらしいお汁ペロペロするお姉ちゃんの顔を見てっ……んっ、れろっ……ちろちろっ……レロレロレロッ……」

寄せた乳房で怒張を愛撫しながら、舌先で亀頭を舐めだす美姉。

上目遣いのまなざしと、その下で踊るおっぱいの圧倒的な存在感。肉しごきの快感と、唾液にまみれた舌先のぬめりに、海綿体にはさらに血液が集中した。

夏樹は舌先を尿道口へあてがい、割れ目をチロチロと責めたてていく。

「あうぅっ、お姉ちゃん！ そこはダメ、そこはダメだよぉッ！」

「こらぁ、ダメだよ、叫んだら誰かに気づかれちゃうよ？」

と、やんわり弟を咎めてから、

「……さぁ、ぴゅってしていいよ。お姉ちゃんの顔に、白いのたくさん射精して」

ラストスパートとばかりに、胸の動きがいっそう激しくなった。汗と唾液を最大限に利用しながら、男根のすべてが柔肉によって限界に導かれていく。

舐めしゃぶりを繰りかえす舌の快感も相まって、気持ちよさは最高級だ。根元からこみあげてきた熱い奔流が、すぐに最後の堤防を決壊させてしまう。

「あっ、また出るッ！ で、でるっ、でるぅううぅッ！」

「いいよ、ゆーくんっ！ だして、だしてッ！」

びゅくんっ、びゅくびゅく、びゅくっ、びゅくびゅくびゅくっ！

見上げる瞳に見守られながら、若勃起が盛大に脈打った。

柔らかな膨らみに包まれたまま、壮絶な射精を繰りかえしていく。

「あんッ！　ゆーくんのがいっぱい出てるっ……。あぁんっ、すごぉいっ……びゅーっびゅーって、おっぱいが精液で汚されてくよぉ……」

欲望の迸りがはじまってても、それを促すように胸しごきは続いていった。勢いよく飛びだした大量の種子汁は、夏樹の美貌や豊乳、さらには黒髪にまで降りそそぐ。

「あぁんっ、ゆーくんのがいっぱい……んっ、んんっ……」

やがて噴射が終わり、顔から胸までをべっとりと汚された姉は、男根についた白濁を舌で丁寧に舐めとってくれる。それだけでなく、精管の残滓までをも吸い取ってから、自分についた分を指できれいに掬い取り、美味しそうにねぶっていった。

（あぁっ、お姉ちゃんのおっぱい……最高だった……）

全身の力を抜きさりながら、射精後の倦怠感にまどろむ。

連続射精自体はそれほど疲れないのだが、なにしろ母とも毎日交わっているのだ。いくら十代の精力を持ってしても、多少は疲労が残ってしまうのも致しかたない。

と、弟の異変に気づいたのか、夏樹が不思議そうに、

「……ゆーくん、最近なんだかミルクの量少ないよぉ。それに前だったらいくら出しても元気いっぱいだったのに、この頃はすぐ萎んじゃうし……。もしかして……」

なにか感づいたかのようなその言葉に、一瞬ぎくりとしてしまう。

もしかして母との関係がばれたのか、毎日セックスしていることがばれたのかと。

だが夏樹は予想に反して、怒るどころか茶化すように微笑んだ。

「ゆーくんったら、お姉ちゃんに内緒でオナニーしてるでしょ？　毎日気持ちよくしてあげてるのに我慢できないなんて、ふふっ、本当にエッチなんだからぁ」

そう言って立ちあがり、真正面から抱きついてくる。顔面を覆う、むにゅりとした生乳の感触。じっとりと湿っているところがさらに欲情を煽る。

「お、お姉ちゃん……」

「もぉ、一人でするくらいなら、言えばいつでもしてあげるのにぃ。……それと

も、ゆーくんはパンツがそんなに好きだったのぉ？」

くすくすとからかうように尋ねる様子からして、どうやら夏樹は、自分のいない時に裕也が自慰をしていると思いこんだらしい。

「べ、別にそういうわけじゃないけど……」

きっぱりと否定するのも不自然かと考え、ただそう答えた。

するとそんな弟に対して、姉はともかく嬉しそうなだけ。谷間に挟まった顔をムギュッと抱きしめ、愛おしそうに頬をすりすりしてくる。

「我慢できなかったらしょうがないけど、これからはあんまりしちゃダメだよ。大好きなゆーくんを気持ちよくしてあげるのが、お姉ちゃんの楽しみなんだから」

その表情には微塵の疑いもなく、心から弟を信じているのがよくわかる。まさか射精の原因が母とのセックスだなどとは、夢にも思っていないだろう。

裕也は力なく頷き、気まずそうに視線をそらした。これほどまでに愛されているのは嬉しいが、だからこそ胸がチクリと痛む。

母との性交は姉との代わり。あくまで姉弟で交わらないための行為。

自分に言い訳するようにそう思いこんでみても、やはり姉を裏切っている気がした。たとえどんな理由があっても、事実を知れば夏樹が悲しむのは確かなのだ。

それに、下半身ではこわばりが美姉の膣内へ入りたがっている。好きだと思えば思うほど、ひとつになりたい想いは増し、少年を悶々とした気持ちにさせていく。

「ねぇ、お姉ちゃん」

気がつくと、口が勝手に言葉を発していた。

「なぁに、ゆーくん」

「……セックス、させてくれないの？」

寂しげにぽつんと呟いてみれば、夏樹はふいに固まってしまう。

「……まだダメだよ。ゆーくんがもうちょっと大人になったらさせたげる。だからそれまで、もう少しだけ我慢してて」

歯切れの悪い返答に、それ以上、理由を問いただすことはできなかった。

さっきはあれほど気持ちを伝えてくれたのに、これほどまでに愛してくれる姉なのに、なぜセックスだけはさせてくれないのか。

もしかしたら姉もまた母と同じように、本番行為だけは別だと、姉弟で越えてはならない壁なのだと思っているのでは、とさえ思えてしまう。

「……ほら、またペロペロしてあげるから、そんなに悲しい顔しないで、ねっ？」

しょんぼりした弟を元気付けるように、夏樹が再びしゃがみこむ。

涎まみれの若牡が、もう一度ねっとりとした舌使いで舐めまわされていく。

（お姉ちゃん、なんでセックスはさせてくれないの？　やっぱり、僕たちが姉弟だから？　僕、お姉ちゃんのこと好きなのに。ママにはああ言われたけど、いけないってわかってるけど、お姉ちゃんのこと本気で大好きなのに……）

フェラチオしていく姉を眺めながら、沈痛な思いに苛まれる。

だが、どれだけ愛しているとしても、いや、本当に愛しているからこそ、むこうから許してくれるまでは、無理にセックスしたいとは言えなかった。

2

「あぁんっ、裕ちゃんったら、ダメよぉ」

日も沈みかけた夏の夕方、キッチンに香奈子の声が響いた。

コンロには大きな鍋がかけられ、なかからは芳しいビーフシチューの匂い。

奥様然としたエプロンを身に纏った母の背後には、裕也ががっしりとしがみつき、ふたつの豊乳を両手いっぱいに揉みしだいている。

夏樹がバイトへ出かけた直後、待ちかねていたように襲いかかったのだ。

「もぉっ、今はお夕飯の準備をしてるのよぉ。……ねぇ、お願いだからちょっとだけ我慢して。ご飯食べたら、好きなだけさせてあげるから、ねっ？」

母が宥めようとするも、裕也は首を横に振る。

「ダメだよ、僕、今日ずっと我慢してきたんだもん。お姉ちゃんとセックスしたいって思ったけど、ママとの約束をちゃんと守ったんだよ。……ねぇ、だからセックスさせてよ。今すぐしたくてしょうがないんだ」

昼間、デート中にトイレの個室で幾度も射精したとはいえ、結合への欲求が満たされたわけではない。それどころか、挿入できないからこそ余計に欲望のボルテージが上昇し、居ても立ってもいられなくなったのだ。

「……裕ちゃんってば、どうしても我慢できそうにないの？」

「うん、我慢なんてできないよ。すぐにでもママのなかに入れたいんだ」

「しょうがないわねぇ、そこまで言うなら――あンッ！」

観念した母の乳房を、力いっぱい強く揉んだ。

少年の胸中では、昼間覚えた言いようのない感覚が燻っている。

姉を裏切っているようでつらく、かといって母との関係も止められず、そんな自分への腹立たしさがつい乱暴な愛撫に繋がってしまう。

「ど、どうしたの？　裕ちゃん、今日はなんか、あアンッ！」

鷲掴みにした乳肉を揉みながら、むっちりした美臀に怒張を押しつける。

十分に熟れた大人のヒップは、たっぷりと肉が詰まっていて驚くほど柔らかい。尻の割れ目に肉棒をあてがい、自身を擦りつけるように腰を揺らすだけで、母の体温がほんのりと伝わってくる。

「ママのお尻、ムチムチしててとっても気持ちいいよ。こうやって擦りつけてるだけで、もう射精しちゃいそうだもん」

「あぁんっ、裕ちゃんの、とっても硬くなってるわ。……この元気なオチン×ンで、今日もママをいっぱい啼かせるのね。ママのオマ×コに入ってきて、なかをぐちゃぐちゃにかきまわすんでしょう。……もう、裕ちゃんは本当にいけない子」

香奈子はコンロに両手をつき、腰を後ろへと突きだす格好になった。見ようによっては、自分から物欲しそうにおねだりしているようにも見える。

頬やうなじはうっすらと桃色に染まり、艶やかな前髪はかすかに震えていた。

「そうだよ、今日もママのなかをズボズボして、いっぱいいっぱい射精するんだ」

「あンッ、そんなに強く揉まれたら、あぁンッ……」

痴漢さながらの濃厚さで、背後からたわわな膨らみを揉みほぐす。

肉厚な美尻に何度も勃起を擦りつければ、ロングスカートに包まれた尻肉のむにゅむにゅした感覚がたまらなく、腰使いが止まらない。

（ママをめちゃくちゃにしたい！　お姉ちゃんとセックスできないなら、その分ママとセックスしまくるんだ！　そう、お姉ちゃんはさせてくれないから……）

脳裏に姉を思い浮かべると、否応なしに気持ちが昂るのがわかった。下半身は燃えるように熱く、勃起は硬直しすぎて苦しいくらいだ。

「ゆ、裕ちゃん……ママも、もう我慢できないの……。お願い、アソコを弄って……オマ×コ、たくさん気持ちよく──アァンッ！」

スカートに手をさしこむと、股間の布地はしっとりと湿り気を帯びていた。クロッチはぬるりと濡れそぼり、媚肉の火照りが指先から伝わってくる。

「……ママのここ、もうかなり濡れてるよ。僕におっぱいもみもみされただけで、エッチなお汁がでてきちゃったの？」

布地の上から秘唇を撫でまわしつつ、欲望に満ちた声で尋ねる。その間にも、パンティの船底にできた恥染みは、その面積をみるみるうちに広げていく。

「そうなの、ママ、おっぱい揉まれて感じちゃったの。……でも、裕ちゃんがいけないのよ。ママがすぐ濡れちゃうエッチな身体になったのは、毎日毎日、お腹のなかをオチン×ンでかきまわされて、数え切れないくらい射精されたからなんだもの」

ほっぺを真っ赤に色づかせ、羞恥にまみれた声で呟く。

だが、その羞じらいのなかには、息子を喜ばせてやれる母親としての喜びが切に感じられた。それと同時に、しなを作って媚びるような女としての悦びもだ。

「ママのアソコ、どんどん濡れてビショビショになってくよ。指で弄ってるだけなのに、エッチなお汁が溢れて、もう洪水みたいだもん」

「あんっ、そんなの言っちゃいやぁ」

「ねぇ、舐めていい？　オマ×コ、ペロペロしていい？」

火照る秘裂を指先で弄りつつ、母の耳元でそっと囁く。一刻も早く挿入したい気持ちはあるが、その前に女唇の味わいを存分に堪能してみたいのだ。

「ええ、舐めて……裕ちゃんの舌で、オマ×コ気持ちよくして」

了解を得て、裕也は母の足元にしゃがみこんだ。スカートを捲って肉づきのいい太腿を眺め、丸々と豊かな尻朶の感触を手で愉しむ。

「ママのお尻、どうしてこんなに柔らかいの？　むっちりしてるのにすべすべしてるし……こうして触ってるだけでも楽しいよ」

美臀の丸みに頬擦りしながら、尻肉をむにゅっ、むにゅっと揉んでいく。しっとりと吸いつくようで、蕩けるような柔らかさに満ちた皮下脂肪。熟れ頃ゆえの触り心地がたまらなく、ずっと撫でていても飽きがこない。

「あぁんっ、ダメぇ！　そんなにお尻触られたら、我慢できなくなっちゃう……」

淫らに腰を突きだす香奈子は、誘うように豊臀を左右に振りたてた。股間の薄布はぐっしょりと濡れ、もはや染みと呼べるレベルではない。二重布では吸収しきれなかった愛液が、一筋の流れとなって太腿を伝っていく。

「じゃあ舐めるよ。オマ×コ、たっぷり舐めまわしてあげるからね」

耳元ではっきりと告げ、パンティをスルスルと足元へおろす。

ねちょっと透明な糸を引きながら、緩やかに太腿を滑っていく薄布。それが膝のところまでくると、ぷっくりと膨らんだ大陰唇が露わになった。

（うわっ、ママのオマ×コ、すごいことになってる）

左右の尻肉に挟まれた形の、小高く盛りあがった楕円形。男を誘う魅惑の丘は、レモンケーキにそっくりだった。その中心部がざっくりと裂け、オーラルピンクの生々しい粘膜を剝きだしにしている。かすかに開き気味の花弁は媚蜜にまみれきり、てらてらと輝くその様子がなんとも妖しい。秘裂を取り囲むようにして生えている恥毛は、膣液によってぺったりと肌に張りついている。それが秘部全体を、ことさら卑猥に強調していた。

「ママのオマ×コ、いつ見てもすっごくいやらしいね。今だってもうべとべとで、それにたまらなくエッチな匂いがするよ」

咲き乱れる女陰に顔を近づけ、牝臭を胸いっぱいに吸いこむ。

噎せかえるほどに強烈な発情臭は、甘さと酸っぱさの入り混じった豊潤なもの。嗅ぐだけで下半身に血が集まり、海綿体はその硬度を増していく。

「あんっ、そんなところの匂い嗅いじゃダメぇ……。いやぁんっ、ダメよぉ、そんなエッチなところの匂い、クンクンしないでぇっ」

その美貌をイヤイヤと振りつつ、豊臀をくねくねと揺らす香奈子。

言葉では恥ずかしがっているはずなのに、悩ましげな腰の動きは牡を誘っているようにも見えた。ここがキッチンだという状況や、膝に残ったままのパンティが、その光景をより煽情的に演出している。

（ママのオマ×コ、もうエッチすぎてたまらないよ！　いやらしい匂いはプンプンするし、格好だって入れて欲しそうだし、ああっ、ママ！　エッチすぎるッ！）

居ても立ってもいられなくなり、背後へと突きだされた股間に顔面を埋める。むちむちした太腿の付け根に両手を添え、左右の親指で尻肉を割り開き、暑さによってじっとりと蒸れた牝唇にむしゃぶりつく。

「あぅンッ、裕ちゃん！　アアッ、んぁあっ、はあああぁンッ！」

ジュルルッ、ジュルルルッと卑猥な音をたてながら、おんなの窪みに溜まった蜜を啜り飲む。姉のそれよりずっと濃厚な牝汁は、成熟した女だからこそ醸しだせる大人の味。飲んでも飲んでも次々と溢れてくるのだが、だからといってこれっぽっちも大変だとは思えず、むしろずっと飲んでいたいくらいだ。

裕也はそこから舌を使い、クンニリングスを開始した。

「んふぅんッ、じゅるるっ……れろっ、ンンッ、んふっ、れろれろっ……」

陰唇をぱっくりと開帳し、菱形に広がる牝粘膜を舐めまわす。

ぷっくりと肉厚な花弁から、極小の尿道口、皮からほんのわずかに頭を覗かせる肉芽に、ひくひくと蠢く膣口まで、舌全体を駆使してあますところなくねぶりたてる。

「んぅンッ、いいっ、裕ちゃんの舌気持ちいいわっ……。アアッ、いいっ……舐めて、もっと舐めてっ、オマ×コもっと舐めまわしてぇ」

べろべろとラビアを舐めまわし、ひくつく柔穴に舌をねじこむ。その鼻にかかった喘ぎを聞きながら、さしこんだ舌を内部で折り曲げ、ざらついた膣壁を丹念にこそいでいく。

「な、なかがっ……アアッ、舌がなかにッ、はぁああぁっ……」

肉道を内側から擦られて、くなくなとよろめくように身悶えする。

女壺の内部は驚くほどに温かく、舌が溶けてしまいそうだった。たっぷりと淫汁が溜まっていて、そこはまさに蜂蜜の壺だ。それに、侵入者を放すものかと肉襞がきゅうきゅう締めつけてくるので、その蠕動具合が舌に心地よい。

(ああ、いつもここに僕のオチン×ンが入ってるんだ……この狭い穴のなかに、オチン×ンがズボズボって……)

出入りを繰りかえす様子を思い浮かべれば、さらに興奮が増していく。口いっぱいに広がる牝味と、鼻孔から肺までを満たす淫臭が、脳をじりじりと麻痺させせる。

「ねぇ、ママのオマ×コはどうしてこんなにいやらしいの？　本当にこのエッチな穴から、僕が生まれてきたの？」

秘部から顔を離し、快感に震える母に質問する。香奈子は必死でコンロの端を掴み、背中をふるふると微震させながら、切羽つまった声で答えた。

「そ、そうよ……そこから、そのオマ×コから裕ちゃんが生まれてきたのよ……。はしたない穴になっちゃったのは、裕ちゃんがズボズボするから……愛しい裕ちゃんだからこそ、ママのアソコはこんなにもエッチに――アァッ、ふぅんんッ！」

言葉が終わりきらぬうちに、秘孔へ指をさしこんでみた。すっかりほぐれきったそこは、にゅるんと簡単に人差し指を飲みこんでしまう。

膣壁は直ちに吸いついてきて、無数の襞を震わせながら歓迎してくる。

（うわっ、オマ×コがしゃぶりついてくる!?　す、すごい、指が食べられちゃうみたいだ！　うわわっ、どんどんなかへ引っ張られてくッ！）

「……ママのなか、すごく締まってくるよ。それに僕の指に食いついて、全然放してくれないし……ほら、こうやって抜こうとしたら……キュウって……」

言いながら指を引き抜こうとすると、強烈な吸引が襲ってくる。

放すまいとしがみつくその動きは、まさに牝の淫らさだった。それでも一度、引き抜いてから、さらには中指まで追加して、二本指での抽送を開始していく。

「んうンッ、いいわっ、指がズボズボってして、なかがとっても気持ちいいの……あぁっ、いいっ、もっとしてぇ……ママのなかもっとかきまわしてぇっ」

「ママったら、そんなにエッチにお尻振って……でも……」

妖艶な腰振りを見せる母の秘壺から、ちゅぽんと指を抜いてしまう。

二本の指にはべっとりと恥汁が絡みついていた。ぽっかりと口を開いた牝穴からは、ねちょりと透明な糸が伸びる。

「あぁんッ、どうしてぇ……裕ちゃん、ママに意地悪しないでぇ」

刺激を失った香奈子が、腰を振りたて切なげに哀願する。

裕也はすかさずズボンをおろし、そそり立つ肉棒を取りだした。むっちりした腰を掴み、剛直の矛先で照準を合わせ、とろとろになっている粘膜にあてがう。

「入れるよ、ママ。後ろからオチン×ン突き刺すからね……」

「ちょうだい、ママのなかに裕ちゃんの——あっ、アアッ、はぁあああっ……」

ゆっくりと密着するように、少しずつ腰を押しだしていく。

二人の体が接近するごとに、ぬるりとした膣口へ亀頭が埋没していく。

「んんっ、すごい……ママのなか、締めつけがすごすぎるよぉ……」

ぬるぬるの蜜がたっぷりと詰まった、甘美な締まりをみせる肉穴。

その熱く蕩けるような膣壁を、硬直しきった若竿が緩やかに押し開いていく。

（ああ、ママのオマ×コ……いつ入れてもすごく気持ちいい……）

ズブブッ、ズブブブブと押しこめば、肉茎に無数の襞が絡みつき、極上の愉悦を与えてくれた。やわやわの媚肉が優しく包みこんでくれるそれは、まるで抱きしめられているような感覚だ。内側へと吸いこまれていくような襞の蠕動も素晴らしく、全身から余計な力が抜けさっていく。

「はぁああああっ……気持ちいい……」

「あぁあんっ、深いッ……裕ちゃんのが奥まで……硬くて太いオチン×ンが、ズブズブって入ってくるぅ……」

男根を根元まで咥えこみ、香奈子が震える声を漏らす。よほど嬉しいのだろう、その面持ちは幸福に満ちており、悦楽に蕩ける美貌は見惚れるほどに艶かしい。

「ああっ、ママのなかすっごく気持ちいいよ……。キュッて抱きしめられるみたいだし、それにとっても温かくて、オチン×ンがとけちゃいそうだ」

裕也は安心しきった表情で、己の分身を包みこむ柔膣を賞賛した。

膣内が気持ちいいのは当然だが、それだけでなく、やはり母親に挿入しているという精神的な満足感が大きい。別に抽送などしなくても、ただひとつに繋がっているだけで心が安らぎ、様々なしがらみが意識から消え去っていく。

「僕、このままずっとこうしてたい。いつまでもママと繋がってたいよ」

背後から挿入した体勢で、母の背中にぴったり頬を寄せてみる。それも両手で支えるようにして、豊乳を優しく揉みながらだ。繋がっているという実感を胸に抱きながら、温かな体温を体全体で感じとりたかった。

「ふふっ、さっきまであんなにママを責めてたのに、裕ちゃんは入れるとすぐに子供に戻っちゃうんだから……。やっぱり、ママのなかに帰ってくると違う？　オチン×ン入れると、赤ちゃんみたいに安心する？」

「うん、なんていうか、ママのなかは他と全然違うんだ。自分が生まれたところへ帰ってるんだって思うだけで、もう十分な気持ちになるんだもん」

それを聞いた香奈子は笑みを浮かべ、くすっとからかうように、

「……でも、十分ってことはないいんじゃないかしら？　だっていつも、あんなに激しくママのなかをつきつきするんだもの……ほぉら、こんなふうに……」

言葉と同時にヒップがくねり、剛直を緩やかにしごきだす。

立ちバックの体勢から繰りだされる、自分から快感を求めるような腰振り。たっぷりと豊かな美臀の中心では、母が腰を引くとぬるるっと竿が露出し、腰を突きだせばそれがまた粘膜へと埋まっていく。

「あぁあっ、ママ！　そんな急に動かしたらっ、アッ、あぁあああッ！」

前触れもなく与えられた媚肉の刺激に、背筋が快感でわなないた。

引き抜かれると、放すまいとする肉襞が雁首を逆撫でし、咥えこまれると、絡みつく粘膜が肉竿に吸いついてくる。それはまさに、年上の女による若勃起しごき。

みっしりと肉の詰まった内部の感触に、はからずも腰が動きだしてしまう。

「ああっ、いいよ、ママのオマ×コ、絡みついてきてすごく気持ちいいよ」

「あぅンッ！　そんなに後ろから激しく突かれたらっ……ふぁあっ、すごぉい、オチン×ンが奥に、ンンンッ！　奥にゴリゴリって当たってるぅ！」

パンッ！　パンッ！　パンッ！　パァンッ！

背後から打ちこんでいるせいなのだろう、ピストン運動がはじまった途端、香奈子が鼻から抜けるような嬌声をあげだした。裕也にも独特の感触が伝わっていて、腰を力強く打ちつけるたび、亀頭の先端がコリッと硬いものに当たるのがわかる。

「ああ……ママのオマ×コ最高だよ。おっぱいだって柔らかいし、身体からはとってもいい匂いがするし、僕、ママの子供で本当によかった……」

乳房を鷲掴みにして背中に頬を添えながら、激しい腰使いでストロークを刻む。甘く上品な体臭を吸いこみ、絶妙なハメ心地を思う存分味わっていく。

「もっと言って、ママのなかが気持ちいいって……ママが大好きだってもっと言ってっ……。そう言ってもらえるだけで、嬉しくてイッちゃいそうなの。裕ちゃんを産んで本当によかったって気持ちになって、幸せで死んじゃいそうになるのっ」

女悦に浸りきりながらも、母親としての願望を口にする。

そんな健気な言葉が嬉しく、裕也は猛然と打ちつけを速めていく。

「僕、ママのこと大好きだよ！　オチン×ンを抱きしめてくれるオマ×コだって、柔らかくって揉みごたえのあるおっぱいだって、全部、ぜーんぶ大好きだッ！」

力いっぱい双乳を揉み、できる限りのスピードで腰を前後させれば、まさに至福の時間だった。身も心も、なにもかもが美母によって最高潮に導かれていく。

「アアァッ、いいっ、裕ちゃんのオチン×ン気持ちいいっ……。もっと突いて、ママのなかもっとかきまわしてッ……ふぁあんっ、あぁンッ、あッ、ああンッ！」

香奈子は犯される悦びに喘いでいく。

その肉づきのいい美尻は、汗ですっかりとぬるぬるになっていた。ブラウスの透け具合から、全身が蒸れているのがはっきりとわかる。艶やかな唇を大きく開き、瞼をしっかりと閉じながら、上品な啼き声をキッチンに響かせていく。

「そろそろ出すよ！　オマ×コのなかに、精液いっぱい注ぎこむからね！」

「ええ、きてっ……ママのお腹に、裕ちゃんの濃いミルクいっぱい注いで！　溢れかえるほどびゅくびゅくしてぇ！」

膣内の密着度がいっそう増し、こわばりを熱烈に締めつけてくる。それでも過激な出し入れを繰りかえせば、熱いものが精管を駆けのぼってきた。

「ふぁあっ、出してぇ！　ママに裕ちゃんのいっぱいちょうだいっ！」

「うんっ、イクよ、出すよ、出すからねッ！」

「……ああっ、ダメぇっ！　ママもイッちゃうっ！　イク、いっちゃううううっ！」

弓なりに背中を反らせた香奈子が、ひときわ甲高い声で絶叫した。膣内で壮絶な締めつけが襲ってくれば、母の一番奥深くで、一気に欲望が解き放たれていく。

「ああっ、でるッ！　あぁあっ、くぁああああああっ！」

びくんっ、びくびくっ、びくびくびくぅうぅううう！

ぶるるっと背中を震わせては、惚けた面持ちで肉竿の躍動に身を委ねる。

（ああ、出てるっ……ママのなかに僕のザーメンが、はぁあああっ……）

体液が膣内へと染み渡る感覚に合わせ、母への愛しさが胸に広がっていく。

ふわふわの乳房を揉みながら、温かな背中に頬擦りするだけで、いつまでも射精の快感が続いていきそうな気さえしてしまう。

「……んっ、今日もたっぷり出したわね」

ひと通り精を放ち終えると、それを褒めるような声で呼びかけられた。

裕也はゆっくり目を開け、母に新たな願いを伝える。

「ねぇ、ママ。僕、オチン×ン入れながらおっぱい吸いたい……。ねっ、いいでしょ？　ほら、僕が下になるから、ママが上から跨ってきて」

「ふふっ、出したばっかりなのに、裕ちゃんは本当に元気なのね。……ええ、いいわよ。それじゃあ、服も全部脱いじゃいましょうね」

背後からくっついていた状態から離れると、香奈子が服を脱いでいく。

同じく裸になった裕也は、キッチンの床に仰向けになった。体液まみれの屹立をそそり立たせながら、美母がくるのをいまや遅しと待ち構える。

「じゃあ、いくわよ……んっ、ふぅぅうんッ……」

香奈子が股間を跨いで両脚を開き、真下にある若勃起に手を添えた。

自ら陰唇を広げ、腰をゆっくりおろしていくと、亀頭が秘孔へと埋没していく。

（ああ、入っていく……ママのなかにオチン×ンが吸いこまれていく……）

どアップで繰り広げられる結合の瞬間に、もはや興奮を隠しきれない。なにせ、卑猥すぎるおんなの部分が、男根を咥えこんでいく場面なのだ。

それも普段は清楚で貞淑な母が、まるで用を足す時のように、はしたなく股を開いた格好をしているのである。欲情するなというほうが無理だろう。

「アッ、はぁあああんっ……。は、入ったわ……裕ちゃんのオチン×ンがなかに全部……。ねぇ、わかる？　ママの奥に、裕ちゃんの先っぽが当たってるの……」

全体重が上から圧しかかっているのだから、それも当然のことだった。

挿入の深さはすさまじく、結合感も他の体位とは比べ物にならない。斜め下からの眺めもいやらしく、見ているだけでこのまま射精してしまいそうだ。

「さぁ、ママ、おっぱい近づけてよ。早く僕におっぱい吸わせて」

「はいはい、慌てなくても、おっぱいはどこにも逃げないわ……。ほぉら、吸いなさい。甘えん坊な裕ちゃんには、たくさんちゅーちゅーさせてあげますからねぇ」

香奈子が床に両手をつき、豊満な乳房を目前へ差しだしてくれる。たぷんっと魅惑的に揺れ動くそのさまは、まさに圧巻としか言いようがない。たっぷりと母乳が詰まっていそうな膨らみを両手で鷲掴みにし、右の乳首に吸いついてみる。

「ん、んちゅっ……」

「アンッ！　ゆ、裕ちゃんっ……」

するとかすかな嬌声が聞こえ、心地よい温度とぬめりの蜜壺がキュンと締まった。それはもちろん、乳首をしゃぶられて感じている証拠に他ならない。

母の素直な反応が嬉しく、咥えた乳暈ごと乳房をちゅうちゅう吸いたてる。

（ああ、ママのおっぱい。僕が赤ん坊の時に吸ってた、ママのおっぱい……。あっ、美味しいよっ！　ママのおっぱい、甘くてとっても美味しいよッ！）

ミルクなど出ているわけもないが、不思議と甘露に感じられた。

それは誰しもが持っている、幼い時分の記憶なのだろう。口いっぱいに乳房を頬張り、ひたすらに吸引するだけで、無上の幸福感に包みこまれていく。

「……あんっ、裕ちゃんおっぱい吸ってるのね……赤ちゃんの時みたいに、ンッ……またこうやって、ママのおっぱいを……あぁあっ、はぁあああっ……」

慈愛に満ちた笑みを浮かべ、香奈子が嬉しそうに呟く。

そのたおやかな微笑みは、母親だけが持つ我が子を愛でる時の面持ちだ。だが、表情は聖母を思わせるのに、肉穴では甘美な締めつけが剛直を襲いつづけている。

（ママのおっぱい最高だよ……オチン×ンも気持ちよくて、本当に天国みたいだ）

至福の想いを噛みしめながら、頭を空っぽにして乳吸いに耽った。

両手で乳房を鷲摑み、乳の出を促すようにぎゅっ、ぎゅっと絞るように揉む。

気の赴くまま突起に舌をぴったりと当て、微妙に振動させながらしゃぶっていく。

「あっ、それはっ⁉ そ、その吸い方はっ⁉ ああっ、まさかそんなっ……アッ、そんな舌の使い方しちゃ、ママ……アァッ、はぁあああんっ……」

その途端、唐突に香奈子が慌てふためき、身震いしながら嬌声をあげだした。

裕也が無自覚に行った舌使いこそ、まさに赤ん坊特有の吸引方法。

子供は覚えていなくとも、母親としてはむろん忘れるはずもない。ひさびさに体験する擬似授乳に、母性が大幅にくすぐられ、女としても感じざるを得ないらしい。

（ママ、おっぱい吸われるのが気持ちいいんだ。よーし、そうなら……）

右側の乳首から口を離し、左側の乳首へとむしゃぶりつく。

乳頭はすっかり勃起しきり、ぷっくりと肉厚で実にしゃぶりごたえがあった。

両手で豊乳を揉みながら、左右交互に吸っていけば、気分はすっかり赤ん坊だ。

「んんっ、ちゅぱっ……ちゅぱちゅぱ……ンッ、ちゅぱちゅぱちゅぱっ……」

「ふぁあんっ、あンッ、ダメッ……そ、そんなにちゅっちゅされたら、あぁっ……。かっ、感じすぎて腰が、腰がいやらしく動いちゃうッ……」

もう耐えられなくなったのか、息子の頭を抱きかかえてしがみつく。裕也の顔面には膨らみが圧しかかるものの、そのどっしりとした重ささえ心地いい。

上から覆いかぶさられているということもあり、全身が豊艶な肉体に包みこまれているような状態で、胎内で守られているような安堵感に満たされる。

それと同時に、腰が緩やかにグラインドをはじめれば、媚肉に根元まで咥えられたままの怒張が、にゅるんっ、にゅるんっとしごかれていく。

「あぁンッ、はぁぅんっ……いいわっ、もっと……もっとおっぱい吸ってぇ……」

母主導の煽情的な腰使いは、牝肉が織りなす若牡しゃぶり。

じゅぶじゅぶといやらしい水音をたてながら、腰ごと蕩けてしまいそうな悦楽が、瞬時に下半身を痺れさせていく。

(あうっ、ママの腰が……ああっ、すごい！　は、激しいよママ！　そんなエッチに腰振られたら、僕またすぐ、ああっ、いいっ！　気持ちいい……)

膣全体、すなわち膣口の締まりから二重三重の肉襞に至るまで、膣粘膜のすべてを駆使した出し入れに、もはや射精を堪えるだけで精いっぱい。

次第に加速していく淫靡な腰振り。根元から先端までが締めつけられ、やわやわの膣道で責めたてられれば、欲望の滾りがマグマのごとくこみあげる。

「あぁっ、ママ、イッちゃうよぉ……気持ちよすぎてまた射精しちゃうっ……」

「いいのよ、出してっ……なかに思いっきり射精してっ……アアッ、いい……き、気持ちよくて、もう腰が止まらないのぉおッ……アンッ、ふぁあっ、はぅうんっ！」

切羽つまった喘ぎ声に、また乳房へとしゃぶりつく。左右の胸肉を真ん中に寄せ、ふたつの乳首を触れあわせて、両方を同時に舐めまわす。

「ひゃぁあンッ！　ふ、ふたつ一緒になんてそんな……あぁっ、ダメぇっ！　イッちゃうっ！　イクッ、いっくうぅううううううっ！」

頭が抱きかかえられた瞬間、膣内がこれでもかと収縮し、若牡のエキスがぶちまけられていった。種子汁は勢いよく、ドクンドクンッと子宮へ打ちつけられていく。

（ああっ、ママの身体で射精してる、ママに包まれながら射精してるっ……）

総身へと圧しかかる母の重みと、その皮下脂肪の柔らかさ。むんむんと漂ってくる牝臭と甘ったるい体臭に、べっとりと纏わりつくような汗のぬめり。

そして、自分の分身を優しく抱きしめてくれる膣の温もり。

それら全部が心地よく、それこそ体が溶けだして、母とひとつになるのではとさえ思えた。裕也はただ無心に返り、穏やかに乳首を吸いつづける。

射精が終わると香奈子が頭を抱きしめて、よしよしと優しく撫でてくれた。

それはまさに母親と子供。ひとつに繋がっているとはいえ、男女というより、仲睦まじい母子そのものの雰囲気である。

「……こんなにもいっぱいミルク出したのに、ママのミルクまで飲みたがるのね。

どう、もっとママミルク飲んでたい？　それとも、オチン×ンミルクを出してたい？」

頭上から聞こえてくる、ぬくもりに満ちた温和な囁き。

母性と優しさに満ちあふれ、すべてを包みこんでくれるような落ち着いた音色。

「僕、どっちもしたい。ママのを飲みながら、僕のも出してたい」

「あらあら、裕ちゃんは欲張りさんねぇ……。はい、それじゃあ、このまま腰を動かしてごらん。おっぱいおしゃぶりしながら、下からズンズンって突き上げるのよ」

母の説明に頷いて、再び乳頭を口に含み、腰を軽くバウンドさせてみる。

甘い快楽を求めるように、乳を吸いながら膣道を緩やかにかきまわす。

（ああっ、ママ……ママッ……ママぁっ……）

少年はそうして、ただ夢中で幸福と官能に浸っていった。

そうすることにより、その間だけは姉の真意を考えずにすんだから。そうすることによって、姉との性交欲求をとりあえず誤魔化すことができたから。

だが、二人は気づいていなかった。あまりに激しく愛しあうあまり、玄関の扉がかすかな音をたてていたことに……。

3

（今日のお姉ちゃん、なんだかいつもと様子が違ってたような……）

翌日の夜、夏樹との夕食をすませた裕也は、パジャマに着替えベッドに寝そべり、今日一日の姉の様子を振りかえっていた。

一見すると普段通りのようでいて、どことなく元気がなく切なそう。

毎日早起きのはずの夏樹は、昼からずっとそんな調子。昼からというのは、「仕事で疲れてるから」と、共に朝食も取らず午後まで寝ていたせいだ。起きてきた時、心なしか目が腫れていた気がしたのも気になっている。

（ママに相談したほうがよかったかな？　けど、もう出ていっちゃったし……）

今宵は珍しく、家に香奈子がいない。遠くの親戚に急な不幸事があったらしく、泊まりがけで出かけていったのだ。

夏樹のアルバイトはちょうど休みで、家にいるのは弟と姉の二人だけだった。

（やっぱり、どうしても気になるよ……。お姉ちゃん、なにかあったのかな？）

心配でたまらなくなった裕也は、立ちあがって姉の部屋へと向かった。「夏樹の部屋」と書かれた扉の前に立ち、コンコンと二回ノックする。

「お姉ちゃん、入っていい？」

しばらく間があった後、「うん、いいよ」とだけ返ってくる。

扉を開けてなかに入ると、そこには元気なくベッドに腰かける夏樹の姿があった。

（お、お姉ちゃん……）

ピンクのパジャマに身を包み、ロングヘアーをおろした姉の表情に、思わず緊張してしまう。その様相はいつになく真面目で、身構えずにはいられない。

「お、お姉ちゃん、あのさ──」

「……ゆ、ゆーくぅんッ！」

その刹那、弟の声を聞いた夏樹が、大声で叫んで飛びついてきた。首筋へがっしりと両腕をまわされ、力強く抱きしめられては、そのまま後ろに押し倒される。

「お姉ちゃんッ！　ど、どうしたのッ！」

慌てて声を張りあげると、目の前には涙を流した姉の沈痛な面持ちが……。

潤んだまなざしで瞳を凝視されれば、ふいに言葉を失ってしまう。

「ゆーくんのバカ！　ゆーくんのバカッ！　バカバカバカァ！」

驚く間もなく、叫んだ夏樹はそのままわんわんと泣きじゃくりだした。

裕也は事情も飲みこめぬまま、そんな姉をただ抱きしめていることしかできない。

やがて、数分の時が過ぎ去ってから、泣き声はやっとおさまりをみせた。

「お姉ちゃん、一体どうしたの？　なにかあったの？」

おずおずと尋ねてみれば、夏樹は目に涙を溜めながら、

「……ゆーくんったらひどいよぉ。お姉ちゃんに内緒で、ママとエッチなことしてたんでしょ？　セックスだってしちゃってたんでしょ？」

「えっ⁉　し、知ってたのッ？」

驚きのあまり聞きかえしてしまうと、姉はさらに物悲しげな口調。

「昨日、忘れ物をして一回家に戻ってきたの。そしたらママとゆーくんが……」

そこで一度、口を噤んでから、再びしゃくりあげ、

「……お姉ちゃん、ゆーくんがちゃんと大きくなったら、処女をあげようと思ってたんだよ……それまで黙ってて、びっくりさせてあげようと思ってたのに……ゆーくんと初めて同士でセックスするの、ずっとずーっと楽しみにしてたのに……」

上から覆いかぶさった状態で、ぽつぽつと言葉をこぼしていく夏樹。

裕也はその表情に、胸が締めつけられ、いたたまれない気持ちになった。

「……ねぇ、覚えてる？　ゆーくんがまだちっちゃい頃、お姉ちゃんと約束したの。ゆーくんね、大人になったらお姉ちゃんと結婚するって、結婚できる歳になったら、お嫁さんにしてくれるって、そう約束してくれたんだよ……。その時は、すごくすっごく、泣いちゃうくらい嬉しかった。それで決めたの、私達は姉弟で結婚できないから、その代わりに初めて同士でセックスしようって。結婚式の代わりに、二人で初夜を迎えようって……」

（お姉ちゃん、それだからセックスさせてくれなかったんだ。僕とのこと、そこまで本気で考えてくれてたんだ……）

記憶の糸を辿ってみれば、たしかにそんな約束をした覚えはある。とは言っても、それは裕也がまだ小学校低学年くらいの時の話。

だが夏樹は、そんな時分から弟と結ばれることを夢見ていたのだ。「まだ早い」という言葉も、来たるべき日まで純潔を守り通すための言葉。その時に垣間見せた複雑な面持ちは、弟が約束を覚えていない悲しさからきていたに違いない。

（お姉ちゃんはずっと約束を覚えてたのに……それなのに僕は……）

流された涙を目の前にして、情けなさと申し訳なさで胸がいっぱいになっていく。美姉は姉弟での初体験を楽しみにしていたのに、これまでの二十一年間、純潔を通してくれていたのに、自分は性欲に負けて母と経験してしまった。姉に隠れて、母にも性欲処理をしてもらっていた。

その事実だけで、夏樹を傷つけるには十分すぎるほどだろう。泣きじゃくるのも無理はなく、どう謝っていいのか見当もつかない。

「その……お姉ちゃん、ごめん。僕、なんて言ったらいいか……とにかくごめんッ！本当にごめんなさいっ！」

それでもなんとか謝ると、温かな手のひらが頬にそっと添えられた。

「ううん、いいよ……ゆーくんだって、我慢できなかったんだもんね。年頃の男の子なんだもん、セックスしたくなっちゃってもしょうがないよ」

「お姉ちゃん……」

つらかったろうにもかかわらず、その口調には責める気配など一切なかった。それどころか、逆に弟を励まそうとする優しささえ感じられる。

「その代わり、今夜はいっぱい愛してね。ちょっと早いけど、二人の結婚式だよっ」

「う、うんっ！」

「さぁ、セックスしよ。二人でいっぱい、いっぱいいーっぱい気持ちよくなろっ！」

その言葉が終わるやいなや、二人はおもむろに口づけを交わした。

それはいつものディープキスとは違い、唇を触れあわせるだけの恋人のキス。

情熱的ではないものの、ただ唇を重ねているだけで幸せな気持ちになっていく。

「んんっ……お姉ちゃん」

「じゃあ、ベッドにいこっか。ふふっ、部屋の電気も暗くしようね」

ゆっくりと唇が離れてから、二人は夏樹のベッドに向かった。間接照明だけの薄暗い室内は、初夜に相応しく厳かで秘めやかなムードに包まれている。

「さぁ、ゆーくん、お姉ちゃんを好きにして……。今夜はゆーくんがお姉ちゃんを、たくさんたくさん気持ちよくしてね」

そう言って、夏樹はシーツの上に身を横たえた。

やはり緊張しているのか、その面持ちはどことなく固い。だが、同時に期待も大きいのだろう、その様子はなにかを待ち構えているようでもあった。

（お姉ちゃん……なんかいつもよりきれいに見える……）

姉の初体験だと意識しつつ、はち切れんばかりの胸元へ手を伸ばす。

手に余りすぎる膨らみは、かるく触れただけでむにゅっと歪み、しっかりした弾力で跳ねかえしてきた。ブラは着けていないらしく、薄布越しの柔らかさが心地よい。

「ねぇ、ゆーくん。服、脱がせて……」

緊張した面持ちで頷き、震える指でパジャマのボタンを外していく。それはまさに、処寝そべる夏樹はその様子を、頬を赤らめながら眺めるだけ。普段とは異なる真剣な雰囲気に、緊張感が増していく。

「ご、ごくっ……」

やけに時間がかかったような錯覚を覚えたのち、はだけた寝巻きがふわっと左右に広がった。ピンクの布地の間から、若々しい乳房が露わになる。

「舐めるよ、お姉ちゃん……」

まるでこれが初めてだとでもいうような気持ちで、桃色の肉実に口づけする。撫でるようにやんわりと乳房を揉みながら、桃色の突起を舌で優しく弄ぶ。

「あぁっ、んっ、ゆーくんっ……んあっ、んぅんんっ……」

転がすように乳首の先を撫でていくと、それはムクムク肥大していき、すぐさま勃起しきってしまった。もう一方のサクランボもぺろぺろと舐めまわしてみれば、よほど感じるのか、瑞々しい唇からは嬌声がどんどん漏れていく。

「あぁっ、そ、それ、いいよぉ……おっぱい、気持ちいいっ……」

わななく乳首を右から左へ、左から右へと交互にねぶる。それを何度も繰りかえせば、透き通るような桜色の部分だけが、てらてらと妖しく光って見えた。

(……お姉ちゃん、すごく気持ちよさそうな声してる)

初めての性交を目前に控え、姉もまた特別な想いでいるのだろう。シーツを強く握りしめ、瞳を閉じて睫毛を震わせるさまは、とても新鮮に感じられた。

「ねぇ、おっぱいだけじゃなくて、そろそろ下のほうも弄って……。お姉ちゃん、んんっ……も、もう、我慢できそうにないの……」

頬をうっすらと桜色に染め、躊躇いがちにお願いされる。夏樹の上から退いた裕也は、姉のパジャマのズボンに手をかけ、足元へとおろしていく。

「ねぇ、ほら……お姉ちゃんのここ、もうこんなに濡れちゃってるんだよ……」

姉がはにかみながら脚を開くと、純白のパンティのクロッチに、大きな水溜まりができていた。股座はもう大洪水で、生々しくも清純な芳香が鼻孔を刺激する。

「……パンツも脱がすよ」

「うん、ゆーくんの手で脱がして……」

すぐさまパンティに手をかけると、姉は脚をまっすぐに伸ばしてくれる。

両手でするすると薄布を脱がしていけば、汁まみれの秘唇が外気に晒された。

「ゆーくん、見て……お姉ちゃんの処女、奥までよーく目に焼きつけて」

膝下に腕を通した夏樹は、両脚をM字に開き、ぐいっと腰を持ちあげてくれる。

ちょうど秘部が真上を向く状態となれば、恥ずかしい茂りから卑猥な割れ目、さらには可憐な窄まりまでもが丸見えになってしまう。

「……お姉ちゃんのアソコ、もうドロドロになってるでしょ？　ゆーくんのオチン×ンが欲しいから、こんなになっちゃってるんだよ。……ゆーくんに入ってきてもらうために、とろとろのぬるぬるになってるの……」

曝けだされた美姉の恥部は、透明な液体でべっとりと濡れそぼっていた。ピンクの秘裂はかすかに口を広げ、内側から花弁をさり気なく露出させている。クリトリスも表皮からぴょっこりと顔を覗かせていて、どこか触ってほしそうだ。

「ねぇ、舐めて……お姉ちゃんのエッチなアソコ、舌でペロペロして……」

鼻にかかった悩ましげなおねだりに頷き、太腿の間に顔を寄せる。

母のそれよりも幾分薄めな牝の匂い。それは発情臭というより、きつめの体臭というほうがしっくりくるような香りだ。年齢からくる違いなのだろう、ほんのりと酸味が感じられ、そこにアンモニア臭が少しだけ入り混じっている。

内ももに添えた親指で陰唇を開き、洪水状態の秘裂を舐めはじめる裕也。

舌腹を最大限に駆使し、アイスクリームを食べる時のように、ぺろり、ぺろぺろと丹念に陰唇をねぶりまわす。クリトリスを舌先で責め、膣口に舌を侵入させ、思いつく限りの口唇愛撫をお見舞いしていく。

「あぁあっ、それ気持ちいいっ……ああっ、いいっ……それ、すごくいいッ……」

もっとも敏感な部位を舐められ、大きな喘ぎが漏れていく。

夏樹は苦しげに目を瞑り、弟の頭部を両手で摑んだ。両脚を内側へと寄せながら、秘部よりもたらされる快感にひたすら悶えていく。

（ああっ、お姉ちゃんのオマ×コ美味しいよッ。……お姉ちゃん、ごめんね。ママとセックスしちゃった分、いっぱい気持ちよくしてあげるからね）

「ふぁあっ、あぁアンッ……。ねぇ、ゆーくぅんっ、きてぇ……あぁンッ、入れてっ……お姉ちゃんのなかに、ゆーくんのオチン×ン入れてぇ……」

執拗にクンニリングスを続けていると、切なげな声が聞こえてきた。股間から顔をあげると、結合を求める潤んだ瞳がすぐそこに……。

「さぁ、ゆーくん、ひとつになろう……ふたりで、深く繋がりあおうね」

「お姉ちゃんッ！」

「あぁあんっ！　ゆーくぅんっ！」

その瞬間、美姉への想いが爆発し、たまらず襲いかかってしまう。

首筋に両腕をまわし、ぴったりと密着しあっては、強引なまでに唇を奪う。

「ンンッ、んふぅんっ……んふぁっ、んんんッ……」

すぐさま夏樹もそれに合わせ、ねっとりと舌を絡めてくれる。

それは熱烈でいて蕩けるようなディープキス。抱きしめあった裕也と夏樹は、唇を吸い、舌を擦りあわせ、お互いの唾液を啜り飲む。

「お姉ちゃんっ、好きだよ……んんっ、僕、お姉ちゃん大好きっ……」

「お姉ちゃんも……ゆーくんが大好きだよ、んっ……んふっ、好きぃ、大好きぃっ」

素直な気持ちを曝けだしながら、姉弟は愛を囁きあう。

もう好きで好きでたまらない。好きすぎてどうにかなってしまいそう。

膨れあがる感情に突き動かされながら、口唇でひたすらに愛を育みあう。

五分過ぎ、十分過ぎ、ようやく二人はキスを終えた。唇から透明な糸がつぅーと伸び、途中で切れては落下する。ただ見つめあう裕也と夏樹。

「さぁ、きて……お姉ちゃんの初めてをあげる……。お姉ちゃんは、ぜーんぶゆーくんのものだよ。身も心も、なにもかもゆーくんのために存在してるの。だって、私はゆーくんのお姉ちゃんだもん。世界で一番、ゆーくんが大好きだから……」

微笑みながら囁くその表情は、弟を想う姉の愛情に満ちあふれていた。見ているだけで心が安らぎ、なにもかも姉に任せてしまいたくなる。

「でも、初めてだからちゃんと優しくしてね」

「うん、わかった。……それじゃあ、入れるね、お姉ちゃん」

姉の両脚をM字に開き、グイッと秘所を露出させた。

夏樹は弟の首筋に両腕をまわし、結合への期待感に頬を赤らめていく。

「いいよ、きて……お姉ちゃんを、全部ゆーくんのものにして……」

「うん、いくよ……んっ、くうぅっ……」

おんなの入り口に亀頭をあてがい、ゆっくり腰を押し進める。たっぷりとぬめりを帯びていた膣口は、少しずつ、ほんの少しずつ、弟の分身を受け入れていく。

「あっ、あぁあぁっ……ゆ、ゆーくんが……ゆーくんのが入ってきてるぅ……」

徐々に挿入を試みていくと、姉の口から恍惚にも似た響きが漏れる。

その表情は苦しげだが、同時に嬉しそうでもあった。どうやら初挿入による肉体的苦痛よりも、弟とひとつに繋がれるという幸福感が上回っているらしい。

(き、きついっ！　お姉ちゃんのオマ×コ、すごく締まってくるっ！)

肉棒を突き入れていく裕也は、そのあまりの締まり具合に驚嘆していた。

いくら淫蜜のぬめりがあるとはいえ、そこはやはり処女膣、母のそれとはてんで比べ物にならぬ締めつけがこわばりを襲う。膣内は信じられないくらいに狭く、まさに肉道を無理やり押し開いているような感覚だ。

それでも腰に力をこめていけば、やがて先端に違和感を覚えた。なにかつっかかりがあったのだが、そのままグッと押しこみ、みちっと貫ききってしまう。

「あぁっ、あぁあああああああああぁッ！」

その瞬間、甲高い絶叫が部屋中に響き渡り、痛いほどにぎゅううううっとしがみつかれてから、それが処女膜であったことに気づく。だが、もう怒張は根元までずっぽりと埋没していて、膣壁がキュウキュウと纏わりついている。

「お姉ちゃん……だ、大丈夫？」

破瓜の痛みがすさまじいことくらい知っている。心配になって尋ねてみれば、姉はぽろぽろと涙をこぼしながら、それでも心から幸せそうに笑ってくれた。

「うん、全然平気だよ。思ったより痛くなかったもん……。な、泣いちゃってるのは痛いからじゃなくて、ゆーくんとひとつになれたから。ゆーくんとついに繋がったんだって思ったら、嬉しくって涙が止まらないの……」

「お姉ちゃん……」

涙ながらに微笑まれ、裕也はもはや感無量。これほどまでに愛されている自分はなんと幸せ者なのかと、世界一恵まれている弟ではないかと思えてくる。

「ゆーくん、やっとひとつになれたね。お姉ちゃん、これでゆーくんのものになったんだよ。……ふふっ、嬉しい。大好きなゆーくんのお嫁さんになれたんだ……」

(お姉ちゃん、そんな顔見せられたら、僕、もうっ……)

負担をかけまいとする思いとは裏腹に、姉への想いが若勃起を漲らせる。

ねっとりと心地よい内部の熱さに、これでもかと締めつけてくる柔和な処女肉。それらすべてがひとつになれば、もう堪えるのは限界だった。いけないとは思うのだが、それでも腰が動きはじめてしまう。

「ご、ごめん、お姉ちゃん！　僕、もう我慢できないんだっ！」

「あンッ！　ゆ、ゆーくんッ！」

姉への愛情に突き動かされ、激しく腰を使いはじめる。

母との性交を繰りかえしてきたおかげで、その動きは実に自然。姉に思いきり抱きつきながら、辛抱できないとばかりにかくかくとお尻を上下させる。

「あぁんっ、ゆーくんッ……オチン×ンが、オチン×ンがなかでっ……あぁっ、すごいっ……お腹のなかが、ゆーくんの太いのでかきまわされてるぅ……」

夏樹はそれほど痛がる素振りをみせず、抽送をしっかりと受けとめていた。それどころか、痛みに混じって初めての快感を覚えているようである。もう放さないとでもいうように、弟の体にしがみつき、戸惑い混じりの嬌声をあげていく。

「ごめんねっ、ごめんね、お姉ちゃんッ！　優しくしなくちゃダメなのに、僕、もう腰が止められないんだっ！　気持ちよすぎて、体が勝手に動いちゃうんだッ！」

壮絶な打ちこみを続けながら謝れば、美姉は首を横に振る。

「いいんだよ、ゆーくんはそんなの気にしなくて。お姉ちゃんは、その気持ちだけで十分だもん。それより、自分が気持ちよくなることだけ考えてね……」

そして、穏やかな笑顔を浮かべながら、

「どう、お姉ちゃんのなか気持ちいい？　オマ×コそんなに気持ちいい？」

「いいよ、すっごく気持ちいいよ！　温かくてトロトロで、それにキュウキュウ締めつけてくれるんだもんっ！　あぁっ、お姉ちゃんのオマ×コ最高ッ！　気持ちよくて、もうおかしくなっちゃいそうだッ！」

「お姉ちゃんも気持ちいいよっ……はじめはちょっと痛かったけど、ゆーくんが気持ちよくなってくれてるって思ったら、だんだん気持ちよくなってきたの……」

と、そこで顔を引き寄せては、

「ねぇ、キスして！　ゆーくんの唾いっぱい飲ませてっ……ンッ、んんんっ！」

甘美な声音で口づけをねだられ、すかさず唇を重ねていく。

互いにはっしと抱きしめあい、猛烈に腰を振りまくりながら、美唇を吸い、口腔へ舌をねじこみ、唾液をふんだんに注ぎこむ。

「んんっ……ゆーくぅんっ、好きぃ……んちゅっ、大好きぃっ……」

「んふぁっ……お姉ちゃん、好きだよっ……んふっ、僕も大好きだよっ……」

心からの愛を囁きながら、姉弟は唇を啄みあう。そこには禁忌など存在しない。ただ愛しい相手を求め、互いに官能を与えあい、肉体で気持ちを確かめあう。

顔にかかる鼻息の熱さに、ぴったりと密着しあう肌の温かさ。蕩けるような舌の柔らかさに、とろっと粘る唾液の甘さ。そして、口唇を求めあう動きの激しさ。それらはすべて愛の証であり、愛情こそが性感の源なのだ。

血が繋がっていても、いや、血が繋がっているからこそ、二人は真に愛しあえるわけであり、本当の愉悦を味わうことができるのである。

「ねぇ、出していいっ？　僕、もう射精しちゃいそうなんだッ……」

こみあげる欲望を口にすると、抱擁はより一段と強くなった。

折り曲げた両脚が腰に巻きつけられ、いわゆる蟹ばさみの状態で一体化する。

「いいよっ、出して！　ゆーくんの濃い精液、なかでたくさん射精してっ！　ゆーくんの気持ちいい証拠を、お姉ちゃんのこと大好きな証拠を、お腹の一番奥にちょうだいッ！　もうお姉ちゃんはゆーくんのものだって、ゆーくんとお姉ちゃんは永遠に離れないっていう証拠がほしいのッ！」

「ああっ、お姉ちゃんッ！　そんなに締めつけたら、あぁあああぁッ！」

涙ながらにしがみつかれた途端、膣内の締まりが桁違いに強くなった。さらに無数の肉襞が、いっせいに蠕動を繰りかえしてくる。

引き抜く時は放すまいと食らいつかれ、腰が抜けそうになるほどの悦楽が、押しこむ時は内部の突起が蠢き、そのまま吸いこまれそうなほどの極楽が襲う。

それはひと擦りごとに欲望のボルテージを高めていき、あっという間に射精欲求を最高潮にまで導いていく。

「あぁぁっ、ダメだッ！　出るっ、あぁあっ、あぁあぁぁあああッ！」

「お姉ちゃんも、もうダメッ……イッちゃう、ゆーくんでイッちゃうッ！　イクッ、イッちゃうっ、いっくぅううううううっ！」

ふたつの叫びが重なった瞬間、弟はできる限り腰を押しこみ、姉は両手両脚でこれ以上ないくらいにしがみついた。

ドクンッ、ドクドクッ、どぴゅるるるるううぅっ！

限界にまで膨張したこわばりが、美姉のもっとも神聖な場所で弾ける。甘美な締めつけとめくるめく膣蠕動、さらには身体の柔らかさから、その体温や体臭にいたるまで、姉のすべてを感じとりながら、夢見心地の射精感を心ゆくまで堪能していく。

（ああ、お姉ちゃんに射精してる……大好きなお姉ちゃんのオマ×コに、お姉ちゃんのなかに精液を注ぎこんでるんだっ……）

言いようのない満足感が心を満たしていく。欲望を解き放ったという達成感だけではない。最愛の姉へと射精したからこそ、天にも登る気持ちになれるのだ。

「ああっ、お姉ちゃん……はぁあっ、はぁあああああっ……」

一番深く繋がったまま、精の奔流に身を任せていく裕也。

ビュクビュクと痙攣を繰りかえしながら、膣内での放出は続く。

「ああっ、ゆーくんのが出てるっ……ゆーくんの精子がお腹に出てるぅ……。はぁあっ、熱いっ……すごく熱くて、びゅくんびゅくんしてるぅ……」

その間中、夏樹は裕也を抱きしたまま、惚けたようにその喜びを呟きつづけた。

やがて脈動がおさまると、しなやかな手が頭に伸びてきて、そのままよしよしと撫でてくれた。咄嗟に姉を見上げると、返ってきたのは満面の笑み。

「……いっぱい出したね、ゆーくん。お姉ちゃんのお腹、もうドロドロだよ……」

「お姉ちゃん……」

「お姉ちゃんのなか、どうだった？　いっぱい気持ちよくなれた？」

「うん、気持ちよかったよ。腰が抜けちゃうかと思った」

「ふふっ、お姉ちゃんもだよ。こんなに気持ちいいの、初めてだったもん。……でも、オチン×ンは全然小さくなってないよぉ？……ふふっ、ゆーくんのエッチい」

その指摘通り、膣内の肉茎は勃起具合を保ったままだった。

からかわれたようでなんだか気恥ずかしく、裕也はさり気なく腰を使う。

「あぁんっ、ゆーくぅん！　ああっ、イッたばかりなのに……はぁあんっ」

「お姉ちゃん、僕、このままずっとこうしてたいよ……お姉ちゃんと朝まで、こうやって繋がったままセックスしていたい……」

指を絡ませて手を握り、抽送しながらおねだりする。夏樹はしっかりと手を握りかえし、優しい笑みを浮かべながら頷いてくれた。

「……ゆーくんがそうしたいならいいよ。ゆーくんの気がすむまで、ずっとずーっと、二人でこうやってエッチしてようねっ」

「うんっ……お姉ちゃん」

「……ゆーくん」

裕也と夏樹は見つめあい、そっと唇を重ねあわせる。

もう情熱的なディープキスなど必要ない。ただ体を重ねあわせ、優しく接吻しあうだけで、今の二人には十分なのだから。

「あぁんっ、ゆーくぅんっ、いいよぉ……気持ちいいよぉ……」

「お姉ちゃん、僕もっ……僕も、すっごく気持ちいいっ……」

ほの暗い部屋に響き渡る、姉弟による淫らな音色。それは一晩中途切れることなく、翌日の明け方まで聞こえつづけたのだった。

4

「裕ちゃんったら、あれだけ言ってたのにお姉ちゃんとしちゃったのね……」

翌朝、夏樹の部屋の扉を開けた香奈子は、大きなため息をついていた。家に残してきた二人が気になり、予定を繰り上げて帰宅したのである。

できれば避けさせたかった姉弟での禁忌。だが、それほどショックを受けていないのは、いつかはこうなるのだろうという予感があったから。

世間では許されざる近親相姦だとしても、二人が心から愛しあっているのなら、まわりがいくらどうこう言おうと、それを止めることなどできはしない。

「……あまり褒められたことじゃないけれど、まぁしょうがないわね」

姉から興味をそらすためとはいえ、自分とて息子と関係を持ったのだ。それに、いまさら騒いでも、もう手遅れ。姉弟を叱るつもりなどあろうはずもない。

ベッドへ寄り添っていき、子供たちの寝顔を眺める。

「もぉ、裕ちゃんったら本当にエッチなんだから……」

呆れがちに呟くと、かすかな寝息をたてていた夏樹が目を覚ます。

「う、うぅん……マ、ママ？」と、一瞬、何事もなかったように目を瞑りかけたが、すぐにサッと顔色を変えた。

「マ、ママ！　なんで……帰ってくるのは夕方だって……」

「ふふっ、二人がいいことしてそうだったから、予定より早く戻ってきたのよ」

はなから怒るつもりもないので、できるだけ明るい口調で説明した。呆然としていた夏樹は、母の雰囲気を察し、次第に落ち着いた表情を取り戻していく。

「私、その……本気でゆーくんのことが……」

「わかってるわよ。裕ちゃんが大好きでしょうがないんでしょう？」

真面目な面持ちで口を開いた娘に、すべてを見越した笑顔で言う。

「……ママ、怒らないの？　姉弟で、その……エッチなことしてたのに」

「ええ、そりゃ怒ってるわよぉ。だってママだけが仲間はずれなんだもの」

茶化すように言うと、夏樹は一瞬固まったのち、思いだしたように、

「マ、ママだってゆーくんとしてたじゃない！　本当は私がゆーくんの初めてを

もらうはずだったのに！」

「ふふっ、ごめんなさいね。……でも、仕方なかったのよ。だってママがセックスさせてあげないと、なっちゃんとしちゃいそうだったんだもの」

それを聞いた夏樹は、ある程度事態を理解した顔。

「じゃあ、ママはやっぱり全部知ってたんだ。それでゆーくんとも……」

「ええ、そりゃあなた達のママですもの。それくらいすぐにわかっちゃうわ」

当たり前でしょう、とでも言うように、香奈子は母親の微笑みで答えた。

たとえ世間的にどうであれ、親としては子供の幸せを望むもの。表立っては言えなくとも、姉弟が本気で愛しあっているのであれば、それを認めてやりたいのだ。

「ママ……」

夏樹は目尻に涙を浮かべ、母にそっと抱きついた。豊満な胸元に顔面を埋め、安らぎを求めるようにじっと身を委ねていく。

香奈子は特になにも言うことなく、そんな娘をただ抱きしめるだけ。

普段はひたすらに明るい夏樹であっても、心の底では実弟を愛することに、なんらかの不安や呵責を抱いていたのだろう。

だが、もはやそんな悩みは解消された。これからは親子三人で、母である自分と姉である夏樹とで、息子であり弟である裕也を愛していけばいいのだから。

「……ねぇ、これから朝ご飯作ろうと思うんだけど、手伝ってくれるかしら?」

「うんっ、ゆーくんが起きてきた時に、びっくりさせてあげようね」

少しして、香奈子がおもむろに口を開くと、夏樹が嬉しそうに返事をした。その表情は明るく、いつもの南国を思わせる少女のそれだ。

「そうだわ、どうせなら裕ちゃんをちょっとだけ懲らしめてあげましょうか?」

「えっ、どういうこと?」

唐突な提案に、不思議そうな表情をみせる夏樹。

「だって裕ちゃんったら、なっちゃんには内緒でママとエッチして、ママとの約束は破ってなっちゃんとエッチしてたのよ。……なっちゃんは悔しくない?」

「……そういえばそうかも」

「ふふっ、でしょう。だからぁ……」

無邪気そうに微笑みながら、母と娘は楽しそうに相談をはじめた。

裕也は幸せそうに寝息をたて、二人はその面持ちを愛しそうに見つめていく。

第五章　楽園すぎるハーレム　ふたり並べて

1

「ええっ!?　な、なんでママがここにいるのっ？」

夏休みの終わりも見えてきた、八月二十日の朝。美姉との最高の一夜から目覚めた裕也は、ダイニングキッチンにて己の目を疑った。

トーストの匂いに誘われ一階へとおりてきたわけだが、テーブルの上にはいつもと変わらぬ朝食があり、そして同じように母がいたからである。

「あら、そんなに驚いてどうしたの？」

普段通りのおっとりとした口調で香奈子。だが、それでいてどことなくすごみを感じてしまうのは、自分の後ろめたさのせいだろうか。

「だ、だってママ、今日は夕方まで帰ってこないって……」

できるだけ平然を装って返せば、母はくすっとひと笑い。

「急に裕ちゃんの顔が見たくなって、朝一番で帰ってきたのよ。……それとも、せっかく二人きりの朝だったんだから、ママが帰ってこないほうがよかったかしら？」

「べ、別にそんなことはないけど……」

俯いて弱々しく答えれば、着席していた夏樹が呼んでくる。

「ほら、ゆーくん、ママとなんか喋ってないで、お姉ちゃんとご飯食べよっ」

その言い回しに違和感を覚えつつ、裕也は黙って席に着いた。

「ほぉら、ゆーくぅん、あーん」

食事がはじまると夏樹はぴったりと密着し、並べられた朝食を口元に運んでくれた。それもまるで母に見せつけるように、これみよがしにイチャイチャとだ。

しかし、少年を困らせているのはそればかりではない。

「さぁ、裕ちゃん、今日はママが食べさせてあげる。はぁい、あーん」

いつもの対面席ではなく、空いているほうの隣席に座った香奈子までもが、姉同様に横からぴったりと密着して、食べ物を口に運んでくれているのである。

（ママ……お姉ちゃん……）

明らかに競いあっている二人に、もうどうしていいのかわからない。

それはまさに板ばさみ。一見すると両手に花で至れり尽くせりのようでいて、その実は両側からプレッシャーを受けるだけの状況だ。

「ほらほら、早くお口開けて。はい、あーん」

「さぁ、こっち向いて。あーん」

困惑しきった面持ちの前へ、我先にと差しだされるふたつのフォーク。

それはまるで、私達のどちらを選ぶのかと問いかけられているようであった。

（ああっ、二人ともどうしちゃったんだろう？　もしかしてお姉ちゃんとのセックスがばれたのかな？　急にこんなふうになったってことは、やっぱりそれしか……）

いくら考えていても埒があかず、裕也は仕方なしに両方を交互に食べていく。

「あら、裕ちゃん、お口のまわりにケチャップがついてるわよ」

「えっ？　ど、どこ――ンンンッ！」

ふいに指摘され、手で口まわりを探ろうとすれば、すかさず唇が奪われた。そのまま朝一の濃厚なディープキスがお見舞いされる。

「んんっ、んふぅんんっ！　ンンッ！　んんんんっ！」

（ママ、ダメだよッ！　お姉ちゃんが横にいるのにっ！）

必死で抵抗してみるものの、口づけを振り払うことはできなかった。ねっとりと舌を絡めあわせ、たっぷりと唾液を啜り飲んでから、やっとのことで唇が離れていく。

「はい、これでもうきれいになったわよ。……ふふっ、裕ちゃんったらいつまでたっても子供なんだから。やっぱりママがいないとダメね」

娘にチラリと視線を送り、勝ち誇った口調で言う。

対する夏樹は、むすっと膨れてみた後、すぐになにかを思いついた顔。

「ねぇ、ゆーくん、ミルク飲みたいでしょ？」

「えっ？　い、今は別に……」

出し抜けに問われ慌てる弟にかまわず、夏樹はコップに入っていた牛乳を飲み、それを口に含んだまま唇を重ねてくる。

「んっ、ンンッ！」

（そ、そんなッ！　お姉ちゃんまでッ！）

隙間なく唇同士を触れあわせ、ミルクが口移しされていく。むろん、それだけではなく、とろりとした唾液も同時にだ。

さらに、ぬるりと舌を入れてきて、積極的な大人のキスへと移行する。ママには負けないとでも言うように、濃密な接吻は一分以上に渡って続けられた。

「……ママぁ……お姉ちゃあん……」

もう助けてと、困惑しきった声を出す裕也。

なにしろ仲睦まじい中村家において、諍いや揉め事が起こったことなど、今まで一度もなかったのだ。当然ながら、こんなふうに自分の取り合いが起こったのも初めてであり、どう対処していいのか見当もつかない。

「そうだわ、ご飯食べたら、ママとお買い物にでも行きましょうか？　裕ちゃんの欲しい物、なんだって買ってあげるわね」

息子の請願を無視するように、香奈子が微笑みながら提案してきた。

「それよりお姉ちゃんとデートしようよ。ゆーくんが行きたいところだったら、どこへでも連れていってあげるよ」

それに対抗するように、夏樹までもが満面の笑顔で迫ってくる。

（ああっ、だ、誰か助けて……）

母と姉。二人の家族に挟まれた少年は、あたふたと戸惑うばかりであった。

2

「はぁ、これからどうしていけばいいんだろう……」

あれから三日後、気疲れする昼食を終えた裕也は、母姉から逃げるように部屋に閉じこもっていた。ベッドに仰向けになりながら、ひとり大きなため息をつく。

この数日間、家での生活はまさに気苦労の耐えないものだった。

姉はこれまで以上に積極的かつ強引に、母は大人の余裕を保ちながらも力強く、それぞれがお互いを牽制しながら誘惑してきたのだから。

どちらか一方を選べない裕也は、ただ逃げ惑うことしかできない。結果としてどちらとも行為に及ぶことなく、欲望だけが募るという苦渋の日々を送っている。

(やっぱり、二人共に隠れてエッチした僕がいけなかったんだ。僕が二股みたいなことしちゃったから、ママとお姉ちゃんが喧嘩して……)

すべて自分に原因があるとはいえ、家族の現状はなんとかしたい。

どうすれば二人が元に戻ってくれるのか、どうすればどちらも傷つけずに事態を収拾させられるのか……。そんなことを考えていると、ふいに扉がノックされた。

「……裕ちゃん、入るわよ」

「ママッ！」

香奈子が部屋に入ってくれば、その特異な姿に目を見張ってしまう。

デザートのフルーツを載せたお盆を持ってきた母は、なんと煽情的な黒の下着しか身に着けていなかった。しかも、映画のなかでしかお目にかかれないような、豪奢なガーターベルトとストッキングまで着用している。

「マ、ママ！　なんて格好してるのッ！」

驚きに声を張りあげると、返ってきたのはいつも通りの穏やかな口調。

「ふふっ、今日はとっても暑いでしょう。クーラーつけてばかりなのも体に悪いし、この格好なら涼しいと思って」

テーブルにお盆を置き、ベッドから起きあがった息子にすっと近づく。

裕也はベッドに腰かけたまま、その豊満な肉体をつい目で追ってしまう。

「……さぁ、裕ちゃんも服なんて脱いじゃいなさい。……今日はママと、たくさん気持ちいいことしましょう……」

真横にぴたりとくっつかれ、耳元で妖しく囁かれる。

それはまさに、大人ならではの官能の誘い。母とは毎日かかさず行為に及んでいたはずなのに、その声を聞いただけで初体験の時のように興奮してしまう。

（ママが僕を誘ってる……すごくエッチに、僕を……）

そもそも黒という下着の色だけで刺激的なのに、それに加えて色っぽく迫られてしまっては、心臓の高鳴りが抑えきれない。

悩ましげな身体に目をやれば、たっぷり豊かな乳房が、繊細なレースに彩られたブラジャーに包まれていた。包まれていると言っても、元々が大きすぎるので、辛うじて押さえつけている感じだ。フルカップだというのに膨らみが上部からむちっとはみでて、見ごたえのある谷間を作りだしている。

下半身へと視線を落とすと、桃のごとき丸みを帯びた豊臀が、フルバックのパンティによって艶かしく覆われている。ブラとセットになっている薄布は、背面に見事な刺繍が施され、質量のあるヒップをひときわ煌びやかに飾りたてるもの。女性下着特有の光沢が美しく、肉づきのいい美尻にその色具合がよく栄える。

さらに、腰まわりにはガーターベルトが装着され、むちむちの太腿を守っているのは同じく黒のストッキング。その途切れ目とパンティの間からは、雪のような白肌が露出し、布地とのコントラストがなんとも印象的だ。

（今日の下着、見たこともないくらいエッチっぽい……。ママ、こんなのも持ってたんだ。それにあれ、ガーターベルトっていうんだっけ……）

初めて目にしたセクシーランジェリーは、まさに男を喜ばせるための下着。淑やかな母がこのような下着を持っていたことに、驚きを覚えずにはいられない。

「ふふっ、どうしたの？　ママがこんな下着持ってたなんてびっくりした？」

「う、うん、こんなの見たことなかったから……」

「これ、裕ちゃんのために買ってきたのよ。……こういうの、エッチでいいでしょう？　さぁ、裕ちゃんも早くぬぎぬぎして」

促されるまま、パンツだけの姿になり、揃ってベッドに腰かけた。

しなやかな指が股間へと伸びてきて、ギンギンにいきり立っている勃起を、布の上からさわさわと撫でてくる。

「あらあら、もうこんなに大きくしちゃって。……裕ちゃんは本当にいけない子ね」

「あぅっ、ママぁ……」

白指によって裏筋を巧みに刺激されつつ、耳元で妖しく囁かれる。

手馴れた手つきによる撫でさすりは、じんわりと痺れるような快感をもたらした。同時に先走りが漏れはじめ、パンツに小さな染みができる。母の肉体からは甘く芳しい体臭が漂ってきて、それが怒張をいっそう隆起させてしまう。

「ほぉら、裕ちゃんのから、どんどんお汁が出てくるわよ……。ふふっ、本当にエッチなオチン×ン。この逞しいので、お姉ちゃんをズボズボしたんでしょう？ママがたくさん気持ちよくしてあげたのに、なっちゃんのでも気持ちよくなったのよね？」

おそらく当てつけなのだろう、いくらか恨みっぽい響きで問う。

股間への刺激はだんだん激しさを増していき、陰嚢までもが柔揉みされていく。

（ああ、ママぁ……そんなところまで触られたら、僕……あああっ……）

と、そのあまりの心地よさに身震いしていたその時だった。部屋の扉ががちゃりと開いて、夏樹が入ってきたではないか。

「お、お姉ちゃんッ！」

その衝撃的な光景に、思わず飛びあがってしまう。それは行為の最中だったからというだけでなく、なんと姉も母と同様に、下着のみの格好だったから。

当の夏樹はただ無言で、ベッドへすたすた近寄ってくる。

その下着は普段のシンプルな物とは違い、繊細なレースで飾られた大人びたもの。

それだけでなく、驚くことにガーターベルトとストッキングまで着けていて、そのすべてが純白とあっては、さながらウェディングドレスのようだ。

（なんでお姉ちゃんまで下着なの⁉　それに、ママとお揃いみたいだし……）

示しあわせたようなペアルックを不可解に思っていると、香奈子とは反対側に腰をおろした姉が、ぴったりと身を寄せてきた。

弟の腕にしがみつき、双乳をむぎゅむぎゅと押しつけてくる。

「お姉ちゃん……そ、その格好は一体……」

「ふふっ、すごくエッチでしょ？　ゆーくんのために買ったんだよ」

と、そこで悪戯っぽい笑みを浮かべてから、

「……ねぇ、それより、ママとお姉ちゃんどっちがきれい？　ゆーくんはどっちを選ぶつもりなの？」

「そうよ、裕ちゃん。ママとなっちゃん、どっちとエッチしたいのかしら？」

「えっ⁉　そ、それは……その、あの……」

唐突に投げかけられた質問に、ふいに口ごもってしまう。

むろん、決められるわけがないのだが、両側からこうもはっきりと迫られては、

なにか言わないといけないような圧迫感がすさまじい。

「……決められないなら、舐めて気持ちよくしてあげるね。二人とエッチして、気にいったほうを選べばいいでしょ？　ほら……おしゃぶり、たっぷり味わって」

一方的に提案され、答える間もなくパンツがおろされた。

姉は前屈みになって屹立に顔を寄せ、裏筋に沿ってペロペロと舌を這わせていく。

「ああっ、お姉ちゃんっ……」

出し抜けのフェラに背筋を震わせると、母も対抗するように抱きついてくる。

「なっちゃんがフェラチオなら、ママはキスしちゃうんだから……ンンッ……」

そう言って唇が奪われ、唾液にまみれた舌が口腔へと侵入してくる。ぬるぬると舌同士が絡みあい、母子の唾が混ざりあう。

（ああっ、お姉ちゃんもママもそんなっ……。あぅうっ、すごいっ……二人いっぺんになんて気持ちよすぎるっ……）

真心こめた口唇愛撫と、身も心も蕩けるようなディープキス。

両側からふたつの愉悦に襲われれば、まさに王様気分だった。溶けるような舌の柔らかさと、ねっとりと絡みつく舌の動きがたまらない。

右手では母の熟乳房を、左手では姉の若乳房を、それぞれ自由に揉みまくる。

とろっとした唾液を送りこまれつつ、裏筋から亀頭までを丹念にねぶりまわされれば、脳裏が痺れ、たちまちのうちに思考能力が失われていく。

「んふぁっ、ンンッ……んふぅっ、ジュルルルッ……。どう、お姉ちゃんの舐めなめ気持ちいいでしょ？　ママにされるのよりも、ずっとずっと気持ちいいよねっ？」

熱心に砲身へと尽くしながら、夏樹が同意を求めてくる。

咥えながら唾液を溜めているらしく、口内はとろとろの蜜壺状態。キュッと窄めた唇で竿をしごいていくディープスロートが実に気持ちいい。

ただしゃぶるだけでなく、時折、男根から口を離しては、手筒でしごきながらふぐり舐めをされるのがまた最高だ。ちゅううううっと袋を吸われた時など、背筋がぞくぞくと震えて、即座に達しそうなくらいである。

「んふっ……あぁら、そんなことないわよね？　ママのおしゃぶりのほうが、ずーっと気持ちいいでしょう？　んっ、ちゅっ、んふぅっ、んちゅぅんっ」

すると香奈子が、啄むように唇を吸いながら否定した。

裕也も同じようにして、柔らかな唇を吸いかえしていく。

「ねぇ、ゆーくんっ、どっちが気持ちいいの？　ママ、それとも私？」

「そ、そんなのわからないよっ……こんなことされても、はぁああっ……」

「んんっ、もう出そうなんでしょ？　いいよ、出してっ……お姉ちゃんに、ゆーくんのミルクたくさん飲ませて……んんっ、ふぅんっ！　じゅぽっ、じゅるるるっ……」

声音から限界を感じとり、すかさずラストスパートがかかる。全身の力を抜きさってしまうほどの吸引に、我慢など持つはずもない。

その間もキスの雨は続き、唇を塞がれたまま剛直が果ててしまう。

（ああっ、出るッ！　そんなに吸われたら、でちゃうぅううっ！）

「んっ、んんっ！　ンンンンッ！」

溜まりに溜まった精の迸りが開始されても、夏樹は若牡を咥えつづけた。脈動のすべてを口で受けとめつつ、口腔を満たす精液を飲み干していく。

口内射精による快感はすさまじく、接吻がその気持ちよさを増幅させる。両手でそれぞれ、違ったおっぱいを揉んでいるのも格別だ。おしゃぶりは気持ちいいし、送りこまれる唾は甘くて美味しいし、手のなかの感触は柔らかくてたまらない。

「……ふぅ、今日はものすごい量だね。……ふふっ、この三日間でたっぷり溜まってたんでしょ？　お姉ちゃんだったら、毎日こうやってごっくんしたげるよ？」

一滴残らず種子汁を嚥下しては、得意げにアピールしてくる夏樹。

「あら、それだったらママも同じよ。ふふっ、今度はママがおしゃぶりしてあげる。さぁ、なっちゃん、替わってちょうだい……」

キスをやめた香奈子が対抗して、二人の役割が入れ替わった。

母は屹立へと面持ちを近づけ、てかてか光る唾液まみれのそれに口づけする。

「んちゅっ……裕ちゃんのここ、出したばかりなのにパンパンでとっても苦しそう。今、ママがペロペロで気持ちよくして、楽にさせてあげるからね」

そう言って上品に髪をかきあげ、美貌を横倒しにする香奈子。

さながらフルートを吹くかのごとく、艶やかな唇を裏筋へと密接させた。瑞々しいリップで肉茎を挟み、牡の弱点に沿って頭を左右にスライドさせる。

（ああ、ママの唇がキュッって……はぁぁあっ、柔らかくってたまらないっ……）

桜色の美唇が肉幹を滑っていくさまは、まさに奉仕という言葉がぴったりだった。寄せられた横顔も成熟した色香に満ちていて、視覚的にも興奮が止まらない。

「んんっ、じゅるるっ……あぁんっ、逞しくって、とっても素敵よっ……」

たっぷりと唾を分泌させ、それを裏筋へとまぶしていく。ちゅうちゅうと吸いつくような唇の使い方が熱烈なキスを連想させ、男心をくすぐらずにはいられない。

姉とはまた違った大人のテクニックに呆けていると、反対側の夏樹が抱きついてきては、可愛げに唇を触れさせてきた。

「ゆーくん、今度はお姉ちゃんとチューだよっ。ママよりもずっと、気持ちいいキスしてあげる……。唾、たくさん飲ませあいっこしようねっ……ンンンッ……」

言うやいなや、顔を傾けキスされれば、きっと予め溜めていたのだろう、とろりとマイルドな唾液が大量に流しこまれてきた。ほんのりと甘く、それでいてどこか生々しい味わいの体液は、この世でもっとも甘露な飲み物。こくこくと注ぎこまれる美酒を飲み干すだけで、言いようのない幸福感が脳裏に浸透していく。

（ああっ、お姉ちゃんの唾、美味しいよっ……もっと、もっと飲みたい……）

感動にも似た気分に浸っていると、舌がぬるりと侵入してくる。粘膜同士を巻きつけ、表面のかすかなザラザラを擦りつけながら、舌先でぬろぬろと戯れあう。

「んふっ、ゆーくんの唾も飲ませて……んっ、もっともっと……ちゅっちゅってしてぇ……んふっ、ンッ……んちゅぅううう、んんんっ……」

望まれた通りに唾液を溜め、それを姉へと移していく。

ちゅっ、ちゅっと唇同士で啄みあい、上唇や下唇へキスをしながら、瞳で見つめあい、子犬のように唇をぺちゃぺちゃと舐めあっていく。

「あぁんっ、キスにばかり夢中になっちゃいやよぉ。ママのなめなめも、存分に味わってくれないと……。ほぉら、ママだったら、タマタマの裏側だってこんなに舐めてあげられるんだから……れろっ、れろれろっ……れろろろッ……」

香奈子が拗ねるように言って、顔を股下へと傾けた。真下から覗きこむような角度になり、陰嚢の裏側、蟻の門渡りへと続く部分を巧みな舌使いでねぶりだす。

（あうっ！　ママもそんなところまで……ああっ、すごいっ、気持ちいい……）

刺激に慣れていない部位を舐められ、腰が性感に震えてしまう。

それはまさに、一分の隙もない玉舐めだった。絶妙な握り具合によって肉竿をしごきつつ、攣りあがったふぐり全体を唾まみれにしていく。

「はぁっ、ママっ、んふっ……ああっ、お姉ちゃんっ……ンンンッ……」

めくるめく悦楽に満たされながら、無意識に母と姉を呼ぶ。

すると香奈子が、手しごきをいっそう激しくしながら、

「ふふっ、タマタマがピクピクいってるわ……裕ちゃん、もうイキそうなのね。オチン×ンから気持ちいいお汁、ぴゅってしちゃいそうなんでしょう?」

「あっ、うんっ……ぼ、僕もうダメだよ……出ちゃいそうだよぉ……」

「いいわよ、とっても気持ちいいおしゃぶりしてあげるから、ママのお口にいっぱいどぴゅどぴゅしちゃいなさい……お姉ちゃんの時よりたくさん、ねばねばで濃いミルク飲ませて……んふっ、じゅるるっ……んっ、ンンッ、んふぅうんッ……」

頭を起こして口を開き、ぱっくりと屹立を咥えこむ香奈子。艶やかなリップが剛直を包みこんでいけば、根元まですっぽりと覆ってしまう。

そうして、じゅぼじゅぼとおしゃぶりが開始されたわけだが、ただ頭を動かすだけでなく、口内で舌まで使われたのだから、その愉悦はすさまじかった。れろれろと左右に動く舌先が、しゃぶるのと同時に裏筋を責めたててきたのだ。

しかも、右手では根元をしごき、左手では玉袋を揉まれるのだからたまらない。口腔を満たす唾液もたっぷりで、しかも吸引がすさまじい。姉のフェラチオを

上回る快感が、一筋の電流のように背筋を駆け抜けていく。

「ンッ、んふぅんっ！　んふっ、んんんっ！　ん、んふぅんっ、んッ、ンンッ！」

頭を猛烈に振りたてる、付け根から吸いだすようなバキュームフェラ。キュッと窄まった唇の締めつけも素晴らしく、温かな口内に勢いよく射精してしまう。

（うぅっ、またっ！　で、出るッ、あぁっ、でるぅうううううッ！）

びゅくんびゅくんと脈動するたび、腰が抜けそうなほどの快感が襲った。

それはまさに、この世のものとは思えぬほどの心地よさ。放出がはじまっても、母は口を離すどころか、迸りを促すように熱烈に奉仕しつづける。

（ああ、オチン×ンが気持ちいい……もう、このままとけちゃいそうだよ……）

収縮がおさまるまでのわずかな間、なされるがまま愉悦にまどろむ。

夏樹は唾を送りつづけ、香奈子は白濁をこくこくと飲み干していく。

やがて、勃起からちゅぽんと口を離した母が、ぺろりと唇をひと舐めした。

「……今日は本当にすごいわね。ねっとり濃くて量もたっぷりで、ごっくんするのちょっと大変だったわ。……ふふっ、本当に働き者のタマタマなんだから」

くすっと微笑み、えいっ、とばかりに陰嚢を弾く。

敏感な急所を攻撃され、裕也は「あうぅ！」と情けない声をあげた。

「それはきっと、両方に射精したいって思ってるからだよ。どっちともエッチしたいワガママなゆーくんだから、赤ちゃんミルクもたくさん作ってるんだよねっ」

夏樹もからかうように言って、ふぐりに手を伸ばし睾丸を転がす。

「アッ……だ、だって……僕、あぁっ……ぼくっ……」

少年が反論できずにいると、二人が視線を重ねあわせた。黙って裕也から離れ、ブラを外し、するするとパンティを脱ぎさっていく。

「お、お姉ちゃん？　ママ？」

一体なにがはじまろうとしているのか、その様子をただ眺めていけば、母姉は床に四つん這いになり、腰をこちら側へ向け突きだしてきたではないか。

3

「はい、裕ちゃん……」「はい、ゆーくん……」

媚笑と共に差しだされた、男を誘惑するふたつの美尻。

母のそれは成熟した豊かさを誇り、姉のそれは若々しい張り艶を保っていた。

顔だけを振り向かせてこちらを向き、まるで牝犬のように曝けだされた左右のヒップは、牡を引き寄せるべくクイッと掲げられている。

しかも、腰まわりはガーターベルトで華麗に飾られ、四本の脚はストッキングによって淫靡に彩られているのだから、眺めているだけで鼻血が出てしまいそうだ。

「ほぉら、見てごらんなさい……ママのアソコ、いやらしいおつゆでビショビショになっているでしょう？　逞しいオチン×ン入れてほしいって、裕ちゃんに帰ってきてほしいって、オマ×コが寂し涙を流してるのよ……」

股下から通した手を陰唇にあてがい、二本の指で恥丘をぱっくり開いては、内部の様子をまざまざと見せつけてくる香奈子。

媚肉は大量の愛液にまみれ、ヌラヌラと妖しく輝いていた。大きく割り開かれた左右のビラビラは、男根をねだるようにひくりひくりと蠢いている。

秘裂を囲む茂みは粘液でべったりと肌に張りつき、それがなんとも色っぽい。

「あぁんっ、それよりこっち見てっ。お姉ちゃんのアソコだって、エッチなお汁でぬれぬれになってるでしょ？　ゆーくんのオチン×ンが欲しくて、いっぱい啼かせてほしくって、オマ×コが涎を垂らしちゃってるんだからぁ……」

母と同様に、サーモンピンクの大陰唇に指を添え、それをVの字にして女裂を広げては、発情しているさまを見せつけてくる夏樹。

卑猥な言葉で劣情を煽ってはいるが、花弁があまり発達していない女陰部は、淫猥でありながらもある種の清純さを感じさせるもの。

たしかに媚蜜でてかてかと輝いているのだが、くすみのない透明なピンクの色合いは、ある種のデコレーションをされていると言ったほうがいい。

毛の生え方も気休め程度で、それが逆にいやらしさを感じさせてしまう。

「ママ……お姉ちゃん……」

唐突に出現した絶景に、もはやコメントのしようもなかった。

なにせ、二人の美女が競いあうようにして、おんなを露わにしているのだ。

見るからに生々しい熟れ頃の淫唇と、初々しさを感じさせる清楚な恥唇。

そのどちらもがすこぶる食指を動かさせるものであり、また間違いなく、これまで経験したなかでもっとも淫猥かつ美麗な情景であった。

「ねぇ、早くちょうだい……。裕ちゃんの切なそうなオチン×ン、やわやわのオマ×コで抱きしめてあげる。たくさんたくさん、なかで出させてあげるから。

……ほぉら、もう奥までとろとろだから、いつでも入ってきて大丈夫よ」

愛液で粘つく粘膜を晒し、香奈子が物欲しそうに呼ぶ。

ぬらつく淫部に視線を送れば、二枚の花びらは充血しきり、その下にある肉芽までもがぴょっこりと顔を覗かせていた。よほど発情しているらしく、秘蜜はわずかに白濁し、粘り気によってねちょりと糸を引いている。

「こっちだって準備OKだよ。ゆーくんの元気いっぱいなオチン×ン、オマ×コでキュッ、キュッて締めつけてあげる。……男の人って、なかがきついほうがいいんでしょ？　お姉ちゃんのアソコなら、ママよりずっと締まりがいいよ」

女腔からとろりと蜜を溢れさせ、若さを強調するように夏樹が誘う。

濡れそぼつ恥部に目をやると、魅惑の入り口が切なげに開閉を繰りかえしていた。

ひくっ、ひくひくっ……というその動きが、甘美な締まり具合を連想させ、今すぐぶちこみたい衝動をかきたてられずにはいられない。

（ああっ、ママもお姉ちゃんもエッチすぎるよっ！　なんて、なんていやらしい格好なんだッ！　でもこれって、僕にどちらかを選べってことなんだよね……）

眼前の二人を眺めながら、苦悩の胸中に立たされる裕也。

本来であれば嬉しすぎる状況だが、なにせ母姉は自分を取りあっているのだ。

一方を選ぶということは、もう一方を見捨てるということ……。

もちろんそんな選択などできはしない。だからこそどんなに誘惑されても、下半身が狂おしいほどに快感を求めても、挿入するわけにはいかないのである。

「あ、あのさ、その、もう……」

現状を打破するべく口を開くも、娘の主張に対して母が異議を唱えた。

「あぁら、アソコはただ締めつけるだけじゃダメなのよ。オチン×ンを柔らかく包みこんで、なかのヒダヒダで優しく抱きしめてあげるのが大切なんだから」

と、今度は姉が反論し、

「そんなことないもん。ねっ、ゆーくん、締まりのいいほうが気持ちいいよね？お姉ちゃんのオマ×コのほうが、キッキッのキュウキュウで気持ちいいよねっ？」

「えっ⁉　ぼ、僕は別に……」

「そんなことないわ。ねぇ、裕ちゃん、締まりだけじゃなくて、柔らかさや温かさ、それになかの壁が動いたりするのが大切でしょう？　大人のふわふわなオマ×コで、オチン×ンをいい子いい子されたいもんね？」

「僕はだから……どっちも、その……」

どんなに回答を求められても、両方大好きなのだから選びようがない。

だが二人はお尻を振りたて、ふりふりと妖艶に競いあう。

「ねぇんっ、裕ちゃんっ、ママにオチン×ン入れてほしいのぉ……ママのヌルヌルオマ×コ、裕ちゃんのでズンズン突いてちょうだい……」

「ねぇ、ゆーくぅんっ、お姉ちゃんにオチン×ン入れてぇ……お姉ちゃんのキツキツオマ×コ、ゆーくんのでいっぱいズボズボしてぇ……」

（くぅううっ！　ママッ！　お姉ちゃんッ！）

淫ら極まるふたつの腰振りに、頭が爆発しそうになる。

それはまさに、盛った牝による愛欲のおねだり。いやらしすぎる美神の競演。眺めているだけで脳に血が上ってクラクラするのに、秘部から漂ってくる発情臭も強烈で、二人の匂いがブレンドされれば居ても立ってもいられない。

いますぐこわばりを突っこみたい。温かな膣内をゴリゴリとかきまわしたい。牡の本能が体を突き動かそうとするが、最後の理性で踏み止まる。少年にとっては、母も姉も同等に大切な家族なのだ。どちらも世界一大好きな恋人なのだ。

優柔不断と言われてもいい。両方から嫌われても仕方ない。

裕也ははっきり心を決めると、自分の想いをぽつぽつと口にした。

「……僕、やっぱりどっちかになんて決められないよ。……ママもお姉ちゃんも、同じくらい大切だもん。同じくらい大好きなんだもん。だから、その……もうこんなことやめにしようよ。……いつものママとお姉ちゃんに戻ってよ！」

精いっぱいの気持ちをこめて叫んでみれば、母姉はピタッと動きを止めた。そして互いに顔を見合わせたのち、くすくすと小さく笑いあう。

「……じゃあ、このくらいにしておいてあげましょうか？」

「うん、これ以上やったら、ゆーくんがかわいそうだもんね」

「ママ？　お姉ちゃん？　ど、どういうことっ？」

急変した二人の様子に面食らい、唖然としながら尋ねてみる。

二人は突然立ちあがり、再び左右に腰をおろしてきた。

「ふふっ、ごめんなさいね。……実は二人で、裕ちゃんをちょっとからかってたの。ママたちが裕ちゃんを取りあったら、きっとすごく困っちゃうだろう、って」

「そうそう、今までそういうのなかったし、ちょっと面白そうだったからね」

母がすまなさそうに説明し、姉が茶化すように付け足す。

「そんなぁ、ひどいよぉ！　僕、どうしようかって本気で悩んだんだからぁ！」

この三日間、二人に挟まれ、気苦労しっぱなしの生活を送ってきた。それがちょっとした悪ふざけだったとなれば、非難めいた口調になるのも無理はない。

ほっとしたのが半分、悔しさが半分で、もう泣きだしたいくらいである。

と、香奈子がそれを見て、

「あらあら、裕ちゃんったらそんな顔して。……でも、元はといえば裕ちゃんが悪いのよぉ。ママとお姉ちゃん、どっちにも内緒で両方とエッチしたんだもの」

優しく抱きしめ、よしよしと頭を撫でてくれる。けれどもその口ぶりは、ほんの少しだけ責める感じ。

「そうだよ、これはお返しなんだから。……だってゆーくんは優柔不断で浮気性で、そのうえすごくエッチだから、どっちかになんて絶対決められないもんねっ？」

横から首筋に腕をまわしてきた夏樹が、しがみついて頬擦りしてくる。その口調は僻みっぽく、ここぞとばかりに弟に報復するつもりらしい。

「そ、そんなことないよっ！　たしかに僕はエッチだけど、それはママとお姉ちゃんだからで……だからその、優柔不断でもないし、浮気性なんかでも……」

心外とばかりに反論するも、自分で言いながら次第に自信がなくなってしまう。

すると夏樹が、穏やかな笑みを浮かべて、

「大丈夫、そんなのちゃんとわかってるよ。ゆーくんはすごく優しいもん、どっちか選んだら選ばれなかったほうが悲しむから、選ぶことなんてできなかったんでしょ？　ママとお姉ちゃん、両方大切に思ってくれてる証拠だよね」

「そうよ、それに選ぶ必要なんてないの……。ママとなっちゃんは裕ちゃんが大好きで、裕ちゃんはママとなっちゃんが大好き。これでなにも問題ないじゃない」

「ママぁ、お姉ちゃんっ……僕、ぼくっ……」

家族からの優しい言葉に、感動で胸がいっぱいになった。

自分はこれほどまでに愛されているのだと、あらためて幸せを実感し、嬉しくて嬉しくて、涙がこみあげてくるのを止められない。

「あらあら、泣かなくてもいいのに。……ほぉら、おっぱい吸いなさい。裕ちゃんはなんにも心配しなくていいの。ママたちは、ずっと一緒にいてあげるから」

「う、うんっ……」

そっと差しだされた乳房に、裕也は泣きながらしゃぶりつく。

たっぷりと豊かな膨らみは、その存在だけで無償の安らぎを与えるもの。双乳を大らかに揉みながら、赤子が安心を求めるように、ただちゅぱちゅぱと吸いたてる。

「あぁんっ、ママだけずるい。私だってゆーくんにおっぱいあげたいのにっ」

「あら、それなら、裕ちゃんを気持ちよくしてあげればいいでしょう？」

「えっ！　どうやって？」

「なっちゃんがオマ×コで、オチン×ンを気持ちよくしてあげるのよ。……はい、それじゃあ裕ちゃんは、ちょっとベッドに仰向けになってちょうだいね」

言われるままに、乳首から口を離してベッドに寝そべる。

そこでやっと、いくらか落ち着きを取り戻してみれば、自分は全裸、母と姉は裸体にガーターとストッキングだけという状況に、あらためて昂りを覚えてしまう。

狭い部屋にクーラーも入れず三人でいるため、全員がじっとりと汗をかき、それによって室内の湿度があがっているような気がした。

「さぁ、なっちゃん、裕ちゃんの上に跨ってあげて」

母に指示され、立ちあがった夏樹がベッドに乗り、弟の腰を跨いでいく。

裕也は仰向けに寝ているので、女陰部はもう丸見えだ。割れ目からは透明の液体がこぼれ落ち、太腿の内側をつぅーと伝って、ストッキングの縁を濡らしている。

「ほぉら、お姉ちゃんのオマ×コが、ゆーくんのオチン×ン食べちゃうぞぉ」

肉幹へそっと指を添え、唾液まみれの屹立を垂直に立てる。切っ先の照準を自らの秘孔に合わせ、ゆっくりと腰をおろしていく。

(ああっ、お姉ちゃんのオマ×コが、ぼ、僕のオチン×ンを……)

裕也はその様子を凝視するだけ。涎を垂らす桜色の粘膜が、濃いピンクの亀頭に口づけし、次の瞬間にはズブブッと咥えこむ。

「あぁあっ、私のなかに、ゆーくんのが入ってきてるぅ……」

「あうっ、お姉ちゃん……」

「はぁあああっ、太いっ……それに長くて、すごく硬いぃっ……。あぁあんっ……お腹のなかが、ゆーくんでいっぱいになってくよぉ……はぁあぁああああんっ」

剛直を膣内に埋めながら、悦びと苦しさが入り混じった声を漏らす。

考えてみれば、ロストバージンの夜に一晩中繋がっていたとはいえ、結合自体はまだ二度目。もはや痛みなどないとしても、膣道はいまだに窮屈そのもの。真下から貫かれるような挿入により、かなりの圧迫感を覚えているに違いない。

「うぅっ、そ、そんなに締めつけないでっ……うぁっ、あぁああっ」

たっぷりと蜜の詰まった秘穴が、にゅるっと亀頭をのみこんでしまう。

媚肉は燃えるように熱く、それでいて内部はヌルヌルだ。穴自体は極めて狭く、締めつけも信じられないくらいに強い。それでも大量に分泌された潤滑液の働きにより、肉茎は根元までずっぽりと入りきってしまった。

「ほぉら、見て……オチン×ン、全部お姉ちゃんのなかに入ったよ……。この格好、すごく深くまで繋がれるんだね……」

と、夏樹は恥ずかしげな顔になり、

「ねぇ、わかる？　お姉ちゃんの一番奥に、先っぽがコツンって当たってるの……」

「う、うん、わかるよ。僕の先が、オマ×コの奥に当たってる」

確かに亀頭の先端には、コリッと硬い軟骨のような感触があった。

体内では、結合の喜びを伝えるように、膣壁がキュッキュと締めつけてくる。

「ふふっ、なっちゃんったら、そんなに嬉しそうな声だして……。さぁ、裕ちゃんはママのおっぱいちゅうちゅうしましょうね」

香奈子は穏やかな笑みを浮かべ、息子の隣へ寄り添うように横臥した。ちょうど目の前に、たぽんっと乳房が差しだされる。

裕也は体を捻って豊乳を摑むと、乳首を丸ごと口に含んだ。むぎゅ、むぎゅっと柔肉を揉みながら、頰をへこませちゅーちゅーと激しく吸っていく。

「ゆーくん、動くよ……。お姉ちゃんのなかで、いっぱい気持ちよくなってね……。んっ、んふぅっ……ふ、深いっ、んんっ……んぁアッ、はぁぁあんっ……」

弟の腹部に手を乗せて、夏樹が腰を使いだす。

和式便器で用を足す時のように、脚をハの字に開いているので、結合部ははっきりと窺えた。腰が上昇していくと、ずにゅぅううっと竿が露わになり、腰が下降していけば、ぬにゅるううっと竿が姿を隠す。

その光景は、さながら秘部から陰茎が生えているかのよう。

めいっぱいに広がった肉穴と、まっすぐにそびえ立つ肉槍。その対比がいかにも卑猥で、まさに出し入れという言葉がぴったりである。

(くうっ、お姉ちゃんのなか締まるッ……な、なんてきついんだっ……。きついけどすごくヌルヌルで……ああっ、オチン×ンが吸いこまれてくみたいだよ)

若さゆえの甘美な締まりに、果ててしまわぬよう必死で耐える。

膣壁による吸いつきはすさまじく、膣全体がひとつの吸盤のようだった。

抜けていく時は雁首の返しが襞を逆撫でし、根元から持っていかれそうな感覚が、入っていく時は亀頭が肉道を押し開き、襞が隙間なく絡みついてくる感覚が、それぞれ腰が抜けそうなほどに気持ちいいのだ。

「あぁあっ、いいよぉ……オチン×ンが気持ちいいのぉ……。お腹の奥に先っぽが当たって、ズンズンって響いてくるっ……あぁんっ、いいっ、気持ちいいっ……」

緩やかだったグラインドのペースが、次第に速さを増していく。

「あぁんっ、ダメぇえッ……あんっ、んっ、あぁっ、ンンンッ！」

よほど快感を覚えているらしく、瞳はうっとりと潤みきり、口からはあられもない嬌声が止まらない。その激しい腰使いに合わせ、黒髪のポニーテールがふわっとなびき、上向き加減の乳房がブルンッ、ブルルンッとリズミカルに弾む。

結合部からはぐっちゅ、ぐっちゅと猥褻な水音が鳴り響き、沸きつづける淫蜜によって、シーツに染みが広がっていく。

（お姉ちゃん、そんなにも気持ちいいんだ……。だったらママも……）

自分たちだけが気持ちよくなっては不公平だと、ただ吸っているだけだった乳首から口を離し、一方の先端を犬みたいにねぶりだす。

「あぁんっ！……裕ちゃんったら、ママも気持ちよくしてくれるの？」

「うん、僕たちだけ気持ちいいなんてズルいでしょ？」

「あらあら、そんなの気にしなくていいのよ。ママは裕ちゃんにお乳を吸われてるだけで、十分幸せな気持ちになれるんだもの」

「でも、こうしたらもっと気持ちよくなれるよ……れろれろっ、れろろろろっ……」

ぷっくりと膨らむ乳頭を、左右にぶれさせた舌先で責める。

人差し指の先ほどだった肉実は、それだけで硬くしこっていき、たちまち二まわりほど肥大してしまった。こりこりしていて、その勃起具合がいじらしい。

「あぁんっ、裕ちゃん……アァッ、いいっ……ぺろぺろされるの、すごくいいっ……あぁあっ、ダメぇ……はぁあアッ、はぅううんっ……」

裕也の執拗な乳首舐めに、鼻から抜けたような吐息が漏れていく。

姉のそれより遥かに柔和な乳肉は、熟れ頃だからこそ出せる柔らかさ。吸いつくような肌が織りなす揉み心地は素晴らしく、本当にマシュマロのようである。

（あぁっ、ママのおっぱいってなんでこんなにいいんだろう。おっきくって柔らかくて、それになんだか甘い味がする……。これが、これがママの味なんだ……）

その感触を存分に味わいながら、無我夢中で乳首を舐める。

ぷくっと充血した授乳器官は、あたかも責めを待ち望むかのように、はっきりと自己主張をしていた。内部に芯を持つ突起は、舌先で弾かれても健気なまでにツンッとした気丈さを失わない。ツンツンと舌で突ついたり、ちゅっ、ちゅっと吸って放してを繰りかえせば、そのたびに成熟した肉体がわななないていく。

「あんっ、ゆーくんっ、お姉ちゃんのほうも見てっ……」

と、弟を呼んだ夏樹は、

「ほらっ、繋がってるところ、みんな見えちゃってるでしょ？　お姉ちゃん、気持ちよくて、さっきから腰が止まらないのっ……腰が勝手に動いちゃってるのぉ……」

じゅぶじゅぶと抽送を繰りかえし、極上の締めつけを与えてくれる。

その妖しくうねる腰使いは、他になにも考えられないというような必死さだ。丸く張りのある若尻がくねり、メロンのようにたわわな実りが揺れていく。

露出しきった結合部は、二人分の体液でもうべとべと。興奮度合いの上昇により、愛液が白く濁って、若幹をべっとり汚している。

「あっ、そ、そんな締めつけちゃダメだよっ……ああっ、僕のが奥にっ……あうっ、僕も我慢できなくなっちゃうよぉ！」

その絡みつくような内部の動きに、たまらず腰が動いてしまう。ベッドのスプリングを利用して、下半身ごと持ちあげるように、蜜壺を激しく突ついていく。

「アッ、ダメッ！　そんなに下から突かれたらっ、あンッ、アッ、あぁあああっ！」

突如はじまった突き上げに、活発な声から余裕が失われていった。

激しい運動をしているせいか、健康的な肌には玉の汗が浮かび、悩ましげな背中をきらきらと輝かしていた。柑橘系の体臭が強く香り、室内に性交の匂いが漂う。昂りによってイヤイヤと頭を横に振れば、束ねられた黒髪が左右になびいていく。

と、その様子を眺めていた香奈子が、音もなく裕也から離れていった。

「ふふっ、裕ちゃんもなっちゃんも、ママのことは気にせず二人で気持ちよくなりなさい……。ほら、裕ちゃん、お姉ちゃんを抱きしめてあげて」

そう告げられ、夏樹は前へ倒れこむように、弟の首筋にしがみついた。裕也も姉をしっかりと受けとめ、二人は互いに抱きしめあう。

「んぁあンッ、ゆーくぅん、気持ちいいねっ……こうやって二人で繋がってるの、すごくすっごく気持ちいいよねっ……」

「うん、お姉ちゃん、僕もすごく気持ちいいよっ」

「あぁんっ、好きぃ……好き好き、大好きぃ……んちゅ、ちゅっ、ちゅっ、ちゅっ」

感情が昂ったのか、頭を両手で抱きかかえられ、顔中にキスの雨が降らされる。時折、思いきり吸いつくのは、抑えきれない好意の表れなのだろう。

裕也は自分からはなにもせず、ただ美姉になされるがまま。その一方で、両手で尻肉をがっしりと摑み、猛烈な腰使いによって牝穴を穿っていく。

「僕も好きだよっ……好きだ、大好きだっ……」

「あぅうん、ゆーくぅん……んっ、ゆーくぅん、ゆーくん、ゆーくぅうんっ……」

姉弟は息の合ったタイミングで、壮絶な出し入れを繰りかえす。

二人の体の間では、乳房がむにっと潰れていた。その弾けんばかりの瑞々しい張りが胸板に心地よい。共にじっとりと汗をかいているせいで、触れあう体がヌルヌルと滑り、蕩けるような感触が一体感を際立たせていく。

「裕ちゃんとなっちゃんが繋がってるところ、後ろからも丸見えよ……。ふふっ、エッチな眺め……。ママがもっと、気持ちよくしてあげるわね、んんっ……」

香奈子はいつの間にか足元へまわり、裕也の足の間で四つん這いになっていた。二人の結合部に美貌を寄せ、陰嚢をれろぉっ、と舐めあげる。

「れろっ、れろぉっ……どう、これすごく気持ちいいでしょう、んれろっ……」

ねっとりと絡みつくようなねぶり方で、下から上へと袋が舐められていく。

ただでさえ膣内の悦楽に襲われているのだから、男としてはもう辛抱たまらない。

「うわぁあっ、ママ！　そ、そんなっ、すごいっ……」

「ふふっ、またタマタマがピクピクしてる……。ダメよぉ、男の子が我慢なんかしちゃ。気持ちよかったら、びゅっ、びゅーって元気よく出さないと」

「……そうだよ、ゆーくんっ……我慢なんてしたら体に毒だよ……。お姉ちゃんのなかにだったら……遠慮しないで、好きなだけ射精していいんだからねっ……」

必死の踏ん張りを咎めるように、揃って射精を勧める母姉。

だがそうは言われても、気持ちよければ気持ちいいほど、できるだけ長くその時間を味わっていたいのが男心というものだ。

「でもっ、僕、もっとこのままで……」

それを伝えようとすれば、香奈子は優しく叱るように、

「ダーメ、我慢なんて許しません。ほぉら、そんなことが言えないように、もっともーっと気持ちよくしてあげる。んんっ、ちゅっ、んふぅんっ、ちゅぅうっ」

言うやいなや、袋にちゅっとキスされる。

啄むように何度もかるく口づけし、続けてちゅううぅと皮を吸われた。そのうえ吸いついたままの状態で、舌先によりチロチロと舐められていく。

（あああっ、そ、そんなところ、あぁああっ……）

それだけではない。陰嚢の表面をねぶりまわした母は、袋の裏側までもを丹念に舐めてくれた。さらには、唇で玉をはむはむと甘噛みまでしてくれる。

睾丸を襲う直接的な刺激は、ある種のくすぐったさを伴ったもどかしいもの。

玉袋ごとすっぽりと口に含まれ、口内で左右に転がされれば、まるで全身を手玉にとられたかのような、表現しがたい愉悦が身を震わせる。

「私だって……ゆーくんのこと、もっと気持ちよくしてあげるんだからっ……。ンッ、ほぉら、こうされるとどう？　気持ち、いいで、しょっ、うぅうんっ……」

母に感化されたのか、激しく腰を振っていた夏樹がその動きを止め、代わりに腰を丸くグラインドさせはじめた。ぐりんぐりんと、「の」の字を描くようにである。

締まりのいい女壺でしゃぶられ、ぐりぐりと砲身をこねまわされては、言い知れぬほどの快感が絶頂を呼び寄せていく。

「ああっ、いいよ……ママもお姉ちゃんも、あぁああっ、すごいよっ、すごく気持ちいいっ……。ああっ、ダメだよっ、僕また……あぅっ、で、出ちゃうっ……」

猛烈にこみあげてくる射精衝動に、姉の身体を思いきり抱きしめる。その存在をしっかりと両腕に感じながら、男性器を襲う二種類の愉悦にただまどろむ。

「ちゅぽっ……ほぉら、出していいのよ。タマタマから濃い精液、なっちゃんのなかにたっぷり射精してあげて……んっ、れろれろっ、レロレルレルッ……」

香奈子はそう言って、ふぐりを猛烈に舐めまわした。

「いいよ、ゆーくぅんっ……お姉ちゃんのなかに、白いミルクいっぱい注いで……子宮の奥に、赤ちゃんの元たくさんだしてっ！」

夏樹も膣内の襞を細かく蠕動させ、弟の射精をいざなっていく。

（ああっ、そんな……ダ、ダメだッ、も、もう我慢できないッ！）

二人同時に責められては、懸命な自己制御もついに限界。股間の辺りで留まっていた溶岩が、精管を駆け上って一気に噴射する。

「ああっ、出るっ！　でちゃう、あぁあああぁあぁあああっ！」

最高潮の快感と共に、どろりと濃厚な獣液が次々に飛びだしていった。

腰が抜けそうなほどの性感が脳裏を痺れさせ、頭のなかはもう真っ白。肉襞による膣しごきと口唇での玉舐めだけが、鮮烈に意識できるのみだ。

「はぁああっ、出てるっ、ゆーくんのがびゅくんびゅくんって……ああっ、熱いよぉ、お腹のなかが、ゆーくんでいっぱいだよぉ……はぁああああああっ……」

灼熱の奔流を子宮で受けとめ、膣内射精の愉悦に身を震わせていく夏樹。

おそらくは幾重にも達しているのだろう、胎児のごとく背中を丸めた姉は、弟の体にしがみつき、半開きになった唇から恍惚の涎を流している。

「さぁ、なっちゃん、交替してちょうだい……。裕ちゃん、次はママの番よ

「……」

弟にぐったり覆いかぶさっている姉に、退いてくれるようお願いした。

まだ息の荒い夏樹は力なく頷き、転がるようにして身を退けていく。

「あ、ママ……」

少年が射精後の倦怠感に浸っていると、香奈子が後ろ向きに腰を跨ぎ、膝を折り曲げて前屈みになった。体勢としては、ちょうど夏樹と前後反対だ。むっちりとふくよかな美臀が曝けだされ、その下にある萎え知らずのこわばりに手が添えられる。

「逆向きなのも、けっこういやらしいでしょう？　今度はママが、裕ちゃんを気持ちよくしてあげるわね……ンンッ、んぁああっ……は、入ってくるぅっ……」

ゆっくりと腰が落とされていけば、ずぶぶ、ずぶぶぶっと肉棒が埋まっていく。

淫蜜に満ちた熟れ膣は、きつすぎず緩すぎず、絶妙のバランスを保った締め具合。内部のヒダヒダが蕩けるように柔らかく、それに温かさもほどよい按配だ。

姉とはまた違った大人の肉壺が、穏やかな甘美さを与えてくれる。

「んんっ、あぁあっ……裕ちゃん、わかる？　ママの一番奥に、オチン×ンの先っぽが当たってるの……んあぁっ、深いわっ……ああっ、それにとっても硬くて

「……すっ、すごく感じちゃうっ、ふぅううぅんっ……」

ベッドに両手をついた香奈子が、膝を立てたままパンパンと腰を振りはじめた。

白肌の美尻を妖艶に躍らせるそれは、まさに淫らな牝の腰使い。

肉づきのいい臀部がくねっ、くねりっと宙で円を描くたび、膣全体が巧みに蠢き、息子の分身を優しく、それでいて激しくしごきたてる。

（ママってば、あんなにもエッチにお尻振ってる……。ああ、なんていやらしいんだ。お尻もオマ×コも丸見えで……ああっ、すごい、エッチすぎるよっ……）

背面騎乗による腰振りに、思春期の欲望が熾烈に燃えあがっていく。

剛直へと与えられる快感もすさまじく、無数の肉襞が絡みつくゾクゾクとした感触に、気を抜けばすぐにでも射精してしまいかねない。

「あぁんっ、いいわっ……裕ちゃんのオチン×ン逞しくてっ……ママ、とっても気持ちいいっ……。あぁっ、オマ×コのなかがゴリゴリされて、子宮の入り口がズンズン突かれて……気持ちよくって最高なのっ……アンッ、んぁっ、はぁああんっ……」

誘うように腰を振る母は、もはや恍惚の表情だった。艶のある頬は朱色に染まり、潤んだ瞳はとろんと蕩け、ぽってりとした唇からは一筋の涎がたらり。

アップに纏められた髪はわずかに乱れ、紅潮したうなじは成熟の色香を滲ませる。弓なりに反った背中の流れるような曲線美も色っぽく、無数に煌めく玉汗がその光景にいっそうの拍車をかけていく。

「うぅんっ、ゆーくんっ、チュー……お姉ちゃんとチューしよっ……ンンッ」

ぐったりしていた夏樹がしがみつき、もうたまらないといった感じでキスしてきた。熱烈なまでに唇を吸いたて、さらに舌へむしゃぶりついてくる。

(あぅっ、舌が……舌がチュウって吸われてくっ……)

絡めようとした舌を思いきり吸われ、強く求められているという実感が沸く。逆に舌が差しだされると、それをめいっぱい吸いたてていく。

その間も巧妙な抽送は続けられ、若竿が膣でしごかれていった。狭い室内には、むわっと立ちこめる性臭と共に、肉同士がぶつかる乾いた音色が鳴り響く。

裕也はみっしりと肉の詰まった女膣のハメ心地を味わいながら、蕩けるような接吻を愉しみつつ、姉の若々しい乳房をむにゅむにゅと揉みしだく。

「……ゆーくぅんっ、おっぱいもっともみもみしてぇ……。先っぽがいいの、乳首弄られると……あぁンッ！　そう、いいよっ……乳首いいっ、うぅんっ……」

人差し指と親指を使い、突起をクニクニと弄ってみる。つねってみたり、先端部を撫でまわしたりするだけで、ビクンッ、ビクンッと面白いように反応した。

「あぁあんっ、もう我慢できないよぉ……なかにオチン×ンが欲しい、ゆーくんが欲しいのっ……ゆーくん、ゆーくんっ、ゆーくぅんっ……」

乳首責めにより女悦に火がついたらしく、夏樹は自らの手を股間に導き、二本の指をびしょぬれの蜜壺へ突っこんだ。愛液と精液の入り混じる秘孔へ出し入れを繰りかえしながら、親指では剝きだしの淫核をこねまわす。

「ああっ、お姉ちゃんっ！　んんんっ、ちゅっ、ちゅぱちゅぱっ、んちゅっ」

自慰をはじめた姉に興奮してしまい、たまらず乳房に吸いついていく。

気の趣くままに柔肉を揉みたおしながら、ぷっくりと硬い乳頭をちゅうちゅう吸いたて、乳輪の周囲を舐めまわす。舐めて舐めて吸いまくる。

「どう、裕ちゃん？　ママとなっちゃんと、三人でエッチするの気持ちいい？　二人同時にセックスするの、気に入ってくれたかしら……」

「うんっ、いいよっ。二人にしてもらえるなんて、もう最高だもんっ」

「んっ、よかった……。これからは、毎日こうやって三人でしようね。ゆーくんの好きなだけ、二人で気持ちいいことしてあげるから、んんっ……」

そう言って、夏樹が愛しげにれろーりと顔を舐めてくる。

「そうよ、ママとなっちゃんは、いつまでも裕ちゃんと一緒なの。だってママとなっちゃんは、裕ちゃんのためにいるんですもの。ほら、こんなふうに、いつでも何度でも、裕ちゃんを気持ちよくしてあげちゃうんだからっ、うんっ、うぅうんっ……」

香奈子はその腰使いを止め、膣内部の突起を複雑に蠢かせた。温かな粘膜で男根を包みこんだまま、二重三重の性感を与えてくれる。

それだけでなく、膣内をうねらせたまま腰全体で丸を描かれれば、欲望が沸々とこみあげてきて、もはや堪えきれなくなってしまう。

「あうっ、ママ、出るよ！　も、もうイキそうだっ……」

「いいのよ、ママのなかにいっぱい出してっ。裕ちゃんのミルク、おなかにたっぷり注いで。熱くて濃いのでドロドロにしてっ……あぁんっ、んんっ、ふぁあぁんっ」

腰のグラインドがひときわ大きくなり、同時に快感もすごみを増す。

じゅぶ、じゅぼっ、じゅぼじゅぼっ、じゅぶじゅぶっ……。

むちむちの美臀が揺れ動き、結合部から粘り気のある水音が鳴り響く。蕩けるような膣壁によって、肉茎がキュッ、キュウッとしごかれていく。

「ねぇ、ゆーくぅんっ、お姉ちゃんにイク顔見せて……ゆーくんの気持ちいい顔、しっかり見せて……んんっ、ちゅっ、んふぁっ、んんんっ……」

夏樹が唇を奪い、とろりと甘い唾を流しこんでくる。輝く瞳に見つめられ、両手で頭部を撫でまわされながら、官能的な口づけのなかで煮えたぎる血潮を解き放つ。

「ンンンッ、んぅぅぅんんんんっ！」

その刹那、剛直がドクンッと盛大に脈打ち、本日四度目の射精が起こった。

依然濃いままの白濁液は、びゅくびゅくと大量に飛びだしていき、狭い膣内を溢れかえらんばかりに満たしていく。

「はぁあんっ！　ゆ、裕ちゃんのがなかで出てるッ……ああっ、熱いっ……とっても熱くて、ドクドクって……ああっ、ふぁああぁあああんっ……」

もっとも深く繋がったまま、香奈子は大きく背中を反らせた。甘い吐息を漏らしながら、息子の欲望を柔らかな膣で受けとめる。

そこにあるのは女としての悦びと、子供の成長を肌で感じとれる母親としての喜びだ。次々と精液が注がれるごとに、麗しい美貌は幸福の色に染まっていく。

やがて射精がおさまると、静かに腰が持ち上がり、若牡がずるりと女裂から抜けた。ぽっかり開いた秘孔から溢れだす、どろりと白い大量の粘液。

「あんっ……なっちゃんにもたくさん出したのに、ママにもこんなに射精して……。ほんと、裕ちゃんはいけない子……」

こぼれ落ちるザーメンを手で掬い、ペロッと美味しそうに舐める香奈子。

その後、左から抱きついては、豊満な柔胸を顔面に押しつけてきた。

「ふふっ、そうだね。ゆーくんのオチン×ンはすぐに元気になっちゃうから、何回出してもなかなか満足しないもんね」

右からは夏樹が抱きつき、寄せた若乳を頬に押しつけてくる。

「ママ……お姉ちゃん……」

左右から乳房でサンドイッチされれば、心地よい圧迫感が裕也を包んだ。

おっぱいに挟まれているという実感もさることながら、ふにゅりとした母の柔らかさと、ぷりんっとした姉の弾力がたまらない。

全員がびっしょりと汗をかいているせいで、それぞれの体はもうベタベタ。

だがそれによる不快さは一切なく、それどころか、室内に充満した母姉の甘い体臭が気分を安らかにさせてくれる。

「……裕ちゃん、ママのなかは気持ちよかった?」

「……ゆーくん、お姉ちゃんのなかは気持ちよかった？」

二人から優しく質問され、当然のようにはっきりと頷く。

体の両側からひしひしと伝わってくるのは、母姉の柔らかさと温かさ。

それはまさに、自分だけを愛してくれる絶対の存在。

常に優しく包みこんでくれ、そしてしっかりと守ってくれる家族の証明。

（ママもお姉ちゃんも大好きだよ。僕、二人がいてくれてすごく幸せだよ）

わざわざ声に出して告げなくても、二人はわかってくれるだろう。たとえ言葉は交わさずとも、家族の絆さえあれば通じあっているものなのだから……。

「好きだよ、裕ちゃん、ゆーくん、愛してるわ……だーい好き……」

二人から愛しげに囁かれ、裕也は眠るように至福の時間に浸っていく。

エピローグ

夏休みも終盤を迎え、学生たちが大慌てで宿題をこなす八月三十一日。

少年の部屋には早朝から、ぴちゃぴちゃというふたつの水音が鳴り響いていた。

「ああっ、ママ……お姉ちゃん……」

朝日射しこむベッドには、パジャマ姿の裕也が下半身を丸出しにしていた。

「ふふっ、裕ちゃんったら朝からこんなに大きくして……」

「ほんと、昨日の夜もあんなに出したのに、起きたらいきなりこれなんだから……」

その足元には香奈子と夏樹が四つん這いになり、元気いっぱいの朝立ちへ、それぞれ左右から濃厚なフェラチオを施している。

（あうっ、ママもお姉ちゃんも、エッチな格好すぎるよぉ……）

ダブルフェラの愉悦にまどろみながら、心のなかで賞賛の言葉を送る。

なにせ、寄り添って奉仕しあう二人の格好は、いわゆる裸エプロンなのだ。

「……んふっ、裕ちゃんのオチン×ンって本当に逞しいわ」

顔を横倒しにして、裏筋をれろれろと舐めまわす香奈子。

ねっとりした舌腹が、敏感なラインを何度も上下に往復していた。絡みつくような舌使いで、とろとろと溢れていく先走りをひたすらに舐めとっていく。

「たくさん舐めてもらいたいから、こんなにもビンビンにさせてるんだよねっ」

夏樹は上から咥えこむように、亀頭全体を丹念にねぶりまわしている。笠の裏側から尿道口の切れ目にまで、舌を駆使して様々な刺激を与えていく。

「ああっ、いいよっ、ママの舌もお姉ちゃんの舌も、最高にいい気持ちだよ……」

悩殺的な姿の母姉に、裕也はただ奉仕されるまま。

家族がひとつになれたあの日から、お目覚めのおしゃぶりは日課になっていた。いつも裕也が満足するまで、何時間でも舐めつづけてくれるのだ。

「うふうんっ、裕ちゃんっ……んんっ、れろっ……れろれるっ、れるるるっ……」

「あぁんっ、ゆーくんっ……んろっ、んちゅっ……ぺろれろっ、んんんっ……」

愛しくてたまらないといった面持ちで、濃厚極まりない舌使いが続けられる。裕也を喜ばせることだけがすべてだというように、これ以外はなにも考えられないとでもいうかのごとく、真心こめた口唇愛撫が施されていく。

「ねぇ、ゆーくぅんっ、お姉ちゃんのなめなめ気持ちいい？　こうやって先っぽペロペロされるの気持ちいい？」

「うん、いいよ、すっごく気持ちいいよ」

「じゃあ、ママは？　こうやって裏側のところレロレロされるの、裕ちゃんは気持ちよくなってくれてる？」

「うん、ママのもとっても気持ちいいよ」

上目遣いで求められる感想を述べていけば、母姉は目で嬉しげに微笑み、さらなる悦楽を肉棒へと与えてくれる。ぺちゃぺちゃぴちゃぴちゃと卑猥なメロディを奏でながら、二枚の粘膜が裕也の分身を愛していく。

「僕、もうそろそろ……あぁあっ、はぁあああっ……」

「ふふっ、もう我慢できない？　いっぱいなめなめされて、精液びゅくびゅくしちゃいそう？……それなら、ゆーくんが一番好きなやつやったげるね」

じんわりと、だが確実にこみあげてきている射精感を告げると、夏樹が一段と舐めしゃぶりを激しくし、亀頭をすっぽりと咥えこんだ。竿を根元まで口腔に埋め、口内全体で吸いついて、そのまま熱烈なバキュームフェラを開始していく。

「あらあら、なっちゃんったら……。ふふっ、それならママも、もっと激しくぺろぺろしてあげる。なんたって裕ちゃんは、気持ちよくなれば気持ちよくなるほど、ザーメンの量が多くなるんだもの……ンンッ、れるるっ、んんっ、んちゅうんっ……」

香奈子もそれに続いて、空いている陰嚢を濃厚に舐めだした。さらに袋ごとすっぽりと口に含み、口内で絶妙な玉転がしをお見舞いしてくる。

「ああっ、そんなぁ！　二人同時にそんなこと……あっ、あぁあああああっ！」

牡そのものがいっぺんに愛撫され、めくるめく性感に背筋がわななく。ふたつの口内粘膜はねっとりと温かく、男性器が溶けてしまうのではと心配になるほどだ。

「んふっ、ゆーくん、イッていいよ……お姉ちゃんの顔に、濃いのいっぱい射精してっ……ンンッ……れろぴちゃっ……んんっ、んふ、んんんっ……」

「そうよ、好きなだけ出しちゃいなさい……ママの顔にも、白いミルクたっぷりぴゅっぴゅってしてっ……んふぁッ、ンンッ……れるれるれるっ、んちゅうぅっ……」

裕也の限界を感じとり、母姉は丹念に裏筋を舐めまわしてくれる。れろれろぴちゃぴちゃと、その動きはすさまじかった。すっぽりと亀頭を咥えこみ、口内で舌を絡ませたり、根元まで竿をのみこんで、窄めた唇できゅっきゅと締めつけたりしていく。

（ああっ、もうダメっ……気持ちよすぎて、なにも考えられないよっ……）

さらには、二人同時に袋を舐めたり吸いついたりと、もうやりたい放題だ。

競いあうように行われるダブル奉仕の快感に、限界など即座に吹き飛んでしまう。

「ああっ、いいよぉ……オチン×ンがペロペロって……あぁあっ、もうダメ！　出すよ、出すからねッ！　ううっ、でるッ、でるぅうううううっ！」

性感の臨界点へと到達した瞬間、頭のなかが真っ白になった。

びゅくんっ、びゅくびゅく、びゅるるるうぅううぅ！

股間の付け根から駆け上り、勢いよく飛びだしていく奔流。噎せかえるほどに濃厚な種子汁は、ビクンビクンという痙攣により、左右の美貌へと遠慮なく降りそそぐ。

「あぁんッ！　ゆーくんのがいっぱい出てるぅ……」

「ふふっ、いつ見てもすごい勢いねっ……」

濃厚な一番搾りに顔面をべっとりと汚されながらも、香奈子と夏樹は、うっとりとしながらフェラチオを続ける。少年の欲望を浴びながら、まるでそれが最高の幸福であるかのように、愛情こめた奉仕をひたすら繰りかえしていく。

「うふんっ……裕ちゃんったら、今日もいっぱい出したのね。こんなにたくさん射精するなんて、ママたちをザーメンまみれにするつもりかしら、ふふっ……」

脈動がおさまりをみせた頃、香奈子が満足そうな笑みを浮かべた。

「あぁあんっ、ゆーくんのとってもエッチな匂いで、それにすごく美味しいのっ……。オチン×ンについてる分、お姉ちゃんが全部きれいにしたげるね……」

夏樹も幸せそうな面持ちで、剛直にこびりついた精液をきれいに舐めとっていく。

「あんっ、ずるいわ、なっちゃん。ママにも舐めさせてっ、んっ……」

自分もと肉茎に唇を寄せ、香奈子がれろーりと白濁をねぶる。

まだまだ出したりないと言わんばかりの若牡が、再び熱烈に舐められていく。

「ああっ、ママもお姉ちゃんも最高だよ。……ねぇ、これからもずっとこうしてくれるよね？　二人とも、ずーっと僕のこと好きでいてくれるよね？」

最大級の幸福感に包まれながら、確かめるように問いかける。もちろん、答えなど聞かずともわかっているが、二人の口から直に聞いて安心したいのだ。

裕也の言葉を耳にした母姉は、揃って顔をあげてくれる。

「ええ、もちろんよ。裕ちゃんが望む限り、ママたちはずーっとこうしてあげるわ」

「そうだよ、お姉ちゃんたちは、ゆーくんのためにいるんだもん。だからいつまでも、大好きなゆーくんを気持ちよくしてあげるからね」

上目遣いにこちらを見つめる、世界で一番大切なふたつのまなざし。

（ああっ、ママ！　お姉ちゃん！）

裕也は逸物をそそり立たせたまま、これからの生活に想いを馳せる。

大好きな美母と、大好きな美姉と過ごす素晴らしい日々。

それはこの世で最高に幸せな、もっともあたたかな家族の時間。

たとえ夏休みは終わりだとしても、この生活はこれからもずっと続いていく。

僕の誘惑夏休みは、いつまでも終わらない。

最高の年上誘惑レッスン
ママと叔母とピアノの先生

プロローグ

電気が消された室内を、ベッドランプの淡い光が照らしている。

「──さぁ悠ちゃん、いらっしゃい。ママと一緒に寝ましょう」

ある静まりかえった夜のこと。母の寝室へと呼ばれた早坂悠人は、ベッドの前で息を呑んでいた。

「どうしたの、早くいらっしゃい」

アンティーク調の高級ベッドに横臥する母の詩織は、掛け布団をめくり、悠人を誘う。母は薄ピンクのベビードールに身を包んでいた。豪奢なランジェリーはシースルータイプで、絵画さながらに横たわる豊満な体つきがうっすらと透けて見える。

白い双乳には桃色の薄布が張りつき、その見事な丸みを浮きあがらせている。乳暈の盛りあがりさえ透けて見え、ツンと尖った乳頭もはっきりと確認できる。

下半身だけは、ベビードールと同色のパンティに守られていた。

（ああ、ママの格好、いやらしすぎるよ……）

悠人は母の肢体に見とれた。豊かな胸元はたっぷりと質量を湛え、柳腰はキュッと括れ、剝きだしの臀部や太腿はむっちりと肉づいていた。

今年で三十六歳。全体的にうっすらと脂の乗った女盛りの身体だった。その肉感的な丸みは、二十代では持ち得ぬ成熟した色香を醸しだしている。透き通るように白い肌は肌理細やかで、若々しい張りを保っている。色艶にも衰えはみられない。

「ママ、あの、えっと……」

照れくささのあまり、悠人は口ごもった。思春期を迎えたばかりの少年には、母の格好は刺激が強すぎた。眺めているだけで勃起しそうで直視できない。

そんな息子の気も知らず、詩織は朗らかな笑みを浮かべる。

「恥ずかしがらなくていいのよ。ママと悠ちゃんは親子なんだもの。昔はいつも一緒に寝てたでしょう。さぁ、お布団にいらっしゃい」

詩織は左手で布団をめくりつつ、右手でぽんぽんとベッドを叩く。

（それは僕が子供だったから……）

今では違うと思いつつ、誘われるまま布団に潜った。断れるはずがなかった。それに悠人とて、できることなら母と共に寝たい。

「ふふ、悠ちゃん捕まえたっ」

母と向かいあいになった途端、胸元にギュッと抱き寄せられた。柔らかで温かな膨らみが、顔面をふんわりと包みこむ。甘くて優しい香りが鼻腔をくすぐり、懐かしさに満ちた安らぎが胸に広がった。同時に、羞恥が顔を熱くする。

「マ、ママ、放してよ、恥ずかしいよっ」

「あら、恥ずかしがることなんてないじゃない。子供のときは毎日こうしてあげてたでしょう？」

「そ、そうだけど……」

「もぉ、悠ちゃんったら、大きくなったら急にお兄さんぶるんだから。最近の悠ちゃん、ちょっと冷たくてママ寂しい」

（ああ、ママ……）

悠人は上目使いに母を見た。間近で目にする相貌は美しかった。ぱっちりとした優しげな瞳。くっきりとした細い眉。すっと筋の通った鼻に、桜の花びらを思わせる小ぶりな唇。普段はアップに纏められているロングの黒髪はつややかで、ふんわりと膨らみつつ胸元にかかっている。

「――こうやって悠ちゃんと寝るのも久しぶりね」

詩織が声音に懐旧の念を滲ませる。子供時代の悠人を思いだしているのだろう、その面持ちには母親の慈愛が浮かんでいた。

「うん、そうだね……」

悠人は俯き、震える声で答えた。顔が燃えるように熱かった。母の柔和な肉体を意識するだけで、胸の高鳴りを抑えきれない。顔全体を包みこむ香水と汗の入り混じった甘い体臭も思春期の欲望を刺激し、気を抜けば勃起しかねない。

ひどく控えめな息子の様子に、詩織が心配そうに囁きかける。

「悠ちゃん、どうしたの。もしかしてママと寝るのいやだった？」

言葉に秘められた寂しさを感じとり、悠人はハッと顔をあげた。

「そ、そんなことないよっ」

「じゃあ、ちゃんとママの顔を見て。悠ちゃんが俯いたままだと、ママ寂しくなっちゃうもの」

「う、うん」

悠人はそっと母を見つめた。ひとりの女性として意識してからというもの、美母の顔は正視しづらい。詩織も瞳を見つめかえし、視線が重なる。その透き通るような双眸を眺めているだけで鼓動が高鳴り、息が苦しくなっていく。

(ああ、ママ……)

悠人は物心ついたときから、母が大好きだった。優しくてあたたかで、いつも一緒にいてくれるママ。世界で一番大切だったし、誰よりも母を愛していた。

当然、母と結婚すると心に決めていた。だから母と結婚できないと知ったときはショックだった。母に問いただしては、その胸で泣きじゃくったものだ。

やがて成長するにつれ、社会の仕組みが理解できるようになった。近親相姦という言葉も知った。

だがいくら頭でわかっていても、母への想いは諦めきれなかった。それに精通を迎えてからは、母の豊艶な肉体が魅力的に見えて仕方なかった。どれほどダメだと思っても、禁忌なのだと自分に言い聞かせても、異性として母を見てしまう。

「……ごめんね、悠ちゃんに寂しい思いをさせちゃうことになって」

母の呟きが耳に届いた。その声には子供と離ればなれになる母親のつらさが滲んでいた。整った容貌にも悲痛な色が浮かんでいる。

「そんな、ママが謝ることないよ」

返す悠人の声もまた、寂しさに充ち満ちている。

(ああ、ママ……離れたくないよ、ママ……)

明日から一ヶ月間、詩織は日本を離れることになっていた。プロピアニストとしてヨーロッパ公演をおこなうためだ。

幼い頃から天才と呼ばれていた詩織は、若くして結婚した。その後、悠人を出産するも、夫が病死。そのため、幼い息子の育児に専念すべく、現役を引退したのである。

だが周囲の反対は強く、子育てが一段落したら戻ってくるよう約束させられた。そして今から半年前、詩織の恩師から復帰コンサートの打診がきた。詩織も恩師には不義理を感じていたため断れず、十数年ぶりに現役復帰することになった。

「でも、一ヶ月もの間、悠ちゃんをひとりにするなんて……」

常に明るい笑みを浮かべている顔を曇らせ、ぽつりと呟く。詩織は最後まで迷っていた。たとえひと月とはいえ、手塩にかけて育ててきた愛息子と離れるのは、身を切られるようにつらい。心配もある。今夜、悠人を寝室に呼んだのはそのためだった。

「大丈夫、ママと会えないのは寂しいけど、叔母さんがいるから我慢できるよ」

悠人は強がりを口にした。本当は寂しくてたまらないが、母を困らせたくはなかった。

明日からは、母の妹、慶子の家で世話になる予定になっていた。三十二歳の叔母は独身でひとり暮らし。ファッションデザイナーとして、都内に自ブランドの店舗を所有している。昔から悠人を非常にかわいがってくれていたため、同居生活に不安はない。

「それにさ、先生だっているんだから」

母に憧れ、悠人は幼い時分からピアニストを目指していた。基本的には詩織から教わるが、親からだけでは問題だろうと、詩織の友人でピアニストの倉橋弥生からもレッスンを受けている。週に二回のレッスンは、明日からは毎日おこなわれる。

「でも、やっぱり悠ちゃんを置いていくなんて……」

(ママ……)

切なさに曇る母の表情に胸が締めつけられる。本当はついていきたかった。だが学校があるため、その申し出は却下された。

(そんな顔しないでママ……。そんな顔されると、僕……)

離ればなれになる寂しさが、禁忌の想いを募らせていく。目と鼻の先でつやめく美唇を奪いたかった。ママのことが大好きだと、本当はセックスしたいくらい愛しているのだと、熱烈な口づけを通して伝えたかった。

「あぁっ、悠ちゃんっ」

感極まったのか、詩織は思いきり息子を抱きしめた。悠人も強く抱きしめかえす。

「ママ、悠ちゃんと離れたくない。ずっと悠ちゃんと一緒にいたいのっ」

「僕もだよ、僕もママと離れたくないっ」

「向こうに着いたら、必ず毎日お電話するわね」

「うん、待ってるよ。ママの声、いっぱい聞かせてね」

「ああ、悠ちゃん、私の悠ちゃんっ……」

「ママ、僕の大好きなママっ……」

母子は力強い抱擁を交わしあう。腕のなかに、母の存在がはっきりと実感できた。つらい別れが待っているからこそ、今この瞬間がなにより大切なものに思えた。

る。

　同時に、実の息子さえ魅了してしまう罪作りな肉体が、少年の欲望を目覚めさせた。

（ああ、ママの身体、柔らかい……）

　母の身体はどこもかしこもむちむちしていた。適度についた皮下脂肪が、三十代ならではの得も言われぬ感触を生みだす。ベビードールの肌ざわりもしなやかで、悠人は母の背中を撫でまわしつつ、豊満な胸元に埋めた顔を左右に振った。下半身を痺れさせる甘い体臭を胸いっぱいに吸いこみながら、手と顔全体でグラマラスな肉体を堪能する。

（あぁっ、こんなことしてたらダメなのに。オチン×ン大きくなっちゃうのに……）

　ただちにやめなければと思っても、体はいうことを聞かなかった。

（ダメだよ……そんな、ああっ……）

　下半身に血が集まっていく。逸物がムクムクと頭を擡げだした。鎮めようとする意志とは裏腹に、若牡は完全に勃起してしまう。

「ママ、ママぁ」

「なに？　どうしたの悠ちゃん」

切羽詰まった表情で見上げると、母は優しく微笑みかけてくれた。悠人はもう我慢できず、欲望の赴くままおねだりを口にする。

「ママ、おっぱいさわらせて。僕、ママのおっぱいさわりたいんだ」

「まぁ⁉」

小さく呟いた詩織が、驚きに目を見開く。しかし、すぐに穏やかな笑みを浮かべ、頭をよしよしと撫でてくれた。

「ふふ、悠ちゃんったら、まだまだあまえんぼさんなのね」

その呟きは、息子に甘えられる母親の喜びに満ちていた。悠人が男根を強張らせているなど、夢にも思っていないのだろう。

「いいわよ。はい、好きなだけさわっていいからね」

なんのためらいもなく肩紐が外された。ベビードールがぺらりとめくれ、豊かな乳房が弾むように姿を現す。

（うわ、すごい）

あまりの大きさに息を呑む。メロンを思わせる双乳が目の前に広がっていた。

その圧倒的なボリュームにもかかわらず、見事な球形を描く膨らみは垂れていない。肌は処女雪のごとく透き通り、肌理細やかさは絹のよう。山の頂では、桜色の蕾が恥じらいに震えている。

「ほら、どうしたの。悠ちゃんの大好きなおっぱいよ」

「う、うん、それじゃ、さわるね……」

固唾を呑みつつ、両腕を伸ばす。そっと触れると、マシュマロのような柔らかさが手のひらから伝わってきた。その肌ざわりはシルクさながらで、しっとりと手に吸いついてくる。

（ああ、おっぱい……ママのおっぱい、柔らかい……）

興奮を抑えて胸を揉む。指先に軽く力をこめれば、いともたやすく食いこんだ。弾力こそあまりないが、それが逆にどこまでも優しい感触をもたらす。揉めば揉むほど手に馴染んだ。癒しに満ちた成熟したさわり心地に、夢中でやんわりと捏ねまわす。

「ふふっ、久しぶりのおっぱいはどう？」

息子の頭を優しく撫でつつ、詩織が問いかけた。

「うん、すごく柔らかいよ。温かくてふにふにで最高だよ……」

乳房から目を離さず、指を動かしながら答える。柔らかくて、温かくて、さわっているだけで安心感をもたらしてくれる母性の象徴。ふたつのバストは揉むたびにぷるぷると揺れ、いつまでもこうしていたいと思わせる。

（ママのおっぱい、たぷたぷしてる……）

ふと気になり、下から支えるように持ちあげてみた。柔肉はつきたての餅のように、たぷんっ、という感じで手のひらに乗った。その重さが心地いい。

「おっぱいって重たいんだね」

たぷたぷと胸を弄びながら母を見上げた。柔肉はプリンのごとく揺れ、その光景で視覚的な愉しみも与えてくれる。

「あん、もう、悠ちゃんったら……。そうよ、とっても重いから、すぐ肩が凝っちゃうの。……でも、ママは大きなおっぱいでよかったわ」

「どうして？」

「だって悠ちゃん、大きなおっぱいの方が好きでしょう？　子供の頃から、こうしておっぱいばっかりさわってたじゃない」

（ママ……）

喜びが胸にこみあげる。母との繋がりを感じるたび、悠人は幸せな気持ちに包まれた。自分はこの母から生まれたのだと、幼い時分からずっと母の手で育てられたのだと実感でき、美母への愛情がより強さを増す。

「うん、僕、ママのおっきなおっぱい大好き」

ふわふわの胸元に顔を埋めた。両手で乳房を優しく掴む。しっとりした肌のなめらかさとぬくもりを、頰と手のひらでじっくり感じとる。

「ふふっ、悠ちゃんってば赤ちゃんみたいね」

母親の喜びを湛えた詩織の声に、ふいに切なさが滲んだ。

「──悠ちゃんは、ずっとこうして甘えてていいのよ。甘えたくなったら、いつでも甘えていいんだから」

（ママ、それって僕のこと……）

母の言葉からは、親離れに対する深憂がひしひしと伝わってきた。その杞憂を掻き消すべく、悠人は右乳首をぺろっと舐める。

「あンッ」

詩織の身体がピクンッと震えた。

（ママ、僕はママから離れたりなんてしないよ。だって僕はママが好きだから……世界で一番、ママのことが大好きだから……）

悠人は母の乳首に吸いついた。口を大きく開き、乳輪ごと口いっぱいに頰張る。

「あンッ」

豊艶な肉体がビクンッ、とわななく。夜の静寂に嬌声が響き渡った。

少年の唇には柔和な感触が当たり、舌腹にはコリコリした突起が触れている。吸いついた瞬間、懐かしい記憶が蘇ったような気がした。悠人は思い出にいざなわれるまま、両手で乳房をやんわりと揉みつつ、乳を吸う。

（ああ、おっぱい……僕、ママのおっぱい吸ってる……）

頬をへこませちゅうちゅう吸った。かつて吸っていた乳房を吸っていると思うだけで幸せだった。吸えば吸うほど心が安らぎ、幼児に戻っていくような気がした。

「悠ちゃん、吸ってるのね……。ママのおっぱい、赤ちゃんみたいに……」

詩織は母性に満ちた呟きを漏らし、息子の頭をそっとかき抱く。頬と首筋を桜色に色づかせ、わずかに瞳を潤ませながら、我が子の様子を愛しげに見つめる。

（ママのおっぱい、すごく美味しい……）

悠人はひたすら乳を吸った。不思議と甘い味がした。それは誰しもが持つ幼い日の記憶。無上の幸福感が少年を優しく包みこむ。

「いいのよ悠ちゃん、もっと吸って……。ママ、悠ちゃんが望むなら、いつでもおっぱい吸わせてあげる。毎日こうして、おっぱいちゅうちゅうしていいからね」

詩織の囁きが喜びに震える。絹のごとき柔肌に、うっすらと汗が滲んでいた。静まりかえった夜の寝室に、悩ましげな吐息が木霊する。

(ああ、ママ、ママっ)

ちゅぱちゅぱと乳首を吸いながら、無意識のうちに母の太腿へこわばりを擦りつける。むっちりと肉づいた太腿は柔らかく、スベスベしていた。擦りつければ擦りつけるほど裏筋から甘い性感が生まれ、腰の動きが大胆さを増す。

「えっ、悠ちゃん、まさかこれって……」

詩織の容貌に狼狽の色が浮かぶ。驚愕に目が見開かれ、続いて頬にパッと朱が散った。数瞬の間、逡巡したのち、すぐに穏やかな微笑みを取り戻す。

「……悠ちゃんも、もうそんな年頃なのね」

そして右手を息子の股間に伸ばし、いきり立ちをそっと握った。

「ああっ、ママ！」

乳房から口を離し、上擦った声をあげる。そこでようやく己の行為を認識したものの、もはや後の祭りだった。恐るおそる母を見上げる。

「マ、ママ……」

叱られるかとビクビクしたが、少年の瞳に映ったのは慈愛に満ちた笑みだった。

「──怖がらなくていいのよ。それはね、勃起っていうの。初めてだから驚いたでしょうけど、もう大丈夫。ママが今、楽にしてあげるからね」

幼子を諭すような口調だった。母のなかでは、悠人はまだ子供らしい。

(ママ、勘違いしてるんだ。僕がなにも知らないって……)

そうじゃない、と喉まで出かかった。悠人は精通していないどころか、毎日欠かさずオナニーしていた。それも、母が脱いだ下着を使って……。

「ママ……あの、その……」

思いきって告白しよう──そう思ったが、上手く言葉が出てこなかった。ここで一気に想いを伝えられたら、どれほど楽だろう。

「なに、どうしたの」

(ああ、ママ、そんな顔で見ないで……。そんな顔で見られたら、僕……)

疑いを知らぬ眼差しを向けられ、罪悪感にさいなまれる。勘違いをしている母に、どうして本当のことが言えようか。

もし母が悠人の想いを知ったなら、きっと困ってしまうだろう。いくら愛されているとはいえ、二人はあくまで母親と息子。嫌われることはなくとも、親子関係がギクシャクする恐れはある。少年にとって、それはなにより耐えがたいことだった。

押し黙ったのを羞恥の表れと捉えたのか、詩織はひときわ穏和な笑みを浮かべた。

「恥ずかしがらなくても大丈夫よ。全部ママに任せて」

母の手により、布団のなかでパジャマのズボンが下ろされた。同時にパンツもさげられ、怒張が露わになった。少年のあどけない容貌に似合わず、若牡は成人男性の平均よりも逞しい。パンパンに膨れては、反りかえって腹部につこうとしている。

こわばりがそっと握られた。母の指先はすべすべで、火照りきった肉棒には冷たかった。悠人はたまらず「ああっ」と情けない声を漏らした。

「ママ、僕っ……」

「いい、悠ちゃん。これからもしオチン×ンが大きくなったら、自分でこんな風にするのよ……」

囁きののち、手筒がゆっくりと動きだす。握る力は弱々しかった。ピアニストの白指が緩やかな上下運動を刻む。

（ああ、ママが手でしてくれてるなんて……）

悠人は感動に震えた。天にも昇る気持ちだった。手淫としては稚拙だが、興奮しきったこわばりには十分な刺激だ。下半身から甘い痺れがじんわりと沸き起こり、たちまちのうちに射精感が近づいてくる。

「ああっ、ママ……」

悠人は乳房を握りつつ、縋るような眼差しを母に向ける。

「ふふ、気持ちいいでしょう？　すぐに楽になるからね」

慈愛に満ちた笑みを浮かべる母は、左手でよしよしと頭を撫でてくれる。

（ママ、ごめんなさい。僕、本当は全部知ってるんだ……）

胸のうちで謝りながら、必死で射精欲求を堪えた。結果として嘘をついていることに罪悪感はあったが、この至福のときを少しでも長く味わっていたかった。

「悠ちゃん、恥ずかしがらなくていいのよ。男の子なら、誰だって経験することなんだから」

「うん、ありがとう、ママ……」

また乳首に吸いついた。今度は口いっぱいには頬張らず、乳頭だけを口に含む。

上唇と舌腹でサクランボを挟み、赤ん坊さながらの舌使いで吸う。乳を搾るように両手で乳房を揉みながら、心の安定を求めるように左右交互にしゃぶる。

「あンッ……。もぉ、悠ちゃんはおっぱいばっかりね。オチン×ンはこんなに逞しいのに、まだまだあまえんぼさんなんだから……」

詩織は肢体を喜びに震わせ、息子の頭をぎゅっと抱いた。その行動には、我が子をずっと手元に置いておきたいという母親心が表れていた。

（ママ、いかないで……ずっと僕と一緒にいて……）

幸せを噛みしめつつ、別れがこないよう祈る。この幸福に満ちた時間が永遠に続いてほしかった。いつまでもこうしてママのおっぱいを吸っていたかった。だが無情にも、明日から一ヶ月間のお別れが訪れる。

「──悠ちゃん、こっち向いて」

「なに──ンンッ⁉」

顔をあげた刹那、艶やかな唇で唇を奪われた。唐突なキスだった。母の唇はゼリーのように瑞々しく、柔らかい。ファーストキスはママの味だった。

（僕、ママとキスしてる……）

頭のなかがカッと燃えあがる。舌など入れずとも十分だった。母の唇の感触に興奮が掻きたてられ、手しごきの愉悦が膨れあがる。増幅された快感が背筋を駆けのぼり、脳の中枢神経を刺激した。押し寄せる官能の大波が、忍耐の堤防を決壊させる。

（あああっ、ママっ、あっ、あああっ！）

目も眩むような愉悦に包まれ、頭のなかが真っ白に染まった。すべらかな母の手のなかで剛直が跳ね、溜まりにたまった欲望を迸らせる。男根はビクンビクンと派手に脈打ち、濃厚な白濁液を母の柔肌に浴びせていく。

その間も手筒は上下を繰りかえし、精液の出をやんわりと促す。放出の喜悦は自慰の比ではない。腰ごと蕩けていきそうな気持ちよさに、体の震えが止まらなかった。悠人は母にしがみつき、柔らかな唇を感じながら、青臭いスペルマをしぶかせていく。

やがて放出はおさまった。ゆっくりと唇が離れていく。

「ママ……」

悠人は呆然と呟いた。母の手で射精に導かれたことより、口づけの理由が気になった。

詩織は真剣な面持ちを浮かべていたが、すぐに穏やかな母親の顔に戻って微笑んだ。

「ふふ、たくさん出したわね。ママのおてて、気持ちよかった？」

「うん、すごく気持ちよかったけど……」

頷く悠人の口からは、疑問の声は出てこない。

「それはよかった。……でも、ここはまだ元気いっぱいね」

「ああっ」

粘液にぬめるこわばりをキュッと握られ、情けない声が漏れた。若牡は依然、張っており、ヌルヌルとした手淫の刺激が快感をもたらす。

「ご、ごめんなさい、僕……」

「謝らなくてもいいのよ。男の子なんだもの、元気があって当然だわ。……これじゃ、苦しいままでしょう。ママが続きをしてあげるわね」

右手が動きだし、緩やかなストロークを刻みだす。悠人は母に抱きつき、乳房を吸いながら、甘しごきの愉悦に体を震わせていく。

（ママ、さっきのキスはなんだったの？　たまたま？　それとも……）

疑問を胸に抱きつつ、悠人はその後、母と抱きあったまま眠ったのだった。

第一章　最高の先生　未亡人の優しい手指

白と黒で構成された鍵盤の上を、少年の指先が軽やかに踊っていく。ときには早く、ときには緩やかに、十本の細指が優雅な旋律を紡ぎだす。

（ママも今頃、こうしてピアノ弾いているのかな……）

制服姿の悠人は、ピアノを弾きながら、海の向こうにいる母を想っていた。

詩織が旅立ち、はや一週間。慣れるどころか、寂しさは募るばかりだった。母のことを思いだすだけで、気持ちが沈んでしまう。

ここは閑静な高級住宅街のとある一軒家。ピアノレッスンのため学校帰りに寄った、弥生の自宅だった。

十二畳の広いリビング。カウンターで仕切られたキッチンの反対側に、部屋の主であるグランドピアノが鎮座していた。その斜め向こうにはソファーがL字型に並べられ、中央にガラステーブルが設置されている。

部屋の西側は一面ガラス窓になっており、レースのカーテンを通して、緩やかな午後の日差しが室内へ射しこむ。調度品の数々はどれもつややかで、一目で値の張る品だとわかる。部屋のなかは数多くの観葉植物で飾られていた。ガラスの向こうには庭が広がり、芝生が青々と生い茂っている。天気も穏やかで、花壇に植えられた草花たちが春を謳歌していた。

ピアノを弾いていると、幼い頃、母にピアノを弾いてもらっていたときの記憶が鮮明に蘇る。

（ママ、会いたいよママ……）

母の笑顔を思い浮かべつつ、流れるようなメロディを奏でていく。明るい曲のはずなのに、その音色は物悲しげな響きを帯びていた。少年の心そのままに、哀愁の調べが室内に響き渡っていく。

やがて演奏は終わった。

ピアノ椅子に腰掛けていた悠人は、背後を振りかえる。

「先生、どうだった？」

少年の後ろには、ライトグリーンのシックなワンピースに身を包んだ女性が立っていた。女性は穏やかな笑みを悠人へ向ける。

「ええ、とても素晴らしい演奏でしたよ。悠人さん、また上達なされましたね」

朗らかな口調で褒めたのは、詩織の友人、弥生だった。二十八歳のピアニストは、十年近く昔から、友人の息子である悠人にだけレッスンをおこなっていた。なだらかに波打つ漆黒のロングヘアーに、形のいい瓜実顔。整った顔立ちには常に穏やかな笑みが浮かんでおり、周囲の人間の心を和ませる。

「うん、昨日、ずっと練習してたから」

褒められたにもかかわらず、答える悠人の表情は浮かない。美母の不在は、少年から日に日に元気を奪っていた。

「悠人さん……」

弥生がぽつりと呟く。その面持ちには心配の色が浮かんでいた。

「そうだ、今度は先生が弾いてよ。僕、先生の演奏聴きたい」

場の空気を払拭するように、悠人は明るくお願いした。

「ええ、いいですよ」

悠人が椅子から立ちあがり、代わりに弥生が座る。

「それじゃ、どの曲がいいですか」

悠人はとある曲名を口にした。それは悠人が大好きな、母との思い出の曲だった。

「わかりました。では、いきますね」

弥生の面持ちがスッと引き締まる。繊細な指先が鍵盤の上を滑りだした。しなやかな十本の白指が、緩やかなメロディを紡ぎだす。

(ああ、ママの曲……)

悠人はピアノの調べに聴きいった。この曲は母が一番好きな曲だった。子供のときから毎日弾いてもらっていたため、ゆったりとした旋律を耳にするだけで、楽しげにピアノを演奏する母の姿が脳裏に浮かぶ。

同時に、鍵盤に指先を走らせる弥生の姿にも見とれてしまう。

(先生、やっぱりすごく綺麗だ……)

鍵盤の上を踊っていく十本のしなやかな細指。上半身の動きにあわせ、つややかな黒髪がふわっと舞い、甘いシャンプーの香りが少年の鼻腔をくすぐる。

(先生ってどうしてこんなに魅力的なんだろう……)

悠人はピアノ教師にも憧れていた。ピアニストとしてだけでなく、ひとりの女性として憧憬の念を抱いていた。物心ついたときからレッスンを受けているだけあって、母に勝るとも劣らないほどの想いを寄せている。弥生と叔母の慶子がいなかったなら、母のいない生活になど耐えられなかっただろう。

(それに、おっぱいも大きいし……)

思春期の少年としては、つい豊かな胸元に目がいってしまう。母と比べるとやや小ぶりだが、それでも十分なボリュームだった。ライトグリーンの布に包まれた膨らみは、腕の動きにあわせたぷたぷと揺れている。

スッと伸ばされた背中のラインはなだらかで、ピアノ椅子に腰掛ける臀部へと続いていた。美尻は豊かさには欠けるものの、女性らしい柔らかな丸みを帯びており、そのキュッと引き締まった感じが若々しい張りを感じさせる。

(もし先生と恋人になれたら……)

悠人はふと考える。母と結ばれることはできなくても、弥生と結ばれることは不可能ではない。恋人同士になれれば、当然、体の関係もできる。若くて美しい先生とセックスできたら——そう思うだけで少年の胸はドクンッと高鳴った。

(ああっ、僕はなにを考えてるんだ!)

頭を振り、邪な考えを振り払う。すぐさまピアノの音色に集中した。弥生の演奏はさすがに一流で、たちまち音楽の世界へと引きこまれていく。

やがて演奏は終わった。弥生が後ろを振りかえる。

「どうでしたか？」

「うん、すごくよかったよ。ありがとう先生」

「ふふっ、それはよかったです。じゃあ今日のレッスンはこのくらいにして、お茶にしましょうか」

弥生がキッチンへと向かった。悠人はソファーに座って楽しみに待つ。

悠人は子供のときから、このお茶の時間が大好きだった。先生と二人でおしゃべりするのは楽しいし、先生は毎回、色々な手作りお菓子を用意してくれる。

やがて紅茶とケーキが運ばれ、テーブルに並べられた。弥生は斜め隣りのソファーに腰を下ろす。

「はい、お待たせしました。今日はチョコレートケーキにしてみたんですよ」

「わぁ、美味しそう」

悠人は声を弾ませる。チョコレートケーキは悠人の大好物だった。

「それじゃあ、いただきましょうか」

「うん、いただきます」

さっそくケーキを口に運ぶ。甘い味が口いっぱいに広がった。弥生のお菓子作りの腕前は玄人はだしで、高級洋菓子店の味に勝るとも劣らない。

「先生のお菓子って、本当に美味しいね。僕、先生の作るお菓子大好き」

「ふふっ、そう言っていただけると嬉しいです。まだまだありますから、たくさん食べてくださいね」

「うんっ」

悠人はぱくぱくとケーキを食べていく。じっくりと味わいたいのに、あまりの美味しさにフォークを持つ手が止まらない。

その様子を微笑ましげに眺めていた弥生が、ふと口を開いた。

「――悠人さん、ちょっとこちらに来てくださいますか」

突然の言葉に、フォークを持つ悠人の手が止まる。

「どうしたの」

「ふふ、いいから、こちらに来てください」

不思議に思いつつ、悠人は弥生の前に移動した。弥生は立ちあがり、悠人を横抱きに抱きあげる。そのまま腰掛ければ、膝の上に横座りの形になった。

「せ、先生っ⁉」

上擦った声をあげる。咄嗟には状況が理解できなかった。

「ふふ、捕まえました。悠人さんってお軽いんですね」

弥生が背中に左手をまわし、十代にしては未発達な体を支えていた。母親に抱きかかえられる幼児のような体勢に羞恥がこみあげ、顔が熱くなる。

「せ、先生、どうしたのっ、なんでこんな格好――」

「ふふ、恥ずかしいですか」

「あ、当たり前だよ。こんなのされたら誰だって……」

間近に迫った穏やかな面持ちに、頬がカァッと火照っていく。優しい瞳が見つめていた。すべてを見通すような眼差しを向けられ、言葉に詰まってしまう。

(ああっ、僕の下に先生の身体が……)

お尻や太腿の下から伝わってくる体温に胸を高鳴らせる。弥生の膝は柔らかかった。ふわふわのようでいて、確かな弾力が感じられる。

(それにおっぱいも……)

右肩にはむにゅりとした膨らみが当たっていた。先生の胸に触れていると思うだけで、ぐんぐんと体温が上昇していく。

「恥ずかしがらなくてもいいんですよ。はい、あーん」

ケーキを乗せたフォークが、口元へと差しだされた。悠人は目を丸くした。

「どうしたんですか、悠人さんの大好きなチョコレートケーキですよ」

「そ、そうだけど、でも……」

「でも、じゃないです。はい、あーん」

有無をいわさずフォークが差しだされる。幼げな容貌に諦めの色が浮かんだ。

悠人は照れくささに視線を揺らしながらも、どこか嬉しそうに「あ、あーん」とケーキを口にした。

「ふふっ、美味しいですか」

「う、うん、美味しいよ」

「じゃあ、もっと食べてくださいね。はい、あーん」

微笑む弥生は、何度もケーキを運んでくる。最初は恥ずかしかった悠人も、二度、三度と口にするうちに慣れていった。幸せが胸に広がっていく。

(ああ、先生……)

弥生がいつもつけている香水の匂いが、安らぎを与えてくれる。柔らかな太腿の感触も心地よく、どこまでもリラックスできた。体から、無駄な力が抜けていく。

「あら、お口のところ、チョコレートがついてますよ」

「えっ、どこ？」

慌てて口の周りをさわろうとすると、ぺろっと舌で舐めとられた。

「せ、先生っ」

顔が熱くなり、あどけない面持ちが紅潮する。今起こったことが信じられない、という風に弥生の顔を見た。ピアノ教師は穏やかな笑みを浮かべていた。

「──悠人さん、少しは元気出ましたか」

「先生、それって……」

ようやく弥生が慰めてくれようとしていたことに気づく。嬉しさが胸にこみあげた。目頭がグッと熱くなる。

「先生、僕……」

「いいんですよ。大好きなお母様と離ればなれになったんですもの、寂しくなって当然です。私でよろしければ、好きなだけ甘えてください」

両手でそっと抱きしめられる。悠人は一瞬、息を呑んだのち、抱きついた。豊かな胸元に顔を埋め、ぬくもりを求めるように顔を左右に動かす。

「ああ、先生……ああっ、先生っ……」

「悠人さん、寂しかったんですね」

「うん、寂しかった……ママがいなくてすごく寂しかったんだ……」

柔らかな膨らみからじんわりとぬくもりが伝わってくる。その優しさに、母がいない寂しさが少しずつ溶けていく。無上の幸福が全身を包みこむ。

弥生は少年の頭を撫でつつ、そっと語りかける。

「ふふっ、悠人さんはあまえんぼうさんですね。でも、もう大丈夫ですよ。私を詩織さんだと思って甘えてくださいね」

「ああっ、先生っ」

感極まった悠人は、胸に顔を埋めたまま乳房を揉みだした。両の膨らみに手を添え、円を描くようにやんわりと捏ねまわす。

「あんっ、悠人さん」

弥生の身体がピクンッと震えた。

「ああ、おっぱい……ママのおっぱい……」

目を瞑り、夢見心地でうっとりと呟く。母の乳房を思い浮かべながら手を動かした。二十代の双乳は、若々しい張りで指を押しかえしてくる。揉んでいるだけで幸せが胸に広がっていき、このまま眠ってしまいそうだった。

悠人は安らぎに満ちた面持ちで胸を揉んでいく。

弥生は腕のなかの少年に愛しげな眼差しを向けていた。

（ふふっ、悠人さんったら……）

悠人は授乳中の赤子のように、両手でやんわりと乳房を揉みながら、幸せいっぱいの笑みを浮かべている。性的な気配は感じられない。おそらく子供に戻っているのだろう。まだ幼かった頃の少年を見ているようで、懐かしさが胸にこみあげる。

（ふふ、おっぱいが恋しいなんて……）

愛しさが胸に広がっていく。弥生は子供が大好きだし、母性本能が強い方だとの自覚はあった。悠人のこともいつもかわいく思ってきた。

だがこれほどまでに母性が揺さぶられるのは初めてだった。詩織の不在が悠人を心許なくさせ、それが弥生の母性本能に訴えかけてくるのだろう。そう思うと、母親という存在の偉大さを感じずにはいられない。

（ああ、かわいそうな悠人さん……）

詩織が旅立ってからの一週間、日に日に元気を失っていく悠人を弥生は見てきた。本人は気丈に振る舞っているつもりでも、周囲の人間からすれば無理をしているのは一目瞭然。痛々しい笑顔を見るたび、ギュッと胸が締めつけられた。

（特にさっきのは……）

さきほどの演奏を思いだす。技術的には十分だった。だからこそ、演奏者の心がまざまざと反映されていた。あれほど哀愁に満ちた演奏は聴いたことがない。聴くだけで胸が張り裂けそうで、居ても立ってもいられなかった。突然のスキンシップはそのためだ。

（悠人さん、もう大丈夫ですよ……）

十代にしては華奢な体を強く抱きしめる。膝の上の重みが心地よかった。手のなかに少年のぬくもりを感じ、母性本能が満たされていく。このままずっと抱きしめていたい。

（……子供がいたら、こんな感じなのかしら）

一抹の悲しみが心をよぎる。

弥生はその若さにして未亡人だった。詩織と同じ音楽大学に在学中、二十歳以上年上の教授と出会い、卒業後に結婚。しかしその一年後、夫は病に倒れ帰らぬ人となった。子宝には恵まれなかったため、かわいい息子を持つ詩織が羨ましかったものだ。そのため、悠人のことも我が子のように思ってきた。

(悠人さん、今だけは私に甘えてください……)

心のなかでそっと呟く。このままこの時間がずっと続いたら——そんな風に思ってしまうほど幸せだった。あたたかな空気が二人を包みこむ。

(あら? あれって……)

ふと、悠人のズボンにできた大きなテントが目に入った。驚きに心臓が跳ねた。

だがそれも束の間、あたたかなものがじんわりと胸にこみあげる。

(……悠人さん、もうそんなお年頃になられたのですね)

幼い時分から知る少年の成長に対する喜び——母親のそれにも似た感情が胸にこみあげた。微笑ましさに頬が緩む。

(ふふ、あんなにも膨らませて。……でも、とっても苦しそう)

ほのぼのとした気持ちから一転、パンパンに張りつめた股間の様子に胸が痛む。

庇護欲が掻きたてられ、どうにかして慰めてあげたくなった。

(でも、それは……)

自分の感情に従えば、少年に性的な慰めを施すことになる。だがそれには、世間では許されることではない。

それでもこのまま放ってはおけなかった。悠人は今、母親と離れ、つらい日々を送っている。加えて思春期の苦しみを味わわせるのはあまりに酷に思えた。

「──悠人さん、それ、苦しくないですか」

突然の呼びかけに、悠人がふと面をあげる。きょとんとした顔だった。

弥生はズボンの前部へ手を伸ばし、膨らみにそっと触れる。

「ここ、もうこんなに大きくなってますよ」

「あっ……」

本人に知らせるようにさわさわと撫でると、悠人がはっと息を呑んだ。

途端に顔を真っ赤にして取り乱す。言葉が出てこないのか、口だけがぱくぱく動いた。瞳は潤み、放っておけば泣きだしてしまいそうだ。

「こ、これは、えっと、その……」

「慌てなくても大丈夫ですよ。今、私が楽にしてさしあげますから」

(詩織さん、どうか許してください。これはあくまで、悠人さんを慰めてあげるだけですから……)

心のなかで友人に詫びた。いくら元気づけてあげるためとはいえ、罪悪感は免れない。

「せ、先生？」

少年は狐につままれたような面持ちで、ピアノ教師の行動を眺める。

弥生はズボンのボタンを外し、ジッパーをさげた。ズボンとパンツを同時に下ろせば、膨れあがった怒張が跳ねるように飛びだした。

「ああ、先生っ」

「まぁ⁉」

思わず驚嘆の叫びを漏らす。

外気に晒された肉棒は、予想外に大きかった。赤黒い幹は長くて太く、無数の青筋を走らせている。皮は剝けきり、綺麗なピンク色の亀頭が大きく笠を広げていた。雄雄しくいきり立つその偉容は、少年の幼げな姿からは想像もできない。

（これが悠人さんの……。なんて逞しいんでしょう……）

知らぬうちに生唾を吞む。弥生は亡き夫の逸物しか知らない。四十路を過ぎていた夫はあまり身体を求めなかったし、完全に勃起することもなかった。初めて目の当たりにする若々しい屹立に、女の本能がかすかに疼く。

「先生、ダメだよ、恥ずかしいよっ」

悠人が顔を真っ赤に染め、両手で剛直を隠そうとする。その反応で我に返った弥生は、できるだけ穏やかな口調で諭した。

「恥ずかしがらなくても大丈夫。——それとも、私が相手じゃいやですか？」

「そ、そんなことないけどっ」

「なら、じっとしていてくださいね。ちゃんと慰めてさしあげますから」

数秒ののち、悠人がゆっくりと手をどける。

弥生は右手で竿を握った。さきほど鍵盤の上を踊っていた繊細な白指が、赤黒い幹に巻きついた。透明マニキュアを塗った桜貝を思わせる爪が、つややかに光る。

（悠人さんの、本当に逞しい……）

鋼のごとき硬さと燃えるような熱さが、手のひらから伝わってきた。その圧倒的な存在感に、女の本能が揺さぶられた。初めて知るおとこの硬さだった。この立派な肉棒で秘穴を貫かれたら——そう思うと、二十八歳の若い女体は昂ぶりを禁じ得ない。

だが、それはすぐさま少年への慈しみに変わる。

（悠人さん、本当にお苦しそう……。今、楽にしてさしあげますね）

握り具合に気をつけつつ、緩やかな上下運動を開始した。亀頭の括れを中心に、きゅっきゅと指を滑らせていく。

「あぁっ、先生っ」

華奢な体が性感に震える。あどけない面持ちが切なげに歪んだ。ソフトな刺激でも興奮しきった若牡には十分らしく、我慢できないとばかりに、弥生の首筋に両手をまわしてしがみつく。

弥生は左手で悠人の頭をそっと抱き、右手で竿を擦りながら囁いた。

「私の指、そんなに気持ちいいですか？」

「うん、気持ちいい……すべすべしてて、夢みたいだ……」

悠人は恍惚の表情を浮かべた。未発達な肢体からは完全に力が抜けている。その様子からは安らぎだけが感じられ、お昼寝の時間を迎えた幼子を思わせる。

それを見て、弥生の表情も綻ばずにはいられない。幸せだった。優しい気持ちが胸に溢れ、温かな感情が身を包みこむ。

（ああ、ずっとこうしていられたら……）

それが無理なことくらい承知している。それに、あまりに大胆なことをしている自分が不思議だった。自分で思っていた以上に悠人を愛しているのだと思い知る。

「ふふ、本当に気持ちいいんですね。普段はご自分でしてらっしゃるんですか？」

「ああ、先生……」

ふと生じた疑問だった。深い意味はない。

「えっ、そ、それは……」

悠人は口ごもり、顔を伏せる。答えたのも同じだった。

（あらあら……）

そのウブな反応に、二十八歳の女心がくすぐられる。もうかわいくて仕方なかった。食べてしまいたい、というのは、こういう感情をいうのだろう。

「恥ずかしがらなくてもいいんですよ。悠人さんの年頃なら、それで普通なんですから」

「そ、そうなの？」

「ええ。ちなみに週に何回くらい？」

悪戯心が芽生え、訊いてみた。悠人の視線が恥ずかしげに揺れる。

「ど、どうしてそんなこと訊くの？」

「悠人さんの体調管理のためです。さぁ、恥ずかしがらないで答えてください」

（ごめんなさいね、悠人さん）

嘘をつくことにかすかな罪悪感を覚えつつ、回答を促すべく肉幹をやんわりとしごく。悠人は「ああっ」と声を震わせたのち、消え入りそうな声で呟いた。

「……回くらい」

「え、何回ですか？」

「……一日に、五回くらい」

「まぁ！」

驚きの叫びがあがる。夫との営みではせいぜい二回が限界だった。いくらやりたい盛りとはいえ、そこまで多いとは思いもしない。

弥生のその反応に、悠人は顔を真っ赤にして俯いてしまう。慌ててフォローした。

「ご、ごめんなさい。でも、多いことはいいことなんですよ。健康な証拠ですから」

「本当？」

「ええ、だから恥ずかしがらないでも大丈夫」

安心させるように言う。とはいえ、回数の多さが少し気になった。この愛らしい少年が、なぜそこまで自慰をおこなわなければならないのか——。

「悠人さんはひとりでなさるとき、どんな風になさってるんですか。例えばその、そういったご本を見てらっしゃるとか？」

その質問に、悠人の体がピクッと震えた。

「え、えっと……その、ええっと……」

幼げな容貌に狼狽の色が浮かんでいた。なにかを隠しているのは明らかだった。

「どうしたんですか。ほら、正直におっしゃってください」

問いかけながら、せかすように少し強めに竿をしごく。

「あっ、ああっ」

弱々しい叫びが室内に木霊する。少年の体は断続的にわなないた。それでも口を割ろうとはしない。頑なともいえるその態度に、ふと別の考えが頭に浮かぶ。

「……もしかして、誰かお好きな人がいらっしゃるんですか」

「えっ!? そ、それは……」

（まぁ！）

露骨な反応に図星だと悟る。ショックだった。にわかには信じがたい。

（そんな……悠人さんにお好きな方が……）

衝撃が全身を駆け抜ける。このあどけない少年に、すでに想い人がいる――そう思うだけで胸がざわめき、心が千々に乱れた。嫉妬以外の何物でもない。

だが表面上は努めて冷静を装い、問いかけた。

「お相手は、どんな方なんですか。やっぱり、学校のお友達？」

無意識のうちに手淫が激しさを増す。浮気を責める恋人のように、ピアニストの白指が砲身をきゅっきゅっとしごく。

「ち、違うよっ……。マ、ママなんだ……僕、ママのことが好きなんだっ……」

「まぁ!? お母様！」

今日三度目にして、最大の衝撃だった。さすがに言葉を失ってしまう。

(悠人さんがお好きな方は、詩織さん……)

一瞬、絶句した弥生だったが、すぐに冷静さを取り戻す。普通の母子なら別だが、この母子ならありえない話ではない。むしろ自然に思えた。

悠人はすっかりしょげていた。禁忌とされている秘密を知られたのだから無理もない。少年を安心させるべく、弥生は笑みを浮かべて囁きかけた。

「大丈夫ですよ、誰にも言わないから安心してください」

優しい言葉をかけられ、力ない面持ちに少しだけ明るさが戻る。だが、すぐに不安げな口調で尋ねてきた。

「……先生、叱らないの？」

「叱る？　どうしてですか」

「だって、ママのこと好きになっちゃいけないんでしょ？」

近親相姦の禁忌を気にしているのだろう、その言葉は悲痛な響きに満ちていた。

悠人はその表情に切なさを滲ませつづける。

「僕、ママのこと好きなんだ。ママの身体見てるとエッチな気持ちになっちゃうし、そしたら我慢できなくてオナニーしちゃうんだ」

（悠人さん……）

苦渋に満ちた告白に胸が締めつけられる。間近にいながら想いを伝えられぬ生活はさぞつらかろう。それにひとつ屋根の下に暮らしていれば、劣情を刺激されることも多いはず。純粋な恋心と旺盛な性欲。思春期の少年にはなにより苦しいに違いない。

弥生は悠人を励ますべく、できるだけ優しく語りかけた。

「叱ったりなんかしませんよ。男の子がお母様を好きになるのは、それほど珍しいことじゃないんです」

「で、でも……」

「ええ、わかります。世間では許されないことですからね」

言いながら、そっと頭を抱き寄せた。少年の顔がふくよかな胸元に埋まる。

「……今までつらかったでしょう？　もう苦しまなくていいんですよ」

慰めるようによしよしと頭を撫でてやる。つぶらな瞳に涙が浮かんだ。

「せ、先生っ……」

「大丈夫、私は悠人さんの味方ですからね。お母様のことについては、二人で考えていきましょう。……ほら、泣いていいんですよ。いっぱい泣いて、すっきりしちゃいましょう」

「先生っ……僕っ、ぼくっ……」

感情の堤防が決壊したらしく、堪えていた涙がぶわっと溢れだす。悠人は泣いた。豊満な乳房に顔を埋め、これまでの苦悩を一気に吐きだすように声を震わせる。

「よしよし、いい子いい子……」

弥生は慈愛に満ちた笑みを浮かべ、悠人の頭を撫でつづけた。腕のなかの少年がただ愛しかった。その姿は母性的で、絵画に描かれた聖母を思わせる。

爽やかな春の日差しが窓から射しこみ、そよ風がカーテンを靡かせる。

（それにしても、初恋の相手がお母様なんて……）

無理からぬことだった。詩織は類い希なる美貌の持ち主だし、三十六歳とはいえまだ若々しい。年頃の少年が異性として意識するのも当然といえる。

（でも、どうすれば……）

悠人には大丈夫と言ったが、具体的な解決策は浮かばない。常識的に考えれば諦めさせるのが当然だが、それは難しく思えた。それに弥生自身、そんなことを言って悠人を傷つけたくはない。

今はせめて性的な苦痛から解放させてやること――弥生はそう結論づけた。思春期であれば、性欲を愛情と勘違いすることも多い。性的に満足させてやれば、詩織への感情にも変化が起こるかもしれない。

やがて悠人が泣きやむと、弥生は止めていた右手の動きを再開させた。

「ああっ、先生っ」

「さぁ、続きをしましょう。こっちに溜まってるのも全部出して、すっきりしちゃいましょうね」

ほっそりとしなやかなピアニストの白指が、赤黒い肉幹の上を滑っていく。根元から亀頭の括れまで、しゅにしゅにと軽快にしごいた。手筒が雁首を通過するたび、肉づきの薄い肉体が性感にわななく。

「先生、そんなに早くしたらすぐに出ちゃうよっ」

「いいんですよ。我慢せずに、好きなときに出してください」

指の輪っかで、亀頭の括れをきゅっきゅっとしごいた。引っかけるようにして指を使い、男根の弱点を責めたてる。

「ああっ、そこダメっ」

穏やかな午後のリビングに、切迫した叫びが響き渡る。

悠人は弥生の首筋に両腕をまわし、必死にしがみついていた。自分以外の指先が生みだす愉悦に、幼い体にさざ波が走っていく。雄々しい肉棒もまた、繊細な指のなかでヒクヒクと跳ねていた。

「ふふ、気持ちいいんですね。いやらしいお汁が出てきましたよ」

鈴口からは我慢汁がぴゅるぴゅると漏れだす。鈴口から透明な液体が漏れだし、ほっそりとした白指を汚す。その量は常人よりも明らかに多く、瞬く間に淫らな水音が鳴りはじめた。

「あらあら、いやらしい音までしてきましたね」

先走りのぬめりを利用しつつ、意図的にくちゅくちゅと音を立てた。

快感の証が嬉しかった。悠人の喜びが実感でき、つい手に力がこもってしまう。

粘液により手しごきは滑りを増し、より大きな快楽が少年を襲う。

「だ、だってすごく気持ちいいから……」

「いやらしいお汁をこんなに出されるなんて、悠人さんはエッチなんですね」

「そ、そんなことないよっ」

悠人が咄嗟に否定した。その慌てぶりから自覚が見てとれる。

(ああ、悠人さんかわいすぎます。このままじゃ、私までいやらしい気分になっちゃう……)

妖しい感情が胸に入り混じる。手のなかの牡におんなが震えていた。少年への愛と牝の本能が綯い交ぜになり、子宮が甘く疼きだす。

(この感じ、どうしたんでしょう……)

自身のなかに芽生えた淫らな欲望。生まれて初めての異変に弥生は戸惑う。

夫を亡くして以降、男性との交際は一切ない。当然、性交渉も皆無だが、それを寂しいと思うことは一度もなかった。性欲を意識したことがないため、自慰はいまだ未経験。性交時もあまり興奮した覚えはない。

そんな弥生だからこそ、今、起こっている変化には驚かずにいられない。今年で二十八歳を迎え、女として花開きだした証拠なのだが、本人にはわかるはずもなかった。

（悠人さんをもっと気持ちよくしてさしあげたい……）

愛情と性欲に突き動かされ、弥生は思いつくままに行動する。

「ほら、こうすればもっと気持ちよくなりますよ……」

唾液を口内に溜めて俯き、こわばりへと垂らす。健康的なピンクの唇から、透明な体液がガムシロップさながらにつぅーと落ちていった。若牡はたちまち粘りけの少ない唾に覆われ、淫靡なてかりを放つ。

「あ、ああ……先生の唾が……」

己の股間を見つめる悠人が、震える声で呟いた。その面持ちには驚愕の色が広がっていた。普段は楚々としたピアノ教師の変貌が信じられない顔だった。

「これでもうヌルヌルですね。私の唾が悠人さんのオチン×ンに絡みついてます」

少年の興奮を煽るため、わざと生々しい表現を使った。

ほっそりした指まで唾にまみれ、ヌルヌルと輝いていた。唾液がローションの役割を果たし、手淫の滑りがなめらかになる。卑猥な粘着音もより耳に届きやすくなった。悦楽も倍増したようで、少年の両手にはさらに力がこめられる。

「ふふ、どうですか。唾でヌルヌルのオチン×ン、シコシコされるの気持ちいいですか？」

胸元にある悠人の顔を見つめながら、手淫を加速させる。猥褻な水音を意図的に立てつつ、ぬめり越しの快感を送りこむ。

「ああ、すごいよ……先生の唾が、ああっ、ネチョネチョいってるっ……」

切なげに眉を寄せ、悠人が弱々しく呟いた。

「ほらほら、もっと早くしちゃいますよ。――いつもはどんな風になされてるんですか。やっぱりお母様のことを想像して？」

詩織の話題を出した途端、悠人の体が大きく震えた。屹立もさらに膨れあがり、一段と硬さを増す。

悠人は快楽に顔を歪ませ、切羽詰まった声で白状した。

「パ、パンツ……ママのパンツ使ってるっ……」

「まぁ……」

驚きの声が漏れる。下着に悪戯までしていたとは思いもしない。

（しかも、お母様のなんて……）

その事実に嫉妬心が刺激された。そこまで愛される詩織が羨ましかった。燃えたつ妬心が、つい責めるような口調に繋がってしまう。

「悠人さんって、本当にいやらしかったんですね」

「ご、ごめんなさい……どうしても我慢できなかったから……」

「ふふ、謝ってもダメですよ。悪い子にはお仕置きです」

手首のスナップを利かせ、亀頭の括れを重点的に擦りたてた。ぬちょぬちょと卑猥音を立てながら、白指の輪で段差をしごく。

「ああっ、そんなっ……出ちゃう、出ちゃうよぉ！」

大声で叫んだ悠人が、全身を強張らせた。ギュッと目を瞑り、眉を寄せる。弥生の首筋にまわしている両腕に力をこめ、胸元に顔を埋めて懸命に歯を食いしばる。

「いいですよ。さぁ、出してください。悠人さんのエッチなお汁、私の手でいっぱい出してくださぃ」

ラストスパートとばかりに素早くしごく。唾液のぬめりを最大限に駆使し、根元から亀頭までを擦りたてた。唾が泡立つほどの高速ストロークを繰りだしていく。

「ああっ、先生っ……あっ、ああっ！」

未発達な体が盛大にわななく。腰がビクビクと震えた。手のなかの怒張も脈動し、濃厚な白濁が盛大に迸る。放たれたスペルマは大きなアーチを描き、フローリングの床を汚した。砲身は膨張と収縮を繰りかえし、欲望の塊を次々と撒き散らす。

「ああ、出てる……先生の手で、あああっ……」

悠人は体を震わせ、口を半開きにした恍惚の面持ちを浮かべながら、愉悦に満ちた呟きを漏らしていった。

「ほぉら、最後まで全部出しちゃいましょうね」

弥生は吐精を促すように、手筒を上下させつづける。

やがて放出は終わりを告げた。弥生は手の動きを止める。逸物は硬直を保ったまま、精液にまみれぬらぬらと煌めいている。

「ふふっ、たくさん出ましたね。気持ちよかったですか?」

屹立に指を絡めたまま尋ねた。手のなかの力強さが愛しかった。放たれた種子汁の多さが快感の証のようで、少年を絶頂に導けた喜びが胸に広がる。

「……う、うん、こんなに気持ちよかったの初めて」

はにかみながら悠人が答える。その容貌は喜悦に満ちていた。一度、出したことにより、リラックスした雰囲気が感じられる。

「それはよかった。――でも、ここはまだ満足してないみたいですね」

「ああっ」

やりたい盛りの若牡をきゅっと握ると、悠人が情けない声を漏らした。射精直後で敏感なのか、長い睫毛がわなないている。

(悠人さん、もっと気持ちよくしてさしあげますね……)

その反応に母性本能が刺激された。女の官能も昂ぶっているため、さらなる快感を与えたくなる。

「精液でヌルヌルになってしまったので、私がきれいにしてさしあげます」

悠人をソファーに下ろし、座らせた。少年の脚の間に跪き、股間に顔を近づける。

(ああ、すごい、なんて逞しいのかしら……)

目と鼻の先の剛直にうっとりと見入る。限界まで膨らみきったこわばりは、見れば見るほど雄々しさに溢れていた。天を衝く長さ、丸々とした太さ、鋼のごとき硬さに、健康的なピンクの色艶から、大きく開いた笠に至るまで、どれをとっても文句のつけようがない。

（それにこの匂い、嗅いでるだけでクラクラしちゃいます……）

強烈な性臭に身震いする。男性器自体の匂いと精液の匂いが絡みあい、噎せかえるような恥臭が立ちこめていた。その臭気は嗅ぐだけでおんなを刺激し、理性を盛大に揺さぶってくる。牝の本能が頭を擡げ、子宮が切なく疼いてしまう。

「せ、先生、なにするの？」

「ふふ、こうするんですよ……」

波打つ黒髪をサッと掻きあげ、白濁にまみれた亀頭をぺろりと舐めた。

「あっ、先生っ」

悠人が驚きに目を見開く。続いて慌てて声をあげた。

「やめてよ先生っ、オチン×ンなんて舐めたら汚いよっ」

「汚くなんかありませんよ。悠人さんの出したものなら平気ですから」

「で、でも、オシッコするところだし……」

悠人は躊躇しつつも、フェラチオへの関心を覗かせている。顔色から、理性と願望がせめぎあっている様子が見てとれた。弥生はからかうように尋ねる。

「悠人さんはお風呂でここ、きれいに洗ってないんですか？」

「そ、そんなことないけど……」

「じゃあ大丈夫です。余計なことは気にしないで、私の舌に集中してください……」

唾液にぬめるピンクの舌を、初々しい色合いの亀頭に絡ませる。百八十度近くにまで反りかえり、己の偉容を誇るかのごとく屹立している牡のシンボル。その先端に顔を寄せ、ねっとりした舌使いでこびりついた汚れを舐めとっていく。

(ああっ、これが悠人さんの味……)

生臭い味が口いっぱいに広がっていく。苦くて青臭い牡のエキスは、不思議と美味しく感じられた。味わうごとに脳裏が痺れ、子宮が甘く疼いていく。身体がどんどん火照っていき、自然と舌使いが積極性を増す。

「あっ、先生……そんなに舐めたら、ああっ……」

初体験のフェラチオに、悠人が身を震わせる。出したばかりの敏感な亀頭をねぶられているのだから無理もなかった。快感を堪えるべく足を踏んばり、口唇愛撫の光景に熱い眼差しを向けている。

亀頭の汚れを舐めとった舌が、幹へと移動した。

(悠人さんのオチン×ン、ちょっと逞しすぎます……。長くて太くて、それになんて硬いんでしょう……)

若牡の雄々しさに陶酔しつつ、白濁液を丹念に舐めとる。

はち切れんばかりに張った肉幹が、牝の本能を揺さぶっていた。その太い胴回りと確かな硬さは、性欲に目覚めたばかりの女には魅力的すぎる。ぬろぬろと舌を這わすだけで牡の偉大さが実感でき、己のなかのおんなを意識せずにはいられない。舐めれば舐めるほど身体が疼き、子宮の奥が熱を孕んでいく。

(ああ、私ったらなんてことをしてるのかしら。悠人さんの、オチン×ンを舐めてるなんて……)

当然のように始めた口唇奉仕だが、実は経験など一度もなかった。行為自体は知っていたが、ひどく破廉恥に思え、これまではやろうとは思わなかった。

だからこそ、男性器を舐めている現実に興奮を禁じ得ない。牡のエキスを舐めとるたび、その濃厚な味わいに子宮が震え、理性が蕩けていった。全身がカッカと火照っていき、服のなかにじっとりと汗が滲みだす。

「ああ、先生が、先生がオチン×ン舐めてくれてるなんて……」

「あぁっ、そこっ……」

悠人が感動の呟きを漏らす。あどけない面持ちは感激に満ちていた。

「ここですか……」

反応から性感帯を読み取り、亀頭のネクタイを舐めまわした。舌を上下にぶれさせつつ、裏筋を降りていく。根元まで辿りつくと上昇し、亀頭のネクタイに戻るとまた下降した。桜色の唇から伸びたピンクの舌が、赤黒い竿の上を幾度も往復する。

「あっ、それっ、それ気持ちいいっ」

(この筋のところが気持ちいいんですね……)

悶える悠人を見上げ、微笑ましく思う。弥生は奉仕する喜びを覚えはじめていた。少年への愛情がまた膨らみ、より上級の悦楽を与えたくなる。

「こういうのはどうですか……」

裏筋の根元にぴったりと舌腹を密着させ、ソフトクリームを食べるように、れろぉーっと舐めあげた。唾液にぬめる柔らかな舌で、性感のラインを繰りかえしねぶる。

(ああ、オチン×ン逞しい……舐めてるだけで、夢中になっちゃいそう……)

堂々と聳える肉槍の硬さに、二十八歳の若未亡人は震えていた。悠然と反りかえる鋼のごとき太幹は、そのそそり立ち具合だけで惚れぼれしてしまう。

清楚な美貌は官能に染まりきり、妖艶な色香を醸しだしている。頬や首筋はうっすらと色づき、双眸は濡れてトロンとなっていた。鼻先の肉棒へと注がれる眼差しは憧憬に満ちあふれている。

「先生の顔、エッチだよ……先生ってこんなにエッチだったんだ……」

悠人が信じられないといった風に漏らした。ピアノ教師の淫らな変貌に、戸惑いとも感動ともとれる表情を浮かべている。

弥生は悠人を見上げ、緩やかに竿をしごきながら語りかける。

「ふふ、びっくりしましたか？」

「う、うん。普段の先生、全然エッチな感じがしないから……」

たどたどしく答えてから、悠人は慌てて言い添える。

「ち、違うよっ、エッチな感じがしないって言っても、先生はすごく綺麗だし、だからそのっ……」

「ええ、わかってますよ」

弥生はにっこり頷いた。そして真面目な口調で告げる。

「……こんなことしたの、初めてなんですよ。こんなにも尽くしてあげたくなるのは、悠人さんだけです」

「せ、先生……」

悠人の面持ちに感動の色が満ちる。

自分で口にしてから恥ずかしくなった弥生は、ごまかすように話題を変える。

「あら、悠人さんのオチン×ン、エッチなお汁が垂れてきてますね」

鈴口から漏れだした先走りを、根元からぺろっと舐めあげた。

「あっ、先生っ」

「ふふ、悠人さんのエッチなお汁、ちょっとしょっぱいです」

「ご、ごめんなさいっ」

「謝る必要はありませんよ。これは私で気持ちよくなってくれている証拠なんですから、むしろ嬉しいくらいです……」

諭すように語りかけた弥生は、尿道口の辺りに舌を這わせた。もっと出してほしいとでもいうように、先端の切れ目を舐めまわす。

「ああっ、そこダメっ、オシッコ出るところだからっ」

「ここ、気持ちいいんですね。こんなのはどうですか……」

舌先を尖らせ、先端の切れ目をチロチロとくすぐる。鈴口からは透明な液体がぴゅるぴゅると漏れだし、それをまた舌で掬っていく。

（悠人さんのエッチなお汁、美味しい……）

快感の証だと思うたび、妖しい悦びが胸にこみあげた。

（ああっ、もう我慢できない……）

「もっと気持ちよくしてあげますね。私のお口、しっかり感じてください……」

舐めるだけでは物足りなくなり、唇をOの字に開いて亀頭を咥えこむ。桜色の唇が赤黒い砲身の上を滑っていき、根元まで辿りつく。

（んっ、なんて大きさなんでしょう……）

口腔を埋め尽くす牡の逞しさに身震いする。口内を満たす圧倒的な存在感は、苦しさと同時に女の悦びをもたらした。口を犯されているような気分が、じんわりと子宮を疼かせる。男性器の濃厚な匂いがさらなる興奮を掻きたててやまない。

「んっ、んふっ、んんっ、ふぅうんっ」

怒張に吸いつき、唇で幹をきゅっと締めつけながら、緩やかに頭を上下させる。口内では粘膜を隙間なく密着させ、摩擦による快感を増幅させる。

「あっ、すごいっ……先生のお口、温かくてヌルヌルしてるっ……」

未発達な体が性感にわななく。鈴口からは大量の先走りが溢れだし、弥生の舌にしょっぱい味が広がった。

（ああっ、私、悠人さんのオチン×ンしゃぶってるっ……）

己の淫らさを噛みしめる。友人の息子、それも幼い時分からかわいがってきた少年の分身を咥えている——そう思うだけで妖しい感情が胸に広がった。その感覚がおしゃぶりの激しさに繋がっていく。

「んっ、んふっ、んっ、んっ、んっ、んっ」

男根をしゃぶる弥生の横顔は、美麗さと卑猥さを兼ね備えていた。かすかに色づいた頬。うっとりと蕩ける濡れた瞳。赤黒い肉棒にまとわりつく唇はつややかで、かすかに伸びている鼻下さえ咥え顔独特の淫らさを醸しだす。

鼻から漏れる吐息は悩ましく、上気した首筋にはうっすらと汗が滲んでいる。女盛りを目前に控えた女体からは、体臭と香水の入り混じった甘ったるくも上品な香りが漂っていた。

（こんな素敵なオチン×ン、もう虜になっちゃいそうです……）

牡そのものを咥えたことにより、弥生のなかの牝が加速度的に目覚めていく。二十八歳のおんなは、今まさに花開きつつあった。身体が燃えるように熱く、子宮の疼きが止まらない。口内のこわばりが愛しくてたまらず、口全体で味わい尽くすようにしゃぶってしまう。

（……詩織さん、ごめんなさい。私、いやらしい女になってしまいそうです）

心のなかでひそかに詫びる。少年を性の苦しみから解放させてやるためとはいえ、今の自分が淫らなのは確かだからだ。

弥生はせめてもの償いとばかりに、一心不乱に頭を振りたてた。口内に唾液をたっぷりと溜め、その温かなぬめりのなかで怒張をしごく。ぷりぷりの唇でしっかりと竿を締めつけ、蕩けるような空間のなかで亀頭に舌を絡ませる。

「先生のお口、気持ちいいよ……オチン×ンが溶けちゃいそうだ……」

悠人が夢見心地の呟きを漏らす。その面持ちは愉悦に浸りきっていた。ソファーの背に力なくもたれかかり、口を半開きにして喜悦に震えている。

「悠人さん、そんなにいいですか。私のおしゃぶり、そんなに気持ちいいですか」

肉棒から口を離した弥生は、汗で肌に張りつく髪を掻きあげ、悠人を見上げた。解放された男根は唾液にまみれ、ぬらぬらと輝いていた。大量の唾はつけ根まで垂れ、陰嚢までもをべとべとに汚している。

「うん、先生のおしゃぶり最高だよ。こんな気持ちいいの初めて」

「悠人さんのオチン×ンも、とっても逞しくて素敵ですよ」

弥生は右手で幹を逆手に持ち、左手を陰嚢に添えた。顔を横倒しにして、裏筋にねっとりと舌を這わせる。

パンパンに漲る剛直に、ピンクの舌が絡みつく。軟体動物さながらの粘膜は唾液でぬめり、てかてかと煌めいていた。形を変えながら肉幹の上を這う様は、舌自体がひとつの生き物であるかのよう。

(ああ、オチン×ン美味しい……。悠人さん、もっと気持ちよくなってください……もっともっと、私で感じてください……)

献身的に舌を使い、左手では玉袋を支えるように包みこむ。竿をしごき、ふぐりを優しく揉みながら、裏筋をねぶりまわした。男性器全体を愛撫している己自身を意識すれば、じりじりと官能が昂ぶっていく。

「ああ、そんなところまで……。すごいよ、はぁあっ……」

悠人が快感のため息を漏らす。華奢な体からはすっかり力が抜けていた。漏れだす先走りは大量で、迫りくる射精の到来を知らせている。

「オチン×ン、もうお汁でべとべとですね。タマタマもキュッと持ちあがってきてますよ。もう出そうですか?」

「うん、もう我慢できないよ」

「じゃあ、私のお口にたくさん出してくださいね、んふっ……」

顔を起こし、また肉幹に唇を被せていく。右手と左手はそのままに、猛烈な勢いでディープスロートを開始した。温かな口内と唇でこわばりを締めつけ、頭を振りながら思いきり吸引する。唾液に満ちたとろとろの口内で舌を回転させ、上下左右から砲身を舐めまわす。

「あっ、ああっ、オチン×ンっ、オチン×ン吸いとられちゃうっ」

根元から吸いだすようなバキュームフェラに、悠人がたまらず叫んだ。咄嗟に弥生の頭を摑み、どうにかして吐精を堪えようとする。

「ああっ、出ちゃうっ、先生、出ちゃうよぉ」

「んふっ、ンンッ……ジュルル、ジュルルルッ、ジュルルルルルルッ……」

そのまま口内に出してほしいというように、わざと卑猥な音を立てて吸いあげた。右手で根元を素早くしごき、左手では陰嚢をマッサージする。

(ああ、悠人さん、悠人さん……)

弥生は奉仕に没頭していく。少しでも気持ちいい射精をさせてあげたかった。悲しみも苦しみも、すべて吸いとってあげたかった。今の自分にはそれくらいのことしかできないのだから――。

「ああ、先生……出すよ、出すからねっ、あっ、あああっ……」

「ンッ、ンンンッ！」

膨張しきった肉棒が脈動し、熱い欲望が口内に迸る。暴れまわる若牡をなだめるように、弥生は緩やかに頭を上下させつづけた。瑞々しい唇としなやかな指で竿をしごき、精液の出を促すように玉袋を柔揉みしつづける。

（ああっ、出てるっ……悠人さんの精液が、私の口にっ……）

びゅくびゅくと吐きだされた種子汁が口腔を満たしていく。青臭い匂いと苦みのある味が口いっぱいに広がった。少年を絶頂に導けた喜びと、女としての妖しい悦びが、胸をじんわりと満たしていく。

（すごい……口に出されるのが、こんなにも幸せだなんて……）

女の幸せを噛みしめつつ、さらなる放出を求め吸引する。精巣から直接吸いだす勢いで、猛然と頭を上下させていく。

「ああっ、そんな吸っちゃ……あ、ああっ……出ちゃう、全部出ちゃう……」

恍惚の面持ちで悠人が呟く。弥生の頭に両手を乗せ、ブルブルと腰を震わせていた。半開きになった口からは一筋の涎が流れ、愉悦の凄まじさを物語る。

やがて射精はおさまった。弥生はちゅぽんっと音を立て、怒張から口を離す。亀頭の先端と閉じられた桜色の美唇からつぅーっと透明な糸が伸び、ゆっくりとしなっては落下した。

「んっ……」

（精液ってなんて美味しいんでしょう……）

口腔を満たす牡のエキスを嚥下する。その美貌は女の悦びに満ちていた。かすかに上下する喉が妖艶な色香を醸しだす。

「せ、先生……」

ピアノ教師の痴態を眺め、悠人がごくりと唾を呑んだ。己の体液を飲んでもらえる感動が、幼げな相貌に広がっていく。

「ふふ、たくさん出しましたね。こんなにも出してくださって嬉しいです」

白濁を飲み干した弥生は、うっとりと呟いた。つやめく唇をぺろりと舐める無意識の仕種が、発情した女の色香を漂わせた。

「悠人さんの、量が多くてとっても濃いから、ちょっと飲むの大変でした」

はにかみながら微笑みかける。その様子に悠人が呆然としたが、すぐに我に返って叫んだ。

「う、嬉しいよ！　僕の飲んでくれたなんて！」

「当然です。悠人さんがせっかく出してくださったものですもの」

弥生は立ちあがり、悠人の隣りに腰掛けた。胸元にそっと少年を抱き寄せる。

「どうですか？　これで詩織さんのこと、少しは忘れられそうですか」

髪を梳くように頭を撫でながら問う。悠人はしばし黙ったのち、縋るような眼差しを向けてきた。

「……あの、先生」

「なんですか」

「僕、先生のこと好きだから、その……僕の恋人になってくれる？」

真剣な口調だった。悠人なりに母への想いを断ち切ろうとしているのだろう。

「まぁ……」

思いも寄らぬ告白に嬉しさがこみあげる。だがその一方で、明らかに無理をしている様子に胸が痛んだ。いくら性欲を満たしてあげても、母への想いは消えない――そう確信させるだけの悲痛さが、まだあどけない面持ちに滲んでいる。

（悠人さん……）

この告白を受けてしまいたい、この少年をもっと愛してあげたいと強く思う。

だがそれは憚られた。いくらなんでも、友人の息子と結ばれるわけにはいかない。

同時に、母への想いを叶えさせてあげたいと思う自分がいる。けれども、禁忌を避けさせなければという思いが消えたわけではない。

幾重にも絡まる複雑な感情が、弥生に明言を避けさせた。

「……でも、いいんですか。悠人さんは詩織さんが好きなんでしょう？」

「そ、それは……」

図星を突かれ、悠人が口ごもる。幼げな相貌が揺れていた。顔をあげ、弱々しい声で呟く。

「……でも、ママとは結婚できないんでしょ？」

「あら、じゃあ私は詩織さんの代わりですか？」

「ち、違うよ！　僕、先生もママもどっちも大好きだから……」

「ふふ、悠人さんったら……」

少年の正直さに頬が緩む。気の多い発言にも不快感はない。それどころか、さらに愛しさが膨らんだ。このままどこまでも愛してあげたくなる。

（悠人さん、お母様がそんなに好きなんですね。ならせめて、今だけは私が……）

「悠人さん……」

「えっ――ンンッ!?」

そっと唇を重ねた。舌は入れない。右手でこわばりを優しく握る。

「──んっ、先生……」

「ふふ、ここはまだ満足していないみたいですから、とことんすっきりしちゃいましょうね」

様々な体液にまみれた竿を、きゅっきゅっとしごく。手首のスナップを利かせ、やりたい盛りの若牡を慰める。

「ああっ、先生っ、そんな、またっ……」

「……いいんですよ。今はなにも考えないで、ただ気持ちよくなってください」

胸元に抱き寄せたまま囁きかける。これが弥生にできるすべてだった。本音をいえばこれ以上のことをしてあげたいが、少年が望まないかぎりそのつもりはない。

「ああ、先生……先生っ、せんせいっ……」

柔らかな乳房に顔を埋め、悠人は弥生を呼びつづける。

安らぎに満ちた呟きだけが、穏やかな午後のリビングに木霊していった。

第二章　最高の叔母　黒下着で味わう初体験

「ただいま、坊や」

日も沈んだ午後七時。高級マンションの一室の玄関に、慶子の声が響き渡った。

「お帰りなさい、叔母さん。お仕事お疲れさま」

与えられた自分の部屋でクラシック音楽のレコードを聴いていた悠人は、すぐさま叔母を出迎えた。

「ふふ、遅くなってごめんなさいね。さっそくご飯の支度するから」

慶子は悠人に微笑みかける。ワインレッドのタイトなスーツ姿だった。ミニスカートから伸びた美脚は黒ストッキングに包まれている。栗色のウェーブヘアーは胸元まで伸ばされ、耳では金のピアスが輝いていた。彫りの深い美貌はキリリとメイクアップされ、真紅のルージュが見る者に妖艶な印象をもたらす。

レッスン後の淫らなスキンシップから一週間──詩織がヨーロッパへ旅立ってからはすでに二週間が経過していた。その間、叔母と甥にはこれといった問題も起こらず、同居生活にもすっかり慣れていた。

「叔母さん、今日の晩ご飯なに？」

無邪気な笑顔を浮かべて悠人が尋ねる。満面の笑みとはいかずとも、少年らしい明るさを感じさせる顔だった。

「え、ええ、今日はイタリアンにするつもりだけど……」

答える慶子の相貌に、わずかな訝しみの色が滲む。

（坊や、最近どうしたのかしら？　あんなにもつらそうだったのに……）

甥の様子を不審に思う。同居当初、悠人は日に日に生彩を失っていった。それを心配した慶子が慰めようと様々な手段を講じたが、ほとんど効き目はなかった。

だがここ数日、悠人は少しずつ元気を取り戻してきている。

（……坊やが元気になったのは嬉しいけど、やっぱり気になるわ）

保護者として、叔母として、甥の変化は見過ごせない。ここまで変わったからには、必ず原因があるはずだった。

（でも、一体なにが？　姉さんがいない悲しみに対抗できるものなんて、そうそうあるわけがないもの）

　悠人のマザコンぶりを知っていれば、それがいかに大変かがわかるというもの。慶子はしばし思案するが、これといった可能性は思い浮かばなかった。かといって、このまま放ってはおけない。甥に万が一のことなどあっては、姉に顔向けできない。

「ねぇ叔母さん、急に黙っちゃってどうしたの」

　慶子の様子が気になったのか、悠人が不思議そうに呼びかけてきた。

「な、なんでもないわ。ちょっと仕事のことを考えてたのよ」

　ふと我に返った慶子は、なるべく平然を装って微笑みかける。

（ああ、坊や……）

　少年のあどけない容貌を見つめ、心のなかで熱いため息を漏らす。姉の息子であり、実の甥でもある悠人。子供を持たない慶子にとっては、甥だけが唯一の癒しだった。美貌と名声ゆえに言い寄ってくる男は後を絶たないが、どの男も上辺だけで中身のない人間ばかり。仕事柄、信用できない人物も多い。その点、根が素直な悠人は心休まる存在だった。この子のためならなんだってできる——甥が幼い時分から、ずっとそう思ってきた。

「さぁ、ご飯ができるまで、坊やは自分の部屋で待ってなさい」

「うん」と返事した悠人は、慶子の横を通り過ぎ、自分の部屋へ向かう。

（あら、これって……）

すれ違った瞬間、悠人の体から漂う甘い香りに気がついた。嗅いだものに安らぎを与える落ち着いた芳香には覚えがある。

（これは確か、弥生さんの……）

それほど頻繁に会うわけではないが、ピアノ教師とは面識があった。

つい二週間前、三人で姉の詩織を見送ったときにも、弥生はこの香水をつけていた。ピアノレッスン時にもつけているのだろう。それが悠人に移ったわけだ。

（でも、こんなに強く移るものかしら。まさか……）

慶子の脳裏に、恋人のように抱きあう悠人と弥生の姿が浮かぶ。それどころか、それ以上のことも……。

（そ、そんな！　あの弥生さんが!?）

楚々とした弥生の姿を思い浮かべる。少年に手を出すような人物には思えなかったが、母性的ではあった。母親と離れ、すっかり元気を失った悠人を見れば、慰めてやるため身体にさわらせることくらいあるかもしれない。

（十分ありえるわ。だって、私も……）

慶子自身、そのような思考に駆られたことは一度や二度ではなかった。保護者でなければ、いや、保護者であっても実の叔母でなければ、実行に移していただろう。

（それに、坊やだって……）

同居生活が始まって以来、悠人からは様々な場面で熱い視線を向けられてきた。思春期なら当然だと思ったし、かわいい甥の眼差しであれば不快ではない。それどころか見られるたびに身体が疼き、わざと挑発するような格好をしたほどだった。

（坊やが、詩織さんと……）

あらためてそんな風に意識すれば、頭のなかがカッと熱くなった。身体の奥底から嫉妬の炎が燃えあがり、全身へと広がっていく。

（これは確かめる必要がありそうね……）

悠人の部屋の扉を見つめながら、慶子は考えを巡らせた。

夜。風呂も入り終え、パジャマ姿になった悠人は、ベッドに仰向けに寝そべっていた。頭の下で腕を組み、天井を眺めつつ物思いに耽る。

（ママは今頃どうしてるんだろう……）

つい三十分ほど前、日課である「おやすみの電話」をすませたのに、頭に浮かぶのは母のことばかりだった。優しい笑顔も、朗らかな声音も、甘い体臭も、むっちりと肉づいた身体も、母のすべてが懐かしい。あと二週間とはわかっていても、一刻も早く会いたい気持ちは抑えきれない。

（そういや、先生のこと……）

夕方のレッスンを思いだす。一週間前のあの日から、練習後には必ず射精させてもらっていた。だがそのことは母には言えない。それは母に秘密を持つということで、後ろめたさを覚えずにはいられなかった。その一方で、今まで以上に先生を好きになっている自分がいる。

（叔母さんも、今日はどうしたんだろう……）

夕食時の叔母の様子を思いかえす。常に大人の余裕を感じさせる慶子だが、今日はどこかおかしかった。帰宅後、突然、背中と胸元が大きく開いた真紅のホルターネックロングドレスに着替えたかと思えば、食事中にやたら艶めかしい視線を送ってきたのだ。

（叔母さん、本当に綺麗でエッチだった）

煌びやかなドレスに包まれたグラマラスボディを思い浮かべる。

欧米女性さながらの、九十五センチをゆうに超えた特大バスト。ウエストは洋梨を思わせる絶妙なカーブを描き、その曲線美は男心を惹きつけてやまない。ヒップは豊満そのもので、熟れきった桃を思わせる丸みを帯びている。

加えてファッションデザイナーという職業である。華々しい世界に身を置く慶子は、常に周囲からの視線を意識している。服装から装飾品に化粧、さらには香水や仕種に至るまで、すべてにおいて自らの魅力を最大限に発揮できるよう演出していた。

もちろん自宅では意識して飾りたてたりはしない。しかし慶子の身体には、長年にわたる大人の色香がたっぷりと染みついている。自然に振る舞うだけで妖艶な雰囲気が醸しだされ、欲望が刺激されることは多々あった。それでも我慢できる範囲だったし、今日のように挑発するかのような行動は初めてだった。

ふいに、扉がノックされた。叔母のことを考えていたため、心臓が止まりかける。

「入っていいかしら」

悠人は胸を押さえつつ、体を起こしてベッドの端に座る。鼓動を高鳴らせながら返事をすると、ドアが開き、慶子が入ってきた。

（お、叔母さん……）

叔母の格好に胸がざわめく。黒の下着姿だった。ブラジャーは胸元がくっきりと際立つ3／4カップブラで、パンティは臀部を艶美に彩るフルバック。下着の縁は繊細なレースで飾られ、生地の大部分には刺繍が施されている。

腰周りはガーターベルトで飾られている。そこから伸びた四本のサスペンダーが、脚を覆うセパレートストッキングを吊っていた。パンティとストッキングの間からはむっちりとした太腿が覗き、その白さが目に眩しい。透き通るような肌の白さと下着の黒が、芸術的なコントラストを織りなしている。

「あら、もしかして寝るところだったかしら」

慶子は悠人の目の前に立ち、つやっぽい声で呼びかけてきた。その口調はどこかアンニュイで、しなだれかかるような響きを帯びていた。

「う、ううん、大丈夫だけど……」

答える悠人は平然を装うので必死だった。鼓動が早鐘を打っている。

「じゃあ、叔母さんとちょっとお話しましょう。ほら、飲み物持ってきたの」

叔母は銀色のトレーを手にしていた。シャンパンとワイングラスが乗せられている。

悠人の前にサイドテーブルが引き寄せられ、トレーが置かれた。慶子が右隣りに腰掛けてくる。

「お、叔母さん……」

真横からぴったりと身を寄せられ、悠人は身を強張らせた。肌のぬくもりと柔らかさが、体の側面に伝わってくる。成熟した女体から漂う甘ったるいフレグランスが鼻腔をくすぐった。露出度が高いため、視線のやり場に困ってしまう。

「どうしたの坊や。私の顔になにかついてる？」

押し黙っていると、慶子が平然と訊いてきた。波打つ栗色の髪を掻きあげると腋窩がチラリと覗き、少年の胸は大きく跳ねた。

「……だ、だって叔母さん、そんな格好してるから」

「ああ、これね。さっきお風呂から出たばかりなの。今日は暑いから、バスローブ着たくなくて」

その言葉で、ようやく叔母が風呂あがりなのだと気づく。気が動転するあまり、そんなことにさえ目がいかなかった。

（叔母さん、すごくエッチだ……）

入浴後の女体の艶めかしさに息を呑む。栗色のウェーブヘアーはしっとりと濡れていた。頬や首筋はうっすらと桜色に上気している。ほどよく脂の乗った肌にはかすかな汗が滲み、匂い立つ色香を醸しだす。三十二歳の成熟美がそこにあった。

「ふふ、どうしたの坊や。もしかして恥ずかしいのかしら」

俯いていると、隣りから顔を覗きこまれた。

「え、えっと……」

悠人は思わず口ごもる。濡れた双眸が瞳の奥を見据えていた。ルージュに彩られた真紅の唇はつややかで、その煌めきに心臓がトクトクと高鳴っていく。体温が急上昇していき、顔がかぁっと熱くなる。喉がカラカラに乾いていく。

「ふふっ、恥ずかしがらなくていいのよ。私たちは叔母と甥なんだもの」

慶子がシャンパンを空け、それぞれのグラスに注ぐ。独特の音を立てながら、シャンパンゴールドの液体がグラスを満たしていく。

「さぁ、まずは乾杯しましょう」

「大丈夫、これはノンアルコールだから。ジュースみたいなものよ」

説明を聞いて安心し、ワイングラスを手に取った。乾杯の言葉と共にグラスを重ねる。ガラス同士がぶつかり、小気味いい音を奏でた。

「んっ……」

慶子がシャンパンに口をつけた。黒の下着姿でシャンパングラスを傾ける。

（ああ、叔母さんっ……）

シャンパンを飲む横顔に見とれる。嚥下するたび白い喉がかすかに脈動した。琥珀色の液体が減っていく様子を、つい目で追ってしまう。

「──んっ、美味しい。あら坊や、飲まないの？」

「えっ⁉ う、うん」

声をかけられ見とれている自分に気づき、悠人はシャンパンを飲み干した。乾いた喉を冷たい液体が通り抜ける。緊張のため味などわからなかったが、喉越しは最高だった。多少は落ち着きが戻ってくる。

「ふふっ、じゃあお話しましょうか。どう、最近、学校は楽しい？」

他愛もない会話が始まった。学校のことや友達のこと、勉強のことやピアノのことについて話が続いていく。

その間、悠人は気が気でなかった。叔母の肉感的な身体は、視覚的にも感触的にも少年の意識を惹きつける。話声は右から左へと耳を通り過ぎていく。

（叔母さんの身体ってすごい。なんてエッチなんだろう……）

チラと右隣りに視線をやれば、くっきりと刻まれた胸の谷間が目に飛びこむ。豪奢なブラジャーで左右から寄せられた柔肉が、魅惑の押しくら饅頭をしていた。ふたつの山は中央でぶつかり、今にもこぼれださんばかりにはみだしている。

「あらあら、そうだったの——」

（あっ、おっぱいが……）

慶子がグラスに手を伸ばすと、豊かな膨らみがぷるんっと弾んだ。

（叔母さんのおっぱいすごいよ。こんなの見てたら、僕、もう……）

頭のなかが熱くなり、下半身に血液が集中していく。鼻腔をくすぐる甘い香りが大人の女性を意識させ、体が燃えるように熱くなる。背中にじっとりと汗が滲む。

（ああ、おっぱい……叔母さんのおっぱい……）

一度ジッと見つめてしまうと、もう視線が外せなかった。

どうしようもなくさわりたかった。大きくて柔らかそうな乳房に触れたかった。両手でしっかりと握りしめ、好きなように揉んでみたい。その柔らかさを、その張り艶を、その温かさを、両手いっぱいに感じたい。

それだけではない。やはりおっぱいを吸いたかった。このたっぷりとした柔肉に顔を埋め、赤ん坊のように乳首を吸いたかった。口いっぱいに乳頭を咥え、思う存分しゃぶりたい。心ゆくまでおっぱいを吸いたかった。

（ああ、おっぱいさわりたい……ああっ、おっぱい吸いたいよ……）

乳房への憧憬で思考が埋め尽くされていく。深夜の静寂と叔母が醸しだす妖艶な雰囲気が、欲望を限りなく膨らませる。

「——ねぇ、坊やったらどこ見てるの？」

突然、呼びかけられハッとなる。ほんの数センチ視線をあげれば、叔母の美貌が妖しい笑みを浮かべていた。

「え、えっと……僕、その……」

視線を左右にさまよわせる。咄嗟には言葉が出てこない。

「ふふっ、坊やってエッチだったのね。私の胸、ジッと見つめて……」

悪戯な言葉と共に、婀娜っぽい眼差しが向けられる。悠人は大慌てで否定した。

「ち、違うよっ、僕、そんなつもりじゃ――」

「あら、どう違うのかしら。叔母さんのおっぱいを見て、いやらしいことを考えていたんでしょう?」

「そ、それは……えっと、だから……」

(どうしよう……僕、叔母さんに嫌われちゃう!)

必死で言い訳を考えるも、頭が混乱して思考が纏まらない。このままでは叔母さんに嫌われる――そう思うだけで涙が出そうになる。

悠人が半泣きでうろたえていると、慶子は穏やかな微笑みを浮かべた。

「うふふ、坊やったらかわいいわ。ここもこんなに大きくして……」

慶子の右手が股間に伸び、しなやかな指がパジャマの上から勃起を握る。甘美な刺激が背筋を駆け抜けた。悠人は思わず「ああっ」と声をあげ、全身を震わせた。

「オチン×ン、もうカチカチになってるわよ」

耳元で甘く囁かれながら、股間の膨らみを上下に擦られた。真っ赤なマニキュアに彩られた細指は、痴漢さながらの手つきで触れてくる。

「あっ、叔母さんっ」

快感が背筋を駆けのぼる。下半身が性感にわななないた。咄嗟にシーツを握りしめ、射精を堪える。少しでも気を抜けば、たちまち果てかねない。

その様子に慶子が微笑む。淫らさを滲ませた大人の笑みだった。しなだれかかるように悠人に身を寄せ、白指で勃起をさすりながら、悩ましげに囁く。

「坊やったらいけない子ね。叔母さんのおっぱいを見てオチン×ン硬くするなんて」

「ぼ、僕っ……」

「怒ってるわけじゃないのよ。ほら、もっと強くしてあげる……」

手淫が激しさを増し、悦楽がじわじわと肥大していく。叔母の指使いは巧みで、指でさわられているだけなのに、全身を手玉に取られている気分になった。

（叔母さん、なんでこんなことっ……）

突然の行動が理解できず、悠人は大いに混乱していた。なぜ胸を見ていたのに怒らないのか、どうしてこのようなことをするのか、さっぱりわからない。夢でも見ている気がするが、手しごきの愉悦が確かな現実感をもたらしている。

「ほら坊や、正直に言いなさい。私のおっぱい、見てたんでしょう？　叔母さんの胸を見て、エッチなこと考えていたのよね」

（ああ、おっぱい！　おっぱいがっ！）

柔らかな膨らみが二の腕に押しつけられた。胸の谷間に挟まれ、むにむにと圧迫される。柔和さと弾力を兼ね備えた魅惑の感触に、理性がぐらぐらと揺さぶられる。

「うんっ、見てた。エッチなこと考えてたっ」

「ふふ、正直な子って大好きよ。はい、それじゃあご褒美あげるわね……」

慶子が左手でグラスを掴み、シャンパンの残りを口に含む。叔母の左手が頭の後ろにまわり、顔を右向きにさせられた。ふいに美貌が近づいてきて、真っ赤な唇に気が取られた次の瞬間には、唇を奪われていた。

「――ンッ、ンンッ⁉」

（お、叔母さんっ）

出し抜けの口づけに目を見開く。シャンパンの甘い味が口いっぱいに広がった。叔母の唇はふんわりと柔らかく、しっとりと瑞々しかった。口内のシャンパンが送りこまれ、悠人はそのご褒美を戸惑いながらも嚥下する。

（叔母さんの口から、シャンパン飲ませてもらってる……）

悦びが胸にこみあげる。さきほどよりもシャンパンが美味しく感じられた。叔母の唾液が溶けこんでいるからだろう。

(ああ、もっと……もっと飲みたいっ……)

雛鳥が餌を求めるように舌を伸ばせば、その動きに反するように唇が離された。

予想だにしない中断に対し、悠人はお預けをくらった犬のような瞳で叔母を見る。

「お、叔母さんっ……」

「あら坊や、そんな顔してどうしたの」

慶子は悪戯な笑みを浮かべていた。男心をくすぐる蠱惑的な面持ちに、誘われるまま口を開いてしまう。

「僕、もっと飲みたい……叔母さんの唾、もっと……」

「唾じゃなくて、シャンパンでしょう。それとも坊やは、唾の方がいいのかしら」

「あっ⁉ え、えっと……」

失言に気づき、顔面がカァッと火照っていく。叔母はその様子を満足げに見つめながら、からかうように言った。

「あらあら、坊やったら本当にいやらしいのね。こんな年上の、それも実の叔母さんの唾が欲しいなんて」

羞恥のあまり叔母の顔が見られない。慶子は甥を励ますように、優しく語りかける。

「ふふ、恥ずかしがらなくていいのよ。男の子なんだもの、エッチで当然だわ」

「お、叔母さん……」

叔母の表情をそっと窺う。怒られていないとはわかっていても、気恥ずかしさは拭いきれない。上目使いで見上げる甥を、慶子は穏やかな眼差しで迎える。

「ほら、してほしいことがあるんでしょう？　だったらちゃんとお願いなさい」

「あ、えっと……キ、キス、してください。叔母さんの唾、飲ませて……」

「いいわよ。大人のキス、たっぷり味わいなさい、ンッ……」

頭が抱き寄せられ、唇が重ねられた。唇を割り、ぬるりと舌が潜りこんでくる。

「ンッ、ンンッ……ンッ、ンンッ!?」

（うわ、すごいっ、な、なにこれっ!?）

悠人は驚愕に目を見開く。唾液にまみれた侵入者は、すぐに舌へ絡みついてきた。その感触は信じられないほど柔らかく、軟体動物のように捕らえどころがない。それでいて確かな意志でヌルヌルと巻きついてくる。

（ああ、これがキスなんだ……僕、叔母さんと大人のキスしてる……）

想像を超えたディープキスの世界にまどろむ。悠人はただなされるがままだった。互いの粘膜が擦れあうたび、頭のなかがゆるゆると蕩けていく。温かな口内で舌がヌルヌルと絡まりあうのが気持ちよく、キスのことしか考えられない。

（これ、叔母さんの唾……叔母さんが唾を飲ませてくれてる……）

叔母の口腔から唾液が送りこまれてくる。とろりとした口内分泌は、不思議と甘い味がした。まろやかで、クリーミーで、さながら上質の蜂蜜のよう。

（これが叔母さんの唾の味……。ああっ、なんて美味しいんだ……）

甘露な味わいが口いっぱいに広がり、脳が緩やかに痺れていく。嚥下するたび叔母との一体感が生まれ、幸せが胸にこみあげた。飲めば飲むほどまた欲しくなり、いつまでも飲んでいたくなる。

「――どう、生まれて初めての大人のキスは？」

「す、すごいよ、なんか舌がヌルヌルして……」

「うふふ、ならもう一度。キスの仕方、たっぷり教えてあげる、ンッ……」

また唇が塞がれた。叔母の動きに導かれるまま、唾まみれの粘膜を絡めあう。舌の表側や裏側を擦りあわせた。尖らせた舌先でチロチロとくすぐりあう。口内の顎側から歯茎の表側や裏側に至るまで、口腔内を余すところなく舐めあっていく。

（ああっ、叔母さんとキスしてる……僕、叔母さんにキス教えてもらってる……）

その事実が胸を熱くした。憧れの叔母から、淫らなキスレッスンを受けている——そう思うだけで興奮が高まり、怒張がさらに漲っていく。

「——んっ、上手よ。ほら、唇を出しなさい……」

言われるまま舌を伸ばす。すかさず吸いつかれた。

（ああっ、舌がっ……）

思いきり舌を吸引され、求められている実感が湧いた。頭がじりじりと痺れていく。

「さぁ、私のも吸って……」

真っ赤な唇からピンクの舌が伸ばされる。悠人はすぐに吸いついた。力いっぱい吸引する。

舌が引っこみ、叔母が上唇を吸ってきた。悠人は下唇を吸う。さらに下唇が吸われ、上唇を吸った。ときには軽く、ときには強く、互いの唇を吸っていく。小鳥が餌を啄ばむように、ちゅっちゅとキスを繰りかえす。

「坊や、唾飲ませて……」

口内に唾液を溜め、叔母の唇をそっと塞いだ。とろっと唾を流しこむ。それを飲み干した慶子は、お返しとばかりに唾液を与えかえしてくれる。悠人はそれが嬉しくて、もう一度、唾を送りこんだ。二人は唾液交換を繰りかえしていく。

「──んっ、叔母さん……」

やがてゆっくりと唇が離れ、口づけは終わった。二人の舌先から透明な橋がつぅーと伸びては落下する。どちらの唇も唾液にまみれ、てらてらと煌めいていた。

「……坊やのキス、上手だったわ。初めてなら上出来よ」

慶子が真紅の唇をぺろっと舐める。妖美さを滲ませる大人の仕種に、少年は思わず見とれてしまう。胸の奥が熱くなり、叔母への憧憬がグッと強まった。

(叔母さん、いやらしいよ……叔母さんってなんてエッチなんだ……)

叔母の魅力をあらためて思い知る。とはいえ、現状については理解不能だった。叔母の考えがわからない。

「ふふ、なぜ私がこんなことをしてるのかわからない、って顔ね」

思考を読まれたかのごとく指摘された。悠人は目を丸くする。

「ねぇ坊や、弥生さんとなにがあったの？」

「ええっ⁉ な、なんで……」

予想もしない問いかけに絶句する。あまりの驚きに口をぱくぱくと開閉させた。

「いいから答えなさい。坊やは毎日、弥生さんになにをしてもらってるの？」

「そ、それは……」

悠人は押し黙る。正直に答えるのは恥ずかしかった。だが今の叔母には逃がしてくれない雰囲気がある。

ふと慶子が気配を変えた。美貌に優しい笑みを湛える。

「ほら、怒らないから言いなさい。私には、保護者として坊やのことを知っておく必要があるの。……正直に言えたら、またご褒美あげるわ」

そう言って、至近距離から瞳の奥を見つめられた。吸いこまれそうな瞳だった。ルージュに彩られた唇の赤さが、口づけの甘美さを思いださせる。

堪えきれなくなった悠人は、頬を色づかせながら呟いた。

「……その、甘えさせてもらってるんだ。ママがいなくて寂しいから」

慶子が、やっぱりね、という表情を浮かべる。そして瞳に妖しい光を灯らせた。好奇心と嫉妬心が混ざった輝きだった。

「甘えさせてもらってるって、どんな風に？」

「え、えっと、その……膝の上に乗せて抱きしめてもらったりとか、ケーキ食べさせてもらったりとか」

具体的な説明を聞き、慶子の容貌に嫉妬の色がサッと浮かぶ。

(膝の上に乗せて、ケーキ……)

その情景を思い浮かべただけで、三十二歳の女心は大いに掻き乱された。愛しい甥を取られたような気がした。ピアノ教師への嫉妬心が燃えあがる。

(膝の上でケーキなんて、弥生さんもやってくれるわね。そんなことされたら、坊やが甘えたくなるのも当然だわ)

悔しさが心を覆っていく。先を越されたのが口惜しかった。自分は毎日、悠人と暮らしていたのに、直接的に癒してやることなどいくらでもできたのに、なにをしていたのかと歯ぎしりする。

(そうよ、私は坊やにだったら……)

この身体を使い、女の素晴らしさを骨の髄まで教えてあげることができる——そんな思考に駆られた慶子は、禁断の感情を振りきるように首を振った。

(私はなにを考えているの。相手は坊やなのに、姉さんの息子で実の甥なのに……)

しかし、慶子が悠人を甥以上に思っているのは事実だった。この場にいることがなによりの証拠である。

（そう、私は坊やのことが……）

そもそも、風呂あがりに下着姿で甥の部屋を訪れたのが間違いだった。誘惑して話を聞きだすためのちょっとした演出だったのに、いざ二人きりになると、自分自身が場の雰囲気に呑みこまれてしまった。

（だって、仕方なかったんだもの……）

グラマラスな肉体で無垢な甥を誘惑する危険な叔母——そんな自分を想像した途端、演技が本物にすり替わってしまった。こわばりに触れるつもりもなければ、口移しでシャンパンを飲ませる予定もなかった。ディープキスなどもってのほか。むしろ、そういったことだけは避けねばと自戒していた。だが悠人の眼差しを意識してからは、戒めなどもろくも崩れ去ってしまった。

（そうよ、あんなに見つめられたら……）

会話中のことを思いだす。食い入るような視線だった。熱烈な眼差しで胸元を見つめられ、痛いほどにおんなが疼いた。華やかな世界に身を置くだけあって、好色な視線に晒されるのは慣れっこな慶子だが、成人男性が向ける舐めるような視線とはまるで違う。思春期の童貞少年ならではの、熱に浮かされたかのような眼差しだった。

（ああ、思いだしただけで濡れちゃうわ……）

慶子は官能に震えた。ファッションデザイナーだけあって、視線には人一倍敏感だ。視線を浴びるのを好むし、露出願望的なものもある。さすがにもう視線にも慣れ、よほどのことでないかぎり反応しなくなったが、甥からの眼差しは特別だった。熟れた女体は切ないほどに火照ってしまう。

（私はなにをしてるのかしら……）

冷静さを失っている自覚はあるし、そのことにひどく動揺していた。落ち着いた大人の女を装ってはいるが、それも端から見れば疑問だろう。とはいえ、十代の少年に気づけるはずはない。慶子はあくまで余裕の態度で甥に接する。

「他には？　それだけじゃないんでしょう」

確信に満ちた問いかけに、悠人の顔色が露骨に変わる。

（やっぱり、そうだったのね……）

わかっていたこととはいえ、いざ事実を確認するとまた別だった。自分でも驚くほど嫉妬心が燃えあがる。

「あの、えっと、ぼ、僕……」

悠人は泣きそうな面持ちで見つめてきた。その眼差しに胸がキュンとなる。

「隠そうとしてもダメよ。ここに訊けば簡単にわかるんだから……」

左手で悠人を胸元に抱き寄せる。柔らかな膨らみが少年の顔面を受けとめた。右手はズボンへ伸ばし、股間のテントを握る。

「ああっ、叔母さんっ」

悠人の声が性感に震えた。逸物はパンパンに勃起していた。触れられるだけで十分な刺激なのだろう。

「うふふ、坊やったらこんなに硬くして……。もう、本当にいけない子ね。今、楽にしてあげるわ……」

ズボンとパンツを一緒に下ろす。怒張がバネ仕掛けの玩具さながらに飛びだし、反りかえって腹部についた。幹ははち切れんばかりに漲り、ピンクの亀頭は大きく笠を広げている。幼さを残した少年の姿からは想像もできないほどに逞しい。

「まぁ、坊やってばすごいのね。かわいい顔して、ここはもう大人だなんて……」

「叔母さん、な、なにを……」

「ふふ、私の手でたっぷり気持ちよくしてあげる……」

竿に指を絡ませる。マニキュアに彩られた白指が肉幹に巻きついた。男根特有の赤黒い色合いとしなやかな細指の白さとが、淫靡なコントラストを醸しだす。

「あぁっ」

そっと握っただけで悠人が声を漏らした。しっとりとした指先の冷たさに、華奢な体が大きくわななく。少年の興奮が指先から伝わってくる。

(ああ、すごく硬いわ……。それに太くて、とっても熱い……)

漲る若さにおんなが震える。長さ、太さ、硬さに熱さ、どれをとっても申し分ない逸物だった。そのあまりの逞しさに、三十二歳の熟れた女体が疼きだす。お腹の奥がじんわりと熱を帯び、牝としての発情を知らせる。

「坊やったら、いつの間にか大きくなってたのね。こんな女泣かせなオチン×ン持ってるなんて……」

甥の耳元で囁きながら、緩やかに竿をしごきだす。握り具合はあくまでソフトにした。亀頭に触れないように気をつけ、あえて射精には向かわせない。弱い刺激を送りこみ、少年に自白を促すのが目的だった。十代の童貞少年には、さぞつらかろう。

「あっ、あぁっ……お、叔母さんっ……」

抑制の効いたストロークに、悠人が切なげに身悶える。胸の谷間に埋めていた顔をあげ、捨てられた子犬のような眼差しを向けてきた。

「お、叔母さんっ……もっと、もっと速くっ……」

「ふふ、どうしたの。なにを速くしてほしいのかしら」

慶子はわざとらしく尋ねた。その面持ちには蠱惑的な笑みが浮かんでいた。悠人は叔母にしがみつきつつ、切羽詰まった声で懇願する。

「オチン×ン……オチン×ンもっと速くしごいてっ……」

「うふふ、かわいいのね坊や。どうしてオチン×ンしごいてほしいの」

「だ、だって……こんなの我慢できないよ。もっとシコシコしてよ。オチン×ン切ないよぉ！」

堪えきれずに悠人が叫んだ。慶子は握る力をやや強め、速度もわずかにあげる。上下の揺れ幅も大きくし、亀頭の括れに刺激を送りこむ。

「これでいい？　叔母さんの手、気持ちいいかしら」

「うんっ、気持ちいい……ああ、叔母さんの手、気持ちいいよぉ……」

柔らかな胸に顔を埋めた悠人が快感に震える。

慶子は絶妙の力加減で指を滑らせた。スピードは速すぎず遅すぎず、かろうじて我慢できるレベル。雁首を逓過するときにには指の輪を引っかけ、重点的に刺激する。ときどき、リズムを変えるのも忘れない。

「ほら坊や、叔母さんに教えてちょうだい。弥生さんにどんなことされたの？弥生さんとどんないやらしいことしたの」

囁きながら上下運動を速めていく。太幹を滑るマニキュアに彩られた細指が、少年をじりじりと追いたてる。

「そ、そんなの、恥ずかしくて言えないよっ……」

「ふふ、ダメよ。言わないならここでやめてしまうわ。ほら、弥生さんとどんなことしたのか、叔母さんに教えなさい」

手首のスナップを利かせ、きゅっきゅっと雁首を擦った。悪戯を問いただす教師のように、切なげに震えるこわばりを責めたてる。

愉悦の波に悶える悠人は、我慢の限界を相に滲ませ、ついに口を割る。

「オチン×ン、手でしごいてもらった……こんな風に、シコシコしてもらったんだっ……」

(弥生さんが、坊やのオチン×ンを……)

告白を耳にした途端、慶子の胸中で嫉妬の炎が燃えあがった。先を越されたことが悔しかった。幼い頃から見守ってきたかわいい甥を取られた気がして、抑えきれぬ妬心が身を包みこむ。

（やだ、私はなにを考えているの……）

独占欲にも似た感情を慌てて掻き消す。これはあくまで、弥生と悠人の間でおこなわれている行為を知るための行動――保護者としての義務なのだ。叔母は自分にそう強く言い聞かせた。平然を装って質問を続ける。

「他には？　他にはどんなことをしたの」

「舐めてもらった。オチン×ン、お口で気持ちよくしてもらった」

（まぁ……。弥生さんったらそこまで……）

意外だった。ピアノ教師の清楚な容貌からは、フェラチオの様子など想像できない。

同時に、また嫉妬心が頭を擡げた。この幼げな少年が口唇愛撫の快楽を知っている、他の女にこの雄々しい砲身をしゃぶられたのだと思うだけで、身体中の血が沸騰した。それに自分の方が巧みにしゃぶれるという自信もある。

「あらあら、いけない子ね。ピアノレッスンなのに、そっちのレッスンまで受けるなんて。――まさかセックスまではしていないでしょう？」

「し、してないよ。手とお口で出させてもらってただけだから」

その言葉からは偽りの匂いは嗅ぎとれなかった。慶子は胸を撫でおろす。

「それはどっちから始めたの？　まさか坊やが自分からおねだりしたわけじゃないでしょう？」

「そ、それは……先生から、だけど……」

悠人の口ぶりは不明瞭だった。告げ口しているようで後ろめたいのだろう。

「それで、弥生さんの手はどうだった？　気持ちよかったんでしょう？」

弥生は手淫の動きを速めた。指の輪で、亀頭の括れを引っかけるようにしごく。

「ああっ、う、うん、気持ちよかった。先生の手、すごく……」

「ホント、坊やっていやらしいのね」

つい口調が妬みっぽくなる。他の女との行為を聞いているのだから無理もない。

「フェラチオはどうだったの？　いっぱいおしゃぶりしてもらったのよね」

「うん、よかったよ。先生のフェラチオ——ンンッ!?」

甥の唇を唇で塞いだ。これ以上は聞きたくなかった。舌に舌を絡め、唾液をとろりと流しこみつつ、若々しいこわばりを激しく擦りたてていく。

（もぉ、坊やったら、気持ちよさそうな顔をして……。叔母さんの唾、たっぷり味わいなさい……）

口内分泌のとろみを与えるたび、悠人はそれを嬉しげに飲み下した。飲ませても飲ませても、少年はさらなる唾液を求め舌を絡めてくる。その反応に女としての自尊心が刺激され、いつまでも唾を与えたくなる。慶子はたっぷりと唾液を送りこむ。

「――んっ、坊やのオチン×ン、いやらしいお汁が出てきたわね。ほら、もうこんなにヌルヌルよ」

キスをやめ、竿を握っていた手を離し、鈴口に中指をそっと当てた。大量に溢れだす先走りの汁を指先に擦りつける。

「ああっ、そこは……」

「坊やのヌルヌル、すごい量ね。ほら、ここが気持ちいいんでしょう?」

粘液にまみれた指先で、裏筋をつぅーと撫でおろす。触れるか触れないかの絶妙なタッチで根元まで伝わせ、またゆっくり撫であげる。真っ赤なマニキュアに彩られた白指が、赤黒い肉幹を何度も往復する。

「ああ、それっ……」

性感のラインを指先で責められ、悠人が愉悦に身震いした。限界にまで膨れあがった屹立はビクビクと震え、透明の粘液を次々と溢れさせる。

「あらあら、またこんなにお汁出して……。叔母さんの指がたまらないのね」

（ああ坊や、かわいいわ……なんてかわいいの……）

甥への愛が募っていく。悦楽に震える少年が愛らしかった。同時に、思春期の欲望につけこんでいる自分がひどく悪い女に思え、心が揺らぐ。

慶子は言葉と手淫を止め、甥の顔をじっと見つめた。

「お、叔母さん？」

突如、押し黙った叔母に、悠人が訝しげな視線を送る。慶子は少しの間を置いてから、真剣な面持ちで問うた。

「――ねえ坊や、叔母さんのこと、好きかしら」

どうしても訊いておきたかった。叔母や甥などとは無関係に、ひとりの女として知りたかった。

真正面から問われた悠人は、顔を赤く染める。

「そ、それは……」

「正直に答えてちょうだい。叔母さんのこと、好き？」

「も、もちろんだよ。僕、小さい頃から叔母さんに憧れてたもん」

そのひと言に、慶子の心は幸福で満たされていく。これまで送られたどんな愛の囁きよりも感動的だった。嫉妬心がおさまり、冷静な気持ちで甥と向きあえる。

「ふふ、嬉しいわ。叔母さんも坊やが大好きよ」

また肉棒に指を絡ませる。ガチガチの硬直を優しく包む。

「あっ、叔母さん……」

「ねぇ、坊やは弥生さんも好きなんでしょう？　私と弥生さん、どっちが好き？」

「そんなの、決められないよ。僕、叔母さんも先生も、どっちも大好きだから……」

（あらあら、弥生さんのこと、本気で好きなのね）

真面目そのものの面持ちに、ピアノ教師への思いの強さを知る。自分も同様に愛されているのは嬉しかったが、慶子はあくまで実の叔母。年の差などの話を抜きにしても、悠人と結ばれるわけにはいかない。

（そうよ、私じゃ坊やの恋人にはなれない。なら、まだ血が繋がっていない分、弥生さんの方が……）

顔も知らぬ女に取られるよりは、面識のある人物に任せた方が安心できる。弥生であれば、悠人の恋人として申し分ない。

（……でも、今日だけは……今夜だけは坊やの恋人でありたい）

身を引く決心をした慶子だが、未練はあった。恋人になれないのなら、せめて初めての女になりたい。己の身体を使い、少年に女の素晴らしさを教えてやりたい。自分という女を、悠人のなかに刻みつけたい――。

甥に抱かれる決意を固めた慶子は、優しく微笑みかけた。

「ふふ、坊やは正直なのね。でもこういうときは、叔母さんの方が好き、って言っておくものよ」

そして右手を動かし、これまでにない勢いで若牡を限界に導いていく。

「ああっ、そんなに強くされたら、僕っ……」

背筋を駆け抜ける愉悦に悠人は震えた。しなやかな指による手淫は性感を巧みにつき、蕩けるような悦楽をもたらす。頭が痺れ、腰がわななく。竿のつけ根では灼熱のマグマが渦を巻き、やがて迎える放出の刻を待つ。

「ねぇ坊や、女の人のアソコって見たことある？」

叔母に抱きつき、必死で射精を堪えていると、耳元で妖しく囁かれた。

「叔母さん、そ、それって……」

「そうよ、オマ×コよ。女の身体で、一番いやらしいところ……」

この世でもっとも淫らな四文字を耳にした途端、剛直にグンと芯が入る。それに伴い、手しごきの快感は二倍にも三倍にも膨れあがった。我慢汁の量も増え、透明の粘液が細指をべっとり汚す。

「ふふっ、坊やの体は正直ね。オマ×コ、って聞いた瞬間、オチン×ンがまた大きくなったわよ」

「だって、叔母さんがエッチなこと言うから……」

「想像してごらんなさい。叔母さんのオマ×コに、坊やのオチン×ンを入れるの……。温かくて、柔らかくて、とってもヌルヌルしてるのよ……」

（温かくて、柔らかくて、ヌルヌルしてる……）

頭のなかに思い浮かべる。叔母の穴に入っている自分、叔母の柔肉に包みこまれている自分、そして叔母とひとつになっている自分——どの妄想も夢のようで、脳裏がカッと燃えたった。劣情が膨らみ、射精感が一気に近づく。

「どう、坊や。叔母さんのなか気持ちいい？　オマ×コ、気持ちいいでしょう」

「うん、いいよっ……あっ、ああっ、出ちゃう、出ちゃうよぉ！」

体を震わせ、悠人は叫んだ。想像のなかの肉壺は、天国のように気持ちよかった。叔母の手筒が温かな膣内に思え、急速に限界が近づいてくる。絶頂がすぐそこまで迫りくる。

「いいわ、さぁ、イキなさい。私の手で、思いっきり射精しなさい」

「あっ、あああっ」

上から下まで、竿全体を猛烈な勢いで擦られた。なめらかな指先が、雁首を激しく刺激する。悠人は叔母にしっかりと抱きつき、豊満な胸元に顔を埋めて耐える。

やがて蕩けるような愉悦が背筋を駆けのぼり、頭のなかが真っ白に染まった。煮え滾る欲望が根元からこみあげ、怒張の脈動と同時に、放出された。

「あっ、ああっ、出る、あああっ！」

目も眩むような恍惚感が訪れる。凄まじい勢いでザーメンが迸った。肉棒は暴れ牛のごとく跳ねまわり、濃厚な白濁液を大量に床へと撒き散らす。

「ふふっ、すごい勢いね。あんなに遠くまで飛んで……」

精液の出を促すように竿をしごきつつ、慶子が吐精の様子を見て微笑む。その頬はうっすらと上気し、吐息にも官能の響きが混じっていた。妖艶な美貌には喜悦の色が広がっている。

「ほら、もっと出していいのよ。溜まってる精液、一滴残らず出しきりなさい」

（ああ、出てるっ……僕、叔母さんの手で射精してるっ……）

蕩けるような快感が全身を包みこむ。肉体的なものばかりではない。叔母によって射精に導かれたという事実が、精神的な満足感をもたらしてくれる。恍惚の表情を浮かべながら、少年はスペルマを放ちつづけた。

やがて精の脈動はおさまった。肉棒は依然、勃起を保ち、太幹の上をゆるゆると細指が往復している。

「たくさん出したわね。叔母さんの手は気持ちよかった？」

甥を射精に導けたのが嬉しいのだろう、慶子が弾んだ声で尋ねた。

「う、うん、すごくよかったよ……」

放出後の心地よい疲労感に包まれている悠人は、満ち足りた声で答える。

「うふふ、それはよかったわ。——でも、ここはまだカチカチよ？　まだ出したりないんでしょう？」

竿の根元をキュッと握られ、「ああっ」と情けない声が漏れる。精を放ったばかりだが、十代の欲望はさらなる快感を求めている。

「ふふっ、かわいい声……。ねぇ坊や、これでもうお終いにする？」

「そ、それって……」

「ええ、そうよ。坊やが望むなら、叔母さんが色んなこと教えてあげる……」

部屋の電気が消され、ベッドランプの淡い光が室内を包みこむ。

「――さぁ坊や、いらっしゃい」

真っ白なシーツの上で、下着姿の慶子が仰向けに身を横たえていた。上半身をわずかに起こし、手のひらを上にした左手を足元の悠人へ伸ばしている。

黒い下着からは白い美脚がすらりと伸びていた。右膝は軽く折り曲げられ、太腿とふくらはぎが艶かしい三角形を描いている。肌の白さと下着の黒とが、煽情的なコントラストを作りだす。ランプの淡い光が柔肌に影を落とし、そのグラデーションが三十二歳の女体をより艶美に仕立てあげていた。

（ああ、叔母さん……）

年上女性から色っぽく誘われ、悠人は呆然と立ち尽くす。すでに服は脱いでいた。精液まみれの勃起が反りかえり、腹部へぴったり張りついている。叔母の全身から醸しだされる成熟した色香に圧倒され、ただ固唾を呑むしかない。

「ほら、どうしたの。遠慮しなくていいのよ。早くいらっしゃい」

「ああっ、叔母さんっ」

妖美なお誘いに、たまらずベッドに飛びこんだ。

「あンッ」

「ああっ、叔母さんっ、叔母さんっ」

叔母の背中に腕をまわし、ふくよかな胸元に顔を埋める。頭を左右に動かし、乳房の柔らかさを顔面で存分に感じとった。少年は全身で女体のぬくもりを求める。

「もぉ、坊やったら、ふふふっ……」

母親のような笑みを浮かべ、慶子は甥を愛しげに見つめる。両手でそっと抱きしめられた。よしよしと頭を撫でられる。

(ああっ、叔母さんっ、叔母さんっ)

胸の谷間に顔を埋め、力いっぱい叔母に甘える。肌のぬくもりが優しかった。鼻腔を満たす甘くて上品な香りも安らかで、幸福が身を包みこむ。

同時に、女体から発せられるフェロモンに、股間が切なく疼きだす。

叔母の身体はどこもかしこもむちむちしていた。しっとりと肌理細やかで、ほどよく脂の乗った女盛りの肉体。これからこの身体で色々と教えてもらえると思うだけで、若い牡は期待に震える。下半身が燃えるように熱い。

「ふふ、坊やはあまえんぼうね。姉さんがいなくて寂しかった?」

「うん、寂しかった。ママがいなくて寂しかったんだ」

言葉が自然に口から漏れた。弥生とのスキンシップでかなり癒されているとはいえ、根本的な寂しさは消えない。

「なら存分に甘えなさい。姉さんの代わりに、好きなだけ甘えさせてあげる」

「ああ、大好き……叔母さん大好き……」

叔母のぬくもりを感じながら幸せに浸る。身も心も癒されていくようだった。

弥生とはまた違った安心感が体を包みこむ。

「ふふ、坊やのオチン×ン、私のお腹に当たってるわ。すごく硬くて、ビクビクしてる」

「だって、叔母さんの身体がエッチすぎるんだもん」

叔母の腹部にこわばりを擦りつける。無駄な贅肉のないウエストは、それでいて柔らかく、裏筋が刺激されて気持ちいい。

「まぁ、坊やったら」

慶子は微笑み、悠人の頬にそっと手を添える。

「でも、落ち着いたならちょっとだけ離れてちょうだい」

「……離れなきゃダメ？」

「だってブラ取れないでしょう？　おっぱい、さわりたくないの？」

「ううん、さわりたい。さわりたいよっ」

すかさず横へ体をずらした。叔母の右側に添い寝する。

(ああ、叔母さんのおっぱいが見れるんだ……)

ドキドキと胸が高鳴っていく。

「じゃあ、おっぱい、しっかりごらんなさい……」

慶子が手を背中にまわす。ホックが外され、ブラが取り払われる。

「う、うわぁ……」

思わず感動のため息が漏れた。拘束から解放された乳房は、想像以上の大きさだった。色は透き通るように白く、形は見事なリンゴ型。満点のボリュームにもかかわらず、垂れるどころかわずかに上向いている。仰向けだが柔肉はほとんど左右に流れていない。乳輪は普通の大きさで、色は綺麗なピンクのまま。乳首はツンと尖っていた。

「どう、私のおっぱい?」

「す、すごいよ。叔母さんのおっぱい、すごく大きくて綺麗だ」

お世辞ではなかった。豊かな双乳はしっとりと汗に濡れ、匂い立つような色香を放っている。大きさ、張り、色艶ともに、母のそれに勝るとも劣らない。

「ふふ、褒めてもらえて嬉しいわ。さぁ、さわってごらんなさい」

「う、うん……」

緊張しつつ右手を伸ばす。手のひらがそっと乳房に触れた。摑んでみるとつきたての餅のように柔らかく、それでいてほどよい弾力が伝わってくる。手には到底おさまりきらない。指に力を入れるとどこまでも食いこみ、力を抜くと内側から押しかえしてくる。

（うわ、すごい。おっぱい、なんて柔らかいんだ……）

すかさず両手で揉む。柔らかくて、温かくて、揉めば揉むほど喜びが湧いた。このままいつまでも揉んでいたくなる。

（ああ、すごいよ……おっぱい、柔らかくて最高だ……）

「ふふ、おっぱい気に入ったみたいね。もっと強くしてもいいのよ」

「こ、こう？」

遠慮がちに力を加える。五本の指が食いこみ、豊乳は淫らに形を変えた。

「んっ、そうよ……もっと強くしてもいいわ」

「こ、こうかな？」

さらに力を入れれば、指は完全にめりこんだ。バストはいびつに歪み、乳首が前へと突きだされる。

「ンンッ……いいわ、上手よ。ほら、吸いたかったら吸ってもいいのよ」

「い、いいの？」

「ええ、もちろん。遠慮しないで好きなだけ――あンッ」

すかさず乳首に吸いついた。口いっぱいに頬張り、乳輪ごと思いきり吸う。

（ああっ、おっぱいっ、叔母さんのおっぱいっ）

頬をへこませ、ちゅうちゅう吸った。乳首は人差し指の先ほどの大きさで、吸うのにはちょうどいい。吸いながら乳房をやんわりと揉めば、気分は完全に赤ん坊。心が安らぎ、幸福感に満たされていく。

「あっ、ンンッ……。ふふ、坊やってばそんなに一生懸命吸って……。そんなにおっぱいが恋しかったの？」

慶子は頬を上気させ、性感に震える声で問う。二重の瞳は濡れていた。脂の乗った肌には汗が滲んでいる。身体から立ちのぼる芳香も濃度を増していく。

悠人は返事の代わりに吸引の力を増した。たっぷりと母乳が詰まっていそうな膨らみから、ミルクを吸いだそうとする。

「あンッ、もう、坊やったら。……そんなに吸ってもお乳は出ないわよ？　ほら、こっちのおっぱいも吸ってちょうだい」

言われるままもう一方の乳首へ吸いつく。ただ吸うだけでなく、口内で乳首に舌を絡ませた。突起を舌で舐め転がす。

「あぁンッ、いいわよ坊や、もっと吸って……叔母さんのおっぱい、もっとちゅうちゅう吸いなさい……」

(叔母さんの乳首、どんどん大きくなっていく……)

桜色の突起が勃起していく。体積を増した乳頭はこりこりしていた。明らかな反応が嬉しくて、悠人は乳首を舐めまわす。

「ああっ、舐めて……もっと乳首舐めまわしてっ……」

舌を上下に震わせた。尖らせた舌先で乳首を転がしたり、真上から押しつぶしたりした。舐めては吸い、吸っては舐めと、左右の突起を味わい尽くす。

(叔母さんのおっぱい、エッチだよ。なんていやらしいんだ)

「あンッ、坊や、いいわよ、すごくいいっ……」

慶子は悦楽に身悶える。常に余裕のある笑みを浮かべている相貌が、女悦に歪んでいた。柔肌は桜色に色づき、ところどころに玉の汗が浮かぶ。乳房の頂は乳暈ごとぷっくりと膨れあがり、ぬめりを帯びて妖しく輝いていた。香水混じりの甘い体臭がムンムンと匂い立ち、少年の顔面を包みこむ。

「——んっ、叔母さんのおっぱい、すごく美味しいよ」

「ふふ、坊やったらおっぱい好きなのね。でも、おっぱいばかりじゃいつまでたっても先に進めないわ。ほら、次はここ……」

右手がそっと握られ、股間へと導かれた。

（あっ⁉）

指先がパンティの船底に触れる。ねっとりとしたぬめりを感じた。女性下着特有のスベスベした感触越しに、確かな熱が伝わってくる。

（こ、これって……）

悠人はごくりと生唾を呑んだ。女性のもっとも秘められた部分が、すでに発情を示している——その事実に戸惑いと興奮を禁じ得ない。

「叔母さんのアソコ、どうなってる？」

耳元で妖艶に囁かれる。甥の反応を楽しむような響きだった。悠人は上擦った声で説明する。

「ぬ、濡れてる。それに、すごく熱くて……」

「それはね、叔母さんがいやらしい気持ちになってる証拠よ。坊やにおっぱい吸われて感じちゃったの。……ほら、もっとさわってみなさい。女性のアソコはデリケートだから、優しくするのよ」

悠人は黙って頷いた。ぷっくりと盛りあがった肉土手に、中指を中心にして手を乗せる。

(うわ、すごい……女の人のアソコって、なんて柔らかいんだ……)

初めてさわった魅惑の丘は、マシュマロのように柔らかかった。他のどの部分とも違う。膨らみの中央は濡れており、割れ目の存在がはっきりと感じられた。そこだけがじっとりと蒸し熱い。その恥熱が叔母の興奮を伝えてくる。

そのままゆっくり、割れ目を上下になぞってみる。

「あっ、ンンッ……そうよ、もっと速くっ……」

慶子が官能に身を震わせた。鼻にかかった甘え声は、これまでのどの声より淫靡な響きに満ちている。熟れた身体は、時折、ピクンッと小さく跳ねる。

(叔母さん、アソコさわられて気持ちいいんだ……)

反応をみながら愛撫の力を強くする。中指にグッと力をこめ、肉裂を摩擦する。

「ああっ、そうっ、もっと擦って……もっと強く、あっ、んんっ……」

慶子が悦びに震えていく。次第に吐息が甘くなり、汗の匂いも濃度を増した。

秘割れの媚熱が上昇していき、蜜の分泌も盛んになる。秘部から甘酸っぱい発情臭が漂いだし、甘い体臭と入り混じって室内に充満していく。

(叔母さんが、どんどんエッチになっていく……)

発情の度合いを増していく三十二歳の女体。

その変化を目の当たりにしている悠人は、興奮と感動に包まれていた。あの常に落ち着いている叔母が、自分の愛撫によって快感を覚えているのだ。大好きな相手を悦ばせているという嬉しさもある。少しだけ大人になれた気もした。

「ンンッ、上手よ坊や、その調子……。ンッ、今度は直接、ね……」

手を摑まれ、パンティのなかへと導かれた。ウエスト部分から手が忍びこみ、中指の指先が女そのものに触れる。

(あっ……)

驚きに息を呑む。女陰はぐっしょりと濡れていた。ねっとりとぬめり、じっとりと蒸れるように熱かった。

(これがオマ×コ……このヌルヌルが、女の人の大事なところ……)

頭のなかがじりじりと焼けつく。発見による興奮もさることながら、秘部に直接触れているという事実が少年の心を熱くさせる。これが女性器、これが女の本性なのだと一瞬にして悟り、それまで抱いていた女性観が一変した。女の淫らさを知ったことで、さらに欲望が膨れあがる。

「どう、オマ×コに直接さわった気分は？」

「す、すごいよ。こんなにすごいなんて思いもしなかった」

「うふふ、それはよかったわ。……指、なかに入れてみてもいいのよ」

「指を入れる……」

そこでようやく膣の存在を思いだす。興奮のあまり脳裏から抜け落ちていた。

（オチン×ン入れる穴に、指を……）

想像しただけで劣情が掻きたてられた。この蕩けるような熱い肉壺に、己の指を挿入する——そう考えただけで気持ちが昂ぶり、下半身が燃えたつ。

「ほら、早く入れてごらんなさい。十分濡れてるから簡単に入るわ」

「う、うんっ……」

潤みの中心に中指を寄せ、膣口を探る。それはすぐに見つかった。気づいたときには、熱いうねりのなかに指が吸いこまれていた。

（うわっ、うわわわわっ）

にゅるんっ、という感じで中指が呑みこまれ、たちまち根元まで埋没した。膣内は大量の愛液に満ち、蕩けるように温かかった。穴自体は狭く、周囲の壁は柔らかい。

(こ、これがオマ×コ……これが叔母さんのなか……)

その居心地に愕然とする。膣内はなにもかもが想像以上だった。柔らかさも温かさも、そのぬめり具合も生々しく、中指だけが異世界に迷いこんだかのよう。

膣壁は指に優しく吸いつき、奥へ奥へといざなってくる。指なので締めつけこそ感じないが、それでも入り口だけはきゅっ、と甘い締まりをみせた。

「ンッ……坊やの指、全部入ったわね。オマ×コってすごいでしょう?」

「うん、すごい……なんか指が食べられちゃったみたいだ……」

驚愕と感動の呟きを漏らすと、叔母は大人の笑みを浮かべた。

「……ふふ、覚えておきなさい。これが女なのよ。このいやらしい穴が、女の本性なの」

その妖美さに、悠人はごくりと固唾を呑む。さきほど実感したとはいえ、言葉にされると真実味がまるで違った。慶子は真面目な口調で続ける。

「だから知らない女の人に誘われても、我慢しないとダメよ。その代わり、好きな人とはお互いに気持ちよくなれるセックスをしなさい。そのために叔母さんが色々教えてあげるから、ね？」

「う、うん……」

悠人は一瞬、母の顔を思い浮かべた。すぐにそれを掻き消す。

「さぁ、指を出し入れしてごらんなさい。ゆっくり、ゆっくりよ……」

言われるまま指を引き抜く。離すまいと内壁が絡みついてきた。それでも抜ききり、また根元まで挿入する。

「アッ、そうよ……なかを掻き混ぜるように、ンンッ……」

（うわ、すごい……オマ×コ、ぐちゃぐちゃだ……）

膣内の具合に感心しつつ、指での抽送を繰りかえす。牡を受け入れるための穴は、入れるときには吸いついて誘いこみ、出るときには絡みついて引きとめてきた。内部には無数の肉襞が張り巡らされ、それが指腹を逆撫でする。指でこれなら肉棒を入れたらどれほど気持ちいいだろう――そう思うだけで下半身に血が集まっていく。

「ねぇ坊や、そろそろ生で見たいんじゃない？」

「み、見たいって……」

「そう、叔母さんのアソコ……坊やが今、指を入れているオマ×コよ」

その言葉を聞いた瞬間、胸がドクンッと高鳴った。年頃の童貞少年にとって、女性器ほど心惹かれるものはない。

(見れる? 叔母さんのオマ×コが見れるんだ!)

期待に表情を輝かせた甥を見て、慶子が微笑む。

「ふふ……さぁ、指を抜きなさい。そして私の足元に移動したら、自分でパンティを脱がすのよ」

ドキドキと胸を高鳴らせ、悠人は言葉に従った。左右に広げられた足の間で四つん這いになり、黒の下着を脱がしにかかる。その間、頭のなかはまだ見ぬ女性の神秘への期待感でいっぱいだった。緊張で喉が渇いていく。

(ああ、見れるんだ……叔母さんのアソコ、オマ×コが……)

震える指先でパンティの両端を摑み、恐るおそる引っ張った。叔母が腰を浮かせてくれ、黒い薄布は腰周りを離れる。透き通るように白い太腿を通り、セパレートストッキングに包まれた膝、ふくらはぎを滑り降りていく。

(あっ……)

三角地帯が姿を現す。その先端にはレモンケーキに似た肉土手が、こんもりと膨らんでいた。

楕円形の中央には粘膜色の筋が走っており、割れ目からは発達した二枚の肉ビラがはみだしている。愛液によりぬらぬらと煌めくそれは、羽を休めている蝶を思わせた。花弁の間からは透明な蜜がとろりとこぼれだしている。

秘裂の周囲には縮れ毛が生い茂り、恥部の卑猥さをいっそう引き立てていた。それでいて毛深さは感じられない。高貴で気高い淫ら花が咲いていた。

（これが、オ、オマ×コ……）

女陰の光景に言葉を失う。その手の本やビデオを見たことはなかった。弥生には手と口で奉仕してもらっているだけなので、当然見せてもらっていない。初めて目の当たりにした女の園は、少年の目には生々しく映った。眺めるだけで心臓が早鐘を打ち、下半身が燃え狂う。

「ほぉら、こうするともっとよく見えるわよ……」

「あっ……」

悲鳴にも似た声が漏れた。慶子が右手を秘部に持っていき、二本の指で秘裂を大きく広げたのだ。

（あっ、あああっ……）

Vの字に開かれた指先により、肉裂がくっぱりと開帳された。恥毛に覆われた盛りあがりが割れ、シェルピンクの粘膜が露出する。

菱形の媚肉は愛液にまみれ、てかてかと妖美な輝きを放っていた。二枚の肉ビラが大きく羽を広げ、ラビアの合わせ目には表皮に包まれたクリトリスが佇み、その下には極小の尿道口が確認できる。さらに視線を落とせば、一センチほどの窪みが息づいていた。膣口からはとろりと蜜が溢れだし、会陰を通ってシーツに染みを作りだす。

「どう、初めて見たオマ×コの感想は？」

食い入るように見つめていると、頭上から声が聞こえてきた。

「す、すごいよ……こんなにエッチだなんて、思わなかった……」

震える声で答える。心からの呟きだった。これほどまでに淫らな形状だとは思いもしない。

「ふふ、がっかりしなかった？　ここって結構グロテスクでしょう？」

「そ、そんなことないよ。確かにちょっと変な形だけど、でもそこがすごくエッチで……」

「ふふっ、男からするとそうみたいね。気に入ってもらえたみたいでなによりだわ。ショックを受けるんじゃないかって心配だったもの」

（オマ×コ……これが、オマ×コ……）

叔母の言葉はほとんど耳に入らなかった。黒々とした茂みに周囲を彩られたピンクの薔薇。広げられた花弁は粘液に塗れ、秘孔は物欲しげに牡を誘っている。まさに官能の牝花で、永遠に眺めていたくなるほどの淫美を湛えている。

「あらあら、坊やったらそんなに見つめて……。ふふっ、見ているだけでいいのかしら。坊やの好きにしていいのよ」

（好きにして、いい……）

その言葉を聞いた瞬間、悠人は股座に顔を突っこんでいた。叔母の脚をM字に開き、蜜滴る果実にむしゃぶりつく。

「あンッ！」

（オマ×コ！　叔母さんのオマ×コ！）

「ンッ、ンンッ！　ジュルルルッ！」

口いっぱいに秘裂を含み、膣内に溜まった愛液を啜る。淫らな蜜が飲みたかった。年上女性の濃厚なラブジュースを、心ゆくまで嚥下したかった。甘酸っぱい匂いを醸しだす割れ目から、直にエキスを飲み下したい。牝花を丸ごと食べてしまいたかった。

（オマ×コ！　僕は今、叔母さんのオマ×コ舐めてるんだ！）

そう思うだけで頭のなかが燃えあがる。理性が崩れ、本能が脳裏を埋め尽くした。悠人は舌を使いだす。

（ああ、美味しい！　叔母さんのオマ×コ、すごく美味しい！）

舌を上下に振りたて、粘膜をぺろぺろと舐めまわす。小陰唇の裏側から膣前庭、膣口に至るまで、オーラルピンクのすべてをねぶった。隅から隅まで舐めまわした。

「あんっ、坊や……そんな激しく、ンンッ……」

甘酸っぱい味が口いっぱいに広がっていく。それは男をいきり立たせる天然の媚薬だった。舐めるほどに頭のなかが燃えたち、吐精を求めて剛直が暴れ狂う。次から次へと溢れだしてくるので、いつまでたってもやめられない。少年はオアシスに辿りついた砂漠の旅人さながらにクンニリングスを続ける。

「アアッ、いいわよ……ンンッ、坊や、すごくいいわっ……」

一心不乱の口唇愛撫に、慶子が上擦った声を漏らした。

「ンッ、すごい……こんなにも激しく舐めるなんて……。いいわよ坊や、もっと舐めて。叔母さんのオマ×コ、好きなだけ味わいなさい……」

頭にそっと両手が乗せられ、軽く押しつけられる。

（ああっ、叔母さんが感じてるっ、僕の舌で叔母さんが気持ちよくなってるっ）

悠人はさらに舌使いを激しくする。とにかく叔母を感じさせようと、上下左右に顔を振った。がむしゃらに女淫を舐めては吸う。

「あぁンッ！　坊や、そこっ……」

陰唇のつなぎ目を舐めた瞬間、豊満な身体がビクンッと跳ねた。

（叔母さん、ここが気持ちいいんだ……）

舌先を尖らせ、帽子から顔を覗かせていた肉真珠をチロチロとくすぐる。すぐに皮が剝け、ぷっくりと充血した秘豆が露わになった。

「アアッ、いいわっ、そこいいのっ、クリトリスもっと舐めてっ」

甲高い嬌声を耳にしながら、極小のルビーを舌で転がす。小指の先ほどの肉実を舐めまわす。

「あっ、あぁンッ、ああっ、いいのぉ、すごくいいっ」

慶子は激しく乱れていく。嬌声は蕩けるように甘くなっていた。全身から匂い立つ色香も、噎せかえりそうなほど濃度を増している。膣口からは止めどなく蜜が溢れだし、強烈な発情臭を振り撒いていた。美貌には悦楽が滲んでいる。

「……ねぇ坊や、そろそろ我慢できなくなってきたでしょう？」

叔母の言葉で我に返る。下半身では怒張がヒクヒクとわなないていた。先端から大量の先走りが溢れている。

慶子は軽く息を整え、たちまち落ち着きを取り戻す。乱れていた栗色のウェーブヘアーを掻きあげ、余裕に満ちた大人の笑みを口元に浮かべた。

「──したくないの、セックス？」

「し、したいよっ、僕、叔母さんのこと大好きだもんっ」

「ふふっ、嬉しいこと言ってくれるのね。……いいわ、ほら、いらっしゃい。叔母さんが、坊やを大人にしてあげる。私の身体に溺れさせてあげるわ……」

「ああっ、叔母さん！」

悠人はすかさず膝立ちになり、M字に開かれた脚の間へ身を滑りこませた。

「い、入れるよ。ここに入れればいいんだよね？」

右手でこわばりを摑み、愛液まみれの膣口へと狙いを定めた。初体験への期待感に、動悸が激しくなっていく。体が熱くなり、喉がカラカラに乾きだす。

「ええ、そうよ。叔母さんのなかに入ってらっしゃい。入れてみて初めて、女のすごさがわかるものよ。その気持ちよさも、その恐ろしさも、私のアソコでたっぷりと教えてあげるわ……」

「ああっ、入れるよ、いくからね！」

（セックスできる！　叔母さんとセックスできるんだ！）

はやる気持ちを抑えきれずに腰を突きだす。一刻も早く繋がりたかった。さきほど指で体験した柔肉のなかへ、こわばりきった己自身を埋没させたい。

しかし、なかなか挿入には至らない。何度試しても愛液のぬめりで滑ってしまう。

（あれっ、あれれっ、なんで？　なんで入らないのっ）

焦りがさらなる焦りを呼び、試行と失敗を繰りかえす。

そのとき、しなやかな指先が伸びてきて、そっと剛直を包みこまれた。ハッとなって顔をあげれば、穏やかな笑みを浮かべた叔母の面持ちがそこにあった。

「……焦らなくていいのよ。慌てなくても、叔母さんはどこにもいかないわ」

「う、うん……」

たちまち落ち着きが戻ってくる。慶子は優しく続けた。

「ほら、ここよ。ここに入れるの。角度が重要だから、覚えておきなさい」

マニキュア煌めく細指により、亀頭の先端が女の入り口へと導かれる。熱いぬめりを感じた。緊張と興奮で腰がわななく。

「さぁ、このまま腰を突きだしなさい。焦らず、ゆっくりとね」

「うん、いくよ……。あっ、ああっ……は、入っていく……」

大きく開かれた叔母の膝を摑み、慎重に腰を突きだした。真っ赤に膨れあがった亀頭が、温かなぬめりに包みこまれる。

(オマ×コに……叔母さんに入ってくっ……)

ゆっくりと砲身が埋没していく。膣内はじっとりと熱く、大量の粘液でヌルヌルしていた。肉道は狭く、柔らかな壁がねっとりと絡みついてくる。

(ああっ、なにこれ……オチン×ン、吸いこまれるっ……)

張り巡らされた無数の襞が蠕動し、奥へ奥へと誘いこまれる。膣全体がひとつの生き物であるかのような錯覚を覚えた。貫いているのではない。呑みこまれていく。

「ンッ、ンンッ……坊やが、入ってくるっ……」

挿入の瞬間に慶子が身を震わせる。その美貌には、愛しい甥の「初めて」になれる喜びが広がっていた。シーツをグッと摑み、その身で甥を受けとめる。

最後まで腰を押しこむと、若牡は根元まで入りきった。恥骨同士がぴったりと触れあい、確かな結合感をもたらす。

（ああっ、入った、入ったんだ！　叔母さんのなかに、叔母さんのオマ×コに……）

感動と興奮が胸を覆い尽くす。一気に大人になれた気がした。生まれ変わったような気分だった。叔母との一体感も素晴らしく、喜びが全身に満ちていく。いいしれぬ達成感が身を包みこむ。

「入ったよ！　僕、叔母さんのなかに入ったんだ！」

「ええ、そうね。坊やのオチン×ン、お腹にはっきりと感じるわ……」

慶子がうっとりと呟いた。愛おしそうに、怒張が入っているお腹の辺りを撫でる。

「ああっ、叔母さんっ」

悠人は叔母の胸元に飛びこんだ。力いっぱい抱きつき、豊満な乳房に顔を埋める。

（ああ叔母さんっ、好きだよ叔母さんっ）

叔母の身体は温かかった。どこもかしこも柔らかで、たまらなくいい匂いがした。

体全体で密着しつつ、腰をくいくいと押しこむ。正常位で繋がっているため、密着感は揺るぎない。それでも、もっと繋がりを感じたかった。どこまでも叔母とひとつになりたかった。

「あん、坊やったら……」

飛びこんできた甥を抱きしめ、慶子が頬を緩ませる。

「──おめでとう、これで坊やも一人前の男の子よ。大人になった感想は？」

「最高だよ！　なんだか生まれ変わったみたいな気分なんだ！」

「ふふ、それはよかったわ。男の子にとって、初めてはなにより大切だものね」

いつになく幸せに満ちた笑みを浮かべ、叔母が頭を撫でてくれる。嬉しさでいっぱいの悠人は、あらたまって言った。

「叔母さん、本当にありがとう。僕、初めてが叔母さんですごく嬉しいよ。叔母さんの甥で本当によかった」

「坊や……」

一瞬、叔母の瞳に涙が浮かんだような気がした。相貌にかすかな切なさが滲む。だがすぐに慈愛に満ちた表情に戻った。

「……叔母さんも、坊やの初めての人になれてすごく幸せよ。……好きよ、坊や」

「叔母さん……」

悠人の胸にあたたかなものが広がっていく。まだ子供の悠人であっても、叔母の言葉からは本気の愛情が感じられた。頬が熱くなっていくのがわかる。

自分で恥ずかしくなったのか、慶子がくすりと笑った。

「坊やったら、口の周りがびしょびしょよ。私のいやらしいお汁ね、ンッ……」

赤い唇が近づき、口周りが舐められた。自然にキスへと移行する。

「ンッ、んちゅ……れろれろっ、んふぅンッ……」

唇を吸い、舌を絡ませる。愛情を確かめあうように、何度も唾液を交換する。

（ああ、叔母さん……好きだよ、叔母さん……）

ぬろぬろと舌を絡めあう。甘い唾が美味しかった。口内のぬめりと温かさ、それに唾液のまろやかさが、意識を緩やかに溶かしていく。

二人の体は隙間なく密着しているため、肌のぬくもりが全身を通じて伝わってくる。肌同士が汗によって張りつき、そのまま溶けあうかのような錯覚をもたらした。

膣内は熱した蜜壺のように温かく、柔和な壁で分身を優しく包みこんでくれている。柔らかな肉穴は淫らな牝であると同時に、慈愛に満ちた聖母でもあった。

（ああっ、叔母さんっ……あっ、出るっ、あっ、あああっ……）

叔母への愛情が胸を満たし、気がつくと射精が始まってしまう。腰が抜けそうなほどのめくるめく快感だった。若牡はビクビクと跳ねながら、温かな膣内へと煮え滾る欲望を解き放つ。少年は叔母と抱擁しながら、腰を震わせていく。

「ンンッ、んふっ……んちゅぅうっ、ンンンッ……」

それでも二人は口づけをやめない。むしろ一段と求めあった。お互いを味わいつくすかのように、貪欲に舌を絡めあい、唾を与えあう。

やがて射精が終わり、しばらくして唇が離れていった。互いに伸ばした舌先から透明な糸が伸び、やがて切れては落下する。二人は至近距離で見つめあう。

「……ふふっ、坊やったら出しちゃったのね」

慶子が相好を崩す。嬉しさに満ちた笑みだった。言われた途端に羞恥がこみあげ、悠人は顔を真っ赤にして俯いた。

「ご、ごめんなさい。僕、あまりにも気持ちよかったから……」

「いいのよ。怒ってるわけじゃないわ」

「で、でも……」

面映ゆさから顔をあげられずにいると、頬にそっと手が添えられた。

「恥ずかしがる必要はないのよ。最初は誰だって上手くいかないものだわ。練習して、少しずつ上手くなっていけばいいの」

優しい励ましが嬉しかった。悠人の表情に明るさが戻っていく。

「うん、そうだね……そうだよねっ」

それを見て慶子が妖艶に微笑む。

「……さぁ、それじゃあ動いてみなさい。オチン×ンはまだ硬いままでしょう? ゆっくりと腰を引いて、また元に戻すのよ」

「こ、こう?」

恐るおそる腰を引いた。砲身が緩やかに抜け、精液まみれの姿を現していく。

(ああっ、これ、すごいっ……)

抜けていく瞬間、柔らかな膣壁がキュッと締めつけてきた。肉襞が離すまいと絡みつき、細かな襞が雁首を逆撫でする。甘美な刺激に背筋が震えた。肉の輪で締めつけられながらの亀頭責めは、腰ごと持っていかれそうな快感を生みだす。

幹の大半を露出させてから、再度、腰を押し戻す。

(ああっ、またっ……)

初挿入時と同様に、膣壁が吸いつき奥へと引きこんでくる。ツブツブとした肉襞がまとわりつき、膣全体で歓待してきた。抜けていた時間を寂しがるように、うねりと締めつけで帰還を祝福する。

(す、すごいっ、オマ×コってなんて気持ちいいんだろう……)

初めて経験した膣の素晴らしさに、悠人はたちまち虜になる。叔母にしがみつき、豊かな胸元に顔を埋めたまま腰を振り始める。

「ああっ、叔母さんっ……あっ、あああっ……」

無我夢中で腰を使う。気持ちよくて仕方なかった。出し入れするごとに性感が背筋を駆けのぼり、腰が勝手に動いていく。

「あっ、ああっ、気持ちいいよっ……セックスすごく気持ちいいっ……」

悠人は切なげに顔を歪ませる。肉同士がぶつかる乾いた音が鳴り響く。

「あンッ、もぉ、坊やったら……」

必死で腰を振る甥の様子に、仕方ないわね、というように慶子が微笑む。その面持ちには女としての喜びが現れていた。求められる幸せを示すように、両腕にグッと力がこめられる。

「ふふっ、そんなに一生懸命腰を振って……。私のなかが気持ちいいの？　そんなに夢中になるほど、叔母さんのオマ×コ気持ちいい？」

「うんっ、いいよ、気持ちいいっ、セックス最高に気持ちいいよっ……止まらないんだっ、腰が勝手に動いちゃうよぉ……」

悠人はかくかくと腰を振りつづける。拙い腰使いではあったが、がむしゃらな勢いだけは感じられた。童貞少年ならではの切羽詰まったピストンが刻まれていく。

「いいのよ、止める必要なんてないわ、ンッ、坊やの好きなだけ動きなさい……私の身体だったら、どんなに溺れても大丈夫よ、あっ、あぁンッ……」

「ああっ、叔母さんっ、叔母さんっ」

叔母のぬくもりが全身に染み渡る。その優しさが嬉しかった。しがみついて腰を振るだけで、あらゆるしがらみから解放されていく気がした。気持ちよくて、幸せで、母がいない寂しさなど消え去ってしまう。最高の喜悦が少年を包みこむ。

「アアッ、いいわっ、もっと突いて、もっともっと叔母さんを愛してっ」

慶子が官能に震えていく。脂の乗った柔肌はすっかり色づいていた。表面には玉の汗が浮かび、きらきらと煌めいている。両腕は少年の背中をギュッと握り、黒のストッキングに包まれた両脚は少年の腰をしっかりと挟んでいる。栗色のウェーブヘアーが乱れ、頬に張りついていた。

「ああっ、叔母さんっ、叔母さんっ、叔母さんっ」

「ンンッ、坊やっ、坊やっ、坊やっ」

静まりかえった夜の寝室に、嬌声と荒い息使いが木霊していく。ベッドランプの淡い光のなかで、甥と叔母は睦みあっていた。白い壁に映る影が悠人の腰使いにあわせて揺れ、頑丈に作られているはずの高級ベッドが軋む。

二人きりの密室に、様々な体液が入り混じった噎せかえるような匂いが充満していく。

「お、叔母さんっ、僕、またっ……」

激しい突きこみを繰りかえしていた悠人が、切羽詰まった声をあげた。今夜三度目の射精が、すぐそこまで近づいていた。

「いいのよ、遠慮しないで出しなさい。叔母さんのなかに思いっきり射精なさい」

「うん、出すよ……あっ、ああっ、出る、あああああっ！」

一際、強く腰を打ちつけ、もっとも深く繋がった状態で欲望を解き放った。性感が背筋を駆けのぼり、頭のなかが真っ白になる。ガクガクと腰が震え、脈打つこわばりから濃厚な白濁が飛びだしていく。

（ああ、出てるっ……叔母さんのなかに、僕の精液が……）

柔らかな胸元に顔を埋め、放出の愉悦に浸りきる。精の脈動がはっきりと実感できた。大量のスペルマが膣内を満たしていく。

「ああ、叔母さん……僕、このままずっと繋がってたい……」

欲望の塊をたっぷり放ってから、悠人は安らかに呟いた。

「ふふ、いいわよ。坊やが望むなら、一晩中でもこうしててあげる」

繋がったまま、髪を梳くように頭を撫でられる。若牡は勃起したままだが、多少は落ち着きが戻ってきた。悠人は両手で乳房を掴み、右側の乳首に吸いついた。

「ンッ、坊や……」

膨らみをソフトに揉みながら、優しく吸った。舌先で突起を転がしては舐め、もう一方へ移って同じことを繰りかえした。

「あらあら、坊やってば、本当におっぱいが好きなんだから……」

あきれたように呟く慶子の相貌には、喜びが充ち満ちている。幼子をあやすように、よしよしと頭を撫でつづける。

（ああ、この匂い……）

乳首を吸っていた悠人は、鼻腔をくすぐる濃厚な体臭に気づいた。その匂いに導かれるまま、腋の下へと顔を寄せる。

「えっ、ぼ、坊や？」

（叔母さんの腋……すごくいい匂いがする……）

咄嗟に慌てた叔母にかまわず、かぐわしい香りを胸いっぱいに吸いこむ。甘酸っぱい汗の匂いが劣情を刺激した。嗅ぐだけで脳裏が痺れ、理性が蕩けていく。引き寄せられるように舌を伸ばし、腋の下を舐めはじめる。

「あンッ」

くすぐったそうに慶子が身悶えた。悠人は腋窩を舐めまわす。匂いと同じく、甘酸っぱい味が口に広がった。なんとも不思議な、興奮を掻きたてる味だった。

「ちょ、ちょっと坊や、どこ舐めてるのっ……あンッ、ダメよっ、そんなところ舐めないでっ」

「──んっ、どうして？　叔母さんの腋、美味しいよ。甘酸っぱい味がする」

「だって普通はそんな場所──」

気にせずつるつるした腋を舐める。ぺろぺろと舌を這わせていけば、慶子の顔に諦めの色が浮かんだ。

「もぉ、しょうがない子ね……。一度言いだすと聞かないんだから」

（ああ、美味しい……叔母さんの腋、なんて美味しいんだろう……）

舐めれば舐めるほど興奮が身を包んでいく。味だけでなく、腋を舐めるという行為自体が若い性感を揺さぶっていた。悠人はしばし腋舐めに耽る。

「ほら坊や、もういいでしょう？　今度は叔母さんが動いてあげる」

左右の腋下を舐め終わると、離れて仰向けになるよう言われた。悠人はそれに従った。華奢な少年の体から、体液にまみれた肉棒だけが堂々と聳えている。

「ねぇ叔母さん、これでどうするの？」

「ふふ、こうするのよ……」

腰を跨いできた叔母がしゃがみこんだ。和式トイレで用を足すときの格好になり、そそり立っていた怒張を摑む。

（あっ……）

腰がゆっくりと下ろされ、肉棒が秘穴に呑みこまれていく。白濁まみれの剛直が、オーラルピンクの粘膜に埋没しきった。正常位と比べ、挿入感はかなり深い。亀頭の先端には軟骨のような感触が当たっている。

「──んっ、入ったわ」

両膝を立てた格好の慶子が、栗色の髪をサッと掻きあげる。

透き通るような肌は桜色に染まり、無数に浮かぶ玉の汗がきらきらと煌いていた。たわわな乳房はたぷんっと弾み、その先端では乳首がツンと尖っている。キュッと括れたウエストには、黒のガーターベルト。むっちりと肉づきながらも引き締まった脚は、セパレートストッキングに覆われている。

(ああ、叔母さん……)

下から見上げる叔母の姿は、妖艶な大人の色香に満ちていた。さきほどは夢中で気づかなかったが、こうして見るとよくわかる。美貌は余裕に満ちあふれ、全身から成熟したフェロモンが匂い立つ。

「ふふ、すごいでしょう、この格好。深くまで繋がってるのがわかるかしら」

すっと息を整えた慶子が、落ち着いた大人の声で囁いてきた。

「うん、わかるよ。僕の先っぽ、叔母さんの奥に当たってる」

「そこは子宮口って言って、赤ん坊が出てくるところよ。感じる場所でもあるわ」

「へぇ、そうなんだ」

悠人は感心する。子宮口はこりこりとして気持ちよかった。

「それじゃあ叔母さんの腰使い、たっぷりと味わいなさい……」

膝に手を乗せ、慶子がおもむろに腰を持ちあげた。張り艶に満ちた豊臀が、緩やかな上下運動を開始する。むちむちと柔らかそうな丸みが、淫らなダンスを踊りだす。

「ああっ、叔母さんっ、そ、そんなに速くしたらっ……」

巧みな腰使いに悠人は震えた。雁首を引っかけるように動かれるのがたまらなかった。女壺は若牡をみっちりと締めつけ、無数に張り巡らされた襞でしごいてくる。上下するたびに腰が震え、性感により脳裏が痺れた。さきほど自分でおこなった出し入れとは比較にならない。

「ああっ、叔母さんっ……なにこれっ、オチン×ンが、あああっ……」

「ふふっ、すごいでしょう？　たくさん練習すると、こんな動きもできるようになるのよ……」

慶子は余裕の笑みを浮かべ、かすかな喘ぎを漏らしつつ腰を振りつづける。丸いヒップが弾み、肉同士がぶつかる乾いた音を立てていく。

（ああっ、すごいよっ……こんなの、すごすぎるっ……）

叔母のすごさを思い知る。目の前では左右の膨らみがブルンブルンと揺れていた。乳首のピンクが弧の残像を描いている。

「ほら、おっぱい掴んで」

手を取られ、バストへ導かれた。リズミカルに弾む乳房を両手で支え持つ。その柔らかさとずっしりした重さが手に心地よかった。離さないようしっかりと掴む。

「ああ、叔母さん……これじゃ僕、すぐに出しちゃうよっ……」

悠人が弱々しい声を漏らす。慶子は妖しい笑みを浮かべた。

「ふふ、まだまだこれからよ。……ほぉら、こんなのはどうかしら」

柔腰の動きが変化した。上下には動かず、丸く円を描きだす。

「あっ、ああっ……」

初めての横運動がこれまでにない刺激をもたらした。無数の襞に覆われた膣壁で締めつけられたまま、捻りを加えられていく。

「ふふっ、気持ちいいでしょう? セックスは、ただ出し入れすればいいわけじゃないのよ。こうして色んな動きで、相手を気持ちよくさせないと……」

「あっ、あああっ、はぁあああっ……」

言葉にならない声が漏れる。体が震え、意識が薄れていく。乳房を握り締め、迫りくる快感の大波に耐える。必死で歯を食いしばる。

「ふふっ、坊や、いい顔よ……かわいいわ……」

慶子は髪を掻きあげ、蠱惑的な笑みを浮かべた。それは淫らな牝の顔だった。

「叔母さん、僕……僕、もうダメっ……」

「ふふ、あれだけ出しておいて、またイキそうなの？」

「だ、だって、気持ちよすぎるんだもん……」

「あらあら、しょうがないわね。……本当はもっと色々教えてあげたいんだけど、まずは一回、出しなさい」

「あっ、ああっ」

ピストン運動が再開される。はじめよりも激しい腰使いだった。むっちりとしたヒップが揺れ、肉同士がぶつかる乾いた音が鳴り響く。

「さぁ坊や、出しなさい。叔母さんのなかに思いっきり射精しなさい、ンッ……」

「ンッ、ンンッ……」

慶子が上体を倒し、首筋に腕をまわして唇を重ねてきた。悠人はそれを受けとめ、叔母の背中に腕をまわす。二人は強く抱きしめあう。

「ンンッ、んふっ……んふぁ、んちゅ、ンンンッ……」

舌を絡ませ、唇を吸い、唾液を与えあう。悠人は叔母の重みを全身で感じとっていた。柔らかな肉体に包まれながら、蕩けるように甘い接吻に浸っていく。

その間も、柔腰は淫猥なダンスを踊りつづけている。膣全体を使った若牡しゃぶりに、すぐそこまで射精感がこみあげる。

「──んっ、叔母さん」

キスをやめ、数センチ先の美貌を切なげに見つめた。慶子がふと、表情を曇らせる。

「……坊や、いやらしい叔母さんでごめんなさいね」

「ど、どうして謝るの？」

「だって私、坊やがかわいすぎて、どんどんエッチなことを教えたくなるの。もっともっと、いやらしいことをしてあげたくなるのよ」

悲しみを滲ませた声だった。甥を受け入れてしまった罪の意識が滲んでいた。

「謝らなくていいよ。僕、もっといやらしいことしてほしい。大好きな叔母さんに、もっともっと女の人のこと教えてもらいたいんだ」

「坊や……」

慶子の美貌に感激の色が広がる。一瞬、瞳に涙を浮かべかけた慶子だが、すぐに大人の顔に戻った。

「じゃあ今夜は一晩中、女についてたっぷり教えてあげるわね、ンッ……」

また唇が塞がれ、腰使いがラストスパートを刻む。少年と叔母は互いに強く抱きしめあい、濃厚なディープキスに耽っていく。

（ああっ、叔母さんっ、出るよ、ああああああっ！）

ぐつぐつと射精感がこみあげ、温かな膣内で肉棒が爆ぜた。天にも昇るような射精だった。叔母の膣はきゅうきゅうと締まり、肉襞の蠕動で放出を促してくれる。

「ンッ！　ンンンッ！」

同時に、慶子の背中にさざ波が走る。膣内射精によるアクメにわないていく。

二人はきつく抱きあい、共に絶頂に震えていく。悠人の腰は小刻みに痙攣し、慶子の背中はピクンッ、ピクンッと跳ねていった。

しばしのち、オルガスムスの波はおさまった。ベッドランプの淡い光に包まれた室内に、荒い吐息だけが響き渡る。乱れたシーツが行為の激しさを物語っていた。

「はぁ……はぁ……お、叔母さん……」

叔母にしがみつきつつ、悠人はなんとかそれだけ口にした。

「……ふふ、叔母さんも坊やでイッちゃったわ」

目と鼻の先にある美貌が、恥ずかしげに微笑んだ。

(そうか、叔母さんもイッたんだ……僕、叔母さんをイかせたんだ……)

その事実に胸が踊った。年上女性をアクメに導けたことに、男としての自信が湧く。だがその自信は、次の瞬間には打ち砕かれてしまう。

「さぁ坊や、次はどうしましょうか。このまま私に動いてもらいたい？ それとも別の体位で坊やが動く？」

汗まみれの叔母は乱れた髪を掻きあげ、さらっと訊いてきた。

「ええっ!? も、もうするの？」

悠人は驚きのあまり叫んだ。慶子は不思議そうに問いかける。

「あら、坊やはもうしたくないの？ オチン×ンは硬いままよ？」

「そ、そりゃしたいけど、もうちょっと休憩してから……」

「ふふ、男の子がそんなこと言ってちゃダメよ。坊やはまだまだ若いんだから」

当然のように言った慶子は、唇にちゅっとキスしてきた。

「さぁ、続きをしましょう。今度はもっとすごい腰使いを教えてあげる……」

慶子の腰がまた動きだし、緩やかな上下運動を刻みだす。その面持ちに、かすかな切なさを滲ませながら……。

第三章　最高の空間

バスルームの秘蜜

観葉植物に包まれたリビングに、緩やかなピアノの旋律が響き渡る。

翌日の土曜日。悠人は午前中から弥生宅を訪れ、レッスンを受けていた。

少年の細指が鍵盤の上を軽やかに踊り、華麗なメロディを紡ぎだす。普通に聴いているかぎりでは非の打ち所がない演奏だった。

しかし、背後に立つ弥生の耳は欺けない。

(悠人さん、またなにかあったんでしょうか……)

弥生は訝しむ。悠人が奏でるピアノの音色には、動揺の響きが強く滲んでいた。

昨日まではなにごともなかったのに、たった一晩で信じられない変わりようだ。

少年の身になにかが起こったのは明らかだった。

（でも、一体なにが？　私の家を出てからは、まっすぐお家に帰るはず。なら、なにかあったとすれば、慶子さんと？）

慶子の姿が頭に浮かぶ。ファッションデザイナーとして成功している少年の叔母。詩織がヨーロッパへ旅立ってからは、悠人と二人で暮らしているはずだった。

（叱られでもしたんでしょうか？　でも、あの慶子さんが？）

それほど面識があるわけではないが、慶子が甥に甘いことは接し方を見ればすぐにわかった。悠人からも、同居生活に問題はないと聞いていた。それどころか、とても優しくしてもらえると言っていたくらいだった。

（それなのにどうして——あら？）

ふと、演奏中の悠人の首筋に目がいった。日焼けしていない少年の肌に、虫刺されに似た赤い痣が残っていた。

（これってまさか……）

即座にキスマークだと思い至る。間近で見ているため見間違えはない。

（悠人さんったら、どういうおつもりですか……）

メラメラと嫉妬の炎が燃えあがる。少年を心配していたことも忘れ、背後から抱きついた。途端にピアノの調べが途絶える。

「せ、先生っ⁉」

悠人が振り向き、驚きの眼差しを向けてきた。弥生は、落ち着きすぎて逆に不気味な口調で問いかけた。

「……悠人さん、なにか私に隠していることはありませんか？」

「えっ⁉　え、えっと……」

出し抜けに問いかけられた悠人は、視線を左右に揺らがせる。

「隠そうとしてもダメですよ。さぁ、なにがあったのか正直に教えてください」

有無を言わせぬ口調で問う。しばしの間、押し黙った悠人は、やがて弱々しく呟いた。

「――実は昨日の夜、叔母さんに先生とのことがばれたんだ」

「まぁ……」

弥生は小さな呟きを漏らした。とはいえ、それほど驚きはない。ばれることもあるだろうとは思っていたし、悠人のためならどんな処罰でも受ける覚悟はあった。

「それで、慶子さんは悠人さんをお叱りに？」

きっときつく叱られ、そのせいで沈んでいるのだろう――そう思っての質問だったが、返ってきた言葉は驚くべきものだった。

「ううん、違うんだ。先生とのこと話したら、叔母さん、エッチさせてくれて……」

「まぁ!?」

予想外の展開に息を呑む。心臓がドクンッと脈打った。驚愕が全身を包みこむ。

「ほ、本当ですか?」

身を乗りだして問いかけると、悠人は顔を赤く染めながら答える。

「う、うん……セ、セックス教えてくれるって言われて、それで……」

(そんな! 二人は甥と叔母なのに!)

衝撃が全身を駆け抜ける。少年の近親相姦願望を聞いたときも驚いたが、今回はそれ以上だった。願望を抱くのと実行に移すのとでは全然違う。にわかには信じがたい。

「それは、慶子さんから言いだしたことですか? 悠人さんからではなく?」

「うん、叔母さんからだよ……。夜、寝ようとしてたら、叔母さんが部屋にやってきて……」

(あの慶子さんが? まさか……)

慶子の人物像を思い浮かべる。常に美麗な装いに身を包み、妖艶な色香を漂わせている三十二歳のファッションデザイナー——名実ともに認められた成功者であり、社会的地位も高い。甥との近親相姦に及ぶ人間とは思えない。

（じゃあ、まさか悪戯心で？）

慶子ほどの美貌の持ち主なら、言い寄る男は後を絶たないだろう。相手など選び放題であり、もはや普通の男には興味がないのかもしれない。だとすれば、好奇心から初々しい少年を弄んだという可能性もある——。

だが、弥生はその考えを即座に否定した。慶子は悠人に優しかった。甥を傷つけるようなことをするとは思えない。

「その……慶子さんはどんな様子でしたか？　なにか普段とは違うところとか」

「ご飯のときから変だった。すごくエッチだったし、部屋に来たときも下着姿だったから。……それに、先生のこと話したら急にキスされたりして」

（それって、慶子さん……）

説明から慶子の心情を一瞬にして悟る。叔母は甥の変化から、弥生との関係を疑った。それを確かめにいき、本人の口から確認した途端、嫉妬の炎が燃えあがった。そして奪われたくない一心で、つい一線を越えてしまう——。

(慶子さん、本気で悠人さんのことを……)

甥をかわいがっているのは知っていたが、そこまで愛しているとは思いもしなかった。だが己の身に照らせば、なにも不自然なことはない。

そこまで考えたところで、ふとなにかが引っかかった。

「……悠人さんは、慶子さんとするのが嫌だったんですか?」

「えっ、そ、そんなわけないよっ」

「じゃあ、なぜそんなに悲しそうな顔をなさってるんですか?」

当初の疑問に立ちかえると、悠人の顔色がサッと曇る。

「うん、それが――」

悠人はゆっくりと説明しだした。叔母と一晩中、セックスしていたこと。明け方になり、ひとりでシャワーを浴びたこと。シャワーを浴び終え戻ってくると、叔母の態度が冷たくなっていたこと。そして、「今夜のことは忘れなさい」と言われたこと。

(それって、慶子さん……)

慶子の葛藤と決断を理解し、我がことのように胸が痛む。愛情から禁忌を犯したが、やがて冷静さを取り戻し、甥との関係に悩んだのだろう。そして少年の未来を考慮した結果、己の感情を封じこめ、あえて悠人を遠ざけた──。

そんなことなど思いも寄らぬ悠人は、突き放されたように感じたのだろう。初体験の直後に忘れるよう言われたのだから無理もない。

(悠人さんと慶子さん、お互いに愛しあっていらっしゃるんですね……)

それぞれの心情を汲みとり、弥生は考える。どうすれば誰もが幸せになれるのか、どうすればすべて丸くおさまるのか、と。

弥生がしばらく黙っていると、悠人が弱々しい声で呟いた。

「先生、ごめんなさい。僕、叔母さんとエッチして……」

弥生は思考を中断し、優しく微笑みかける。

「謝らなくてもいいんですよ。悠人さんは慶子さんのことがお好きなんでしょう?」

「えっ、う、うん……」

「じゃあ、謝る必要なんてありません」

シュンとなった面持ちを見つめているうちに、ある考えが脳裏に閃く。普通ではない方法だが、すべてを丸くおさめるには、それしかないように思えた。

だがその前に、まずは悠人を慰めてあげたかった。

「――悠人さん、私のこと好きですか？」

唐突な質問に、悠人が不思議そうな表情を浮かべる。

「う、うん、好きだよ」

「じゃあ、私とセックスしたいですか？」

「そ、それは……」

言葉に詰まった悠人だったが、すぐに顔を真っ赤にして答えた。

「うん、したい。先生と、セックス……」

その言葉を聞いた瞬間、幸せが弥生を包みこんだ。

「それじゃあ、悠人さん――」

「――せ、先生、恥ずかしいよ」

パステルホワイトの空間に、弱々しい声が響き渡った。

「ふふ、恥ずかしがらなくてもいいんですよ。お風呂なんだから裸で当たり前です」

続いて、朗らかな美声が木霊する。

中世ヨーロッパ風の広々としたバスルーム。浴室内には真っ白な湯気が漂い、窓から射しこむ春の日差しを浴びてキラキラと煌めいていた。

二人はゆうに入れそうな浴槽にはなみなみとお湯が張られ、無数の薔薇が浮かべられている。洗い場の半分を占めるのは銀色のエアマット。じっとりと蒸し暑い室内には薔薇の香りが立ちこめ、入浴者の心をリラックスさせてくれる。

悠人は風呂椅子に腰掛けていた。その後ろには弥生が膝立ちになっている。

（ああ、なんでこんなことに……）

悠人は恥ずかしさに震えていた。弥生に言われるまま風呂場へと連れられ、二人で風呂に入ることになった。誰かと一緒に入浴するのは何年ぶりか――母と入らなくなって以来だった。

二人は共にタオル一枚さえ身につけてない。悠人の股間では逸物が隆々と屹立しており、それが少年の羞恥を誘う。頬が燃えるように熱い。

「ふふ、悠人さん、お顔が真っ赤ですよ？」

「だ、だって……」

裸の先生が後ろにいるから――そう言いかけて口を噤む。さきほど目にした裸体を思いだすだけで、下半身に血が集まってしまう。

「あらあら、悠人さんは恥ずかしがり屋さんなんですね」

朗らかに微笑む弥生の肌は、透き通るように白かった。乳房は豊かなボリュームを湛えつつ、若々しい張り艶で見事な球形を保っている。乳暈は綺麗な桜色で、乳首はツンと尖り気味。双球は身体の動きにあわせ、ぷるぷると弾む。

ウエストは見事に括れ、美麗なヒップラインへと続いている。洋梨を思わせる腰回りは、流れるような曲線美を描いていた。臀部はボリュームにこそ欠けるがキュッと引き締まり、剝き卵さながらにつるんとしている。

「でも先生、なんでお風呂なの？」

「昔から、裸のつきあい、って言うんですよ。悠人さんはお風呂お嫌いですか？」

「す、好きだけど……」

「じゃあ、いっぱい気持ちよくしてさしあげますね」

弥生の隣りには風呂桶が置かれていた。中程までお湯が張られている。

弥生が小さなボトルを手に取り、その中身を風呂桶に垂らす。透明な液体がとろーりと落ちていく。手でゆっくりと掻き混ぜてから掬うと、お湯はねっとりと糸を引いた。何度かその動作を繰りかえしたのち、バストに塗りつける。

乳房はたちまち透明な粘液にまみれた。前に突きだした膨らみはぬらぬらとてかり、先端の桜色が妖しく煌めく。

「先生……なにしてるの？」

前を向いている悠人には、弥生の行為は窺えない。動いている気配だけが伝わり、見えないがゆえの興奮が鼓動を高鳴らせる。

「ふふ、すぐにわかりますよ……ほらっ」

「ああっ」

いきなり背後から密着され、悠人は大きな叫び声をあげた。

柔らかな膨らみが背中に当たっていた。むにゅりと押しつけられた乳房はヌルヌルだった。冷たくはなく、むしろ温かい。確かな弾力と包容力が、ぬめりの魔力によって増幅されている。柔肉の中央にはこりこりとした突起が感じられ、それが性感を刺激してやまない。触れあう肌からじんわりとしたぬくもりが伝わってくる。

「せ、先生……背中、おっぱい当たってる……」

震える声で指摘した。心臓がトクトクと早鐘を打ちつづけている。

「ふふ、当ててるんですよ」

当然のように答えた弥生が、上体を軽く縦に揺する。粘液まみれの柔肉が形を変え、柔らかさとぬめりが織りなす蕩けるような快感を与えてくる。

「な、なにこれ？　なんかヌルヌルしてて……」

「これは温熱ローションっていうんですよ。マッサージに使ったりするんです。どうです、気持ちいいですか？」

「うん、なんかおっぱいが溶けちゃってるみたい」

悠人はうっとりと呟いた。初めて体験するローションは夢心地の按配だった。肌同士が密着し、女体のまろやかさを存分に伝えてくれる。

「じゃあ、こっちも気持ちよくしてあげますね」

「ああっ」

背後から腕が伸びてきて、右手が竿を握り、左手が陰嚢を包みこんだ。手のひらは粘液にまみれており、さわられただけで腰が震えた。温かなぬめりが性感を刺激し、こわばりにグンと力がこもる。

「ほぉら、ヌルヌルでシコシコしちゃいますよ」

右手がゆっくりと動きだす。ピアニストの細指はぬらぬらと妖しくてかりつつ、パンパンに膨らみきった肉幹を上下した。握る力はかなり弱いが、滑りは通常の倍以上。ねっとりと絡みつくような感触が剛直を襲う。

「あっ、ああっ……これ、すごいっ……」

幹全体をきゅっきゅとしごかれ、あまりの甘美さに声が震える。指の輪がぬめり越しに亀頭の括れを通過するたび、蕩けるような快感が背筋を駆け抜けた。脳裏が痺れ、頭のなかがピンク色に染まっていく。腰が震え、足を踏んばらずにはいられない。肉棒もわななき、先走りの汁をぴゅるぴゅると漏らす。

「あらあら、オチン×ン、ピクピクしてますよ。それにお汁もいっぱい溢れて……。ふふっ、気持ちいいんですね」

右手を緩やかに上下させながら、弥生が穏やかな声で囁いてくる。うっすらと上気した美貌には、慈愛に満ちた笑みが浮かんでいた。腰掛けた少年に背後から抱きつき、慈しむように若牡を慰める様は、我が子を愛する母親を思わせる。

前傾姿勢の背中は悩ましい曲線美を描き、後ろに突きだされた美尻は取れたての桃さながらの丸みを帯びている。豊乳はむにゅりと押し潰れ、その柔肉を左右からはみださせていた。絹のごとき白肌にはかすかに汗が滲んでいる。

「うん、すごいよっ、ヌルヌルして溶けちゃいそうだよ」

迫りくる快感の大波に、あどけない面持ちが歪む。耳元には時折、先生の吐息が当たった。その温かさと悩ましげな響きに劣情が掻きたてられる。

「ここも気持ちよくしてさしあげますね」

ふぐりを優しく包みこんでいた左手が動きだす。ローションのぬめりのなかで玉が転がされた。くすぐったいような性感が生じ、体から力が抜けていく。全身が手玉に取られたかのような不思議な感覚に、声にならない喘ぎが漏れる。

「あっ、あああっ……先生、あああっ……」

「ふふ、悠人さんかわいいです。おっぱいも感じてくださいね、んっ……」

両手を動かしたままの弥生が、上体を大きく揺すりだした。なだらかな背中が上下にくねり、背中に押しつけられている双乳がにゅるんっと滑る。張りに満ちた乳房が淫らに歪み、そのぬめりと柔らかさを伝えてきた。絡みつくような感触のなか、くにくにとした乳首の硬さが男心を熱くする。

「ああっ、おっぱいまで……。ああ、すごいよ、ヌルヌルだっ……ローションヌルヌルで気持ちいいっ……」

悠人は恍惚の表情を浮かべた。両手と乳房を使ったローション愛撫に、頭のなかがじりじりと痺れていく。気持ちよかった。ぬめりが脳まで溶かしそうだった。密着した肌と肌とがゆっくり蕩けあい、ひとつに融合してしまいそうだった。

（ああ、ヌルヌル……ヌルヌルすごいよぉ……）

ローションのぬめりに意識が薄れていく。竿のつけ根では熱いマグマがぐつぐつと煮えたっていた。高濃度の欲望エキスは、理性の堤防を少しずつ圧迫する。括約筋に力をこめ必死で射精感に抗うも、限界はすぐそこまで接近していた。

「ああ、先生っ、出ちゃう、もう出ちゃうよぉ」

後ろを振り向き、切羽詰まった声で叫んだ。桃色吐息を漏らしつつ上体をなすりつけていた弥生は、手しごきを加速させる。握る力もグッと増す。

「いいですよ。遠慮せずに出してください。悠人さんの好きなだけ、濃い精子ぴゅっぴゅしちゃってください……」

粘液まみれの白指が、肉棒をしゅにしゅにと擦っていく。玉袋への柔揉みも激しさを増し、射精を促すように玉が転がされた。上半身の動きも大胆になり、双乳が淫猥なダンスを踊る。

湯気立ちこめる朝のバスルームに、二人の吐息が響き渡っていく。

「あっ、ああっ……先生っ、せんせいっ……」

ぬめりによりもたらされる快感が悠人を襲う。脳裏が痺れ、射精を求めて下半身が燃え狂う。やがて官能のボルテージが最高潮に達し、頭のなかが真っ白に染まった。抑えに抑えてきた欲望が、一気に精管を駆けのぼる。

「あっ、ああっ、出る、出ちゃう!」

膨らみきった怒張が脈打ち、濃厚な白濁液が勢いよく飛びだした。溜まりに溜まった一番搾りは、ゼリーのごとくドロドロだった。匂いは噎せかえるほどに強く、量も常人とは比較にならない。ビクンッ、ビクンッとこわばりが痙攣し、牡のエキスを撒き散らす。ザーメンは大きな弧を描いて浴室の壁に降り注ぐ。

「悠人さんたらすごい勢い……。ほら、もっと出していいんですよ。気が済むまでしっかり射精してくださいね」

弥生は身体の動きを止めず、さらなる刺激で放出を促そうとする。悠人はピアノ教師のぬくもりを感じながら、腰ごと蕩けるような愉悦に身を委ねていく。

やがて射精がおさまった。弥生の愛撫も同時に止まる。

「ふふ、いっぱい出しましたね。ローション、気持ちよかったですか?」

「うん、すごかった……ヌルヌル最高……」

満ち足りた面持ちで悠人が呟く。夢のような射精だった。浴室内のじっとりとした蒸し暑ささえ心地いい。

「あらあら、悠人さんったら……。でも、これくらいで終わりじゃありませんよ。ここはまだまだ元気いっぱいですし……」

肉茎をキュッと握られる。放ったばかりだというのに、男根は力強く隆起していた。さらなる射精を求めるかのようにヒクヒクとわなないている。

「あっ、先生っ……」

「うふふ、悠人さんのオチン×ンはいつでも元気ですね。お風呂に入るまではあんなにしょんぼりしてたのに……。もう、本当に暴れんぼうさんなんですから」

からかうように弥生が言った。悠人は慌てて言い訳する。

「だ、だって、先生とお風呂に入ってるからっ」

「それは、私の裸で興奮してくださってるってことですか？」

背後からぴったりと抱きついている弥生が、横から顔を覗きこんできた。

「……うん、そうだよ。先生の裸がエッチだから」

赤面しながら答える。弥生は嬉しそうに微笑んだ。

「じゃあ、続きはあちらでしましょう」

視線の先には、ビニールでできた銀色のエアマットが敷かれていた。広さは二畳ほど。弥生は立ちあがり、その上へと仰向けに寝そべった。

「さぁ、悠人さん。こちらに来て、私の上で逆向きに四つん這いになってください」

「えっ、でもそれって……」

いわゆるシックスナインの体勢に誘われ、悠人はわずかに躊躇した。ピアノ教師の目の前に男性器をさらけだす恥ずかしさが頬を熱くする。

「恥ずかしがらなくてもいいんですよ。さぁ、お互いに気持ちよくなりましょう」

悠人は意を決して立ちあがり、弥生の上で四つん這いになった。弥生は膝を立てており、むっちりとした太腿の間に少年の顔が位置する。

（うわ、すごい……）

目前に広がる光景に息を呑む。脚のつけ根にはぷっくりとした楕円形の膨らみが佇んでいた。なだらかな小丘には秘毛がかすかに萌えている。

盛りあがりの中央にはピンクの縦筋が走り、なかからは二枚の花弁がわずかに顔を覗かせていた。秘裂からは大量の蜜が溢れだし、生々しい粘膜色がテラテラと輝いている。粘液にまみれたオーラルピンクは、宝石さながらの美を湛えていた。

「どうですか？　私のアソコ、もうすごいことになってるでしょう？」

女陰の情景に見とれていると、弥生がはにかむように訊いてきた。美貌の目と鼻の先では、反りかえって腹部についている肉棒と陰嚢がわなないている。

「う、うん……キラキラ光って、すごく綺麗……」

食い入るように秘部を見つめつつ、悠人は掠れた声で答える。叔母の女性器は淫猥そのものだったが、ピアノ教師のおんなは清楚そのものだった。あまりの違いに驚くと共に、その清らかさに劣情がこみあげる。

「ふふ、悠人さんにご奉仕してたら、そんな風になってしまったんですよ。乳首が擦れて、とっても気持ちよかったんです」

(乳首が、擦れて……)

さきほどの奉仕を思いだす。背中に擦りつけられていた柔らかな乳房。その頂では桜色の突起がツンと尖り、ヌルヌルの感触のなかで絶妙な刺激を与えてくれていた。ぬめりまみれの乳頭を想像し、牡器官がさらに漲る。

「あらあら、オチン×ンがピクンッって震えましたよ。さっき出したばかりなのに、こんなにもお汁溢れさせて……」

「ああっ」

お尻を摑んできた弥生が、裏筋を軽くひと舐めした。その瞬間、幼げな面持ちが快感に歪んだ。華奢な体は派手にわななき、分身も大きく脈打った。

「悠人さんのオチン×ンって、本当に敏感ですね」

楽しそうに言った弥生の口調に、嫉妬の響きがわずかに混じる。

「……このオチン×ンがもう女性を知っているなんて、ちょっと信じられません」

桜色の舌が伸び、赤黒い肉幹に絡みつく。弥生が顔を上下させ、性感のラインをねっとりと舐めまわした。ぬろぬろと蠢く粘膜が、裏筋を幾度も往復する。

「ああっ、先生っ、そこ、そんな急にっ……」

いつもと違った体勢でのフェラチオに、倒錯的な快感がこみあげる。四つん這いのまま下から舐められていると思うだけで、妖しい昂ぶりを禁じ得ない。

絡みつく舌は柔らかく、唾液にまみれヌルヌルしていた。軟体動物を思わせるそれが複雑に形を変え、裏筋を甘美に刺激してくる。

「このオチン×ンで、慶子さんのなかに入ったんですね。気持ちよかったですか？　初めてのオマ×コはそんなによかったですか？」

いくらか責める口調で問いただされる。その言葉には、少年の「初めて」になれなかった悔しさが滲んでいた。

「そ、それは……気持ちよかったけど……」

「もぉ、悠人さんはいけない子です。私が毎日、気持ちよくしてさしあげたのに、実の叔母様とセックスするなんて……」

裏筋を舐めまわしていた舌が、つけ根にぶらさがるふぐりへ移る。

「あっ、先生そこっ」

「ふふっ、このかわいいタマタマが、悠人さんをエッチにするんですね。悪い子にはお仕置きです……」

玉袋が舐められた。袋全体に余すところなく舌が這わされ、べっとりと唾液にまみれていく。

「タマタマ、キュッってなりましたね。脚もプルプル震えて……」

「だって、先生の舌気持ちよすぎるから……」

「ふふ、じゃあ、お口のなかも存分に味わってください、んふっ……」

桜の花びらを思わせる美唇がOの字に開き、真っ赤な亀頭を咥えこむ。そのまま竿の根元まで呑みこんでいった。赤黒い幹は姿を隠し、つややかな唇だけが妖しく煌めいている。

「あっ、ああっ……」

悠人は口内の居心地に震えた。こわばりを包みこむ粘膜は温かかった。唾液に満たされているためねっとりとしており、逸物が溶けてしまいそうな気がする。ぷりぷりした唇でキュッと締めつけられるのもたまらなく、気を抜けば即座に果てかねない。

「んっ、んっ、んっ、んふぅんっ」

弥生が頭を振り始める。首を持ちあげた状態から、顔を前後に動かしていた。真上から垂直に伸びた赤黒い竿の上を、ピンクの美唇が上下していく。瞑られた瞳の上では長い睫毛が震えていた。頬は朱に染まり、口唇愛撫の興奮を伝える。頭の動きにあわせ、波打つ黒髪がふわりと揺れる。

「ああっ、先生、そんなに吸ったら、ああっ」

フェラチオの愉悦に背筋がわななく。温かな口内で舌が絡みついていた。唇での締めつけで雁首がしごかれる。あまりの悦楽に腕と膝がガクガクと震え、体勢を維持するのがつらい。

(ああっ、ダメだっ、先生のおしゃぶり、気持ちよすぎるっ……)

悠人は上体を支えていた腕を曲げ、ピアノ教師の太腿に絡ませた。それぞれの脚に摑まると、四つん這いからお尻だけを掲げた格好になった。頭の位置がさがり、ぬらつく秘部が目前に迫る。

(先生のオマ×コ、こんな近くに……)

舌を伸ばせばすぐ届く距離に秘花が息づいていた。シェルピンクの割れ目はうっすらと開き、内部のぬめりを晒している。ひくひくと開閉する膣口からは次々と愛液が溢れ、会陰を伝ってマットに水溜まりを作っている。

(ああ、すごい……これが先生のオマ×コの匂い……)

濃密に漂う発情臭が鼻腔を駆け抜ける。甘酸っぱい牝の恥臭は、まさに天然の媚薬だった。嗅ぐだけでチリチリと脳裏が焼けつき、下半身が燃え狂う。普段は清楚な先生が淫猥な匂いを振り撒いているのだと思うだけで、興奮が一気に爆発した。

(ああっ、先生!)

たまらず秘部にしゃぶりつく。両側から伸ばした親指で女裂を割り開き、分泌まみれの牝肉を口いっぱいに頬張った。膣内の女汁をズズッと吸いだす。

「ンッ、ンンッ!」

弥生がくぐもった叫びを漏らす。突然のクンニリングスに顔を歪め、怒張からちゅぽんと口を離した。

「ジュルルッ、ジュルルルルッ……」

(ああ、オマ×コっ……これが先生のオマ×コの味っ……)

一心不乱に蜜を啜り飲む。憧れのピアノ教師の恥部は、甘くて酸っぱい牝の味がした。フルーツを思わせる甘露が口いっぱいに広がり、飲めば飲むほど喉が渇く。いくら飲んでも飽きがこない。

「あん、悠人さんったらそんなに一生懸命吸って……」

弥生が女の悦びに震える。むっちりと肉づいた女体にはうっすらと汗が滲んでいた。雪のごとく白い肌は桜色に色づき、匂い立つ色香を漂わす。ウェーブのかかったロングヘアーは蒸気で濡れ、しっとりと肌に張りついていた。二十八歳の肉体からは香水混じりの甘い体臭が濃密に立ちこめる。

「悠人さん、私のアソコ、そんなに美味しいですか?」

「うん、先生のオマ×コ、すごく美味しいよ。果物みたいな味がする」

「じゃあ、もっと舐めてください……私のアソコ、いっぱい気持ちよくしてください……」

弥生からお願いされ、悠人の胸に喜びが広がる。すかさず愛撫を再開した。くっぱりと広がった菱形の粘膜は蕩けきり、舌にねっとりと絡みつく。ラビアの裏側から膣前庭、膣口からクリトリスに至るまで、徹底的に舐めまわす。

(先生の太腿、柔らかい……むちむちしてる……)

クンニを続けつつ、腕と頬で太腿の感触を存分に味わう。適度な脂肪と確かな張りを兼ね備えた二本の美脚。叔母の太腿も素晴らしかったが、若さではこちらが上だった。スベスベの肌ざわりが肌に心地いい。

「あんっ、悠人さんっ……。私も、んふっ……」

再び肉棒が咥えられた。弥生は少年の臀部を摑み、素早く頭を振りたてる。頭の動きにあわせ、つややかな黒髪が派手に舞う。

（ああっ、先生っ）

根元から吸いだされるようなバキュームフェラに腰が震える。口腔全体を使った吸引に脳裏が痺れた。裏筋を擦る舌腹の柔らかさもたまらない。

「先生っ、動いちゃうっ、そんなにされたら動いちゃうよぉ」

ねっとりと温かくてヌルヌルの口内は、それ自体がひとつの生き物のようだった。その膣内のごとき按配に、思わず腰が動いてしまう。

「ンッ、ンンッ！」

くぐもった叫びが浴室に響き渡る。悠人が腰を振り始めても、弥生は口を離さなかった。それどころか腰使いにあわせて頭を前後させる。

「ああっ、先生っ……先生っ、先生っ……」

ただがむしゃらに腰を使う。蜜壺さながらの口内にズボズボと出し入れした。

若々しい太腿にしがみつき、あどけない面持ちを快感に歪めながらへこへことピストンを繰りかえす。温かなうねりのなかを掻きまわす。

（気持ちいいっ……先生の口のなか、オマ×コみたいだっ）

その女性器を目前に見つけ、むしゃぶりついた。果肉からじゅわっと溢れだすラブジュースを飲みながら、雄々しい剛直で可憐な唇を犯す。

少年とピアノ教師は、シックスナインの体勢で互いを愛撫していく。湯気立ちのぼる広々としたバスルームに、ふたつのくぐもった声が淫靡な調べを奏でていく。

（ああっ、ダメだっ……もう、出るっ……）

射精感がぐつぐつとこみあげ、頭のなかが真っ白になる。ぬめりに満ちた口内でこわばりが爆ぜた。一気に欲望を解き放つ。

「ンッ、ンンンッ！」

弥生が苦しげに相貌を歪める。だが吐きだそうとはしない。悠人は腰をブルブルと震わせ、白濁液を放っていった。弥生はそれをゆっくりと嚥下していく。

やがて精の脈動はおさまり、肉棒が解放された。弥生はゆっくりと息を整えてから、落ち着いた声で言う。

「精液、いっぱい出ましたね。ちょっと飲むの大変でした」

その言葉で我に返った悠人は、大慌てで謝った。

「ご、ごめんなさいっ、僕、先生に酷いこと――」

「いいんですよ。激しかったですけど、これはこれで興奮しましたから」

「そ、そうなの？」

女の悦びを滲ませた口ぶりに驚く。口腔を犯される苦しささえ被虐的な快感に繋がることなど、十代の少年には知るよしもない。

「ええ、だから気にしないでください。ふふっ、でも……」

口元に妖しい笑みを浮かべた弥生が、射精後の余韻に浸っていた悠人の腰をグッと摑んだ。お尻の位置が大きくさがり、美貌の前に桜色の窄まりが現れる。

「せ、先生？」

不審に思い、後ろを振り向く。だが弥生の表情は窺えない。

「エッチな悠人さんにはお仕置きです……」

「ああっ!?」

両親指で尻たぶが開かれた刹那、尻穴をぬめらかな粘膜が襲った。生まれて初めてのアナル性感に、悠人は未発達な体を震わせ、女の子のような叫びをあげた。

「あらあら、悠人さんのここは敏感なんですね」

その反応に気をよくしたのか、弥生が嬉しげな言葉を漏らす。

「先生、今なにしたのっ？」

「なにって、お尻の穴を舐めたんですよ」

「そんなっ、お尻って……」

さらりと返され、絶句する。想像したこともない世界だった。羞恥で顔が熱くなる。

「ダ、ダメだよそんなっ、お尻なんて舐めたら汚いよっ」

慌ててやめてもらおうとするも、弥生は平然と言いきった。

「汚くなんてありませんよ。悠人さんのお尻ですから。——それにしても、本当に綺麗なお尻ですね。なかまでピンクで、これならいくらでも舐められそうです」

「き、綺麗って……」

もっとも恥ずべき排泄の穴を批評され、顔から火が出そうになる。悠人は恥ずかしさに震えた。顔面が燃えるように熱い。

「それじゃあ、たっぷり気持ちよくしてさしあげますね……」

ピンクの舌が伸ばされ、キュッと窄まった秘穴を舐めまわす。舌全体を上下に使い、ペロペロとねぶられた。

「あっ、あああっ」

　普段は刺激を受けぬ場所への愛撫に身震いする。弥生の太腿をグッと摑んだ。アナルで生じる妖しい官能はもどかしさを伴ったもので、なにかに摑まっていないと耐えられない。

「ふふっ、悠人さんのお尻、ヒクヒクしてます。かわいい……」

　楽しげに言った弥生が、チロチロと窄まりを舐めまわす。尖らされた舌先が敏感な粘膜をくすぐった。もどかしいような快感に体の震えが止まらない。

「ああっ、ダメっ、こんなのダメだよぉ」

「お尻、気持ちいいでしょう？　いっぱい感じていいんですよ」

「む、無理だよっ、お尻なんて恥ずかしいよぉ……。先生、もうやめてっ、お尻なんて舐めちゃダメだよぉ」

「ダメですよ、これは悠人さんへのお仕置きなんですから……」

　親指でアナルが広げられる。尻の間に顔を埋めた弥生が、桜色の粘膜を舐めまわした。皺の一本一本まで、丁寧に舌が這わされる。

（ああ、先生がお尻舐めてる……あの綺麗な先生が、僕のお尻の穴を……）

　憧れのピアノ教師に排泄の器官を舐められている——そう思うだけで胸に感動

が押し寄せた。恥ずかしいと思う気持ちとは裏腹に、劣情がひどく刺激され、こわばりがヒクヒクと悦びに震えた。大量の先走りが溢れだす。

「ふふ、感じてるんですね。お尻の穴で感じるなんて、悠人さんは変態です」

弥生が悪戯っぽく言った。

「ち、違うよっ、僕は感じてなんて——」

「嘘はいけませんよ。ほら、こうしたら……」

「ああっ」

慌てて否定するも、軽く舐められただけで喘ぎが漏れた。

「あらあら、すっかり敏感になってしまって……。ふふ、やっぱり悠人さんにはお尻の才能があったんですね。こんなのはどうですか……」

「あっ、ああああっ」

唾液にぬめった舌粘膜が、肛門にぬるりと滑りこんだ。柔らかな侵入者は予想外に大きく感じられた。とにかくヌルヌルしていて捉えどころがない。深さはせいぜい二センチほど。それでいて異物感は凄まじい。

(あ、ああっ……先生の舌が、お尻のなかに入ってる……)

窄まりを優しく広げられる感覚に、妖しい興奮がこみあげる。体内に侵入される感覚は異様そのものだった。ひどくもどかしい一方、危ない愉悦を禁じ得ない。

(動いてるっ、動いてるよぉ……)

緩やかに舌が回転した。狭苦しい穴を広げるように、入り口の壁が擦られる。肛門粘膜からピリピリとした刺激が生まれ、背筋を駆け抜けていく。

「ああっ、先生っ……なかすごいっ、お尻すごいよぉ……」

悠人はきつく目を瞑り、半開きになった口から弱々しい声を漏らした。弥生の太腿に摑まったまま、肉づきの薄いお尻をわななかせる。

「――んっ、悠人さんのお尻、美味しいですよ。どうです、これでもまだ感じてないですか?」

「そ、そんなことないよ……お尻、すごく気持ちいい……」

「なら、もっと気持ちよくしてあげます。こんなこともできるんですよ……」

双臀を摑んでいた弥生の手が離れ、ふくよかな乳房を左右から摑む。膨らみの谷間には反りかえった太幹が位置していた。両のバストがむぎゅっと寄せられ、少年の分身を挟みこむ。

「えっ!? ああっ」

悠人は驚きに身震いした。菊座にばかり気が向いていたため、咄嗟には事態が理解できない。

「悠人さんのオチン×ン、捕まえました。おっぱいでも感じてくださいね……」

双球が上下に動きだす。豊乳はさきほどのローションでぬめっていた。ねっとりと絡みつくような粘りのなか、温かな柔肉が竿を緩やかにしごく。

透き通るように白い双乳は砲身の大半を覆い、真っ赤な亀頭を覗かせるだけ。胸が揺れると赤黒い幹が見え隠れする。そのたびに雁首が擦られ、甘美な電流が背筋を駆けのぼった。ぷりぷりとした張りのある柔らかさが気持ちいい。

「先生っ、な、なにこれっ」

「驚きましたか？　これはパイズリって言うんですよ」

「ああ、すごいよ……おっぱいヌルヌルで、オチン×ンが溶けちゃいそうだ……」

蕩けるような性感に陶酔する。物理的な快感もさることながら、母性の象徴で愛されている事実に胸が躍った。四つん這いという情けない体勢が、犯されているかのような錯覚をもたらし、倒錯的な官能を生みだす。恥ずかしくてたまらないのに、異常に興奮してしまう。

「うふふ、タマタマまで震えて……。かわいいです、んふっ……」

「ああっ」

陰嚢がすっぽりと咥えられ、袋全体が温かな粘膜に包みこまれた。ぬめりのなかで舌が蠢き、ふたつの玉がコロコロと転がされる。幹との同時愛撫に背筋がわななく。

（す、すごいっ……こんなのってすごすぎるよぉ……）

男性器を襲う二種類の刺激に頭がぼーっとしていく。浴室特有のじっとりとした蒸し暑さも相まって、意識まで溶けていくようだった。肌同士が密着しているため、二人は汗まみれになっている。汗のぬめりさえ心地いい。

弥生は乳房をにゅるにゅると揺すりつつ、ふぐりにちゅっと口づけした。桜の花びらを思わせる美唇が、つりあがった玉袋へキスの雨を降らす。

整った美貌は女悦に染まりきり、頰は紅潮し、瞳は潤んでいる。張りのある雪肌はうっすらと桜色に色づいていた。波打つ黒髪は妖艶につやめき、水を滴らせている。

「ああ、先生……出ちゃう、もう出ちゃうよぉ……」

「いいですよ、出してください……私のおっぱいと舌で射精してください……」

再び舌が挿入された。ウネウネと蠢く淫らなベロは、内部の竿側、前立腺へと辿りつく。

「あっ、あああっ！」

体の内側からもっとも強烈な性感帯を刺激され、快感が数倍に膨れあがる。目も眩むような悦楽だった。我慢の堤防が決壊し、根元からこみあげたマグマが一気に放たれる。

「出る、でちゃうっ、あっ、あああっ！」

ビクンッ、ビクビクッと背中にさざ波が走り、種子汁が勢いよく飛びだしていく。ぶびゅぶびゅと吐きだされた白濁は、弥生のなだらかな腰に打ちつけられた。その間も乳房は男根をしごきつづけ、ピンクの舌は前立腺を責めつづける。

（ああっ……お尻、溶けちゃう……）

「あっ、ああっ……あああっ、はぁあああっ……」

めくるめく快楽の津波に精神が蕩けていく。全身からごっそりと力が抜けていった。四肢には力が入らず、腰は抜けたかのごとく動かない。

しばらくして放出がおさまると、弥生がアナルから舌を抜いた。胸の上下運動も止まる。腹部に溜まっているスペルマを指で掬うと、ぺろっと舐めた。

「ふふ、いっぱい出ましたね。これ、気持ちよかったですか？」

「う、うん……最高に気持ちよかった……」

「ふふっ、じゃあ、またしてあげますね。では、そろそろ……」

「さぁ悠人さん、いらしてください」

エアマットの上で四つん這いになった弥生は、肘をつき、腰を高く突きだした格好で悠人を誘った。

うっすらと桜色に染まり、玉の汗を無数に浮かばせた背中。肩から腰へとなだらかな曲線美を描き、見事な丸みを帯びた美尻へ続いている。取れたての桃のごとき双臀はキュッと引き締まり、それでいて女性的な柔らかさを感じさせた。若々しい張り艶に満ちていて、汗や水滴を弾いている。

「せ、先生……」

悠人がごくりと生唾を呑む。少年はピアノ教師の真後ろに立っていた。股間では逸物が隆々とそそり立ち、興奮に身を震わせている。あどけない面持ちは耳まで赤く色づいていた。眼前の光景が信じられないという風に目を丸くしている。

「ふふ、どうしたんですか？　私はいつでも準備ＯＫですよ。ほら、もうこんなになってるんですから……」

弥生は左手を後ろに伸ばし、肉の割れ目をグイと広げる。すっかり発情しきった女唇は、すでに大洪水といった有様だった。サーモンピンクの媚肉は蕩けきり、テラテラと淫靡に輝いていた。大きく開いた二枚の花弁は、牡を誘うかのようにヒクヒクと蠢いている。秘穴からは粘性の強い蜜がとろりとこぼれ、糸を引いてマットへと垂れていた。甘酸っぱい牝臭が濃密に醸しだされている。

(ああ、私ったらなんてことをしてるんでしょう……)

弥生は心中で壮絶な羞恥と戦っていた。自分から結合へと誘うのも初めてなら、後背位での性交も未経験。すべては少年を楽しませるための演出にすぎない。

(まさか本当にこんな日が来るなんて……)

感慨が胸に押し寄せる。悠人を励ましてからというもの、弥生のなかの女は日に日に目覚めていった。悠人が帰ってから自慰に耽ったことも一度や二度ではない。

「ああ、先生のオマ×コ……」

震える声で悠人が呟く。少年の視線は秘部に釘づけだった。呆然とした面持ちで、淫靡に蠢く淫ら花を食い入るように見つめている。

(ああっ、悠人さんに見られてる……私のオマ×コ、じっくり見られてます……)

己の恥部へと向けられた眼差しを意識する。お腹の奥が熱を孕み、子宮の疼きが倍加した。恥ずかしいと思えば思うほど、おんなは悦びを覚えてしまう。

「ああ、先生!」

我に返った悠人が叫び、膝立ちになって腰を摑んでくる。

「あんっ、悠人さん……」

「先生、入れるよっ、先生のなかに入れるからね!」

「ええ、早く来てください……私ももう、我慢できない……」

「先生っ、先生っ」

ピアノ教師を呼びながら、悠人がもどかしげに挿入を試みる。

(ああっ、ついに悠人さんとひとつになれるんですね……)

弥生は感動に震えた。幼い時分からかわいがってきた少年と結ばれる嬉しさが胸を覆い尽くす。

(詩織さん、ごめんなさい……)

同時に、友人に対する罪悪感が胸を覆う。しかし、もう止まれなかった。罪深いことだとわかっていても、自分の気持ちが抑えきれない。

「先生っ、いくよっ……ああっ、先生のなかに入ってくっ……」

柳腰を摑んだ悠人が、ゆっくりと腰を押しだした。ほぐれきった熱いうねりのなかへ、ずぶぶ、ずぶぶぶと亀頭が身を埋めていく。

（アッ、アアッ……悠人さんが入ってくる……）

内壁を押し広げられる感覚に身体が震えた。数年ぶりの挿入感だった。膨れあがった亀頭は記憶のなかのそれよりはるかに大きく、硬い。

（悠人さんの、なんて逞しいんでしょう……）

圧倒的な存在感に膣内が埋め尽くされていく。久々の結合におんなが揺らいだ。独り身の寂しさが若牡の力強さによって満たされる。

「ああっ、先生、なかが動いて……ああっ、絡みついてくるっ……」

目を瞑り、背中をわななかせながら、悠人が声を震わせる。極限にまで勃起した剛直に、飢えきった牝肉が絡みついていた。愛液にまみれた膣粘膜は一分の隙間もなく密着し、無数に張り巡らされた襞を蠕動させ奥へと誘う。

（悠人さん、そんなこと言わないでくださいっ……）

弥生は羞恥に唇を噛みしめた。美貌を耳まで紅潮させ、マットの端をグッと掴む。

大喜びで牡を咥えこみ歓待してしまう己の牝肉が恥ずかしかった。だが恥じらいに震える心とは裏腹に、欲望に正直な身体は嬉しい嬉しいとおとこに絡みつく。

それを自覚するたび自分が淫乱な女に思え、お腹の奥が熱くなった。二十八歳の女体は羞恥心にさえ興奮を覚えてしまう。

わななく女体をズンッと衝撃が襲った。先端が最奥にまで達していた。

「あっ、あああっ……。入ったよ、僕、先生のなかに入ったんだ！」

己の分身を根元まで埋め、悠人が感動の叫びをあげた。つるんと丸い美尻と下腹部が密着し、赤黒い幹は完全に姿を隠している。

「ええ、わかります。悠人さんの、とっても逞しくて素敵ですよ」

なんとか声を絞りだす。根元まで埋没した男根は凄まじかった。パンパンに膨らんだ亀頭と大きく開いた笠。確かな雁首の括れ。太い幹は膣内をめいっぱいに押し広げ、その堂々たる長さで最奥に当たっている。それに鋼のごとく硬く、火傷しそうなほどに熱い。

（ああ、これが悠人さんのオチン×ン……これが本物のオチン×ンなんですね……）

亡夫のそれとは比較にならぬ肉棒に、子宮が震え、愛液が溢れだす。二十八歳にして初めて知った本当のおとこだった。肉襞が密着しているため形状がありありと感じとれ、膣内の様子がはっきりと想像できる。

（私ったら、こんなにもしっかり悠人さんを受け入れて……。年が離れているのに……詩織さんの大切なお子さんなのに……）

結合の断面図を想像し、己のはしたなさを思い知る。けれども、それを上回る幸せが胸を満たしていた。女の悦びと愛する者と結ばれた喜びが渾然一体となり、弥生の身体を包みこむ。

「ああ、先生のなかすごいよ……温かくてヌルヌルで、オチン×ンが溶けちゃいそうだ……」

陶然と呟いた悠人は、興奮しきった口調で続ける。

「この格好、エッチでたまらないよ。先生のむっちりしたお尻が丸見えで、すごくいい気分なんだ」

「あんっ、恥ずかしいからそんなことおっしゃらないでください……」

豊尻だけを高く掲げた女体が羞恥にくねる。透き通るように白い背に朱が散っていた。柔肌には玉の汗が浮かび、春の日差しを浴びてキラキラと輝いている。キュッと引き締まった腰はパンッと張った双臀へ連なり、真上から見ると洋梨を思わせる。

真横から見ると伸びをする猫を連想させた。肩から腰にかけてのなだらかなカーブは臀部に近づくにつれ急激に上昇し、突きだされた見事な丸みへと続く。肉づきながらも引き締まった太腿がかすかに震えていた。

(私ったら、ついこんな格好で……)

現在の体位を思いだし、恥じらいを噛みしめる。夫にも見せたことのない姿を、年下の少年に晒している——。獣のごとき姿勢で繋がっていると思うだけで、壮絶な羞恥が身を焦がした。演出とはいえ、やりすぎたことは否めない。

「それに前から入れるのとは入ってる感じも全然違うね。すごく深く繋がってるから、奥に当たってるし……」

「あンッ、悠人さん」

ググッと腰が押しつけられた。亀頭の先端が子宮口を圧迫する。

(アアッ、すごいっ、奥に当たってるっ)

夫婦の交わりではありえなかった刺激に身悶える。生まれて初めての体験だった。軟骨のようなそこが擦られるたび、理性がグラグラと揺さぶられる。

「あんっ、ダメですっ、そんなことされたら、私……」

鼻にかかった声が漏れる。蜜壺が動き始めたのがわかった。入り口、中腹、そして最奥が締めつけの力を増す。隙間なく絡みついた肉襞が、凄まじい力で若牡を締めあげる。

「あっ、ああっ、な、なにこれっ!?」

驚愕の叫びが浴室に響き渡る。名器と呼ぶに相応しい三段締めに、華奢な体が大きく震えた。

「ああっ、先生っ、締めつけないでっ……」

「ご、ごめんなさい、身体が勝手に動いちゃうんです」

「そ、そんなっ……。ああっ、すごい、気持ちいいっ……きゅうきゅう締めつけて、あああっ……」

襲いくる膣内の締めつけに耐える悠人が、歯を食いしばって腰を振りだした。柔腰をがっちりと摑み、がむしゃらにお尻を前後させる。

「ああっ、先生っ、先生っ、先生っ」

「あぁンッ、悠人さんっ」

荒々しいピストンに甲高い喘ぎがこぼれた。久しく忘れていた牡の力強さだった。ひと突きごとに衝撃が子宮を襲い、嬌声を漏らさずにはいられない。

「アッ、あぁンッ、ゆ、悠人さんっ、は、激しすぎますっ」

「ごめんなさいっ、でも止まらないんだっ、気持ちよすぎて腰が勝手に動いちゃうよぉ！」

快楽に顔を歪ませ悠人が叫ぶ。その言葉を証明するように、猛烈なスピードで腰を打ちつけていた。その勢いはどこまでも力強く、肌同士がぶつかる乾いた音が浴室に響き渡る。

結合部では、オーラルピンクの蜜壷に赤黒い幹が出入りする。抽送にあわせ愛液がじゅぶじゅぶと溢れだしていた。淫らな水音と破裂音がひとつになり、淫らなハーモニーを奏でていく。

（アアッ、こんなの、すごすぎます……なんてすごいのかしら……）

弥生はマットを握り締め、久方ぶりの突きこみに身震いする。獣の体位での性交は、挿入が深い分、快感も大きい。

それに肉棒の雄々しさも打ちこみの激しさも、弥生の知っているセックスとはまるで違った。抜かれるときは大きく開いた笠が肉襞を逆撫でし、突かれるときは亀頭が子宮を揺さぶった。ひと突きごとに衝撃が背筋を駆け抜け、脳裏にピンクの霧がかかる。

（こんなにすごいの、おかしくなるっ……頭がどうにかなっちゃいそうっ……）

端正な美貌が女悦に蕩けていく。弥生は必死で歯を食いしばっていた。頬は桜色に染まり、瞳は潤んで眉は八の字にさがっている。

漆黒の髪は腰使いにあわせて舞っていた。肉感的な女体は、腰が打ちつけられるたび前後に揺れている。マットに押しつぶされている乳房がむにむにと歪む。

「ああっ、先生っ、気持ちいいよっ、先生のオマ×コ気持ちいいっ」

「悠人さんのも気持ちいいですっ、こんなの初めて、あっ、あぁンッ」

二人の声がバスルームに木霊する。弥生の嬌声はどこまでも男に媚びるようで、若牡の腰振りはより激しさを増していた。無我夢中で打ちつけている。

「ああ、先生……僕、もう出ちゃいそうだっ……」

「あぁンッ、いいですよ、出してくださいっ、私のなかに、悠人さんの熱いのをたくさんっ……」

「あぁっ、先生っ、先生っ、先生っ」

ラストスパートがかかり、パンパンパンと乾いた音が鳴り響く。

「あぁンッ、悠人さんっ、悠人さんっ、悠人さんっ」

緩やかに意識が薄れていく。全身が次第に浮いていくような感覚に襲われた。

子宮がきゅんきゅんと疼き、粘性の強いやや白濁した愛液が溢れだす。

(もうすぐ、悠人さんのが私のなかにっ……)

想像しただけで身体が燃えたっていく。膣内では、牡のエキスを求めるかのように、絡みつく肉襞がウネウネと蠕動を始めた。三ヶ所でしっかりと締めつけつつ、女壷全体で若牡をしゃぶり尽くす。

「ああっ、先生っ、いくよっ、出すからねっ」

「ええ、きてくださいっ、悠人さんの、なかにいっぱいっ――」

「あっ、ああっ、出るっ、ああああっ！」

反り気味に背筋を伸ばした悠人が、ズンッと最後のひと突きを打ちこんだ。腰から背にかけてさざ波が走り、こわばりが果てる。ビクビクと盛大にわななき、濃厚なザーメンを温かな膣内に解き放つ。

（ああっ、出てる！　悠人さんの熱いのがこんなに……）

熱い体液がブワッと最奥に広がる。精の脈動がはっきりと実感できた。子宮の奥にまで白濁が染みこんでいくのが感じとれ、二十八歳の女体は悦びに震える。

刹那、脳内で無数の花火がスパークした。フッと身体が浮きあがる。弥生は美臀を高く掲げたまま、グッとマットを握り締め、全身を硬直させた。

「アッ、アアッ！　イクッ、いっくぅうっ！」

強張りきった肉体に痙攣が走る。これまでにない深奥なオーガズムだった。頭

のなか が白一色に染まり、意識が遠くに飛ばされる。

「あっ、ああっ……先生のなかに、いっぱい出てるっ……」

弥生の柔腰をがっちりと摑み、悠人が腰をぴったり密着させたまま身震いする。幼げな面持ちが恍惚に蕩けていた。絡みつき精液を搾り取ろうとする柔襞のうねりを感じつつ、欲望の塊をたっぷりと注ぎこむ。

やがて放出はおさまり、弥生のアクメも収束した。ぐったりとなった悠人が繋がったまま倒れこみ、ピアノ教師の背中へ覆い被さる。

「あっ、悠人さん……」

肩で息をしていた弥生は、その重みで正気を取り戻した。膣内には、いまだ萎えぬこわばりと大量に注がれた獣液の温かさが感じられる。

「……ふふ、たっぷり出してくださったんですね。私のお腹、悠人さんの熱いのでたぷたぷですよ」

弥生はそっと囁きかけた。その声は女としての喜びに満ちている。

「うん、先生のオマ×コ、すごく気持ちよかったから……」

射精後の満足感を滲ませた口調で悠人が漏らす。そのままグイグイと腰を押しつけ、亀頭の先端で子宮口を擦ってきた。

「あん、ダメです。そんなことされたらまたっ――」

最奥を刺激され、絶頂の余韻に浸っていた女体は悶える。

「先生のオマ×コ、なんでこんなに締まってくるの？　なかがこう、きゅうってなって、オチン×ンに吸いついてくる……」

「アアッ、だってそれは身体が勝手にっ……」

「ああ、すごいよ。先生のオマ×コ、僕のを放してくれないんだ……」

少年の腰が丸を描き、グリグリと子宮口を刺激してくる。弥生はその感覚に震えた。おさまりかけていた官能の炎がまた燃えあがり、子宮が切なく疼きだす。マットとの間に手のひらが滑りこみ、乳房がむぎゅっと握られた。ローションにぬめる柔肉を、真下から支え持つようにして捏ねまわされる。

「先生っ、またそんなに締めつけてっ……。また動いていい？」

「ええ、動いてください。私もまた、熱いの欲しくなっちゃいました」

「じゃあいくよ……。あっ、ああっ、先生っ、好きだよっ、大好きだよっ」

悠人が背中にしがみつき、両手で豊乳を揉みしだきながら腰を使う。

「私もです、あンッ、好きっ、悠人さん大好きっ」

弥生は腰を高く掲げたまま、まっすぐなストロークを全身で受けとめた。

「先生、こっち向いて、僕とキス——ンンッ」

せがまれるまま後ろを向き、唇を重ねあう。ねっとりと舌を絡ませた。粘膜同士を擦りあわせ、幾度も唾液を交換する。蕩けるようなキスに耽っていく。

（ああ、悠人さん、愛してます……。もっとください。悠人さんの熱い精液、私のアソコにいっぱいいっぱいいっぱい出してください……）

背後から貫かれる弥生は、悠人への愛をただ噛みしめていた。愛される喜びを実感しつつ、女としての悦びにその身を震わせていく。

思う存分、愛しあった後、二人は湯船に身を委ねていた。仰向けに浸かった弥生の上に、同じく仰向けの悠人が重なっている。

「ふふ、悠人さん、たくさん射精しましたね。私、こんなに何回もしたの初めてですよ」

少年を後ろから優しく抱きしめ、からかうような口調で弥生が言う。

「ご、ごめんなさい。先生のこと好きだから、我慢できなくて……」

悠人は頬を赤く染め、羞恥のこもった声で呟く。背中には柔らかな膨らみが当たっていた。セックスの直後とはいえ、抱きしめられているのは恥ずかしい。

「まぁ、悠人さんったら……」

ふふっと笑い、弥生の腕に力がこもる。豊乳がむにゅりと押し潰れた。その感触に胸が高鳴るが、悠人にはそれ以上の懸念があった。

「──慶子さんのこと、気になりますか？」

浮かない表情から察したらしく、心配そうに声をかけられた。

「うん……叔母さん、僕のこと嫌いなのかな」

「そんなことありません。慶子さんは悠人さんのこと、愛してらっしゃいますよ」

「でも……」

だったらなぜあんなことを言われたのか──。そう思って黙りこむと、頭をよしよしと撫でられた。

「大丈夫、全部私に任せてください。ちゃんと上手くいくようにしてあげますから」

きっぱりと言いきられ、不思議と安心が身を覆っていった。悠人は満ち足りた面持ちで、ゆっくりと湯に浸かっていく。

第四章　最高の姦計　危険な禁断指導

寒々とした静寂が朝のリビングを包みこんでいる。

「はぁ、坊や……」

ソファーに腰掛けていた黒下着姿の慶子は深いため息をついた。悠人を預かってからは初めて迎えるひとりの朝。悠人を預かるまでは平気だったのに、今は孤独が身に染みる。

昨日の夕方、弥生宅に泊まると悠人から電話があった。土曜日だったので問題はなかったが、慶子の衝撃は大きかった。突き放した結果、甥はピアノ教師の元にいってしまった——すべて覚悟の上、それどころか自らそう仕向けたのに、本人の口から直接聞かされるショックは計り知れない。一瞬、気を失いかけたほどだった。

宿泊を許したくらいなら、弥生はすべて承知しているだろう。悠人の話から、慶子の思惑も察してくれているはず。

だとすればこれで万事解決――のはずなのに、慶子の心は一向に晴れない。むしろ曇る一方だった。

愛しい甥を拒絶してしまった。自分から誘惑しておきながら突き放し、少年の心を傷つけてしまった。そして悠人は離れていった――そう考えるだけで胸がざわめき、喪失感と後悔が押し寄せる。

（ああ、坊や……）

つらかった。悲しかった。切なかった。なぜ突き放してしまったのかと思うたび、仕方なかったのだという理性とそれでも愛していたのだという感情がぶつかりあう。

とてもではないが仕事ができる状態ではなく、店には休むと連絡した。だからといって他のことをする気分でもない。ただ時間だけが過ぎていく。

来客を伝えるインターホンが鳴った。

慶子は飛び起き、訪問者パネルへ向かう。

マンション玄関からの映像を映す液晶画面には悠人が映っていた。すかさず通話ボタンを押す。

「もしもし、坊やなのっ？」

『う、うん』

「すぐ開けるわねっ」

『あ、ちょっと叔母さん――』

マンション玄関のドアを開け、返事も待たずに通話を切る。顔だけは洗ったが、まだ着替えてもいなかった。大慌てでワインレッドのスーツと黒のガーターベルト&セパレートストッキングを身に纏い、最低限のメイクを施す。

一通り身だしなみを整えたそのとき、玄関のドアが開く音が聞こえた。慶子は飛び跳ねる勢いで玄関へ向かう。

「坊や！」

玄関に立つ悠人の姿が目に入った。ただちに駆け寄り、抱きしめる。

「ああ、坊や！　会いたかったわ、坊や！」

「お、叔母さんっ」

突然の抱擁に悠人が上擦った声をあげる。驚きに目が見開かれていた。慶子はかまわず両腕にめいっぱい力をこめる。全身で甥の存在を感じとる。

「ちょ、ちょっと叔母さん、どうしたのっ？　そんなに強くしたら苦しいよっ」

「ああ、坊や、ごめんなさいっ、ああ、坊やっ、坊やっ」

悠人が暴れるも、慶子は放さない。幾度も甥を呼びながら抱きしめつづける。

やがて落ち着きが戻ってきたそのとき、悠人の背後から声が聞こえた。

「慶子さん、お久しぶりです」

「えっ⁉　や、弥生さん！」

慶子は咄嗟に顔をあげた。白のフリルワンピースとラベンダー色のロングスカート姿の弥生を瞳が捉え、相貌に驚愕の色が広がる。

（な、なんで弥生さんが一緒に……）

己の目を疑った。目の前の存在が信じられなかった。

だが次の瞬間には壮絶な羞恥に襲われた。今しがたの光景を見られていたと思うだけで、顔から火が出そうになる。

「あ、あのっ、これは違うのっ……だからそのっ……」

狼狽する慶子に対し、弥生はなにも見ていなかったかのような笑みを浮かべた。

「突然お邪魔して申し訳ありません。悠人さんのことでお話があるのですが、よろしいですか？」

リビングに気まずい空気が漂っていた。

テーブルを挟み、向かいあうようにして設置された三人掛けのソファー。一方に慶子が腰を下ろし、もう一方には弥生と悠人が並んで腰掛けている。

テーブルにはティーセットが置かれていた。みっつのカップへと、慶子が落ち着いた動作で紅茶を注ぐ。

（弥生さんたら、突然やってきてなにを考えているのかしら……）

慶子はお茶を淹れながら訝しむ。そっと顔を窺うと、弥生は普段通りの穏やかな笑みを浮かべていた。表情から意図は摑めない。

弥生の思惑も気になるが、それ以上に悠人の位置が慶子の心を千々に乱していた。悠人自身は遠慮しているようだが、弥生は気にしていないのか、少年をグッと引き寄せ座らせている。恋人を思わせる二人の距離に、嫉妬心がチクチクと刺激される。

悠人は借りてきた猫さながらに、困惑しきった面持ちを浮かべて縮こまっていた。その態度から、弥生からはなにも聞かされていないことが察せられた。余計にピアノ教師の考えがわからない。

「——美味しいお茶ですね」

差しだされた紅茶を口にした弥生が、カップを置いて呟いた。

「それで、お話というのは？」

そんなことはどうでもいいとばかりに、慶子が話をせかす。場に緊張が走った。

弥生がそっと居住まいを正してから口を開いた。

「昨日の朝、悠人さんを拒絶したのはなぜですか？」

「そ、それは……」

あまりにストレートな切りだしに面食らう。思いも寄らぬ質問だった。弥生はすべて理解してくれていると思っていたから。いや、わかった上で訊いているのだろう。質問というより、詰問に近い。

「私は坊やの叔母なのよ。許されることじゃないわ」

「では、なぜ悠人さんとセックスを？」

間髪入れず問いただされる。穏やかな口調だったが、確かな意志がこめられていた。

「それは……姉さんがいない坊やが、あまりにもかわいそうだったから——」

「それだけじゃなく、悠人さんを愛していらしたからでしょう?」

弥生の言葉に、悠人の体がピクッと反応する。慶子としては望まざる展開だった。これでは断腸の思いで甥を突き放した意味がない。

(弥生さん、一体なにを……)

慶子は不可解に思いつつ弥生を見た。穏やかな表情からは真意が窺い知れない。

「だとしても、叔母と甥であることにかわりはないわ。坊や、ごめんなさいね。私が変なことしちゃったから、坊やを傷つけることになってしまって……」

悠人に向かって謝罪する。キュッと胸が締めつけられた。さっきまであれほど後悔していたのに、また甥を遠ざけようとしている——そう思うだけで心が張り裂けそうになるも、力ずくで抑えこむ。

「そんな、叔母さんが謝ることなんて——」

体を前に乗りだした悠人を、弥生の手がすっと押しとどめた。

「じゃあ慶子さんは、どうしても悠人さんを受け入れられないとおっしゃるんですね?」

「え、ええ、そうよ……そんなの、当たり前じゃない」

きっぱりと言いきらねばならないのに、声が震えていた。なんと弱々しい口調だろう、と自分で思った。これは嘘をついている人間の音声だ、とも。

「本当にそれでいいんですね？　後悔しませんか？」

いつもと変わらぬ、いや、普段以上に穏やかな口調で弥生が問う。優しい口ぶりとは裏腹に、責められているような感覚に襲われた。今すぐこの場から逃げだしたい。

「え、ええ……」

かろうじて口を開く。心が悲鳴をあげていた。そうじゃない、本当は悠人と愛しあいたい――悲痛な本音が喉まで出かかるも、手をギュッと握り締めて無理やり呑みこむ。

固く唇を結んだ慶子を見て、弥生がまっすぐな笑みを浮かべる。

「わかりました。では、悠人さんとは私が責任を持ってお付きあいさせていただきますね」

「よ、よろしくお願いします……」

今にも消え入りそうな声が、広々としたリビングに虚しく木霊する。華やかな美貌は虚ろだった。生彩は微塵も感じられない。

「お、叔母さん……」

悠人が憂いに満ちた眼差しを叔母に向ける。次いで、どうにかならないの、という風に弥生を見やった。目をあわせた弥生は、悪戯っぽく微笑む。

「では悠人さん、帰りましょうか。ふふっ、帰ったらたくさん愛しあいましょうね。今日もお風呂でいっぱい気持ちよくしてあげます」

「なっ⁉」

あけすけな言葉に絶句する。悠人の顔が真っ赤に染まった。

「せ、先生、なにを言って——」

「ふふ、恥ずかしいんですか？　悠人さんったら、昨日はあんなに激しく愛してくださったじゃないですか」

「や、やめてよ先生、ここには叔母さんが——」

「お風呂で後ろから何回も突かれたのに、夜はベッドでまた何度も……。私、数えきれないくらいイかされてしまいました。あん、思いだしただけで濡れちゃいます」

「先生、やめてよ、一体どうしちゃったのっ」

悠人が必死で制止するも、弥生は平然と言葉を続ける。

(弥生さんと坊やが、お風呂で……それにベッドで何度も激しく……)

硬直し、思考停止状態に陥っていた慶子は、弥生の言葉を脳内で反芻した。徐々に意識が戻ってくると、ようやく意味が理解できた。

（二人でお風呂！　それにベッドで何度もですって！）

たちまち嫉妬心に火が点る。頭がカッと熱くなった。燃え狂う嫉妬の炎が身を焦がす。

「ちょっと弥生さん、どういうつもりなの！」

バンッとテーブルを叩き、慶子は立ちあがって叫んだ。

「あら、どうかしましたか？」

いたんですか、とでもいうように、弥生が驚きの相を作る。慶子は相貌を耳まで紅潮させた。感情の赴くまま言葉をぶつける。

「どうかしましたか、じゃないわ！　あなたはなにを考えているの！　私の前で坊やとのことを話すなんて――」

「あら、おかしいですね。慶子さんは悠人さんのことをお諦めになるんでしょう？　だったら関係ないじゃありませんか」

「うっ、そ、それは……」

痛いところを突かれ口ごもる。弥生の笑みから即座に策略だと悟った。言いかえしたかったが、ここで堪えねばこれまでの辛抱が水泡に帰してしまう。

慶子が押し黙ったのをいいことに、弥生は悠人を抱きしめた。

「さぁ悠人さん、慶子さんは放っておいて、二人で愛しあいましょうね。もうお家に帰るまで我慢できないので、ここでしちゃいましょう」

「なっ⁉　先生、さっきからなにを言って──ンンッ⁉」

弥生が悠人の唇を奪った。ただひとり状況が理解できない少年は目を丸くする。幼げな面持ちが動揺と羞恥に震える。

「なっ、弥生さん！」

慶子は言葉を失った。ここまでされるなど思いもしなかった。

（弥生さん、あなた、本気で……）

表面上はおどけていても、確固たる意思によっておこなわれている行為──。

弥生の決意は明らかだった。この楚々としたピアノ教師は、自分だけでなく叔母である慶子まで悠人と結ばせようとしている──すべては悠人のため、そして三人の幸せのため。倫理からは外れていても、これが唯一にして最良の方法なのだ、と。

（そんな！　そんなのって！）

あまりの衝撃に愕然とする。甥と叔母というだけでも世間では許されないのに、二人ならぬ三人で愛を育んでいこうというのか。

(でも、それなら……)

このまま身を引いたなら、悠人はきっと悲しむだろう。それに慶子自身、しばらくは立ち直れないはず。仮に弥生が身を引いたとしても、結果は同じに違いない。このあまえんぼうな少年は、愛する人との離別に耐えられないのだ。

ならば、悠人を悲しませない方法はひとつしかない。それが全員の幸せにも繋がる。

(そうなの？　それでいいの？)

凝り固まった心が緩やかに溶けていく。

そっと弥生に視線を向けた。

「弥生さん……」

弥生は悠人から唇を離し、にっこりと微笑む。

「さぁ、慶子さんもこちらに」

慶子は呼ばれるまま移動した。悠人の空いている側の隣りに腰掛け、その首筋に腕をまわす。

「お、叔母さん」

悠人が困惑の相を浮かべる。少年の首には、右側からは弥生の、左側からは慶子の腕がまわされていた。しなだれかかるように抱きつかれているため、両の二の腕には二組の乳房がむにむにと当たっている。

「坊や、好きよ……大好きよっ、坊やっ」

「ちょ、ちょっと待って――ンッ、ンンッ！」

慌てふためく唇を紅唇で塞ぐ。動かぬよう頭を後ろからがっちりと摑んだ。ぬるりと舌を差しこみ、戸惑う舌に巻きつける。

（ああ、坊やっ、坊やっ、坊やっ……）

慕る愛情を伝えるように、粘膜同士を擦りあわせた。悶えていた悠人もすぐにおとなしくなり、抱きついて舌を巻きつけてくる。温かな口内でぬろぬろと絡まる二枚の舌。やがて口づけは唾液交換へと移っていく。

「ふふっ、慶子さんたら……。じゃあ、私はこちらを……」

首筋から腕を外した弥生が、悠人の股間に手を伸ばす。ズボンのボタンが外され、ジッパーをさげる音が部屋に響く。ズボンとパンツが同時に下ろされ、逸物がブルンッと飛びだした。すでに隆々とそそり立ち、反りかえって腹部につこうとしている。

「まぁ、キスだけでもうこんなに……」

弥生の美貌に驚きの色が広がる。すぐにうっとりと瞳が潤んだ。頬がうっすらと桜色に染まる。

「今、楽にしてさしあげますね……」

上半身を倒した弥生が顔を横倒しにし、亀頭のネクタイをぺろっと舐めた。健康的なピンクの舌は唾液でヌラヌラと輝いていた。赤黒い肉幹の上を這う。

「――んっ、せ、先生っ」

叔母とのキスを中断し、悠人が上擦った声をあげた。

「まぁ、弥生さんってば大胆ね」

怒張を舐める弥生の横顔に、慶子は熱い吐息を漏らす。

髪をサッと掻きあげた弥生が、真剣な面持ちで裏筋を舐めていく。柔らかな舌が竿に絡みついていた。軟体動物を思わせるそれは亀頭のネクタイから根元までをねっとりと這いまわる。

頬は上気し、伏せ目がちの瞳は屹立を愛おしげに見つめていた。瞼の上では長い睫毛がかすかに揺れている。漆黒のウェーブヘアーからはシャンプーの爽やかな芳香がふわりと漂う。

「せ、先生、どういうことなのっ？　叔母さんも、なにが一体どうなってるのっ？」

突然の事態に悠人が戸惑いの声をあげた。

「ふふ、慌てなくていいのよ。私はもうどこにもいかないし、弥生さんだってずっと坊やと一緒にいてくれるわ。これからは三人で仲良くしていけばいいの」

「ホ、ホントなの？」

「ええ、もちろん。だから今日は三人で気持ちよくなりましょう。ね、弥生さん？」

慶子が話題を振ると、弥生は舌使いを止め、見上げた。

「そうですよ。詩織さんの代わりにはなれないかもしれませんが、私たちいつまでも悠人さんの味方です」

「叔母さん、先生……」

つぶらな瞳に涙が浮かぶ。あまりの嬉しさに言葉もないようだった。

慶子は弥生に目配せする。

「さぁ、それじゃあ……」

「ええ、私たち二人でいっぱい気持ちよくしてさしあげましょう。悠人さんはなにも心配なさらずに、ただ感じることだけに集中してください」

また竿に舌が絡みだす。ピンクの粘膜が唾液をたっぷりまぶしていく。

「ああっ、先生っ……」

「ほら、坊やはこっちよ。叔母さんともっとキスしましょう、ンッ……」

悠人の頭をそっと引き寄せ唇を奪う。上唇、下唇と、互いに唇を吸いあった。

ぷりぷりした感触を味わうように、ふやけるくらいしゃぶりあう。

「ンッ、叔母さん……んふっ、叔母さんっ……」

たまらなくなったのか、悠人の手が真っ赤なスーツの上を這いまわる。右手はむっちりと張った臀部に、左手はむにゅりと押し潰れていた胸元に辿りついた。

脂の乗った柔肌を愉しむように、優しいながらも捏ねまわすような手つきで撫でまわす。

「んっ……」

慶子の女体がピクンッと震えた。

（あんっ、坊やってば、いつの間にこんなさわり方……）

痴漢さながらのねちっこい手つきに息を呑む。一昨日まではただ力任せだった愛撫。それがたったの一日で、女の性感を掻きたてる繊細なタッチに変化していた。

（ああ、ダメよ。そんなに優しく胸揉まないで……）

やんわりと捏ねまわされる左胸がジンジンと痺れる。乳首とブラの裏生地とが擦れあうたび、甘美な愉悦が乳房からじんわりと広がった。身体がほんのりと熱くなり、かすかに吐息が荒くなる。

（あんっ、やだっ……お尻は強くしちゃダメ、あぁンッ……）

豊かに肉づいた熟尻に指が食いこみ、蕩ける快感に腰が震える。己の肉体に磨きをかけ、性経験も十分に積んだ慶子にとって、みっしりと皮下脂肪を湛えた美臀は全体が性感帯だった。触れられている部分だけが燃えるように熱を帯び、皮膚から生じる官能が子宮を揺さぶる。

（ダメ、これじゃすぐに……）

まさにそのとき、膣内がジュンッと濡れだした。膣壁から染みでる分泌液は、おとこを受け入れるため肉襞をぬるみで覆う。発情分泌は瞬く間に量を増す。

（あっ……）

とろっ、と溢れたのがわかった。秘口から湧きでた牝汁は、興奮により肥大した二枚の肉ビラに絡みつく。黒色のシルクパンティの船底に小さな恥染みを作りだす。

（あん、ダメ、感じちゃう……坊やだって思ったら、余計に……）

揉まれるほどに身体の奥が熱くなり、全身がカァッと火照っていく。服の下では肌にうっすらと汗が滲みだしていた。股間が切なく疼き、自然に内股が擦れあう。その動きにあわせ、豊満なヒップが物欲しげに揺れ動く。

（私ったら、こんなにもいやらしくお尻振って……。相手は実の甥なのに、年の離れた男の子なのにっ……）

己のはしたない仕種に気づき、パッと相に朱が散る。しかし、止められなかった。上半身と下半身から生まれる女悦の波が子宮を疼かせ、秘壺が牡を切望する。逞しい肉棒が欲しくてたまらなく、否が応でも豊腰を振りたててしまう。

「ンンッ、んふぅんっ」

襲いくる悦楽に耐えようと、唇を塞ぎ舌を差しこむ。一昨日の夜、少年を虜にした自慢のキステクニックを駆使し、愛撫の手を少しでも緩めようという算段だった。悠人を完全に骨抜きにするつもりで舌を巻きつける。

（ふふっ、これでなんとかなるわ。さぁ坊や、大人のキス、たっぷり味わいなさ

──えっ、嘘っ!? やだ、これって!)

咄嗟のことに目を丸くする。こちらから絡むべく仕向けた舌が、見事なまでに向こうから絡めとられていた。悠人主導で粘膜を擦りあわされ、驚きつつも女心が揺さぶられる。絡みあう舌のぬめりに脳裏が緩やかに蕩けだす。

(ああ、このキス、たまらない……)

三十二歳の美貌が少年とのディープキスに蕩けていく。首筋まで桜色に染まっていた。ぱっちりとした瞳は潤み、スッと筋の通った鼻からは抜けるような吐息が漏れている。波打つ栗色の髪はわずかに乱れ、接吻の動きにあわせ揺れる。シャンプーの香りがふわっと漂う。

(もぉ、坊やったらすっかりキス上手になっちゃって……)

甥との口づけに酔いしれながら臍を噛む。弄ばれるだけだった少年のキスは、キス巧者を自負する慶子を酔わせるほどに上達していた。弥生との行為で鍛えられたのかと思うと、悔しさが接吻を熱烈にさせる。

「んちゅ、んむっ……んふぁ、ンンッ……」

悠人の頭をがっちりと固定し、差しこんだ舌で口内を掻きまわす。口を口でぴったりと塞ぎ、吸引した。口腔に溜まった唾液を一気に啜り飲む。

（ああ、坊やの唾、美味しい……なんて美味しいの……）

飲めば飲むほど身体が火照り、さらなる唾液を求めて舌を絡めてしまう。いつの間にか一昨日とは立場が逆転していた。慶子は甥の唾液を残らず吸いだす勢いで唇を重ねていく。

その間も、悠人の手のひらは肉感的なボディの上を這いまわっている。双臀にぐにぐにと指を食いこませ、豊乳をむにゅむにゅと捏ねまわす。

（あん、やだ、もうこんなに……）

気がつくと秘所は潤みきり、クロッチをしとどに濡らしていた。大量の女蜜はもはや二重布では吸収しきれず、一筋の涎となって内股をつぅーと伝い、セパレートストッキングを濡らす。

火照った肌を流れていく冷たい感触が、己の昂ぶりをより実感させた。相手は一昨日の夜に童貞を卒業したばかりの十代の少年——それを認識するだけで壮絶な羞恥がこみあげ、顔から火が出そうになる。

「んふっ、坊や……叔母さん、もう坊やに夢中なの……坊やとのキスがたまらないのっ……」

「僕もだよ……叔母さんとのキス、最高に気持ちいい……」

「あんっ、坊やっ」

「ンンッ！　んっ、んふっ、んちゅ、んむぅうっ」

二人は熱く求めあう。口唇と唾液が織りなす官能の世界に耽っていく。

「あらあら、二人ともキスに夢中ですね。じゃあ、こっちも、んふっ……」

弥生が頭を起こし、真っ赤に膨らんだ亀頭に唇を被せた。桜の花びらを思わせる美唇が赤黒い肉幹を呑みこみ、根元まですっぽり咥えこむ。清楚な横顔は、わずかに鼻下を伸ばした卑猥な咥え顔に早変わりした。

「んっ、んふっ、んっ、んんっ……」

頭がゆっくりと動きだす。上下運動にあわせ、なだらかなウェーブヘアーがふっと舞った。つややかな唇が竿の上を滑っていき、口端から唾液がこぼれ落ちる。

「ンッ、ンンンッ」

未発達な肢体が快感にわななく。丸出しの下半身が震えていた。貧乏揺すりさながらの膝の痙攣が、フェラチオによる愉悦の大きさを物語る。

「──んっ、坊や、弥生さんのフェラチオが気持ちいいの？」

唇を離し問いかけた。紅唇はべったりと唾液にまみれ、てらてらと妖しい輝きを放つ。

「う、うんっ、オチン×ンが……ああっ、オチン×ンが溶けちゃいそうで……」

「ふふ、じゃあ私はこっちを舐めてあげる……」

慶子は悠人の襟元に顔を寄せた。首筋をれろーっと舐めあげる。

「ひゃんっ」

悠人はくすぐったさに飛び跳ねた。

「お、叔母さん、なにするの？」

「ふふっ、いいからじっとしてなさい。叔母さんが舌でたっぷり気持ちよくしてあげるから……」

「ひゃうんっ」

耳元でそっと囁かれた後、耳の裏側に舌が這わされた。ねっとりとぬめる舌腹で何度も首筋を舐めあげられつつ、左手でシャツのボタンが外されていく。

（ああ、叔母さんの舌が……それに先生のお口、温かくて……）

悠人は二人同時の愛撫に感動していた。類い希なる美貌と豊満な肉体を兼ね備えた憧れの年上女性から一度に愛してもらっている――そう思うだけで胸が熱くなり、こみあげる喜びを抑えきれない。

剛直を包みこむ弥生の口唇はねっとりと温かく、絡みつく舌が蕩けるような愉悦をもたらす。瑞々しい美唇は窄められ、その締めつけで竿をしごいていた。口腔に溜められた唾液のぬめりも相まって、淫口は膣さながらの空間と化している。

慶子の舌は首筋をつぅーっと下降し、顎下のラインをゆっくりと伝う。シャツのボタンはすべて外され、はだけた合わせ目から薄い胸元と腹部が露出した。慶子の頭がさがっていき、顎から肩、そして胸へと透明な唾液の跡が残っていく。

淫靡な舌はピンクの右乳首へ辿りつき、ぺろりと舐めた。

「あっ、叔母さん、そこっ……」

「驚いた？　男の子でも乳首は感じるのよ……」

婀娜っぽく囁いた慶子が、少年の胸に顔を埋める。尖らせた舌先が乳輪の円周を緩やかになぞった。先端の突起には触れない。あくまで周囲だけを舐めてじらす。

（ああ、これ、なんか気持ちいい……）

未体験の性感に陶酔する。男の乳首など性感帯ではないと思っていたが、甘い痺れがその考えを緩やかに崩した。舐められるほどに感度がよくなり、体が反応してしまう。華奢な肢体がピクピクとわななく。

「ふふ、坊やったら感じてるのね。どう、初めて乳首舐められた感想は？」

しなだれかかっている慶子が上目使いで問う。

「き、気持ちいいよ……おっぱい、すごく感じるんだ……」

「じゃあ、もっと気持ちよくしてあげるわね……」

乳暈全体がぺろぺろと上下に舐められる。同時に左手が伸ばされ、人差し指で左乳首が撫でられた。指の腹で先端をさわさわっとくすぐられる。

刺激により極小の突起が勃起していき、ツンと尖った。目を凝らさねばわからないような変化だが、生みだされる性感は倍増する。

「あら、坊やのここ、大きくなったわよ。それでも小さくてかわいいわ」

「だって、気持ちいいから……」

「ふふ、叔母さんの舌、たっぷり味わいなさい……」

ピンクの舌が右から左へと移り、乳首に絡みつく。もう一方では、指先で乳暈の円周を撫でまわされた。

「ああ、いいよ……乳首、すごく気持ちいい……」

陶然とした呟きに、弥生が口からこわばりを放した。

「悠人さん、こっちも忘れないでくださいね……」

そう言って、裏筋を舐めあげる。右手で陰嚢を包みこんで転がしながら、性感のラインに丹念に舌を這わせていく。

（まぁ、弥生さん……）

乳首を責めていた慶子は、ふと目にした弥生の媚態に息を呑んだ。慶子に気を使ってか、さきほどから脇に徹してくれていたピアノ教師。だがその口唇奉仕は丁寧そのもので、動きのひとつひとつから少年への愛がひしひしと伝わってくる。

（こんなフェラチオするなんて、弥生さん、坊やのこと本当に……）

さっきのやりとりのとき以上に実感した。弥生は心から悠人のことを愛しているのだ、と。

それに、女が男を心から愛した場合、ここまで尽くせるようになるのだと感心した。同時に、甥の分身を舐めたならば自分もこんな顔になるのかと思うと、こみあげる羞恥に身体が火照った。無意識のうちに剛直を凝視してしまう。

（坊やのオチン×ン、なんて逞しいの……。長くて太くて、それに雁が大きく開いてる……）

あの肉棒で膣内をがむしゃらに掻きまわされたい――そう思うだけで子宮が疼き、ラブジュースの分泌がいや増す。雁首の返しが肉襞を逆撫でする感覚を思い浮かべると腰が揺れ動いた。たっぷりと水分を吸った下着の生地が恥唇を擦り、性感が背筋を駆け抜ける。

（弥生さん、あんなにも美味しそうに……）

うっとりと裏筋舐めを続ける相貌に、激しい羨望が湧きあがる。まだ悠人の砲身を舐めたことがないだけに、フェラチオ願望は募るばかりだ。

（ああっ、舐めたいっ……坊やのオチン×ン、私のお口で気持ちよくしてあげたいっ……）

股間から目が離せずにいると、弥生がふいに視線をあげた。

（あっ⁉）

目があった。弥生も一瞬、驚きの表情を浮かべたのち、目元に笑みを宿す。

「……慶子さん、ちょっと交代していただけますか？」

「えっ⁉ え、ええ、もちろん……」

カァッと頬が熱くなった。自分はさぞ物欲しげな顔をしていたのだろう――想像しただけで猛烈な羞恥が身を焦がした。

屈めていた上体を元に戻し、弥生が悠人を抱きしめる。

慶子はソファーから降り、悠人の脚の間に跪いた。股間に顔を寄せる。

（ああっ、坊やのオチン×ンっ）

一日ぶりに見る惚れぼれするようなそそり立ち。容姿に似合わぬ偉容は唾液にまみれ、ぬらぬらと妖しいてかりを放っていた。噎せかえるような牡の淫臭が匂い立っている。

（あん、すごい匂い……。これが坊やの匂いなのね……）

鼻腔を刺激する生々しい匂いにうっとりとなる。子宮がキュンキュンと疼いた。分泌液の量がさらに増していく。

悦楽に染まった容貌からは高貴な妖美が漂っていく。牡のシンボルとの対比により、端正な美貌は卑猥なオブジェに早変わりした。

（ああ、こんなにもパンパンに膨らんで……。ふふ、苦しいのね。叔母さんが楽にしてあげるわ……）

栗色の髪を掻きあげ、亀頭の裏側をひと舐めした。

（ああっ、これが坊やの味……）

我慢汁の塩味が舌に広がる。しょっぱいだけの体液も、甥が出したものだと思えば美味だった。もっと舐めたいというように、自然と舌が動く。ピンクの亀頭から赤黒い幹に至るまで、小刻みに上下するベロが這いまわる。

「ああ、叔母さんが……叔母さんがフェラチオしてくれてる……」

股座の光景に悠人が感動の呟きを漏らす。

「ふふっ、悠人さんはこっちですよ、んっ……」

「ンンッ！」

弥生が悠人の唇を奪った。キスをしながら、少年の手は双乳と豊臀に辿りつき、服の上から柔肉を掴む。二人の舌が絡みあい、淫靡な吐息が部屋に響く。

（ああ、坊やのオチン×ンたまらない……）

肉竿に舌を這わせる慶子は、女としての悦びを噛みしめていた。これまでのフェラチオでは覚えたことのない奉仕の喜びが胸を覆い尽くす。

（お口でするのがこんなにも幸せなものだったなんて……）

実は慶子はあまりフェラチオを好まない。淑女の嗜みとして技術は磨いていたが、男に奉仕するということに、女性成功者としてのプライドが邪魔をする。自分の手で男を喜ばせるという優越感はあったが、奉仕による悦びはついぞ覚えたことがなかった。それが今では、幸福感がじんわりと胸に広がっていく。

（あぁんっ、もう、我慢できないっ……）

ルージュに彩られた真紅の唇を亀頭に被せる。根元まですっぽり呑みこんだ。

（あん、すごい……咥えきれない……）

口腔を埋め尽くす雄々しさにおんなが揺らぐ。先端が喉に当たっていた。かろうじて咥えきれているが、息をするのでさえつらい。

濃厚な牡の味が口いっぱいに広がり、恥臭が鼻腔を駆け抜ける。あまりの男臭さに頭がクラクラした。口内にジュワッと唾液が染みでる。

(坊や、叔母さんのお口でいっぱい感じて……)

「ンッ、んふっ、んっ、んっ、んっ、んっ」

真っ赤な唇で竿を締めつけつつ頭を振り始める。上下するたび亀頭の先端が喉を突いた。口唇を犯されているような気分に襲われ、被虐的な愉悦が身を駆け抜ける。苦しいはずなのに、おしゃぶりは激しさを増していく。

(ああ、なんて逞しいのっ……。こんなの、冷静でいられなくなる……叔母じゃなくて、ひとりの女になってしまう……)

口全体で感じる太さと硬さに理性が溶けていく。たまらなかった。しゃぶればしゃぶるほど唾液が溢れた。隣りに弥生がいることも忘れ、淫らな音を立てて舌を絡める。口唇のすべてで若牡を味わい尽くす。

「あらあら、慶子さんたらあんなに激しく……。ほら悠人さん、見てください」

「う、うん……叔母さん、すごい……」

かぁああっと頬が熱くなった。はしたないしゃぶり顔を悠人と弥生に見られている——そう思うだけで羞恥がこみあげ、舌を使うこともできなければ、二人を見上げることもできなくなる。

「あれ？　叔母さん、どうしたの」

「うふふ、慶子さん、恥ずかしがってるんですよ」

「や、弥生さん！」

思わず顔をあげて叫んだ。悠人と肩を寄せあっていた弥生は、目があうと穏やかに微笑んだ。

「恥ずかしがらなくてもいいじゃないですか。お互い、これからはずっとこうしていくんですから」

「で、でも……」

そうは言われても、そう簡単に慣れるものではない。

慶子が口ごもっていると、弥生がはにかむように語りかけてきた。

「わかりますよ、慶子さんの恥ずかしい気持ち。それに、悠人さんのオチン×ンに惹かれちゃう気持ちも……。同じ女ですから」

最後の言葉には、男根の魅力に惹かれてしまう複雑な女心が滲んでいた。

「弥生さん……」

弥生の相貌をじっと見つめる。小さな頷きが返ってきた。同じ少年を愛した者同士、その幸せから罪深さまで、言葉など交わさずとも通じあえた。

（そうよね。弥生さんだってあんなに美味しそうにおしゃぶりしてたんだもの……）

羞恥心を呑みこんだ慶子は、再び怒張に舌を這わせた。堂々と反りかえる太幹を幾度も舐めあげつつ、唾液にまみれたふぐりを左手で優しく揉む。ふにふにとした袋のなか、ふたつの玉をあやすように手中で転がす。

「ああ、叔母さんっ……なんだか、すごく……」

少年の体が性感に震える。最後のしがらみから解放された叔母の愛撫は、より濃度を増していた。まるで剛直に頬擦りでもするかのように、愛しげな眼差しを送りながらねぶっている。

「悠人さん、私も気持ちよくしてください……」

弥生が白いフリルブラウスのボタンを外していく。前がはだけられ、繊細なレースで飾られた純白のブラジャーが現れた。ホックが外されブラが取り払われると、たわわに実った膨らみがぷるんと揺れながら飛びだした。

「ああ、先生っ」

「あンッ」

透き通るように白い乳房の頂、ツンと尖った乳首に悠人がしゃぶりつき、弥生の身体がピクンと震えた。少年の手が双乳を摑むと、張りに満ちたバストが卑猥に歪む。悠人はさわり心地を愉しむようにやんわりと揉みつつ、頰をへこませ熱心に吸う。

「ああっ、悠人さん、吸ってくださいっ……もっと、もっとおっぱい吸ってくださいっ……赤ちゃんみたいにちゅうちゅうしてくださいっ……」

少年の頭を胸元に抱き寄せ、弥生が性感に声を震わせた。乳首が弱いらしく、つややかな唇から漏れる吐息が瞬く間に艶を増す。濡れた瞳はさらに潤み、美貌は首筋まで朱に染まった。乳房もうっすらと色づきはじめる。

(あん、坊や、おっぱいにばかり夢中にならないでっ……)

頭上の光景に妬心が頭を擡げ、慶子はこわばりを一心にしゃぶりだす。鼻の下を伸ばした淫らな咥え顔で、精巣から精液を吸いだすかのごとき勢いで頭を振った。右手では竿の根元を高速でしごき、左手では玉袋を包みこんで優しく揉む。口内では舌をローリングさせ、唇での締めつけと唾液のぬめり、それに吸引もあわせて極上の快楽を送りこむ。

「ンッ、ンッ、ンッ、ンッ、ンンッ、ジュルルルルッ！」

紅色の唇は赤黒い竿の上を滑り、口端から流れ落ちた一筋の涎が顎を伝う。波打つ栗色のロングヘアーが動きにあわせ揺れていた。ワインレッドのスーツに身を包み、男の足元に跪いて口唇愛撫に耽る様は、さながら高級娼婦のよう。

タイトなミニスカートはぴっちりと肌に張りつき、豊臀の流れるような丸みを写しだしている。膝をついた美脚は黒のストッキングに包まれ、化学繊維独特の艶を放っていた。スーツの胸部ははち切れんばかりに生地が引っ張られている。大きく開いた胸元では谷間がくっきりと刻まれ、身を寄せあった双乳が今にもこぼれてしまいそう。顎から唾液がぽたぽたと流れ落ち、乳間に水溜まりを作りだす。

（あん、おっぱいに涎が……。そうだわ……）

ふとあることを思いつき、慶子は肉茎から口を離した。スーツのボタンを外し、ブラウスのボタンも外す。背中に手をまわしブラのホックを外せば、はだけたブラウスの間からぶるんっと乳房が飛びだした。

「お、叔母さん？」

「ふふ、坊や、こういうのはどうかしら」

戸惑い顔の悠人には答えず、左右の膨らみで肉棒を挟む。焼けるような熱さと鋼のごとき硬さを肌に感じた。砲身は寄せられたバストであらかた包みこまれ、先端のピンクが顔を覗かせるのみ。

「坊やのオチン×ン、ほとんど隠れちゃったわね。私のおっぱいで気持ちよくしてあげるわ……」

「ああっ、叔母さんっ……」

ゆっくりと上半身を揺すりだす。唾液のぬめりを利用し、ギュッと寄せた柔肉で若牡をしごいた。ふたつの乳房はたぷたぷと弾み、乳首が桜色の弧を描く。動きにあわせ、鼻からはかすかな吐息が漏れ、雪白の谷間からはぴょこぴょこと亀頭が顔を出す。

(坊やのオチン×ン、かわいいわ……ピクピクしてる……)

胸の間で暴れる甥の分身に頬が緩む。女壺をあれほど激しく責めたてる逸物でも、こうしているとやんちゃな子供のように思えた。その様子に母性本能がくすぐられ、これまでの恋人ではありえなかったあたたかな感情が胸中に広がっていく。

「ああ、すごい……叔母さんのおっぱい、ぷるぷるしてる……」

「あんっ、悠人さん、こっちも見てください」

悠人がパイズリに見とれていると、弥生がその顔を抱き寄せた。少年の顔面が柔らかなクッションに沈む。

また両手が動きだし、大胆な動作で乳房を揉みはじめた。悠人は双乳をむにむにと捏ねまわしながら、左右の突起を吸っては舐め、舐めては吸う。ツンと尖った勃起乳首が唾液にまみれ、淫靡なてかりを放ちだす。

「先生のおっぱい、美味しいよ……コリコリしてて、すごくエッチだ……」

悠人は女の性感を知り尽くした舌使いで乳首を責める。ちゅっと吸いついてはすぐ放したり、舌先で執拗に転がしたり、ときには甘噛みしたりしていく。

「それは悠人さんがエッチな舐め方するからです、ンンッ……」

乳首への刺激が変化するたび、弥生は甘い声をあげ頤を反らす。ブラウスの胸元から合わせ目にかけて施されたフリルが揺れていた。桜色の美唇はキュッと内側に巻きこまれ、流れるような柳眉が八の字を描き、瞑られた瞼の上で長い睫毛がわなないている。

（弥生さん、あんなにも気持ちよさそうな顔をして……）

悦楽に染まった美貌を見て、慶子は羨ましく思う。自分もあんな風に愛されたいと感じたが、今は自分が快感を与える番だった。こみあげる切なさをこめ、亀頭の先端をちろりと舐めた。めいっぱい首を下に向け、胸を揺らしつつ舌を絡める。

胸と舌でのダブル奉仕に、先走りの汁が止めどなく漏れだす。慶子はそれを熱心に舐めとった。舌先を尖らせ、先端の切れ目をチロチロとくすぐる。

「あっ、叔母さんっ、そこっ、ああっ……」

悠人の声が切迫感を帯びてくる。膝がかすかに震えていた。こわばりもひとまわり膨張し、目前に迫った放出の瞬間を待ちかまえる。

「いいのよ坊や、叔母さんのお口にいっぱい出して……坊やの濃いの、いっぱい飲ませてちょうだいっ……」

たぷんたぷんと胸を揺らす。高速で上下する双乳はリズミカルに弾み、牡のシンボルを摩擦していった。叔母の唾液と甥の我慢汁が入り混じり、乳間はすでにドロドロに粘ついている。

慶子の吐息は今や喘ぎに近く、胸元はほんのりと色づいている。服のなか、特にスカート内にはじっとりと汗が滲んでいた。身体の火照りは増す一方で、分泌されつづける愛液はフローリングの床に水溜まりさえ作っている。

「ああっ、叔母さんっ、出すよ、ああっ、あぁああっ！」

「ンッ、ンンンッ！」

肉幹がひときわ大きく脈動した瞬間、慶子は亀頭に唇を被せた。乳房に包まれた男根は派手に脈打ち、濃厚な白濁を叔母の口内にしぶかせる。

（ああっ、出てるっ……坊やの熱いの、口のなかにいっぱいっ……）

灼熱の迸りを口腔で受けとめる。凄まじい勢いだった。苦くて青臭い味が口いっぱいに広がり、噎せかえりそうなほどの生臭さが鼻腔を埋め尽くす。どろりとしたスペルマはこれまでにも増して多く、一部が口端からこぼれて顎を伝う。

（ああ、これが坊やのザーメン……これが坊やの精液……）

今一度、子宮で受けとめたいとでもいうように、うっとりと種子汁を嚥下した。真っ白な喉が悩ましげに動いていく。こくん、こくんと飲むほどに、子宮がぽうっと熱を孕んでいった。身体が芯から燃えていくのがわかる。

「叔母さん、飲んでるんだね……僕の精子、飲んでくれてる……」

足元に跪く叔母を、悠人が感動の面持ちで見つめる。

「あん、慶子さん、羨ましいです……」

弥生は物欲しげな眼差しを向け、かすかに喉を鳴らした。

「──んっ、坊や、たくさん出したわね」

こわばりから口を離した慶子は、真紅の唇をぺろりと舐めた。精飲により、なにげない仕種にも抑えきれない色香が漂う。

「ふふ、でもここはまだ満足していないみたいですよ」

弥生がからかうように指摘した。若牡は依然として屹立し、さらなる快感を求めるかのようにヒクヒクと動いていた。

「先生、叔母さん……僕、もう……」

悠人が切なさを滲ませた眼差しを二人に向ける。

慶子は弥生に意見を求める視線を送った。ピアノ教師はにっこりと微笑む。

「慶子さんが気持ちよくしてさしあげてください」

「い、いいんですか？　私は今、坊やの濃いのをもらったばかりなのに。順番からすれば弥生さんが──」

「ふふ、いいんですよ。私は昨日、たっぷり愛していただきましたから。だから慶子さんがお先にどうぞ」

「弥生さん……」

弥生の優しさに心を打たれる。弥生は叔母と甥の仲を取り持ってくれたのみならず、今日はあくまで慶子を立ててくれるつもりなのだ。

(弥生さん、本当にありがとう……なにからなにまで、全部あなたのおかげよ……)

胸の内で礼を述べつつ、慶子はすっと立ちあがった。

「じゃあお言葉に甘えて、お先、失礼しますね」

「ええ、お二人が愛しあうところ、しっかり見させていただきますね」

「もう、弥生さんったら」

女同士で微笑みあう。弥生がそっと悠人から離れた。

「お、叔母さん、どうするの？」

「ふふ、坊やは座ってなさい。ほら、こうするのよ」

慶子はパンティを脱ぎさった。ソファーの上に立って甥の脚を跨ぎ、向かいあう。

ミニスカートを半分ほど引きあげる。むっちりと肉づいた雪尻が露わになった。太腿は途中からストッキングに覆われておらず、なめらかな肌の上をガーターベルトから伸びたサスペンダーが走っている。スーツの赤とストッキングの黒との対比が目に眩しい。

股間は完全に露出し、恥丘の黒い生い茂りまで窺えた。

膝を曲げ、真下でそびえ立っている肉槍を手で掴む。自分で狙いを定めながら、慎重に腰を落としていく。

「ああっ、叔母さんっ……」

ワインレッドのミニスカートを纏った豊臀が下降する。

周囲を恥毛に覆われた秘部は透明な蜜にまみれ、てらてらと妖しく輝いていた。ピンクの割れ目が亀頭に接近していき、先端にぬちょっ、と接触する。

「ンッ、ンンッ……」

それでも腰を下ろしていけば、膨らみきった亀頭が膣内に埋没した。硬い先端が潤みきった肉道を押し広げ、その身を内部に埋めてくる。

(アッ、アアッ……坊やが、また坊やが入ってくるっ……)

秘壺を貫く雄々しい屹立に身を震わせる。内部を埋め尽くされる感覚がたまらなかった。愛しい甥と繋がれたのだと思うだけで、喜びが全身を駆けめぐる。

腰を落としきると、男根は完全に姿を隠した。白い熟尻とそこから伸びる黒ストッキングに包まれた脚、たくしあげられたスカートが見えるのみ。

「ンッ……全部入ったわね。私のなか、坊やのでいっぱいよ」

悠人の首筋に手をまわし、斜め下にある幼げな面持ちを見つめた。

「うん、わかるよ。僕の先っぽ、叔母さんの奥に当たってる……」

悠人がウエストに腕をまわし、グッと腰を持ちあげてくる。亀頭の先端が軟骨に似た子宮口を圧迫した。途端に余裕が失われる。

「ンンッ、坊や、なにしてるのっ、や、やめなさいっ」

「どうして？　女の人ってこうされると気持ちいいんでしょ」

悠人が腰を「の」の字に動かしてきた。子宮口がグリグリと擦られる。

「ンッ、あンッ、ぼ、坊や、やめなさい、あぁンッ、そこはダメよっ……」

自然に声が蕩けだす。全裸に近い格好でソファーに座る甥に跨った叔母は、咄嗟に悠人に抱きついた。肩口に顔を埋め、快感を堪える。

（アアッ、坊やったらいつの間にこんな技を……）

子宮口からの悦楽に震える。最奥を刺激されるたび、熱いなにかがジワッと下腹部に広がっていった。愉悦の波は緩やかに全身に染み渡る。

（ああ、これって……）

膣の奥深くでの快感は、俗にボルチオ性感と呼ばれるもの。知識として知ってはいたが、体験するのは初めてだった。愛しい甥に新たな性感を目覚めさせられていると思うだけで、幸福が胸にこみあげる。

「叔母さんのオマ×コ、あったかいよ……ザラザラが絡みついてきて、僕のオチン×ン食べられちゃいそうだ……」

悠人が法悦の面持ちを浮かべる。最上級の女肉にしっぽりと歓待され、動いてもいないのに快感に背筋を震わせている。

「やっぱり叔母さんのオマ×コすごい……。先生のみたいに締めつけてはこないけど、ウネウネ動いてて生きてるみたいだ……」

（あぁんっ、坊やったら……）

ピアノ教師と秘壺を比べる発言に、嫉妬と羞恥が同時に生まれた。不愉快さは微塵もなかった。ただおんなが刺激されてしまい、膣が激しい抽送を切望する。

「……坊や、動くわよ。しっかり腰を摑んでなさい」

恐るおそる腰を持ちあげていく。抜けていくとき、柔襞が砲身に絡みつき、雁首が内壁を逆撫でした。擦りあげられる感覚に背筋が震える。愛液にまみれた剛直がぬうっと姿を現してから、また腰を下ろしていく。

「ああっ、叔母さん、気持ちいいよ、あっ、ああっ」

真紅のミニスカートからはみでた白い双臀が弾んでいく。抽送にあわせ栗色のウェーブヘアーがふわっと揺れた。肉同士がぶつかる乾いた音が鳴り響く。

(あぁンッ、やっぱり坊やの、すごく硬いっ……)

膣内を掻きまわす肉棒の逞しさに陶然となる。ひと突きごとに襞が甘く擦られ、子宮が揺さぶられた。陰核が擦られるので、内と外から同時に快感が襲いくる。

(アアッ、なんて素敵なのっ……坊やのオチン×ン、たまらないっ……)

腰を振っていくごとに、若牡の素晴らしさをしみじみと感じる。膣道を広げる太さ、子宮口まで届く長さ、鋼のごとき確かな硬さ、そのどれもが熟れた女体にはあまりに魅力的で、三十二歳の叔母ははしたない腰使いに耽ってしまう。

「ああっ、叔母さん、もうどこにも行かないでっ、ずっと僕のそばにいてっ」

「ええ、いるわっ、ずっと坊やと一緒にっ……好きよ坊や、愛してるわっ」

「僕もだよ、僕も叔母さんが好きっ、大好きっ」

「ああっ、坊や!」

「ンッ、ンンッ!」

大胆な腰使いを繰りだしつつ唇を奪う。舌を差しこみ、絡ませた。熱烈に唇を吸いあってから、何度も唾液を交換する。

「ふふ、慶子さんったらすごい腰使いですね。お二人の繋がってるところ、丸見えですよ」

ふいに、弥生の声が背後から聞こえた。

「や、弥生さん⁉」

振りかえって下を見やると、膝立ちになった弥生が結合部に顔を寄せていた。性交の様子を至近距離から観察され、慶子の横顔にパッと朱が散る。

「なっ、弥生さん、やめてくださいっ、そんな近くで見るなんてっ」

「あら、さっき言いましたよ。お二人が愛しあうところ、しっかり見せてもらいます、って」

「そ、そんなっ、あれは単に——」

「ふふ、とか言いながら、腰の動きはお止めにならないんですね」

「えっ⁉ こ、これはっ、違うの、違うのよっ」

くねりつづける腰使いを指摘され、壮絶な羞恥がこみあげる。しかし、止められなかった。三十二歳の熟れた身体は若牡の雄々しい魅力に抗えない。

「他人のセックスを見たのは初めてですが、こんなにもいやらしいものなんですね。ああ、すごい……見ているだけで我慢できなくなっちゃいそうです……」

抜き差しの様子を間近で眺める弥生が、小さく喉を鳴らした。

パンパンに膨らみ、青筋さえ走らせた太幹が、潤みきったおんなを貫いていた。動いているのは肉穴の方なので、淫らな牝がおとこをしゃぶっているともいえる。艶臀が上下するたび接合部からは体液が飛び散り、卑猥な水音が鳴り響く。

「お二人のここ、もっと気持ちよくしてさしあげますね……」

「ああっ！」「ひゃぁンッ！」

悠人と慶子は同時に叫んだ。

結合部に顔を寄せた弥生が、二人が繋がっている部分に舌を這わせていた。頭を横に倒し、下から覗きこむようにして、裏筋と花弁をぺろぺろと舐めまわす。

「ああっ、先生……そんなところ舐められたらっ……」

悠人が声を震わせる。膣と舌との二段責めに、華奢な体がわなないていた。

「や、弥生さん、やめてっ、今、舐められたりなんかしたらっ……」

慶子は切迫した声を漏らす。ただでさえ壮絶な快感に襲われているのに、舌での愛撫まで加えられては絶頂感がこみあげてしまう。

「悠人さんと慶子さんの味がしますよ。すごくエッチな味です……。ああっ、もうダメっ……」

熱心に舌を使っていた弥生が、もどかしげに身体をくねらせた。はだけたブラウスから飛びでている乳房に左手が伸び、豊かな膨らみをむにゅりと掴む。右手はスカートのなかへと潜りこみ、しなやかな指先が総レースの純白パンティの上から秘所を捉える。ゆっくりと豊乳を捏ねまわし、秘裂をなぞりだした。桜色の唇から甘美な吐息が漏れはじめる。

「せ、先生、オナニーしてるの？」

弥生の喘ぎ声に悠人が驚きの声をあげる。少年は叔母の腰に手をまわしつつ、必死で快感を堪えている様子だった。

「だって、こんなにエッチな光景見せられたら、あぁンッ……」

じれったそうに両手を動かしつつ、弥生は舌を使いつづける。ピンクの粘膜が赤黒い竿に絡みついていた。愛液と我慢汁が入り混じったものを丹念に舐めとる。

「あん、エッチなおつゆがこんなところにまで……」

舌がさがっていき、陰嚢へと辿りつく。ふぐりは体液にべっとりとまみれていた。キュッと引き締まった袋を淫靡なベロが舐めまわす。舌腹を最大限に使い、裏側まで余すところなくねぶっていく。

「ああっ、先生、そこはダメっ、今舐められたらっ……」

「んっ、坊や、おっぱい吸ってて っ、叔母さんのおっぱいちゅうちゅうしてっ」

「んっ、んんっ！」

慶子は甥を胸元に抱き寄せた。豊満な乳房に少年の顔面が埋まる。悠人はすかさず乳首を探り、頬張ってきた。吸いつかれた側から甘美な性感が生まれ、背中がピクッと震えてしまう。

「アアッ、そう、もっと吸って……ンッ、もっと、もっと強くっ……」

頤を反らせ腰を振る。波打つ栗色の髪が揺れていた。ワインレッドのスーツを着た背はなだらかなアーチを描き、ストッキングに包まれた脚は爪先立ちになっている。

「叔母さん、僕、もう出ちゃうっ……」

「いいわよ、出してっ、叔母さんのなかに坊やの熱いのいっぱい注いでっ」

ラストスパートとばかりに猛然と腰を振りたてる。白い美臀が凄まじい勢いで上下し、残像が弧を描いた。はだけられたブラウスから飛びでた乳房がぶるんぶるんと派手に弾む。結合部からは淫らな粘着音が鳴り響き、大量の飛沫を辺りに撒き散らす。ぶつかりあう肌が乾いた音色を奏でていく。

「ああ、坊や、キスしましょう、叔母さんとキス、ンッ……」

唇を重ね、舌を絡めあう。悠人が両手で乳房を掴み、揉んでくる。双乳を捏ねまわされる快感に震えながら、甥との口づけに浸っていく。

「ンッ、ンンッ、ンッ、ンンンッ！」

悠人がくぐもった叫びをあげ、蕩ける膣内で若い欲望を迸らせた。身体の奥にぶわっと広がっていく熱い血潮。怒張はビクンッ、ビクンッと脈打ち、大量のザーメンを壮絶な勢いで子宮口へ打ちつけていく。

（アッ、アアッ……出てるっ、坊やの精液が私のなかにっ……）

膣内射精の悦びに震える。甥の愛情が全身に染み渡っていくような気がした。膣内では二重三重に張り巡らされた襞が蠕動し、若牡から精を搾り取ろうとする。

（アアッ、ダメっ……くるっ、イッちゃうっ……）

力の限り悠人に抱きつき、全身を硬直させて絶頂に備える。身体がふっと浮きあがったような気がした刹那、頭のなかが真っ白に染まった。壮絶なアクメの大波が襲いくる。

（アアッ、イクッ、イッちゃう、いっくぅうっ！）

甥の肩に頭を預け、ギュッと背筋を丸めてオルガスムスを受けとめる。天まで昇るかのようなエクスタシーが全身を駆け抜けた。脳裏では無数の花火が咲き乱れる。

ストッキングに包まれた美脚と背中に、ビクッ、ビクビクッとさざ波が走っていく。慶子は数瞬の間、痙攣しつづけたのち、悠人にがっくりともたれかかった。

「あっ、ああっ……坊や、たくさん出したわね……」

オーガズムの波が引いてから、慶子は弱々しい声で呟いた。その面持ちには愛する甥と同時に達せられた喜びが滲んでいる。

「うん、叔母さんのなか、すごく気持ちよかったから……」

悠人が満ち足りた笑みを浮かべる。二人は抱きあい、しばしの間、余韻に浸った。

「ふふ、お二人とも、よかったですね。……では慶子さん、代わっていただけますか」

背後から弥生の声が聞こえてきた。慶子はゆっくりと腰を持ちあげる。

「んっ、んんっ……」

豊かな臀部が上昇し、女膣からズルッと砲身が抜ける。いまだ萎え知らずの男根はべっとりと体液にまみれていた。シェルピンクの媚肉からは白濁がとろりとこぼれだす。

「あん、悠人さんのがこんなにもいっぱい……」

「ひゃンッ!?」

尻たぶに手のひらの感触を覚えた次の瞬間、ぬるっとしたものが秘肉を襲った。

慶子は両手でソファーの背もたれを摑み、腰を後ろに突きだした格好のまま振りかえる。

「や、弥生さん!?」

見ると弥生が、慶子の股間に顔を埋めていた。

「こんなにたくさん出してもらって、羨ましいです。あん、悠人さんの精液……」

「あんっ、ダメっ、弥生さん、やめてくださ、ふぅンッ……」

腰を振って逃げようとするも、臀部をがっちり摑まれているため無理だった。

弥生の舌は秘口に入りこみ、なかから白濁液を搔きだそうとする。

「アッ、そんなっ……なか、搔きださないでっ、ンンッ……」

豊満な美臀が悩ましげに揺れ動く。同性からの愛撫ということもさることながら、膣内に出された精液を舐めとられていることに羞恥を禁じ得ない。

（ああっ、私と坊やのが混ざったのを舐められてるっ……）

どうやっても逃がしてはもらえず、慶子は膣内からスペルマがなくなるまで、嬌声をあげながら身悶えつづけた。

「──んっ、悠人さんの、美味しかったです」

牡のエキスを堪能した弥生は、ぽおっと欲情のこもった面持ちで言った。

「もぉ、あなたって人は……」

ようやく解放された慶子は、悠人の隣りに腰を下ろす。外見からは想像もできないようなピアノ教師の積極性に苦笑いした。

「せ、先生……」

二人の行為を目の前で眺めていた悠人が、剛直をヒクヒクとわななかせていた。

「悠人さん、ソファーに仰向けになっていただけますか」

悠人がソファーに仰臥した。弥生が衣服をすべて脱ぎさり、ソファーに乗って少年の腰を跨ぐ。膝を曲げて屈んでから、真下で反りかえっている若牡を摑んだ。

「じゃあ、いきますよ……ンッ、ンンッ……」

そのままゆっくり腰が落とされていき、怒張は膣内へと消えていく。全裸の二人は騎乗位で繋がった。

「んっ……。悠人さん、入りました……」

弥生がサッと髪を掻きあげた。

「ああ、先生のなか、すごくきつい……」

強烈な締めつけに悠人が相を歪ませる。名器と呼ぶに相応しい三段締めが砲身を襲っていた。張り巡らされた柔らかな肉襞が絡みつき、入り口、中部、最奥と、三ヶ所でキュウキュウ締めつける。

「悠人さんのオチン×ン、奥に届いてるのわかりますよ」

染みひとつない背中がピクンッと震えた。

「うん、僕にもわかるよ。こりこりしたのがオチン×ンの先に当たってる」

「じゃあ、動きますね……ンッ、ンンッ……アアッ、深いっ……」

キュッと引き締まった若尻が動きだす。上下運動にあわせ、張りに満ちた乳房がぷるんぷるんと揺れた。結合部では粘液にまみれた男根が見え隠れし、淫らな粘着音が鳴り響く。肌同士がぶつかり、乾いた音が木霊する。

「ああっ、先生、そんなに締めつけながら動いたら、あぁあっ……」

柔膣しごきの愉悦に悠人が歯を食いしばる。女蜜に満ちた蜜壺は、出ていくときは放すまいと吸いつき、入るときはお帰りなさいとばかりに絡みつく。抜き差しごとに柔らかな襞が雁首を擦り、蕩けるような快楽を生みだす。

「あん、あぁンッ、悠人さんの当たってます、オチン×ン、奥にっ、ンンッ」

ピアノ教師は少年の上で淫靡なダンスを踊っていく。甲高いソプラノボイスが淫靡な音色を奏で、波打つ黒髪が派手に揺れた。弾む乳房の上で乳首が桃色の弧を描く。

(弥生さん、こんなにも気持ちよさそうな声出して……)

ソファーで息を整えていた慶子は、目前の光景に息を呑んだ。背後からなので背中しか見えないが、嬌声から弥生の乱れ具合が伝わってきた。出入りを繰りかえす結合部の様子は丸見えで、眺めているだけで昂ぶりが抑えきれない。

(ダメ、もう我慢できないっ)

即座に立ちあがり、服を脱ぎさった。ガーターベルトとストッキングのみの格好になり、弥生と対面するように甥の顔を跨ぐ。

「お、叔母さん?」

「坊や、叔母さんも気持ちよくして……」

「ちょ、待って——ンッ、ンンッ!」

ゆっくりとしゃがみ、あどけない相貌に秘唇を押しつけた。

「ンッ……」

グラマラスな肢体がピクンとわななく。蜜滴る牝肉は少年の鼻に当たっていた。確かな突起が感じられ、甘美な電流が背筋を駆け抜ける。

「慶子さんって、大胆なんですね」

一旦、腰使いを止めた弥生が、感心したように漏らした。

「あら、あなたほどじゃないわ。──ふふっ、でもすごいわね。二人の女がひとりの男に跨ってるなんて」

「ホントですね。なんていやらしいんでしょう……」

自分たちの淫らさを噛みしめるように、弥生が欲情のこもった面持ちを浮かべる。

「仕方ないわよ、坊やがエッチなんだから──あんっ、坊や!」

慶子が嬌声を部屋に響かせる。悠人の顔面が動き、口唇が女陰を捉えていた。ぬめる舌が媚肉粘膜をぺろぺろと舐めまわす。

「はぁんっ、いいわっ、もっと舐めてっ、私のアソコ、舐めまわしてっ」

むっちりと豊かな熟尻が、さらなる愉悦を求めてくねる。その光景は淫らな牝そのものだった。顔中に牝汁を塗りつける勢いで腰を動かす。

「あん、慶子さん、なら私も……」

弥生が腰使いを再開させ、つややかな桃尻が弾みだす。楚々とした美貌が快感に染まっていく。

（アア、すごいっ……坊やの舌、たまらないっ……）

慶子は襲いくる官能の大波に酔いしれていた。顔面騎乗の興奮もさることながら、前とは比較にならぬほど巧みなクンニリングスに驚きを隠せない。

（なんてことなの、これが坊やの愛撫だなんて……）

あまりの上達ぶりに舌を巻く。とてもではないが十代のクンニではなかった。唇と舌を最大限に駆使し、花弁、膣口、尿道口にクリトリスへと、性感を的確についた口撃が見舞われていた。しかも、そのねちっこさといったらベテランも顔負けで、ときには激しく、ときにはじれったいくらいに優しく、おんなを舐めては吸ってくる。緩急織り交ぜた熱烈愛撫に、性感のボルテージが急激な上昇曲線を描いていく。

「あぁンッ、坊や、そんなに舐めちゃダメっ……。私が悪かったわ、だからお願い、もうやめてっ……」

あまりの悦楽に腰をあげると、柔尻が手でがっちりと掴まれた。

「どうして叔母さん、気持ちいいんでしょ？」

「で、でも、こんな格好でイッたら坊やの顔に……」

はしたない体液を浴びせてしまう――そう言いかけて口を噤む。慶子にはひどく感じると潮を吹いてしまう癖があった。通常のセックスでは大丈夫だが、口唇愛撫の場合は安心できない。

「叔母さんのオマ×コ、すごく美味しいよ。もっと気持ちよくしてあげる……」

「ああっ、坊や、やめてっ、許してっ」

いやいやと柔腰を振りたてるも、快感に震える身体では逃げられない。

「ふふ、ダメですよ慶子さん。さぁ、二人で気持ちよくなりましょう、ンッ……」

「ンンッ⁉」

弥生に抱きしめられ、唇を被せられた。舌を差しこみ、絡められる。

（ああっ、弥生さんっ……）

女同士での口づけに戸惑うも、ぬめりのなかで粘膜が擦れあえば、たちどころに意識が蕩けていく。同性とキスしたのは初めてだが、不思議と嫌悪感は湧かなかった。それどころか妖しい感情が芽生え、自分からも舌を使ってしまう。

抱きあう二人の間では、二組の乳房がむにゅりと潰れている。見事なまでに豊かな四つの膨らみは、押しくら饅頭さながらだった。球体であるはずの柔肉が卑猥に歪み、身体の両横からはみだしている。

（アアッ、同性でのキスがこんなにもいいなんて……）

レズビアンキスのめくるめく愉悦に酔いしれる。男とは異なり、ねちっこさのなかに繊細さが感じられる接吻だった。桜色の唇は瑞々しく、食べてしまえるのではないかという気さえする。

（あん、ダメっ……胸、感じちゃうっ……）

共に腰をくねらせているため、身体の動きにあわせて乳首が擦れた。突起同士が擦れあったときなど、お互いに甘い鼻息を漏らしてしまう。

（私たち、なんていやらしいのかしら。坊やに跨ってるだけでなく、女同士でキスまでしてるなんて……）

現状をあらためて意識し、危ない感情が胸にこみあげる。女とはつくづく淫らな生き物だと思った。それが倒錯的な思いへと繋がり、腰と舌の動きが激しさを増す。

「んっ、弥生さんっ、弥生さんっ……」

「んんっ、慶子さんっ、慶子さんっ……」

口づけを交わしながら名前を呼びあう二人。

絡みあう女体にはじっとりと汗が浮かんでいた。絹のごとき肌は薄桃色に色づいている。むにむにと形を変える双乳の頂では、桜色の乳首がツンと尖っている。漆黒と栗色のウェーブヘアーは大きく乱れ、成熟した妖美を醸しだす。

（あんっ、すごいっ……これ、もうたまらないっ……）

汗のぬめりが吸いつくような肌ざわりを生みだし、性感を何倍にも膨れあがらせていた。触れあっている部分すべてから快感が生まれた。ねっとりとした肌の感触と熱さが、ひとつに溶けあってしまいそうな錯覚をもたらす。

火照りきった肉体からは甘ったるい体臭が匂い立ち、甘酸っぱい発情臭と入り混じって室内に満ちていく。

（アアッ、ダメっ……もう、イッちゃうっ……）

甥からの口唇愛撫と、ピアノ教師との甘い口づけ――ふたつの刺激に慶子はどんどん昂ぶっていく。じりじりと脳が灼けつき、身体の火照りが止まらない。絶頂はすぐそこにまで迫っていた。

「弥生さん、私、もうっ……」

「私もです……。イキましょう、三人で一緒にっ……」

二人は抱きあったまま、ヒップをくねらせつづける。悠人は口唇を使いつつ、真下から腰を突きあげていた。三人のリズムがひとつとなり、リビングに官能の調べが奏でられていく。

「ああっ、もうダメっ、イクっ、イッくぅうっ！」

「ああっ、イッちゃうっ、ああっ、はぁあんっ！」

「ンンッ、ンンンッ！」

みっつの叫び声が重なった瞬間、慶子と弥生の身体が硬直した。数瞬ののち、なだらかな曲線を描く背中がビクビクビクッとわなないていく。

（あっ、ああっ……私、イッてるっ……坊やの顔の上でイッてるっ……）

慶子は倒錯した感情に震えながら、めくるめくアクメの渦に呑みこまれていく。

弥生は恍惚の表情を浮かべながら、膣内射精の悦びに身を震わせていった。

絶頂の波がおさまってから、騎乗の二人はようやく少年の上から退いた。肩で息をする悠人を起こしてソファーに座らせ、それぞれ両側からぴったりと寄り添う。

「どうだった、坊や？」

「す、すごかった。すごく気持ちよかったよ」

「ふふ、いっぱい出してくださいましたね。気持ちよくなっていただけたみたいで嬉しいです」

「ああ、叔母さん、先生……」

左右から乳房で顔を挟まれ、悠人は幸せに満ちた面持ちを浮かべる。

「二人とも、ありがとう。僕、叔母さんも先生も大好き」

「私もよ、坊や。愛してるわ」

「私もです。これからはずっと一緒ですよ」

二人はそれぞれ、少年の頬にちゅっと口づけをした。たちまち真っ赤に染まるあどけない相貌。一度は萎えかけていた逸物が、またムクムクと頭を擡げる。

「まぁ、坊やったら」

「あらあら……」

慶子と弥生が驚きに目を見開く。四つの瞳に、期待の色が満ちていく。

「あ、あの……これは、えっと……」

悠人があたふたと狼狽した。しかし、すぐに無駄だと思ったのか、潤んだ瞳で二人を見つめた。

「……ねぇ、もう一回、いい？」

「ええ、もちろん。坊やが望むなら何回でも」

「くたくたになるまで愛してくださいね」

両側から微笑みかけられ、悠人は二人に抱きついた。そのままソファーに倒れこむ。

「ああっ、叔母さん！　先生！」

「あんっ、坊や」「きゃん、悠人さん」

ふたつの嬌声がリビングに響き渡る。

三人による愛の調べは、夕方近くまで終わることなく続いていった。

第五章　最高の楽園　三人の年上・甘すぎる寝室

（ふふ、悠ちゃんどうしてるかしら）

出国から一ヶ月後。ヨーロッパでの公演を大成功で終えた詩織は、朝到着の便で日本に帰国した。

多くの荷物を持った人々が行き交う空港のロビー。その片隅にある公衆電話コーナーに詩織の姿はあった。息子へのお土産をたくさん入れた旅行鞄を脇に置き、慶子宅へ電話をかけている。

（ああ、やっと悠ちゃんに会えるのね）

コール音を耳にしながら、胸を弾ませる。この一ヶ月間、息子のことを考えない日はなかった。毎日、電話はしていたが、やはり声だけでは寂しさは拭いきれない。ようやく悠人と会えるのだと思うだけで、自然と頬が緩んでしまう。

（そういえば、悠ちゃん……）

出国前夜の出来事を思いだす。息子と離れるのがつらくて仕方なかった詩織は、悠人を寝室に呼んだ。子供のときのように二人で一緒に寝たが、息子の体はいつの間にか子供ではなくなっていた。

（あのときの悠ちゃん、オチン×ンをあんなに大きくして……）

悠人の切なげな表情と股間でそびえていたこわばりの様子を思いかえす。まだ幼いと思っていたのに、息子の逸物はもう大人顔負けだった。平然を装い、手で精を放たせてやったが、内心は驚きと戸惑いでいっぱいだった。

（それに私ったら、あんなことまでしちゃって……）

息子と離れる切なさと、息子の成長に対する喜び——ふたつの感情が入り混じり、最後にはキスまでしてしまった。思いだしただけで頬が熱くなる。

（だって、仕方なかったんだもの。悠ちゃんがかわいすぎたから……）

切なげな面持ちで胸に顔を埋めてきた悠人を思いだす。安らぎに満ちた表情で胸を揉み、乳を吸ってきた愛息子。こわばりを擦ってあげたときの震える眼差しがかわいかった。最後に母を呼びながら果てていったときは、息子への愛しさで胸がいっぱいになったものだ。

（ああ、悠ちゃん……）

それだけではなかった。日本を離れてからというもの、息子への愛情は日に日に募り、寂しさのあまり生まれて初めて自慰までおこなってしまった。それも毎晩、母子で結ばれる場面を想像して……。

（ああっ、息子でオナニーするママだなんて……）

羞恥で首筋まで紅潮する。いけないと思いながら指を動かした夜を思いかえすだけで、顔から火が出そうだった。悠人と再会したとき、自然に振る舞える自信がない。

『はい、もしもし？』

十回ほどのコール音ののち、受話器から愛しい声が聞こえてきた。

詩織は咄嗟に我に返り、努めて落ち着いた声で話しだす。

「悠ちゃん、ママよ。今、日本に帰ってきたの」

『ホ、ホントにっ？』

「ええ、これから空港を出るところだけど、まずは悠ちゃんの声が聞きたくて」

『ママ、お帰りなさい！　公演お疲れさま！』

「ふふ、ありがとう。悠ちゃんへのお土産もたくさん買ってきたわよ」

『やった！　ありがとうママ――あっ⁉』

ふいに悠人の声が跳ねた。

「なに？　悠ちゃん、どうかしたの？」

『ご、ごめん。なんでもないよ』

「そう？　ならいいんだけど。急に叫ぶからびっくりしたわ」

『う、うん……。ちょ、ちょっと待ってね』


「ちょっと、今はダメだよっ……」

受話器の通話口を手で押さえながら、悠人は震える声で言った。

高級マンションの広々としたリビングルーム。その片隅に置いてある電話の前に、パンツ姿の悠人が立っている。

その背後には紫の下着姿の慶子が立ち、後ろから甥を抱きしめていた。足元にはピンクの下着姿の弥生が跪き、少年のパンツをずりおろし、こわばりを手で優しくしごいている。

「あら、どうしたの？」

柔らかな乳房を背中へと押しつけ、慶子が悪戯っぽく尋ねる。その右手は少年の胸元へ寄せられ、マニキュアに彩られた指先が乳首を弄んでいた。

「そうですよ、なにかご不満な点でもありますか」

繊細な白指を男根に巻きつけつつ、弥生が楽しげに問いかける。ピアニストのしなやかな細指が赤黒い幹の上を滑っていた。

「なにか、って……。今、ママと電話してるんだよ。二人ともなに考えてるの？」

悠人は困惑した口調で言った。

二週間前、三人がひとつになれてからというもの、弥生もしばしば慶子宅に泊まるようになっていた。当然、夜は三人で一緒に寝る。昨晩もたっぷり愛しあった後、そのまま眠ってしまった。

そして今朝、ベッドで三人で戯れていたところに、詩織からの電話が入った。悠人は寝室を飛びだして受話器をとったわけだが、後から来た二人が突如、愛撫を始めたのだった。

「ふふ、いきなり部屋を飛びだす坊やが悪いのよ。ベッドには美女が二人もいるのに、他の女からの電話に飛びつくなんて」

乳首の周囲をなぞりながら慶子が囁く。その口調には、からかいと嫉妬が半分ずつ混じっていた。

「そうですよ。悠人さんはデリカシーに欠けてます」

手しごきをしつつ、上目使いで弥生が同調する。その瞳からは、悪戯と批難の色が感じられた。

「そ、そんな、他の女って……」

悠人は思わず言葉に詰まる。確かにデリカシーには欠けていたと思うが、相手は実の母親なのだ。

「あら、坊やにとっては姉さんだってひとりの女性でしょう?」

当然のように慶子が問いかける。弥生の口から母への想いは伝えられていた。

「私たちにとっては、最大のライバルですからね」

弥生があっさりと言った。

「で、でも……」

「ふふ、いいから早く電話に出なさい。姉さん、待ってるわよ」

耳元で囁かれ、通話口から手を放す。努めて平然を装って会話を再開させた。

「お、お待たせ、ママ」

『悠ちゃん、遅かったわね。なにかあったの?』

「う、うん、ちょっとトイレにいきたくなっちゃって」

「あらあら、悠人さんのオチン×ン、詩織さんの声を聞いただけで大きくなりましたよ……」

「ああっ」

悠人は声を震わせる。亀頭のネクタイを舌が襲っていた。ねっとりしたその感触に、背筋がブルッとわななく。弥生の舌は亀頭を這いまわり、裏筋へと移っていく。

『悠ちゃん？』

「な、なんでもないよ。それより、本当にお迎えにいかなくてよかったの？」

『ええ、だって空港まで遠いでしょ？　それに慶子ちゃんと弥生ちゃんはパーティーの準備があるんだもの。わざわざ来てもらうのは悪いわ』

公演の成功と詩織の帰国を祝って、四人でささやかなホームパーティーを開く予定になっていた。悠人は本当は迎えにいきたかったのだが、母が遠慮したのだ。

「ふふ、まさか姉さんも、坊やがこんなことしてるとは思わないでしょうね」

からかうように言った慶子が、肘の下から頭を通してきた。薄い胸元に顔を寄せ、乳首をペロペロと舐めはじめる。

「ああっ、叔母さんっ」

華奢な体にさざ波が走る。乳暈全体をぬめりが襲っていた。この二週間ですっかり目覚めさせられてしまった性感帯は、かすかな刺激でも大きな官能を生みだしてしまう。

『悠ちゃん？　慶子ちゃんがどうかしたの？』

「え、えっと、叔母さんが今、転びそうになって」

『まぁ、あの慶子ちゃんが？　ふふっ、珍しいこともあるのね』

受話器を通じて朗らかな笑い声が聞こえてくる。母の口調は息子と再会できる喜びに満ちていた。

（ああ、ママと電話してるのに、僕……）

愛撫を受けている悠人は、母の声に罪悪感を覚えてしまう。勃起している自分が恥ずかしかった。それでいて快感はいつにも増して大きいのだから複雑だ。

「気にしなくていいんですよ。これは私たちが勝手にやっていることですから」

少年の心中を読み取ったのか、弥生が諭すように言った。

「そうよ坊や、私たちが坊やを誘惑したんだから、気にすることはないわ」

「う、うん……」

あたたかな言葉に罪の意識が薄れていく。母も大事だが、二人もまた大切な女性だった。母のいない間、孤独だった自分をその優しい身体で慰め、尽きることのない愛情を与えてくれた憧れの女性。今や二人のいない生活は考えられない。

「まぁ、坊やがエッチなのは確かだけど」

「ふふっ、そうですね。二人でお相手してちょうどなんですから、んふっ……」

弥生が桜色の唇を亀頭に被せた。竿の根元までねっとりとした粘膜に包まれる。

「ああっ、先生っ……」

『あら、もう弥生ちゃんもいるの？』

「う、うん、パーティーの準備があるから、ああっ……」

弥生の頭がゆっくりと前後する。つややかな黒のウェーブヘアーがふわりと揺れた。瑞々しい美唇で幹をキュッと締めつけられつつ、口内で舌を絡められる。

（ああ、先生のお口、気持ちいい……）

すっかり上達したフェラチオに陶酔する。吸いつき方に唇の締めつけ方、舌の絡め方から速度に至るまで、すべてにおいて極上のおしゃぶりだった。たっぷりと満ちた唾液のぬめりに包まれているため、そこだけが異世界に迷いこんだかのよう。

「ふふ、じゃあ私も……」

乳首を舐めていた慶子が跪き、少年の臀部に両手を添える。グイッと尻たぶを割り広げられた。透き通るようなピンクの窄まりが露出する。

「坊やのお尻って、いつ見ても本当に綺麗ね。たっぷりかわいがってあげるから覚悟しなさい……」

慶子がその美貌を埋め、桜色の粘膜に舌を這わせだす。

「ああっ、そこダメっ」

不浄の穴を舐められる感覚に身震いする。普段は刺激を受けることのない粘膜は敏感で、唾液のぬめりがありありと感じられた。叔母の舌は軟体動物さながらに、ねっとりと絡みつく。くすぐったさを伴う性感が背筋を駆け抜ける。

「坊やのお尻、美味しいわよ。それにヒクヒクしてかわいいわ……」

皺の一本一本にまで丹念に舌が這わされていく。恥ずかしくてたまらないのに、それが逆に倒錯的な快感を生みだし、砲身はさらに強張りを増していく。

『そこ？　ダメ？　なんのこと？』

受話器から母の声が聞こえ、悠人はハッと我に返った。

「え、えっと、叔母さんが悪戯を……そ、そう、僕の腋くすぐってくるんだ」

『まぁ……。ふふっ、慶子ちゃんったらおちゃめさんなのね。そうだわ、慶子ちゃんに代わってくれる？』

母の言葉を聞き、叔母に問いかけの眼差しを送る。慶子は立ちあがり、受話器を受けとった。

「お帰りなさい、姉さん。公演成功おめでとう。ええ、こっちは――」

慶子が会話を始めていく。その間も背後から抱きつき、むにむにと乳房を押しつけてきた。

ホッとしたのも束の間、上目使いで悪戯っぽい視線を向けてきた弥生が、おしゃぶりのペースを加速させた。口腔全体でめいっぱい吸いつき、窄めた唇で雁首を引っかけるようにしゃぶってくる。

「んっ、んふっ、ンッ、ンッ、ンッ、ンッ」

「あっ、それっ……」

ぷりぷりした唇が亀頭の括れを通過するたび、灼熱のマグマがじりじりと上昇していく。フェラチオと共に左手で優しく玉が転がされ、くすぐったい性感がこみあげる。この二週間でかなり長持ちするようになったが、油断していると果てかねない。

怒張が口から解放された。拘束を解かれた若牡は、反りかえってバチンッと腹部に当たる。

「ふふ、どうですか？　私のフェラチオ、気持ちいいですか」

「うん、いいよ。先生のフェラチオ最高だよ」

「私のお口、もっと感じてください……」

太幹に美貌が近づき、裏筋をペロペロッと舐めだした。舌が上下に素早く動き、その動作のまま頭を上下させ、性感のラインを往復していく。

（ああ、気持ちいい……）

裏筋を襲う小刻みな刺激に背筋がわななく。足元へと視線を落とせば、ピアノ教師の楚々とした美貌が雄々しい肉棒に奉仕していた。肌の白さと幹の赤黒さが織りなすコントラストが、口淫の光景をより煽情的に映しだしている。

「それじゃあ、弥生さんに代わるわね。――はい、弥生さん」

フェラチオの愉悦に浸っていると、慶子が弥生に受話器を差しだした。弥生は受けとって立ちあがり、悠人の顔面を胸元に引き寄せる。張りのある柔らかさに顔面が包みこまれた。

「詩織さん、お帰りなさい。長旅お疲れさまでした。公演成功、おめでとうございます――」

「じゃあ、今度は私の番ね……」

慶子がまた跪き、桜色の窄まりに舌を這わせだす。

「ああっ……」

両の親指で菊座が広げられ、舌を差しこまれた。ぬるりとしたベロは緩やかに回転し、括約筋をやんわりとほぐしてくる。

（ああっ、叔母さんの舌が、なかにまでっ……）

侵入者は驚くほど大きく感じられた。舌粘膜はヌルヌルしており、入り口付近の内壁を擦ってくる。それだけで妖しい愉悦がこみあげ、体から力が抜けていく。踏んばろうとしても力が入らない。

（叔母さんが僕のお尻を舐めてくれる……）

排泄の穴を舐められているという事実が、倒錯的な愉悦をもたらす。有名デザイナーとして活躍している叔母だからこそ、その悦びは計り知れない。

窄まりから舌を抜かれた。

「ふふ、坊やのお尻、さっきからキュウキュウ締めつけてくるわよ。そんなにお尻の穴が気持ちいいの？」

「う、うん、叔母さんに舐めてもらってるって思うと、僕……」

「もっと気持ちよくしてあげるわね……」

「ああっ」

再び舌が挿入された。同時に、横から伸ばされた右手が肉棒を掴む。裏穴を舌で穿られながら、しなやかな指先できゅっきゅとしごかれだす。

(ああ、これ、すごく気持ちいい……)

「ええ、それじゃあまた。――はい、悠人さん」

菊座を舐められながらの甘しごきに浸っていると、弥生が受話器を差しだしてきた。悠人は受けとる。

弥生が再び膝をつき、砲身をぱっくり咥え、頭を振りたてる。根元までずっぽり呑みこみ、蕩けるようなディープスロートを開始した。

『もしもし、悠ちゃん?』

受話器を耳に当てると、母の声が聞こえてきた。

「な、なに、ママ?」

男根とアナル――前後同時に官能を刺激されている悠人は、震える声で返事した。熱い煮え滾りはつけ根の辺りまでこみあげており、早く出させろと暴れ狂う。

かろうじて抑えつけてはいるが、気を抜けば即、爆発してしまいそうだった。

『ええ、ママ、そろそろ空港を出ようかと思って。なにか買ってきてほしい物とかある？』

「え、ええと……」

咄嗟には言葉が浮かばない。今はそれどころではなかった。弥生の口唇は溜まった欲望を余さず吸いとろうとするかのようにむしゃぶりつき、慶子の舌は肛門粘膜をヌルヌルと出入りする。前と後からの悦楽に股間がジリジリと灼けつき、電話が置いてあるカウンターに手をつかないと立っていられなかった。未発達な体が「く」の字に折れ曲がる。

「ふふ、もうそろそろみたいね」

「ですね、オチン×ンピクピクしてきましたし」

口を離した二人が確認しあう。どちらの美貌にも蠱惑的な笑みが浮かんでいた。

二人がかりで少年を責める状況を楽しんでいるらしい。

「坊やったら、姉さんと電話してるのに感じてるなんて」

「仕方ないですよ、オチン×ンとお尻を同時に舐められてるんですから。……じゃあ、そろそろ最後までいきましょうか」

「そうね……」

肉棒がすっぽりと口に含まれ、窄まりに舌が挿入された。弥生がラストスパートとばかりに頭を振りたて、口腔全体で若牡をしゃぶり、慶子は舌を限界まで入りこませ、入り口の腸壁を激しく擦っていく。

「あっ、そんなっ、あっ、あああっ」

壮絶な快感が悠人を襲った。咄嗟に声を抑えようとするも、勝手に声が漏れてしまう。

『悠ちゃん、どうしたの？ 悠ちゃん？ 悠ちゃん？』

受話器から母の心配そうな声が聞こえてくる。返事しなければならないと思うのに、口から出るのは弱々しい喘ぎ声ばかり。

（ダメだよ、ママとの電話中にイクなんてっ……）

それだけは避けようと、迫りくる快感の大波に必死で耐える。しかし、前後同時に責められてはどうしようもなかった。

（ああっ、もうダメだっ……我慢できないっ……。マ、ママっ！）

前と後ろからの愉悦に加え、母の美声も劣情を掻きたてる一端を担い、ついに限界が訪れた。ぐつぐつとこみあげていた欲望が、忍耐の壁を突破する。

「あっ、ああっ！　ママっ、ママぁあっ！」

大声で叫んだ次の瞬間、稲妻のごとき甘美感が背筋を駆け抜け、頭のなかが真っ白になった。竿の根元で荒れ狂っていた溶岩が精管を駆けのぼり、温かな口内へ濃厚な種子汁を解き放つ。

「ンッ、ンンンッ！」

噴水のごとき勢いで噴出するスペルマを、弥生は口腔で受けとめた。放出が始まっても頭の動きを止めず、精の出を促すようにしゃぶりつづける。慶子も舌をヌルヌルと動かし、肛門粘膜から生じる愉悦を与えていく。

「あっ、ああっ、あっ、あああっ……」

悠人は恍惚の面持ちで精を放っていく。怒張は膨張と収縮を繰りかえし、ドロドロの白濁を口のなかにしぶかせていった。蕩けるような悦楽が少年を緩やかに包みこむ。

『ねぇ悠ちゃん、なにがあったの？　もしもし、聞こえてる？』

射精の喜悦に浸っていたかった悠人だが、母の心配そうな声に正気を取り戻す。心地よい倦怠感が訪れるなか、どうにかして声をひりだした。

「……う、ううん、なんでもないよ」

『そう？　なんだかすごい声だったけど』

「そ、それより、早く帰ってきてね。早くママの顔見たいから」

『ふふ、わかってるわ。ママだって早く悠ちゃんの顔が見たくてしょうがないもの。それじゃあね。バイバイ、悠ちゃん』

「うん、ママ、バイバイ」

プツッと通話の切れる音が聞こえてきてから、受話器を下ろす。ようやく危険な電話が終わった。砲身が口から解放され、アナルに挿入されていた舌も抜ける。

悠人は跪く二人に向かって叫んだ。

「もぉ、先生も叔母さんも酷いよ！　僕、ママと電話してたのに！」

「ふふ、ごめんなさい。でも、今の悠人さんかわいかったですよ」

「そんなこと言って、ママに気づかれたらどうするつもりだったの？」

「あら、気づかれてないんだからいいじゃない」

「そ、それはそうだけど……」

釈然としないでいると、慶子が立ちあがり、背後から抱きしめてきた。

「坊やこそ、姉さんの声聞きながら興奮してたんじゃない？　最後、ママ、って叫んでたわよ」

「えっ!? そ、そんなこと……」

言ってない――と言おうとした刹那、その瞬間の記憶が蘇った。確かに母の声を聞き、最後は母を想いながら射精していた。叫んでいても不思議ではない。

「――でも、ママが帰ってきたらどうするの？」

悠人は話題を変えるべく、前々から気になっていた疑問を口にした。母が帰ってくれば、当然、今の生活は終わりを告げる。隠れながら二人との関係を続けることは可能だが、それは母を裏切っているようで心苦しい。

それに、また母と暮らせるのは嬉しいが、そうなれば母への想いが募ってしまう。自分の気持ちを抑えきれず告白してしまい、そして嫌われてしまったら――

それが悠人にはたまらなく不安だった。

少年の不安な面持ちを見て、慶子と弥生がアイコンタクトを交わす。

「そのことなら大丈夫。ちゃんと考えてあるわ」

穏やかな笑みを浮かべた慶子が、きっぱりと言いきった。

「大丈夫、って、どうするの？」

「ふふ、それはまだ秘密です。後のお楽しみということで」

弥生が優しい笑みを浮かべ、声を弾ませる。

「ひ、秘密って……。気になるよ、教えてよ」

「ダメよ。いいから私たちに任せておきなさい」

慶子が話を打ちきった。栗色の髪をサッと掻きあげる。

「さぁ、それじゃあお風呂に入りましょうか。汗びっしょりで気持ち悪いわ」

「そうですね。悠人さん、いきましょう」

「う、うん……」

釈然としない気持ちを抱きつつ、悠人は二人とバスルームに向かった。

「ママ、公演成功おめでとう！ そしてお帰りなさい！」

すっかり日も暮れた午後七時。悠人の声が慶子宅のダイニングキッチンに響き渡った。

続いて慶子が乾杯の合図を発し、ワイングラスがぶつかる小気味いい音が鳴り響く。

四人掛けのダイニングテーブル。母子が向かいあって座り、悠人の隣りには慶子が、詩織の隣りには弥生が腰掛けていた。純白のテーブルクロスの上には、慶子と弥生が半日がかりで作ったフレンチのフルコースが並んでいる。

四人は食事に興じながら会話を始めた。

「ただいま、悠ちゃん。長い間、寂しい思いさせてごめんなさいね」

詩織が悠人に向かって微笑んだ。ピンクのイブニングドレスに身を包み、長い黒髪をアップに纏めている。どことなく年頃の少女を思わせる美貌には、息子と再会できた喜びが充ち満ちていた。

「あら姉さん、寂しくなんてなかったわよ。だって坊やには私と弥生さんがついてたんだもの」

慶子が茶化すように言った。胸元と背中が大きく開いた深紅のホルターロングドレスで着飾り、栗色のウェーブヘアーを片方だけ胸元に垂らしている。

「まぁ、慶子ちゃんったら。——慶子ちゃんも弥生ちゃんもありがとう。二人のおかげで演奏に集中することができたわ。公演が成功したのも二人のおかげよ」

「そう言っていただけると嬉しいです。でも、詩織さんの演奏が聴けなかったのはちょっと残念でした」

弥生が無念そうに漏らした。すみれ色のマーメイドドレスを身に纏い、波打つつややかな黒髪を両方とも胸元まで垂らしている。

「ふふ、それなら大丈夫。そのうち日本でも公演をするみたいだから。日本なら一回につき一泊二日ですむし、慶子ちゃんや弥生ちゃんも招待できるわ」

「ママ、それホント？」

「ええ、もちろん悠ちゃんも聴きに来てね」

「うん、行くよっ、絶対行く！」

悠人が目を輝かせる。少年にとっても、母のコンサートでの生演奏を鑑賞できないのは心残りだった。離ればなれにならずにすむのであれば是非聴きたい。

「悠人さん、この一ヶ月でとても上達なさったんですよ」

「まぁ、本当なの？」

「はい、私が手取り足取り教えてさしあげましたから。……ね、悠人さん？」

斜め前から意味深な眼差しが向けられる。ピアノの腕があがったのは事実だが、弥生の口調には別のニュアンスがこめられていた。母の前でセックスの話題を持ちだされたと悟った悠人は、頬を赤らめる。

「えっ!?　え、えっと……」

「そうなのよ姉さん、私も聴かせてもらったけど、坊やったらすごく上手くなってるの。タフで、力強くて、もうメロメロになっちゃうくらい」

すかさず慶子が悪戯に加担する。

「まぁ！　悠ちゃん、頑張ったのね。演奏を聴くのが楽しみだわ」

詩織が両手をあわせ、屈託のない笑みを浮かべる。その純粋な笑顔からは、疑いなど微塵も感じられない。母親として、そしてピアニストとして、息子の成長を心から喜んでいる様子が伝わってくる。

（ママ……）

悠人の心に痛みが走る。母を騙しているようで後ろめたかった。慶子と弥生がなにを考えているかわからないため、気持ちに折りあいがつけられない。

「悠ちゃん、ママ、お土産のお話もいっぱいあるのよ。お家に帰ったらお話してあげるわね」

「う、うん、楽しみにしてるね」

（ああ、ママ、素敵だよ……ママはなんて綺麗なんだろう……）

柔らかな母の笑顔に心が奪われる。叔母も先生も魅力的だが、やはり母が一番だった。離れていた間に想いが薄れたかとも思っていたが、実際は前と同じか、それ以上に母を好きになっている。

「……もぉ、坊やったら」

母親に愛情の眼差しを向ける少年の横顔を見て、慶子が小さく呟いた。

「……やっぱり、ちょっと妬けちゃいますね」

その様子を見ていた弥生が、苦笑いする。

「あら、弥生ちゃんなにか言った？」

「いいえ、なんでもありません。それより、そのお土産のお話を聞かせていただけませんか？」

「ええ、いいわよ。ふふっ、なにから話そうかしら――」

詩織が向こうでの土産話を語りだし、四人でのパーティーは続いていった。そのなかでただひとり、悠人だけが複雑な表情を浮かべつづけていたのだった。


二時間後。食事を終えた女三人は、ソファーでゆっくりくつろいでいた。悠人はさきほど風呂に入りにいったためいない。

とりとめもない話をしていると、ふいに慶子が話題を変えた。

「ねぇ、今日、電話してたとき、坊やなにか変じゃなかった？」

「えっ？　そういえば……」

通話中のやりとりを思いだす。受話器を通じて聞こえてくる息子の声は、どこか様子がおかしかった。

「あのとき、悠人さんは私たちとエッチしてたんですよ」

「えっ⁉　エ、エッチって……」

弥生があまりにもさらりと言ったため、即座には意味がわからなかった。五秒ほど経ってから、ようやく言葉の中身が理解できた。

(エッチ！　慶子ちゃんと弥生ちゃんが、悠ちゃんとエッチ！)

落雷のごとき衝撃が全身を貫く。あまりの驚きに頭のなかが真っ白に染まった。思考が上手く纏まらない。

「ど、どういうことなの⁉」

かろうじてそれだけ訊くと、慶子が面目なさげな表情を浮かべた。

「驚かせてしまってごめんなさい。実は――」

慶子の口から、この一ヶ月間の出来事が語られる。母と離ればなれになり、すっかり沈みこんでいた悠人のこと。弥生の想いと、手と口による慰めのこと。慶子の想いと、一晩の過ちのこと。そしてその後、三人で結ばれ、共に生活していたこと。

「――そう、だったの」

話を聞き終わった詩織は、ぽつりと呟いた。衝撃的な内容だったが、腹が立つようなことはなかった。ただひとつ、自分の知らぬ間に息子が大人になってしまったことだけが一抹の寂しさをもたらした。

「ごめんなさい。私が坊やを預かったのに、こんなことになってしまって……」

慶子がすまなそうに頭をさげた。

「私もすみませんでした。私が悠人さんを慰めてしまったのがそもそもの原因ですから……」

弥生も同様に頭をさげる。

「ちょ、ちょっと、二人とも顔をあげて。私は別に怒ったりしてないわ」

「でも、姉さん……」

「ううん、いいのよ、気にしないで。そもそも、私が悠ちゃんをひとりにしたのが悪いんだもの。それに、寂しい悠ちゃんを元気づけてくれてたんでしょう？それなら二人には感謝しなくっちゃ。ふふっ、ありがとう、慶子ちゃん、弥生ちゃん」

「姉さん……」「詩織さん……」

詩織の笑顔に、二人の表情が和らいでいく。保護する立場でありながら少年と深い関係になってしまったことに、罪の意識を抱いていたのだろう。余計な気を使わせまいと、悠人の前では平然を装っていたが、内心は不安でいっぱいだったはずだ。

「でも、悠ちゃんったらエッチだったのね。二人も恋人がいるなんて」

場の空気を変えるべく、詩織は明るく笑った。慶子の表情が瞬時に変わる。

「そう、それよ」

「えっ、それって？」

「だから、坊やのことよ。坊やが一番好きなのは姉さんなのよ。それも、母親としてじゃなく。……姉さんだって気づいているんでしょう？」

「そ、それは……」

鋭い指摘に言葉を濁す。出国前夜、悠人が勃起したときに、薄々は気がついていた。だが、自分たちは母親と息子——許されざる関係だとわかっていたから、あえてなにも知らぬふりをした。禁断の一歩を踏みだすのが怖かったともいえる。

「ご存じですか？　悠人さん、詩織さんの下着でオナニーしてらしたんですよ」

「ええっ⁉　ま、まさか……」

驚愕が全身を駆け抜ける。ある意味では、さきほどの説明より衝撃的だった。悠人がそこまで自分を求めているとは思いもしない。

（悠ちゃんが、私の下着でオナニー……）

その場面を頭に思い浮かべると、胸の奥がキュンと疼いた。求められる喜びが、三十六歳の母親の心をときめかせる。

「ふふ、今、想像したでしょ？　坊やがオナニーしてるところ」

「えっ⁉　そ、そんなことないわっ」

「嘘ついてもダメよ。姉さんの嘘はすぐわかるんだから」

きっぱりと言いきられ、詩織は頬を桜色に染めた。妹のことだから、心の動きも見抜かれているだろう。実の息子でときめいてしまったことに、羞恥を禁じ得ない。

「ち、違うのよ。私はただ――」

「――姉さんだって、本当は坊やと結ばれたいんでしょう？」

ごまかしの言葉を遮り、慶子が核心を突いてきた。真剣な瞳で真正面から見据えられる。

「そ、それは……」

まっすぐな眼差しに耐えきれず俯く。極力、考えないようにしていた事柄だった。いくら愛しているとはいえ、母子相姦など世間では許されない。熟れた肉体を静めるため息子での自慰に耽ってはいたが、現実には無理だと己に言い聞かせていた。

「悠人さんから聞きましたよ。別れる前の日の夜、詩織さんからキスなさったんでしょう。どうしてそんなことなさったんですか？」

「あ、あれは……」

痛いところを突かれ、言葉に詰まる。ただのスキンシップ、との言い訳は状況が許すまい。思えばあのときから、息子に恋してしまった気がする。

「詩織さん、ご自分のお気持ちに素直になられてはいかがですか？　悠人さんだってそれを望んでいらっしゃるんですよ」

「でも、私たちは母親と息子で――」

「それをいうなら、私と坊やだって叔母と甥よ。……まぁ、それだって本当はダメなんだけど。でも、愛してるなら問題ないじゃない。大切なのはお互いの気持ち、でしょう？」

「そう、だけど……」

二人がかりで説得され、常識という名のしがらみが一枚ずつ剝がれていく。確かに二人のいうとおりだった。倫理には反しているが、誰に迷惑をかけるわけでない。愛しい息子と結ばれることができるなら、どんなに幸せだろう。

「それにね、悔しいけれど、私たちじゃ坊やの恋人にはなれても、母親にはなれないのよ……。お願い、姉さん、坊やを受け入れてあげて。坊やにはママが必要なの。それも、エッチな気持ちまで全部包みこんでくれる優しいママが……」

「私からもお願いします。悠人さんの想いを受けとめてあげてください」

「慶子ちゃん、弥生ちゃん……」

心からの懇願に、二人の悠人への愛情の強さを思い知る。我が子を愛してもらえる喜びが胸にこみあげた。同時に、息子がいかに自分を求めているかが伝わってくる。

(そうね……私も、悠ちゃんも、お互いに好き同士なんですものね……)

詩織は二人をまっすぐ見据え、ふっきれた表情で告げた。

「二人とも、本当にありがとう。私、悠ちゃんに抱かれることにするわ」

「姉さん!」「詩織さん!」

二人の顔にパアッと笑みが広がる。

「ふふ、姉さん、それじゃあ——」

入浴をすませた悠人は、パジャマに着替えていた。脱衣所を後にし、寝室へと向かう。

（叔母さん、一体どういうつもりなんだろう？）

三十分前のこと。突然、風呂に入るよう慶子に言われた。風呂からあがったらすぐに寝室に来るように、とも。

不審には思ったが、かといって拒否する理由もない。きっと母のことでなにか考えがあるのだろうと漠然と思っていた。

寝室の前に辿りついた。コンコン、と二回ノックし、入るよ、と一声かけてからドアを開け、足を踏み入れる。

扉の向こう、アンティーク調のダブルベッドの前には、黒下着姿の慶子と、白下着姿の弥生が並んで立っていた。照明が落とされているため室内は薄暗く、二人の肌の白さが際立っている。ベッドランプが放つ淡い光が、静まりかえった夜のベッドルームを包みこんでいた。

「二人とも、どうしたの？　なんでそんな格好——」

「ふふ、ある人が、坊やにプレゼントを渡したいんですって」

「ある人？　プレゼント？」

「ええ、とっても素敵なプレゼントですよ。――さぁ、前にいらしてください」

下着姿の二人がそっと左右にずれる。色白の女体の間から、同じく色白の女体が現れた。その人物を目にした瞬間、悠人は己の目を疑った。

「マ、ママ⁉」

頬を桜色に染め、モジモジと内股を擦りあわせているのは、紛れもなく母の詩織だった。生まれたままの格好の美母は、さながら絵画のビーナスのように、右手で豊満な胸元を隠し、左手で秘所を守っている。

「な、なんでママが？　それにその格好……」

「ふふっ、驚いた？　さぁ、姉さん」

慶子が姉に視線を向け、言葉を促す。詩織は顔を真っ赤にし、消え入りそうな声で呟いた。

「あ、あのね、悠ちゃんに受けとってもらいたいの……。その、ママからのプレゼント……」

「プレゼントって、一体……」

「だから、その……ママがプレゼント……。ママの身体を、悠ちゃんにもらってほしいの……。ダメ、かしら？」

耳まで紅潮させながら、上目使いで詩織が問う。その様子は、バレンタインデーに本命チョコを渡す十代の少女を思わせた。震える声といい、潤んだ瞳といい、三十六歳の母親には到底見えない。

「マ、ママ……」

あまりに突然な告白に言葉を失う。状況が理解を超えていた。頭のなかが真っ白になり、なにも考えることができない。

「お願い、悠ちゃん、なにか言って……。ママ、すごく恥ずかしいの……」

むっちりと熟れた身体が恥じらいに震える。突き刺さる息子の視線から逃れるように、朱に染まった相貌が斜め下を向いた。

「仕方ないわよ、姉さん。坊やだって驚いているんだもの」

「ほら、悠人さん、なにか言ってあげてください。詩織さん、恥ずかしがってますよ」

二人がそれぞれ母と子に語りかける。弥生の言葉で、ようやく意識が戻ってきた。必死で頭を回転させ、どうにか疑問を口にする。

「え、えっと……なんでママが、その……」

「ほら、姉さん、坊やにちゃんと説明してあげて」

慶子が言葉を促すも、詩織は首を横に振った。

「む、無理よそんなのっ、慶子ちゃんが説明してあげてっ」

「はぁ、まったく……姉さんは仕方ないわね」

やれやれといった感じの叔母が、視線を向けてきた。

「実はね、坊や――」

ことの経緯を慶子が説明していく。


「――と、いうわけなのよ」

話が終わり、悠人が視線を向けてきた。

「ママ……」

幼げな相貌には、最愛の母とひとつになれる喜びと期待感が充ち満ちていた。

（ああ、悠ちゃん、そんな目で見つめないでっ……）

愛情と欲望の入り混じった眼差しを向けられ、詩織は恥じらいに身震いする。食い入るような熱視線が肌を灼いた。身体の火照りは激しさを増し、肌理細やかな肌にじっとりと汗が滲みだす。

（まさかこんなことになるなんて……）

これから実の息子に抱かれる――そう思うだけで羞恥が全身を駆け抜けた。

「ほら、詩織さん……」

弥生が助け船を出すように囁いてきた。

詩織は息子の視線から逃げるようにベッドに移動し、仰臥する。恥ずかしいので両腕は大事な場所を隠したまま。バラ色に染まった相貌をかすかにそらす。

純白のシーツの上に、むっちりと肉づいた女体が横たわった。たわわに実った乳房は右腕によって隠されることにより押し潰れ、腰回りはギターさながらにキュッと括れ、豊満なヒップラインは惚れぼれするような丸みを描いている。羞恥に染まった面持ちで身を固くしているその様は、神に捧げられた神聖な供物を思わせた。初体験を前にした思春期の乙女のようでもある。

「さぁ坊や、姉さんからのプレゼントを受けとってあげて」

「ああっ、ママ！」

悠人が服を脱ぎ捨て、ベッドに飛びこんできた。

「あん、悠ちゃんっ」

全裸の息子に抱きつかれ、詩織はかわいい叫び声をあげる。胸元の悠人をギュッと抱きしめた。

「ああっ、ママ！　僕のママ！」

「ああっ、悠ちゃん！　悠ちゃん！」

力いっぱい抱きしめあう。ひと月ぶりに我が子のぬくもりを肌に感じた。あまえんぼうな仕種に母性本能がくすぐられ、愛しさが胸にこみあげる。

「悠ちゃん、長い間、寂しい思いをさせてごめんなさいね」

乳房に顔を埋めてくる悠人の頭をよしよしと撫でた。

「ママ、もうどこにもいかないでね。ずっと僕と一緒にいてね」

「ええ、もちろん。これからはずっとママが一緒よ。ずっとずっと、こうして悠ちゃんを抱きしめててあげる」

「ああっ、ママ！　大好きだよママ！」

「ママもよ！　ママも悠ちゃんが大好き！」

言葉にすると、あらためて息子への愛情が胸を覆い尽くしていく。幸せだった。この一ヶ月間の寂しさが優しいぬくもりに溶けていく。

「あらあら、悠人さんったら」

「ふふっ、姉さんもあんなに嬉しそうな顔して」

ベッドから少し離れたところに立つ慶子と弥生が、母子の様子を見て穏やかに微笑んだ。その面持ちには祝福の色が広がっている。

「私たちはお邪魔みたいですね」

「そうね。今日だけは二人きりにさせてあげましょう。……じゃあね、坊や、姉さん。あとは二人で仲良くやりなさい」

独り言のように呟き、二人は部屋を去っていった。

ベッドランプの淡い光に包まれた夜の寝室には、禁断のベッドルームと化した。実の母子が愛を交わしあう甘い密室。ランプの光が、抱きあう二人の影をぼんやりと壁に映しだしている。

「ママ、キスしていい？」

「ええ、もちろん、ンッ……」

そっと唇を重ねあう。出国前夜にもおこなった母子での口づけ。だが今回は触れあうだけに留まらず、息子の舌が唇を割って口内に入ってきた。

（あん、悠ちゃんの……）

突然の侵入者に戸惑う。舌を入れられるとは思いもしなかった。詩織のなかでは、いまだに息子は子供だったから。

唾液にぬめる舌は母の舌を捉え、絡みつく。悠人の舌は柔らかかった。ねっとりとした口内で、粘膜がヌロヌロと擦れあう。

（ああっ、すごい……悠ちゃん、キス上手……）

絶妙に性感をくすぐってくる舌使いに息を呑む。こちらからリードしようと舌を巻きつけるのに、そのつど逆に絡めとられた。常に主導権を奪われたまま、敏感な粘膜を翻弄される。ヌルヌルと巻きつけられていく。

（まさか悠ちゃんがこんなにもキスが上手いなんて……）

詩織は亡き夫以外の口づけを知らない。それでも、愛息による接吻の巧みさは理解できた。舌を絡めているだけで頭が蕩け、お腹の奥が熱を帯びていく。

（ああ、ダメ、感じちゃう……悠ちゃんのキスでエッチになっちゃう……）

少しずつおんなが目覚め、身体が芯から火照っていくのがわかる。年の離れた息子に官能を昂ぶらせられている──そう思うだけで恥じらいが身を包みこみ、流れるような首筋に鮮やかな朱が差す。

とろりとした唾液が送りこまれてきた。詩織はそれをこくっと飲む。

（ああっ、息子の唾を飲むなんて……）

我が子の体液を取りこむことに、母親としての喜びがこみあげる。すぐさま唾液を送りかえすと、悠人はそれを飲み、また返してくれた。母子は唾液交換を繰りかえす。

口づけは唇の吸いあいへと移った。上唇、下唇、と互いに吸いあう。ジッと見つめあいながら、啄むようなキスをおこなっていく。

互いの唇がふやけるくらいに吸いあったのち、唇はゆっくりと離れていった。どちらの唇もべっとりと唾液にまみれていた。てらてらと妖しく輝く様が、ベーゼの濃厚さを物語る。

「ママ、僕のキスどうだった？」

悠人が練習の成果を問う子供のように訊いてきた。

「すごく上手だったわ。ママ、もうエッチな気分になっちゃったもの……」

つい思ったままを口にしてしまう。息子の容貌に感動の色が広がった。

「ホントっ？　ママ、僕で感じてくれたの？」

「えっ⁉　それは、えっと、その……」

美貌が耳まで紅潮する。こみあげる羞恥にサッと顔を背けた。

「ふふっ、ママかわいいよ。……ママの身体、じっくり見ていい？」

「えっ、それは——きゃん、悠ちゃんっ」

悠人が答えを待たずに離れ、左隣りに膝立ちになった。仰向けに横たわる詩織は、再び両腕で身体を隠す。

「どうしたの？　隠してたら見えないよ」

「そ、そうだけど……ママ、恥ずかしいの……」

消え入りそうな声で呟く。実の息子から性的な視線を向けられている——そう思うだけで全身が燃えあがるように熱くなった。普段のように平然としていられないのは、我が子を異性として認識してしまったせいだ。

「恥ずかしがる必要なんてないよ。ママの身体、僕に見せて」

まっすぐな瞳で見つめられ、詩織はついに観念した。

「恥ずかしいから、あんまり見ないでね……」

少しずつ、ほんの少しずつ腕をずらしていく。

右腕の下から、豊かな質量を湛えた乳房が露わになる。仰向けなので柔肉はなだらかに脇へと流れているが、盛りあがりは失われていない。むしろ横に広がっているため余計に大きく見えた。双丘の頂では桜色の乳首が恥じらいに震えている。

左腕の下からは、女性にのみ存在する神聖なデルタが姿を現す。むっちりと肉づいた太腿はぴったりと内に寄せられ、恥丘と共にYの字を構成していた。股間では、しなやかな秘毛がふわりと盛りあがっている。つややかな草むらに縮れは見られず、下に向かって流れるように生えそろっていた。

両手を下ろした詩織は、襲いくる羞恥に耐えるべくシーツをギュッと握った。純白の布に放射状の皺が広がる。

「ああ、これがママの裸……」

悠人が感嘆の呟きを漏らす。

さらけだされた三十六歳の女体は、透き通るような白さを放っていた。染みなどひとつも見あたらず、肌は二十代さながらの張り艶を保っている。全体的にうっすらと乗った脂が、匂い立つような色香を醸しだす。どこもかしこもむちむちしており、さわらずともその柔らかさが伝わってくる。

（ああっ、悠ちゃんに裸を見られてるっ……）

灼けつくような羞恥が全身を包みこむ。思わず双眸をギュッと瞑った。恥ずかしすぎて目を開けられない。

（まさかこんな日がくるなんて……）

夫を亡くして十年以上。綺麗な母親でいるため、体型や身だしなみには気を使ってきたが、異性に肌を晒す日がくるとは思いもしなかった。さすがにこれだけ期間が空くと、女として衰えていないかという不安が胸に押し寄せる。

「ゆ、悠ちゃん……ママの身体、変じゃないかしら？」

「変？　どうして？」

「だってママ、もうおばさんなんだもの……」

「そんなことないよ！　ママの裸、すごく綺麗だよっ」

「悠ちゃん……」

喜悦と安堵が全身を包みこむ。息子から褒められるのはなによりの喜びだった。

「ふふっ、ありがとう悠ちゃん。お世辞でも嬉しいわ」

「お世辞なんかじゃないよ！　先生や叔母さんよりずっと綺麗だもん。……ねぇ、さわっていい？」

わざわざ確認するところがいじらしかった。詩織は笑みを浮かべて頷く。

「ええ、いいわよ」

「じゃあ、さわるよ、ママ……」

緊張に震える声が耳に届く。ごくり、と固唾を呑む音が聞こえた。次の瞬間、右乳房に手のひらのぬくもりを感じた。

（あんっ……）

膨らみを真下から掬うように、そっと手が添えられた。身構えていたため敏感になっていたらしく、ピクンッと身体を反らしてしまう。

「ああ、ママのおっぱいだ……僕が吸ってた、ママのおっぱい……」

うっとりとした呟きが聞こえてくる。さながら好事家が白磁の陶器を愛でるかのごとく、まろやかな柔肉をソフトに捏ねまわされる。

(悠ちゃんの手、すごく優しい……)

女体を熟知したタッチに息を呑む。ただ甘えるだけの子供らしい揉み方も母性が揺さぶられて好きだったが、三十六歳の熟れた身体には、性感を刺激する愛撫がたまらない。

「ねぇ、ママのおっぱい、気持ちいい？　その、弥生ちゃんや慶子ちゃんと比べると、張りとかなくなってるでしょう？」

「うん、気持ちいいよ。確かに張りはなくなってるかもしれないけど、その分、すごく柔らかくて優しいんだ。僕、柔らかいおっぱい大好き」

悠人は左手も使い、双乳をむにむにと揉んでくる。成熟ゆえにマシュマロのような柔らかさを手に入れた乳房へと、少しずつ指が食いこんでいく。

「あん、悠ちゃんっ……」

愛撫の力が強くなるにつれ、詩織の身体も発情の度合いを増していった。子宮が熱を孕み、全身の火照りがじわじわといや増す。やがて子宮が甘く疼き、秘穴からとろっと蜜が溢れだした。愛液はその量を増していき、秘唇をジュンと濡らしていく。

「ねぇママ、僕、ママと舐めあいっこしたい」

「な、舐めあいっこ？」

「うん、ほら、僕の上に反対向きに乗ってきて」

仰向けに寝そべった悠人が誘ってきた。

（そんな……反対向きに乗ったりしたら、悠ちゃんの顔の前に私のアソコが……）

詩織はシックスナインを知らなかった。死んだ夫は性的に淡白で、愛撫といえば胸を揉むくらい。フェラチオやクンニリングスの経験すらない。それゆえ、息子の提案に狼狽を隠せない。

（でも、せっかく悠ちゃんが望んでるんだもの……）

どんなに恥ずかしくとも、愛しい我が子のためなら無理ではない。詩織は起きあがり、息子とは逆向きに四つん這いになった。

「ああっ、すごいっ……これがママのオマ×コ……」

背後から感動の呟きが聞こえてきた。

むっちりと豊かな艶臀の中央、ぷっくりと盛りあがった魅惑の丘に、シェルピンクの縦筋が刻まれていた。なかから二枚の花弁をはみださせた肉裂は、女蜜によりヌラヌラと妖しい輝きを放っている。

(ああ、そんなにジッと見つめないで……)

顔は見えずとも、秘所へと注がれる視線は手に取るように感じられた。己のもっとも秘められた場所を見られている——そう思うだけで恥ずかしくて死んでしまいそうだった。

「ママのオマ×コ、もう濡れてるよ……キラキラ光ってて宝石みたいだ……」

「やん、そんなこと言っちゃダメっ」

発情の様子を指摘され、顔面が火を噴いたように熱くなる。自分でわかっていたが、言葉にされると恥ずかしさは数倍に膨れあがった。

「どうして? こんなにも綺麗なのに」

「だ、だって……と、とにかくダメっ、ダメなものはダメなのっ」

顔を真っ赤にして叫ぶ。この体勢になったことを後悔したが、後の祭りだった。

「ママのお尻、すごく大きいね。叔母さんよりも先生よりも、ずっと大きいよ」

続けざまに羞恥を煽られる。本人に自覚がない分、たちが悪い。

「あん、そういうことも言っちゃダメっ」

「どうして？　僕、大きいお尻、好きなのに」

「女の人からすれば、お尻が大きいのは恥ずかしいことなのよ。ママ、結構気にしてるんだから」

「そうなんだ。でも、僕はやっぱりおっきい方がいいな。おっぱいもお尻も、大きい方がエッチだし柔らかいもん」

「もぉ、悠ちゃんったら……」

悠人の無邪気さに、いくらか恥ずかしさが和らいだ。息子が喜んでくれるのであれば、安産型の大ぶりなヒップも好きになれそうだった。

「ママのお尻、見てるだけでたまらないよ……。ああ、大きくって最高だ……」

左右の尻たぶに両手を乗せ、撫でまわされる。内側から外側へと円を描くように撫でられた。触れられている部分からじんわりと性感が広がっていく。

「あンッ、悠ちゃん……」

「ママのお尻、スベスベだね。それにお餅みたいに柔らかくて、指が吸いこまれちゃうみたいだ……」

徐々に指先に力がこめられ、柔尻に指が食いこんでいく。十本の指で揉まれた双臀は、その形を淫らに変えた。雪のごとく白い肌が紅葉色に色づきはじめる。

「あぁん、ダメよ悠ちゃん……お尻、そんな揉み方されたら……」

見事な丸みが左右に揺れ動く。女盛りの肉体は、肌からの刺激でさえ甘美な愉悦に直結してしまう。特に臀部はセックスアピールの部位なので、強く揉まれると求められる喜びが快感を倍増させる。牝分泌も激しさを増し、女唇はさらに潤んでいく。

「ああ、ママのお尻たまらない……。僕、ママのお尻大好き……」

手を外側にずらした悠人が、熟尻に頬擦りする。甘えるような仕種に母性本能が揺さぶられ、子宮がキュンと疼いた。

「オマ×コももうトロトロだ……。ああ、ママのオマ×コ、んっ……」

レモンケーキに似た大陰唇に親指が乗せられ、左右にくっぱりと割り広げられた。サーモンピンクの粘膜色が外気に晒された刹那、ぬるりとしたものが媚肉を襲った。

「ひゃぁンッ！」

柳腰がビクンッとわななく。詩織は後ろを振りかえった。

「悠ちゃんっ、なにしたのっ？」

「なにって、オマ×コ舐めたんだよ」

「な、舐めたって……」

咄嗟のことに言葉を失う。そういった行為は知っていたが、自分が体験するとは思いもしなかった。

「ママのオマ×コ、美味しいよ。いっぱい舐めて気持ちよくしてあげるね」

「ちょ、ちょっと待って悠ちゃんっ、そんなとこ舐めちゃ——あンッ」

媚肉粘膜を襲う舌の感触に身震いする。潤みきった秘部を舐めまわされる感覚は強烈だった。舌は上下に大きく動き、割れ目の内部を余すところなくねぶりまわす。ぴちゃぴちゃと卑猥な水音が鳴り響く。

（アアッ、悠ちゃんに大事なところを舐められてるっ……）

初体験のクンニリングスに陶酔する。相手が実の息子という事実が、倒錯的な悦びをもたらした。恥ずかしくて仕方ないのに、もっと舐めてもらいたい自分がいる。

「オマ×コの穴、ヒクヒクしてる……ここから僕が生まれてきたんだよね？」

「ええ、そうよ。悠ちゃんはそこから――ンンッ」

女陰に吸いつかれ、膣口に舌を差しこまれた。ウネウネしたものが狭い肉道を押し広げ、二、三センチほど身を埋めてくる。

「ンンッ、ダメっ、舌入れちゃ、あっ、あぁンッ」

膣の入り口を刺激され、図らずも甘い声が漏れてしまう。

(あんっ、やだ、身体が勝手に……)

侵入者を歓迎するかのように、肉壺がキュッと甘い締まりをみせる。そのことを自覚した詩織は嵐のような羞恥に襲われた。どうにか力を緩めようとするも、女孔はそれ自体が意思を持つかのように吸引を強めるばかり。

(ああ、そんな……。あら、これって……)

ふと真下に位置する逸物が目にとまる。息子の男根は隆々と屹立し、反りかえって腹部に張りついていた。そのため今まで気がつかなかった。

(悠ちゃんのオチン×ン……)

ひと月前と比べて、はるかに逞しく成長していた。長くて太い幹には青筋が走り、皮も剝け、真っ赤に膨れあがった亀頭が大きく笠を広げている。鈴口からは先走りが溢れだし、裏筋をつぅーと伝っていた。立ちのぼる男性臭に、おんなが疼く。

（ママがいない間に、こんなにも大人になって……）

子供の成長に対する母親としての喜びが胸にこみあげる。不思議と嫉妬心は湧かなかった。それよりも、膨れあがった苦しげな姿に母性本能が掻きたてられる。

（こんなにパンパンになって、かわいそう……。そういえば、悠ちゃんさっき舐めあいっこって……）

さきほどの言葉を思いだす。言われたときには意味がわからなかったが、ようやく理解できた。これは互いに口唇で愛しあう体位なのだ、と。

（そんなの、恥ずかしい……でも……）

このまま放っておくわけにはいかない――そう思った詩織は右手で竿を直角に起こした。そそり立ちが誇らしげにその偉容を見せつけてくる。

（悠ちゃん、今、ママが楽にしてあげるわね……）

ぽってりした唇を開き、亀頭に被せていく。そのまま竿まで呑みこめば、こわばりはすっぽりと姿を隠した。幹の根元で桜色のつややかな唇が煌めく。

（ああ、これが悠ちゃんの味……）

男性器そのものの味が口いっぱいに広がる。生々しい性臭が鼻腔を満たし、その濃厚さに頭がクラクラした。若々しい牡を我が身で感じとり、おんなの疼きが激しさを増す。牝汁の分泌が盛んになり、口腔にジュワッと唾液が溢れだす。

（ああっ、悠ちゃんのオチン×ン……）

緩やかに頭を振り始める。肉棒そのものを味わうように、非常にゆっくりとしたペースで上下させた。無意識のうちに唇をキュッと窄め、口腔全体で吸引する。

「――んっ、ああっ、ママっ……」

秘唇から口を離した悠人が、震える声を漏らした。

「ママ、お口でするの初めてだけど、一生懸命頑張るわね……」

はにかみながら言った詩織は、ねっとりとしたストロークを開始した。右手で竿の根元を擦りつつ、美唇で幹をしごく。口内では舌を回転させ、亀頭全体を舐めまわす。

「ああっ、ママがオチン×ンしゃぶってくれてる……。なんだか夢みたいだ……」

恍惚の表情を浮かべた悠人が、うっとりと呟いた。

（悠ちゃんが、私のお口で感じてくれてる……）

愛しさが胸に満ちていく。口内の分身がいっそうかわいく思え、口唇愛撫は濃密さをさらに増す。

（もっと感じて、ママのお口でいっぱい気持ちよくなって……）

肉幹に吸いついたまま、頭を激しく振りたてた。口腔は大量の唾液に満ち、蜜壺さながらの様相を呈していた。ねっとりと温かな空間が剛直を包みこみ、瑞々しい唇が幹を往復する。

口端からは唾液が溢れ、竿に巻きついた細指や陰嚢をべっとりと汚していた。普段は穏やかな美貌は女悦に蕩け、頬はすっかり桜色に上気し、瞳はとろんと潤んでいる。熱心にフェラチオを続ける相貌には、息子に対する限りない慈愛が滲んでいた。うっすらと色づいたうなじでは、後れ髪が儚げな色香を醸しだす。

「ママのお口、気持ちいいよ……。じゃあ僕も……」

悠人が肉裂をめいっぱいに開き、牝肉にむしゃぶりつく。

「あンッ、悠ちゃんっ」

再開されたクンニリングスに、思わず怒張を口から放してしまう。

「レロレロッ、ジュルルッ……ジュルルッ、ジュルルルルルッ……」

女裂全体を口で覆った悠人は、溜まったラブジュースを啜り飲んだ。縦横無尽に舌を使い、素早い動きで果肉を舐めまわす。

「あん、いやっ、そんなエッチな音立てないでっ、ママのお汁飲んじゃダメっ」

「そんなの無理だよ。ママのお汁、すごく美味しいんだもん」

「美味しくてもダメなものはダメっ——ひゃあンッ！」

後ろを向いて叫んだそのとき、強烈な快感が背筋を駆け抜けた。背筋がわななき、甲高い嬌声が部屋に響き渡った。

「ふふ、ママの声かわいい。ママもクリトリス気持ちいいんだね」

「ゆ、悠ちゃん！」

詩織の容貌が真っ赤に染まる。

「ママのここってちょっと大きいね。ぷっくりしてて真珠みたい」

「もぉ、悠ちゃん！」

「クリトリスってオナニーすると大きくなるんでしょ？　ママもオナニーしたりするの？」

心臓がドクンッと跳ねた。オナニーという単語に、息子を想って自慰に耽った夜の記憶が蘇る。

「マ、ママはオナニーなんて……」

後ろめたさから、無意識のうちに語尾を窄めてしまう。

「ゆ、悠ちゃんはどうなの？　ママがいない間、悠ちゃんはオナニーした？」

話題をそらすため、答えを知っているにもかかわらず尋ねた。

「えっ、ぼ、僕？」

たちまち悠人の声が萎む。ここぞとばかりに、詩織はすかさず言葉を続けた。

「そ、そうよ。あの夜、ママがやり方を教えてあげたでしょう？　や、やっぱり、好きな人のことを思ってしたのかしら」

（ああっ、悠ちゃん、ごめんなさい……）

あえてこのような訊き方をするのは、本人の口からその言葉を聞きたいがため。息子に恋してしまった母親は、心のなかで小さく詫びた。

悠人はしばしロごもったのち、照れくさそうに呟いた。

「うん、そうだよ……好きな人——ママのことを思って、ママのパンツを使ってオナニーしてたんだ」

（ああっ、悠ちゃん！）

感動が全身を駆け抜けていく。それはまさに愛の言葉だった。求められる幸せが身体のすみずみにまで染み渡る。

そんな母の胸中などつゆ知らず、悠人は弱々しい声で続ける。

「ご、ごめんなさい、ママ……。僕、どうしても我慢できなくて……」

「あら、どうして謝るの？　だって、脱いだパンツとか見られるの、女の人は恥ずかしいんでしょ？」

ごく自然に尋ねると、驚いたように聞きかえされた。

「えっ⁉　脱いだパンツ……」

息子の言葉で、自分の勘違いに気がつく。下着としか聞かされていなかったので、ランジェリーボックス内の「洗濯後」のパンティだとばかり思っていたのだ。

（や、やだ、それじゃあ……）

カアッと頬が燃えたった。一日の汚れがたっぷり染みついた薄布を見られたのだと思えば、灼熱のごとき羞恥が身を包みこむ。

「う、うそっ、悠ちゃん、洗ってないパンツでオナニーしてたのっ？」

「そ、そうだけど……どうしたのママ？　やっぱり、そんなにいやだった？」

叫ぶような母の問いかけに、悠人の口調が沈んでいく。

息子が傷つきかけていると気づいた詩織は、慌ててフォローした。

「ち、違うのっ、その……ちょっとびっくりしただけ。全然いやなんかじゃないわ」

「ホント？」

「ええ、もちろん……だって、ママだって悠ちゃんでオナニーしてたんだもの」

震える声で呟いた。恥ずかしかったが、息子が告白してくれたのだから、自分も白状しなければと思ったから。

「ホ、ホントなのっ？」

「本当よ。向こうにいるとき、悠ちゃんがいないのが寂しくて、その……悠ちゃんと結ばれるところを想像して毎日オナニーしてたの」

「あぁっ、ママ！」

悠人が感動の叫びをあげる。それを聞き、また恥ずかしさがこみあげるも、それは喜びを伴ったものだった。

「僕、もう我慢できないよ！　今すぐママと繋がりたいっ、すぐにでもセックスしたいんだ！」

「あンッ、悠ちゃんっ」

悠人が上体を起こし、それにつられて詩織もベッドに寝転がった。仰向けになった脚の間に、膝立ちの息子が身を滑りこませてくる。

「ああ、僕、本当にママとセックスできるんだね……」

シーツに横たわる母の裸体を見つめ、悠人が信じられないといった口調で呟いた。その股間では、少年の分身がヒクヒクとわなないている。その様子が息子の気持ちを体現しているようで、詩織は微笑ましい気持ちになった。

（ああ、今から悠ちゃんに抱かれるのね……実の息子と、セックスするなんて……）

いいようのない恥ずかしさがこみあげる。年の離れた我が子に抱かれるのだから無理もなかった。性交自体、最後におこなったのは十年よりも昔のこと。それだけに羞恥の度合いも普通ではない。

「そうよ、悠ちゃんとママは、これからひとつになるの。心も体も、ひとつに結ばれるのよ」

「ああ、ママっ……」

反りかえっている剛直がヒクンッと反応した。鈴口から我慢汁が溢れだす。

詩織は両手を大きく広げ、最愛の息子を誘った。

「さあ、きて……ママのなかに、帰ってきて……」

「うん、いくよ……あっ、ああっ……ママのなかに、入ってくっ……」

こわばりの切っ先で狙いを定めた悠人が、ゆっくりと腰を突きだした。亀頭の先端が潤みきった膣口に触れ、その身を少しずつ埋めていく。

（ああっ、悠ちゃんが……悠ちゃんが入ってくるっ……）

十年以上孤独だった肉道を、膨らみきった亀頭が押し広げる。久々に体験する牡の逞しさに詩織は震えた。太さ、硬さ、長さ、熱さと、すべての点においてかつての記憶を上回っていた。

「ああ、ママっ……これがママのオマ×コっ……。すごい、なにこれっ……こんなの初めてっ……」

悠人が戸惑いの呟きを漏らす。

孤閨の長さに反して、母の膣は息子の分身を優しく包みこんでいた。弥生のように三ヶ所で締めつけるのでもなければ、慶子のように襞が絡みついて蠢くのでもない。経産婦ならではの柔らかな膣壁で、ただふんわりと抱きしめる。

（ああ、オチン×ン……これが悠ちゃんのオチン×ンなのね……）

詩織は息子の成長を己が身で嚙みしめていた。女壺を貫くこわばりの雄々しさは、我が子が一人前の男になったことを実感させる。

（ついに悠ちゃんと……悠ちゃんが帰ってきてくれた……）

万感の思いが胸中を駆けめぐる。お腹を痛めて生み、大切に育ててきた実の息子。その我が子が体内へと帰還してくれたのだから感無量だった。思わず目頭が熱くなるも、すんでのところで堪え、微笑みを浮かべる。

「ママ……僕、ママのなかに入ったんだね」

「ええ、そうよ。悠ちゃんとママは今ひとつに繋がってるのよ」

「ああ、すごいよ、夢みたいだ……」

「ふふっ、悠ちゃん、お帰りなさい……」

母子はそっと見つめあう。自然と悠人の上体が倒れていき、唇が重なった。舌は入れない。唇を触れあわせるだけの恋人のキス。

「ママのなか、すっごく柔らかいんだね。僕のを優しく包みこんでくれてる」

「悠ちゃんのはとっても硬いわ。ママのなか、悠ちゃんのでいっぱいよ」

「だって、ママと繋がってるんだって思うだけでたまらないんだもん。ああっ、ママのなか、温かくてヌルヌルで気持ちいい。オチン×ンが溶けちゃいそうだ」

「ふふ、溶けちゃったら大変ね。もうエッチできなくなっちゃうわ」

抱きあったまま微笑みあう。幸せが全身を包みこんでいた。

静まりかえった夜の寝室、ベッドランプの淡い光が照らすベッドの上で、母と子は身も心もひとつに繋がっていた。あたたかな時間が緩やかに流れていく。

「ママ、動いていい？」

「ええ、もちろん」

おもむろに腰が動きだす。こわばりがずずっと抜けていった。放すまいと肉襞が絡みつき、雁首の返しによって逆撫でされる。

（ああ、悠ちゃんが抜けていっちゃう……）

膣内を埋め尽くしていた剛直の感触が失われていく。途端に喪失感に襲われた母は、息子を抱きしめる腕に力をこめた。それに反応するように、また亀頭が内壁を押し広げて突き進んでくる。帰還を歓迎するように、逞しい硬直へと内壁が絡みつく。

「ああっ、ママっ」

「ンンッ、悠ちゃんっ」

ふくよかな胸元に顔を埋め、ゆっくりとした抽送が繰りだされる。出入りするたび、柔襞を擦られる快感と柔肉を押し広げられる愉悦が女体を襲った。二種類の異なった性感に交互に見舞われ、三十六歳の母はたちまち翻弄されていく。

（オチン×ン、先っぽのところがすごい……）

非常に緩やかなペースなため、怒張の形状が手に取るように感じられた。大きく膨らんだ亀頭とその笠が、潤みきった女肉にはたまらない。

（悠ちゃんのがこんなにもいいだなんて……）

予想外の按配に陶然となる。ただ息子を受けとめてあげるだけのつもりが、詩織の方が早くも感じ始めていた。今のペースでこれなら、全力で腰を使われたらどれほどの悦楽に見舞われるのか——そう思うだけで子宮が期待に震えてしまう。

「ああ、ママのなかすごいよ。柔らかくて気持ちいい」

悠人が快感に相を歪ませる。引き締まったお尻が穏やかに上下していた。結合部ではパールピンクの潤みに赤黒い肉棒が出入りを繰りかえし、動きにあわせて愛液が飛び散る。

「ママのオマ×コ、なんでこんなにも気持ちいいの？　すごく柔らかくて、抱きしめられてるみたいなんだ」

「それはね、ママが悠ちゃんのお母さんだからよ。悠ちゃんが昔いたところだから、優しく抱きしめてあげられるの」

「そうなんだ。僕、ママの子供でよかった。だってこんなに優しいオマ×コで包みこんでもらえるんだもん」

（ああ、悠ちゃん……）

息子の言葉に胸がときめく。母親として、これ以上嬉しい言葉はない。

「ママもよ。ママも悠ちゃんが子供でよかったわ」

「ああ、ママっ……」

腋の下に通していた腕を抜いた悠人が、両の乳房を掴んだ。真下から持ちあげるようにしてソフトに揉む。

「あん、悠ちゃん」

グラマラスな肢体がピクンッと跳ねる。肉襞を擦られながらの胸責めに、官能がグンと高まった。子宮がキュンとなり、ふわふわの蜜壺が密着の度合いを増す。

「あっ、おっぱいにさわったらオマ×コきつくなったよ。ママ感じてるの？」

「あん、だって……」

「ふふ、やっぱり感じてるんだ。もっと気持ちよくしてあげるね」

ずぶずぶと腰を使いながら、まろやかな膨らみを捏ねまわされる。真上から手をいっぱい広げて掴み、丸く円を描くようにして揉まれた。手のひらが乳首を擦り、敏感な授乳器官から生じる快感が全身に広がっていく。

「ンッ、悠ちゃん、あっ、そんな風に揉んじゃ、ンンッ、あぁンッ」

「こうしてママと繋がりながらおっぱい揉むの、夢だったんだ。ああ、ママのおっぱい……」

満悦の表情を浮かべた悠人が、乳首に吸いついた。

「はぁンッ」

すっかり性感が昂ぶっていた女体を生温かな口唇が襲う。火照りきった身体が波打ち、頤が反らされた。白い喉がなだらかな弧を描く。

(ああ、悠ちゃんがおっぱい吸ってる……)

母親としての喜びが胸を満たしていく。母性本能が高まり、母が幼子を守るように胸元の頭を抱き寄せた。

同時に、おんなが強く刺激され、脳裏がピンクに染まっていく。子宮の疼きが桁違いに激しくなり、俗に本気汁と呼ばれる粘液が分泌しだしたのがわかった。緩やかなピストンでは物足らず、がむしゃらな突きこみが恋しくなる。

(あん、やだ、私ってばなにを……)

己の淫らな思考に気づき、ポッと顔を赤らめる。ただちに邪な考えを振り払おうとするも、発情しきった肉体はさらなる刺激を求めてやまない。

(やん、ダメっ、身体が勝手に……あんっ、お願い、止まってっ……)

無意識に腰が動きだし、結合部を擦りつけてしまう。娼婦のごときはしたない媚態に、竜巻のごとき羞恥が身を襲った。性欲をもてあましていた未亡人の身体は、本人の意思を離れて蠢きつづける。

「――んっ、ママ？」

乳首から口を離した悠人が、訝しげな視線を向けてきた。

「ち、違うの悠ちゃんっ、これは身体が勝手にっ――」

「ふふっ、ママ、もっと激しくしてほしいんだね。こんな感じ？」

腰使いが加速する。それに伴い柔襞が激しく擦られ、甘美な電流が背筋を駆け抜けた。詩織は思わず息子にしがみつく。

「あぁンッ、悠ちゃんっ」

「ママ、もっともっと気持ちよくなってね。僕、この二週間ですごくエッチ上手くなったんだよ。ママもいっぱいイかせてあげる」

優しい口調で囁いた悠人が、本領発揮とばかりに力強く腰を打ちつけてくる。ぬるみに満ちた柔穴をズンズンと貫かれる。

「あンッ、そんなっ、ンンッ、激しいのダメぇ」

詩織は雄々しい突きこみに悶えた。一見すると荒々しいようでいて、その実、相手を感じさせることを第一に考えた繊細な腰使い。三浅一深のリズムで最深部を突かれれば、途端に身体が反応した。口を閉じようとしても閉じられず、甲高い声が溢れてしまう。

「ママ、感じるとこんなかわいい声出すんだね。ママのエッチな声、たまらない。もっと聞きたくなっちゃうよ」

母を抱きしめたまま腰を振る悠人が、耳元で嬉しげに囁いてきた。

「アアッ、悠ちゃん、お願い、止めてっ」

詩織はいやいやと首を横に振った。悠人が不可解な相を浮かべる。

「どうして？　ママ、気持ちいいんでしょ？」

「気持ちいいけど、気持ちよすぎて怖いのっ、ママ、こんなの初めてだから——はぁンッ」

「大丈夫だよママ、僕がついてるから」

(悠ちゃん……)

力強く抱擁され、母は少女のようにときめいてしまう。この瞬間だけは、我が子の成長を喜ぶ母親ではなく、逞しい男に抱かれて安堵する乙女だった。息子の背中にまわしている両腕にさらに力をこめる。

「でも、初めてってことは、ママもしかしてイッたことないの？」

「えっ⁉　そ、それは……」

不意打ちの問いかけに口ごもる。図星だった。夫との性交や自慰では軽いオーガズムを覚えただけで、本物のエクスタシーを迎えたことはない。

母の様子から答えを悟ったらしい悠人が、感動に瞳を輝かせた。

「ふふっ、そうなんだ。嬉しいな、僕がママを初めてイかせる人になれるなんて。今日はいっぱいイかせてあげるね」

そう言って腰使いをさらに速めてくる。猛然とした勢いで下腹部を打ちつけられた。肌同士がぶつかる乾いた音が部屋に木霊する。

「あンッ、悠ちゃ、あっ、ンンッ、ダメっ、あっ、あぁンッ」

鼻にかかった甘声が止めどなく溢れていく。

（アアッ、すごいっ、こんなのダメっ、感じすぎちゃうっ……）

ひと突きごとに亀頭の先端が最奥を叩き、そのつど子宮を衝撃が襲う。女の中心をグラグラと揺さぶられるたび、思考にピンクの靄がかかり、身体が軽くなっていった。浮遊感自体は自慰で体験していたが、これまでのそれとは比較にならない。まるでこのまま遠くに飛ばされてしまいそうな感覚が心許なく、両脚を息子の腰に絡みつかせた。両手両脚でコアラのようにしがみつく。

「アアッ、悠ちゃん、ギュッってしてっ、ママのこと放さないでっ」

「安心して、僕はずっとママのそばにいるから。ずっとずっと、ママと一緒にいるからね」

「アアッ、悠ちゃんっ、悠ちゃんっ、悠ちゃんっ」

耳元で諭すように囁かれ、不安が一気に払拭された。母は息子の名を呼びながら、未体験の絶頂へと昇りつめていく。

「ああっ、ママ！　イクよっ、なかに出すからね！」

「ええ、来てっ、ママのなかに、悠ちゃんの熱いのいっぱいちょうだい！」

「ああ、ママっ、ママっ、ママ！」

悠人の腰がラストスパートを刻む。獣のごとき腰使いで、母の蜜壺を穿った。華奢な背中に玉の汗が浮かび、肉づきの薄い若尻が残像を描く。

結合部は白濁した二人分の体液にまみれ、結合の光景をより生々しく彩っている。秘口からは止めどなく女蜜が溢れだし、会陰を伝ってシーツに染みを作っていた。ストロークにあわせ卑猥な水音が鳴り響き、母子の荒い吐息と相まって、静まりかえった夜の寝室に相姦の調べを奏でていく。

（あぁっ、これがイクってことなのね……私、もうすぐ悠ちゃんに、実の息子にイかされちゃう……)

急接近するアクメの波に身構えつつ、詩織は不思議な感覚にとらわれていた。お腹を痛めて生み、手塩にかけて育てた我が子。その悠人に初の絶頂に導かれるのだから無理もなかった。もはや恥ずかしさなど覚えない。ただ幸せだけが全身を覆っていく。

「ああ、イクよっ、ああっ、出るっ、ああっ、あああああっ!」

切迫した雄叫びを部屋中に響かせ、ズンッと最後のひと突きが見舞われた。刹那、限界にまで膨張していた肉棒がさらにひとまわり膨らんだ気がしたのち、熱い血潮がブワッと広がった。剛直は膨張と収縮を繰りかえし、秘めつづけてきた母への想いを迸らせる。ありったけの愛欲を凄まじい勢いで放っていく。

(あっ、ああっ……出てるっ、悠ちゃんの熱いのがいっぱいっ……)

溶岩さながらに熱い精液が膣内を満たしていく。息子の種子汁が体内を埋め尽くしていく感覚に母は震えた。悠人の愛情が全身に染み渡っていくような錯覚に襲われ、我が子への愛しさが最高潮に達する。

次の瞬間、性感のボルテージも臨界点を突破し、頭のなかが白一色に染まった。身体がフワッと宙に投げだされた気がして、両手両脚にグッと力をこめ、エクスタシーの到来に備える。

「あっ、あああっ！　イクっ、いっちゃうっ！」

ビクンッ、ビクビクッと女体をわななかせ、美母は初めての絶頂を迎えた。目も眩むような快感が全身を駆けめぐり、意識がフッと途切れた。詩織は息子の精を子宮で受けとめ、その愛を全身で感じとりながら、官能の渦に呑みこまれ、その身体を断続的に痙攣させていく。


「──ママ、ねぇ、ママったらっ」

ふと気がつくと息子に名前を呼ばれていた。

（あら、悠ちゃん……どうして悠ちゃんがいるのかしら……）

詩織は朦朧とする意識のなか、記憶の糸を辿る。

（そう、確か向こうから帰ってきて、パーティーをして、そして、その後……）

ゆっくりと視界がクリアになるにつれ、少しずつ記憶が戻ってくる。

（そう、慶子ちゃんと弥生ちゃんから話を聞かされて、悠ちゃんとエッチして……）

そこまで思いだしたところで我に返った。飛びあがるようにして起きあがる。

「ゆ、悠ちゃん！」

目の前に愛しい息子の顔があった。二人とも裸で、膣内にはまだ確かなこわばりが感じられる。気を失ってからそう時間は経っていないらしい。

「ふふ、気がついた？　ママ、なかなか起きないから心配しちゃった」

「あ、あの、悠ちゃん、ママは……」

「覚えてないの？　僕とのセックスでイッて、そのまま気絶しちゃったんだよ」

（ああっ、やっぱり！）

顔から火が出そうなほどの羞恥が身を焦がす。息子に初絶頂に導かれたばかりか、その後、気絶までしてしまった――法悦後の緩みきった面持ちを我が子に晒したのだと思うだけで、体温が二、三度、上昇した。穴があるなら入りたい。

「どうしたのママ？　顔が真っ赤だよ？」

「えっ!?　こ、これは……違うのっ、そのっ……」

「わかった。ママ、気絶しちゃったのが恥ずかしいんだね？」

ずばり図星を突かれ、絶句する。美貌は耳まで紅潮した。

「も、もぉ、悠ちゃんなんて知らないっ」

頰を膨らませ、プイと横を向く。母の微笑ましい態度を見て、悠人が微笑んだ。

「ママって本当にかわいいよね。なんだか離ればなれになる前より、ずっとかわいく思えるんだ」

(それは悠ちゃんが成長したから……)

そのひと言をグッと呑みこむ。一抹の切なさが胸に押し寄せた。母は我が子の成長を望むものだが、同時に、ずっと子供でいてほしいとも願うもの。まだあどけなかった息子が自分の手から離れてしまったような気がして、つい表情を曇らせてしまう。

「……ねぇ、ママ」

自分の世界に入っていると、息子の声が耳に届いた。

「な、なにかしら?」

慌てて返事をすれば、悠人がはにかむような面持ちで問うてくる。

「その……このまま繋がったまま寝てもいい?」

「えっ、繋がったまま?」

「うん、なんだかそういう気分なんだ。先生や叔母さんとだったら何回も出さないとおさまらなかったのに、ママとだと、エッチな気持ちより甘えたくて……」

(悠ちゃん……)

幼子のような表情での告白に、さきほどの不安が払拭されていく。成長したとはいえ、やはり悠人は悠人だった。息子が変わっていないことを知り、安堵感が胸いっぱいに広がっていく。

詩織は満面の笑みを浮かべた。

「ふふっ、悠ちゃんったらあまえんぼさんなんだから……。いいわよ、ほら、いらっしゃい。ママがだっこしてあげる」

「ああっ、ママ！」

両手を広げた母の胸元へと飛びこむ悠人。豊満な乳房に頬を寄せ、安心しきった笑顔を浮かべる。

詩織は息子の頭を抱きかかえ、慈愛に満ちた笑みを湛えた。

（ふふ、悠ちゃん、いつまでもママと一緒にいてね……）

静寂に包まれた夜の寝室。身も心もひとつになった母子は、そっと抱きあいながら眠った。

エピローグ

爽やかな朝の日差しが射しこむ寝室に、軽やかなピアノ曲が流れている。

窓辺に置かれた天蓋つきの豪奢なダブルベッド。純白のシーツの上に寝そべっている悠人は、愉悦に蕩けきった面持ちを浮かべていた。

「ああ、ママ……叔母さん……先生……」

「ふふ、どうしたの悠ちゃん、ママのぺろぺろ気持ちいい？」

その大きく開かれた脚の間、詩織が四つん這いになり、そそり立つこわばりに舌を這わせていた。

「違うわ姉さん、私のなめなめが気持ちいいのよね？」

右側からは慶子が添い寝し、少年の右乳首を舐めている。

「あら、私ですよね、悠人さん？」

左側からは弥生が添い寝し、左乳首にねっとりと舌を絡ませている。

四人とも一糸纏わず、女たちは透き通るような白肌を日の光に晒していた。肌理細やかな肌は朝日に照らされ、大理石さながらの煌めきを放っている。

「そんな、三人ともすごく気持ちいいよ……」

悠人はうっとりと呟いた。

両開きの窓から入りこむそよ風が、レースの白いカーテンをかすかに揺らす。

早坂家の二階にある寝室。室内の調度品はどれも白で統一されていた。白一面の世界は現実味が希薄で、時の流れさえ緩やかに感じられる。

部屋の片隅に置かれているアンティーク調のレコードプレイヤーの上では、漆黒のLP盤がゆっくりと回りつづけている。

（ああ、なんだか夢みたいだ……）

三枚の舌による快感の三重奏に酔いしれる。男根と両乳首から生じた快感が、全身にじんわりと染み渡っていた。三人の愛撫は射精に向かわせるためのものではなく、あくまで緩やかな刺激により、体だけでなく心まで幸せにしてくれる。

少年の両手はそれぞれ左右の乳房を掴んでいた。右手のひらからはほどよい柔らかさが、左手のひらからは確かな弾力が伝わってくる。

（こんな風に暮らせるようになるなんて……）

母と結ばれてから一週間あまり。悠人は自宅で母子仲良く暮らしていた。もちろん、慶子と弥生を忘れたわけではなく、二人は毎日のように早坂家に泊まっている。家を手放すわけにいかず、宿泊という形を取っているが、事実上は同棲だった。四人はほぼ毎晩ベッドを共にし、愛を交わしあっている。

昨晩も翌日が日曜日ということで、夜遅くまで睦みあっていた。

今朝、目覚めたときには、すでに今の体勢だった。全身を襲う快感で起こされるのは、もはや日課となっている。

「ふふ、悠ちゃんったら気持ちよさそうな顔……。ママがもっと気持ちよくしてあげるわね……」

そう呟いた詩織は、太幹に舌を這わせだした。性感のラインである裏筋へと、濃密に舌を絡ませていく。

「ああっ、悠ちゃんのオチン×ン、とっても美味しい……」

ぺちゃぺちゃと音を立てて舐めながら、うっとりと呟く。その頬はうっすらと上気し、濡れた瞳は愛しげな眼差しを剛直に送っていた。

天を衝く怒張は唾液にまみれ、てらてらと妖しく輝いている。太幹の赤黒さが寄り添う美貌の白さを際立たせ、煽情的なコントラストを織りなす。

「ああ、ママ……」

「ふふ、坊やったら幸せそうな顔をして……。そんなに姉さんのフェラチオが気持ちいいの？」

乳首を舐めていた慶子が顔をあげ、耳元で囁いてきた。

「うん、すごく気持ちいいよ」

「オチン×ン、今日も朝から元気いっぱいですね。昨日の夜、あんなにも射精なさったのに……。ふふ、悠人さんはエッチなんですから」

弥生も胸元から顔を離し、耳朶に吐息を吹きかけてくる。

「だ、だって、朝なんだから仕方ないよ」

妖艶な美貌に左右から挟まれ、顔が熱く火照っていく。

「うふふ、坊やったら、顔赤くして……。ほら、叔母さんとキスしましょう」

「あっ、叔母さん、ンッ……」

そっと唇を被せられた。ぽってりとした真紅の唇の間から伸びた舌が、舌へと絡みついてくる。ヌルヌルと舌同士を擦りあわせ、何度も唾液を交換した。やがて唇が離れていき、舌先から伸びた唾が透明なアーチを描いて落下する。

「坊や、叔母さんの唾はどうだった？」

「美味しかったよ。叔母さんの唾、最高……」

「悠人さん、今度は私と……」

「あっ、先生、ンッ……」

また唇が重ねられた。桜色の小ぶりな唇から伸びた舌が、舌へと巻きついてくる。濃厚なディープキスを一分以上続けてから、弥生の唇は離れていった。

「悠人さん、私の唾はどうでしたか？」

「美味しかったよ。先生の唾も最高だよ……」

悠人は幸せに満ちた表情で呟いた。左右からのキスにより、思考は蕩け、幸福だけが全身を包みこんでいる。

「……ですって、姉さん」

「あん、悠ちゃん、キスにばっかり夢中になっちゃいやよ。ママのおしゃぶりに集中して、んふっ……」

詩織が怒張を咥えこむ。ねっとりとした口内粘膜に包みこまれた。瑞々しい唇でキュッと締めつけられたまま、緩やかに頭を上下させられていく。

（ああ、ママのお口気持ちいい……）

蕩けるような居心地に浸りきる。母の口腔は唾液のぬめりに包まれ、さながら桃源郷のような甘美感をもたらした。

「ふふ、ならこっちは……。はい、坊や、おっぱいよ」

慶子が身体を上にずらし、豊乳をたぷんと顔に押しつけてきた。柔らかな膨らみが顔の右側を包みこむ。悠人はすかさず乳首を探し、吸いついた。

「あンッ、坊や」

乳暈ごと口いっぱいに含み、赤ん坊のようにちゅうちゅう吸う。

「あん、慶子さんだけずるいです。……はい、悠人さん、私のおっぱいも吸ってください」

弥生が同じように双乳を差しだし、左側から押しつけてくる。

「あンッ、悠人さん」

即座に顔を動かし、弥生の乳首へとしゃぶりついた。無我夢中で吸っていく。

（ああっ、おっぱい……叔母さんと先生のおっぱい……）

顔全体を柔和な膨らみが覆い尽くしていた。その息苦しささえ心地よく、喜びが胸に満ちていく。顔面を左右に動かし乳房の感触を存分に味わった。フェラチオの愉悦に浸りながら、左右の乳房を代わるがわる吸っていく。

「あん、悠ちゃん……」

剛直から口を離した詩織が、羨ましげに慶子と弥生を見つめた。

「あら、どうしたの姉さん？」

「もしかして、代わってほしいんですか？」

「えっ⁉ あの、その……」

二人から指摘され、詩織の頬にパッと朱が散る。

「ふふ、姉さんは本当にわかりやすいわね」

「はい、それじゃあ交代しましょうか」

慶子と弥生が起きあがり、悠人の足元へと這っていく。詩織は悠人の右隣りに添い寝した。

「あっ、ママ」

「もぉ、悠ちゃんたら、ママがせっかくフェラチオしてあげてたのに、二人のおっぱいにばっかり夢中になって」

「だ、だって……」

「だって、じゃないの。ほら、ママといっぱいキスしましょう、ンッ……」

母の柔らかな美唇により唇が塞がれた。すぐさま舌を絡められ、甘い唾液の味が口いっぱいに広がる。

(ああ、ママの味……)

悠人は甘露を嚙みしめつつ、舌を擦りあわせた。両手を乳房に添え、むにむにと揉みしだきながら、母子での口づけに耽っていく。

一方、慶子は悠人の右足を、弥生は左足を跨いで四つん這いになっていた。

「あらあら、坊やのオチン×ン、もうパンパンね。それに姉さんの唾でべっとり」

「本当に逞しいオチン×ンですよね。見てるだけでうっとりしちゃいます」

堂々と屹立した男根に美貌を寄せ、二人の女が呟いた。

「さぁ、叔母さんのフェラチオ、たっぷり味わいなさい……」

栗色の髪をサッと掻きあげた慶子が、真っ赤に膨らんだ亀頭へとピンク色の舌を絡みつかせる。顔を傾け、雁首の周囲にぬるりとした粘膜を這わせた。

「私の舌も、しっかり感じてくださいね……」

漆黒の髪をサッと掻きあげた弥生が、裏筋をれろーりと舐めあげる。頭を上下に動かし、上から下へ、下から上へと舌を往復させていく。

（ああ、叔母さん……先生……）

二枚の舌が織りなすダブルフェラの愉悦に酔いしれる。肉棒から生じる快楽とディープキスの悦楽がひとつになり、緩やかに意識を溶かしていった。

「どう坊や？　私たちのフェラチオ、気持ちいい？」

「うん、いいよ……すごく気持ちいい……」

「タマタマも舐めてさしあげますね……」

弥生の舌がふぐりへと降りていく。ぶらさがっている袋を、下から丹念に舐めあげられた。一回一回、愛情のこもった舌使いでねぶられる。

「ああ、先生、それいい……」

「ふふ、じゃあ私はキスしてあげる……」

慶子が亀頭の先端にチュッと口づけした。ぽってりと肉厚な真紅の美唇が、亀頭から肉幹へとキスの雨を降らせていく。

「叔母さんのもいいよ……。ああ、気持ちよくって最高だよ……」

悠人は蕩けきった面持ちを浮かべる。男性器を襲う二種類の愛撫が、それぞれ違った愉悦をもたらしていた。まろやかな刺激だが、それが逆に心地いい。

「あん、悠ちゃんってば、今度はフェラチオに夢中になって……」

口唇愛撫の快感に浸っていると、母がぷくっと頬を膨らませた。

「ママはおっぱい舐めてよ。僕、ママに舐められるの好きなんだ」

悠人の言葉に、詩織はパァッと表情を輝かせる。

「ふふ、わかったわ。悠ちゃんのおっぱい、たくさんぺろぺろするわね」

薄い胸へと顔を寄せ、綺麗なピンクの乳首に舌を這わせだす。

「うふふ、悠ちゃんのおっぱい、小さくってかわいいわ。いっぱいなめなめしてあげたくなっちゃう……」

「ああ、ママ……」

桜色の性感帯をねっとりと舐められていく。すっかり敏感になった突起は、くすぐったさを伴う愉悦をもたらした。右、左、右、左と交互にねぶられていく。

「あらあら、詩織さんったら……。じゃあこちらも、もっと気持ちよくしてさしあげますね」

弥生が慶子にアイコンタクトを送る。慶子は小さく頷いた。

「いくわよ坊や、んふっ……」

叔母が亀頭に唇を被せた。真っ赤なルージュに彩られた唇が赤黒い幹を呑みこんでいき、根元にまで辿りつく。

「では、こちらも、んっ……」

つややかな桜色の唇が、根元でぶらさがっていた陰嚢をぱっくりと咥えた。柔らかな袋はその姿を隠す。

「あっ、叔母さんっ、先生っ」

唾液のぬめりとほどよい温かさが男性器全体を覆い尽くした。蜜壺さながらの居心地に、意識が緩やかに蕩けていく。

慶子の頭がおもむろに動きだす。窄めた朱唇でキュッと竿を締めつけながら上下された。真紅のマニキュアに彩られた細指が根元に絡みつき、口唇の動きにあわせて快感を送りこんでくる。

弥生は口内で舌を回転させ、袋内の玉を転がしてきた。ふたつの睾丸はころころと弄ばれ、もどかしさを伴う愉悦が下半身から湧きあがる。

（ああ、気持ちいい……天国にいるみたいだ……）

言葉にならないため息が漏れていく。母は左右の乳首にねっとりと舌を絡め、叔母は亀頭の括れを引っかけるように唇を使い、先生は唾液の海のなかでホーデンを泳がせていた。三人の美女による三ヶ所への口唇奉仕に、全身からゆっくりと力が抜けていく。性感の波がじわじわとこみあげる。

「ふふ、坊やったら気持ちいいのね。エッチなお汁がぴゅるぴゅる出てるわ」

「タマタマもキュッってしてきましたよ。もう出そうなんですね」

「おっぱいも硬くなってきたわ。三人で悠ちゃんに最高の射精をさせてあげましょう」

三人が奉仕に没頭していく。それぞれ熱烈な舌使いで、三者三様の快感を少年に与えていく。

「あっ、ああっ……そんなにされたら、僕、もうっ……」

たちまち性感のボルテージが上昇していき、瞬く間に射精感がこみあげる。堪えようとしても、こちらはひとりであちらは三人。めくるめく官能の三重奏に、若牡はもろくも翻弄された。こみあげる快感が脳裏を痺れさせ、我慢の限界が訪れる。

「ああっ、出すよっ、あっ、あああっ！」

部屋中に叫びを響かせた刹那、快楽の大波が押し寄せ、堤防が決壊した。肉棒がビクンッと脈打ち、朝一番の濃厚な種子汁を口内に迸らせる。

「ンッ、ンンンッ！」

慶子がくぐもった声を漏らす。それでもおしゃぶりは止めず、凄まじい勢いで放たれる熱い欲望を温かな口腔で受けとめていった。

弥生もふぐりを咥えたまま、射精の出を促すように口をもごもごと動かしつづける。

詩織はひたすらに乳首を舐めつづけていった。

やがて放出は終わった。慶子がちゅぽんと男根から口を離す。弥生も陰嚢を解放した。

弥生が慶子に潤んだ眼差しを向ける。二人の美貌が近づいた。そっと唇が重なる。

(あっ……)

叔母からピアノ教師へと、スペルマが口移しされていく。舌を絡めあっているらしく、時折、唇の間からピンクの舌が顔を覗かせる。

(ああ、叔母さんと先生が……)

類い希なる美女同士の口づけに、悠人は思わず見とれた。二人の口腔を行き交っているのは自分の精液なのだから、興奮は計り知れない。

美唇がゆっくりと離れていく。舌先から唾液が橋を渡し、たわんで落下した。

「悠人さんの、相変わらずすごい濃さですね」

弥生がうっとりと呟いた。それを見た詩織が、慶子におねだりの眼差しを向ける。

「慶子ちゃん、私にも、ンッ……」

(ああ、ママまで……)

姉妹が唇を重ねあわせ、口内のザーメンを共有していく。悠人はその光景をただ見つめていた。

「──ンッ、悠ちゃんの精液、美味しいわ」

唇を離した詩織が、幸せそうに微笑んだ。

「それに量も多いから、三人で分けあってちょうどいいくらいね」

慶子がご満悦の面持ちを浮かべる。

(ああ、みんな、すごくエッチだ……)

精飲により、三人の美貌は女悦に染まりきっていた。うっすらと桜色に染まった頬やうなじからは、成熟した色香が匂い立つ。

その情景に劣情を掻きたてられた悠人は大声で叫んだ。

「ああっ、僕、もう我慢できないよ！」

「ふふっ、じゃあ……」

詩織が二人に目配せする。慶子と弥生はスッと頷いた。三人は並んで四つん這いになり、高く掲げた美尻を悠人へと向けてくる。

(うわぁ、すごい……)

目前の光景に息を呑む。純白のシーツの上に、さながらショーウィンドウの展示品のごとく、みっつの女尻が並んでいた。左から若い順に、弥生、慶子、詩織と連なっている。

キュッと引き締まりながらも女性らしい丸みを帯びている弥生の若尻。しっかりと肉づきながらも確かな張りを保っている慶子の豊尻。柔らかな脂肪がパンパンに詰まったむっちりと丸い詩織の熟尻。掲げられたすべての美臀が牡を誘惑していた。少年の股間では反りかえった屹立が腹部につき、先走りをとろとろと溢れさせている。

「さぁ、悠人さん、いらしてください。私はもう準備OKですよ」

「ふふ、坊や、いらっしゃい。叔母さんのは食べごろよ」

「あん、悠ちゃん、早くきて。ママのなかに帰ってきて」

三人が三者三様のおねだりを口にする。みっつのヒップがふりふりと揺れていた。その光景に灼熱の溶岩のごとき劣情がこみあげ、頭のなかがカアッと煮えたった。

「ああっ、先生、叔母さん、ママ！」

悠人はたまらず膝立ちになり、弥生の臀部に飛びついた。

「先生、いくよ」

柔腰を摑み、こわばりの切っ先を秘孔に当てる。

「はい、きてくださいっ……アッ、アアッ、悠人さんが入ってくるっ……」

膣内の感触を味わうように、ずぶり、ずぶずぶと少しずつ腰を押し進めた。弥生の秘壺は温かく、大量の愛液に包まれているためねっとりしている。入れた途端に肉道がキュッと吸いつき、入り口、中部、最奥と、三ヶ所での締めつけに襲われた。三段締めの快感に背筋を震わせつつ、根元まで挿入しきる。

「ああ、先生のオマ×コ、きつい。キュウキュウ締めつけてきてたまらないよ」

「悠人さんのオチン×ンも、逞しくて素敵ですよ。私のなか、めいっぱいに広げられてます……」

弥生が唇をキュッと結ぶ。その容貌は結合の快感に染まっていた。背中にはうっすらと汗が滲み、波打つ黒髪がかすかに乱れている。

「先生、動いていい？」

「はい、動いてください、アッ、あぁンッ、ンンッ、すごいっ」

見事に括れた腰を摑み、猛烈な勢いで腰を振る。三人並べてのバックに興奮が抑えきれず、最初から全力のピストンを繰りだした。力いっぱい腰を打ちつけ、肉同士がぶつかる乾いた音を部屋中に響かせる。

「あっ、あぁン、悠人さん、今日は激しいっ……アアッ、そんなに激しくされたら、すぐにイッちゃいますっ」

「そんなこと言われたって、気持ちよすぎて我慢できないよっ、腰が勝手に動いちゃうんだっ」

叫びながら必死で腰を振りつづける。強烈な締めつけがたまらなかった。抜き差しするたび官能のボルテージが上昇していき、沸々と射精感がこみあげる。

「アンッ、悠人さん、イッちゃいます、私もう、ああっ、もうダメっ……」

弥生はシーツを握り締め、瞳を閉じて眉を八の字にしながら背後からの突きこみに耐えていた。ピストンにあわせ、たわわに実った双乳が派手に揺れ、つややかな黒髪がふわっと舞っていく。

「いいよ先生、一緒にイこう。僕ももう、あっ、あああっ……」

上体を倒し、なだらかな背中にぴったりと頰を密着させた。両手では乳房を鷲掴みにする。その柔らかな感触を味わいつつ、一気に最高潮へと駆けのぼっていく。

「あンッ、あぁンッ、悠人さん、イキますっ、もうイッちゃう、アッ、はぁあンッ」

「うん、イクよ、あっ、ああっ、出るっ、あああっ！」

ズンッと最後のひと突きを見舞い、膣の最深部で欲望を解き放った。

「アッ、アアッ、イクっ、いっくぅうっ！」

弥生がシーツをギュッと握り締め、背中を丸めながら絶頂の叫びを部屋に響かせた。全身が硬直した刹那、張りに満ちた女体にさざ波が走っていく。

剛直はビクビクと脈動を続け、濃厚なザーメンを膣内に迸らせる。凄まじい勢いで放たれた獣液は、子宮へとたっぷり注がれていく。

やがて射精がおさまり、悠人は砲身を抜き去った。

「先生のオマ×コ、すごく気持ちよかったよ」

「ああ、悠人さん……」

耳元でそっと囁くと、弥生は幸せそうな笑みを浮かべ、シーツに倒れこんだ。

横向きになった若尻の中央、潤んだ秘穴からこぽっと白濁が溢れだす。

「坊や、次は叔母さんに入れて」

右隣りに目をやると、両手を背後に伸ばした慶子が肉裂をグイッと開帳させていた。

悠人は叔母の後ろへと移動した。柳腰を摑み、白濁まみれの怒張の先端をうるみの中心へと触れさせる。

「いくよ、叔母さん」

「ええ、きてっ……アッ、アアッ、坊やの太いのっ、入ってくるっ……」

ゆっくりと砲身を埋めていく。侵入した途端、愛液に濡れる肉襞が絡みつき、奥へ奥へと誘いこんできた。二重三重に張り巡らされた柔襞は、それ自体が意思を持っているかのように小刻みに蠢いている。そのミミズ千匹の名器ぶりに舌を巻きつつ、根元までずっぷりと挿入しきる。

「ああ、叔母さんのなか、ウネウネしてる。動かないでも出ちゃいそうだよ」

「坊やのもすごいわ。奥まで届いて、子宮がすごく圧迫されてるもの……」

慶子がしみじみと呟いた。子宮口まで届く若牡の雄々しさに、女としての悦びを嚙みしめている顔だった。うっすらと脂の乗った背中には汗が浮かび、栗色のウェーブヘアーはわずかに乱れている。

「あンッ、坊やっ、今はまだ、アッ、あぁンッ」

　腰の括れをがっちりと摑み、素早く腰を打ちつけた。不意打ちの高速ストロークに慶子が戸惑いの声をあげるも、それはたちまち悦楽に蕩ける牝声へと変化した。

「叔母さん、動くよ」

「あぁンッ、すごいのっ、今日の坊や、すごくいいっ」

「ああっ、叔母さんのなかも気持ちいいよっ、ヒダヒダが絡んですごくいいっ」

　切なげに眉を寄せながら、猛々しい突きこみを繰りだしていく。出し入れするたび柔襞が雁首の返しを刺激し、急速な勢いで性感を上昇させていた。このままでは射精は間近だとわかっていながら、あまりの快感に腰が勝手にピストンを刻む。

「アアッ、ダメっ、そんなに強くしちゃ、すぐっ……アアッ、こんなのっ、こんなのって、あっ、あぁンッ……」

　いつにも増して激しい腰使いに、慶子が狼狽の声を漏らしていく。弥生と同様、シーツを強く握り締め、内からこみあげる絶頂の波と戦っていた。突きこみにあわせ、豊かな乳房がリズミカルに弾み、栗色の髪が踊っていく。

「ああ、叔母さんのなかたまらない……。出していい？　このまま叔母さんのオマ×コに射精していい？」

「ええ、出してっ、叔母さんのなか、坊やの熱いのでいっぱいにしてっ」

「ああっ、叔母さんっ、叔母さんっ、叔母さんっ」

玉の汗が滲む背中に覆い被さり、双乳をむんずと掴んだ。力の限り腰を振る。一撃一撃に全力をこめ、蜜溢れだす肉壺を穿つ。獣さながらの腰使いにより、最奥にある子宮を揺さぶっていく。

「あっ、ああっ、イクよ叔母さん、出すからねっ」

「ええっ、きてっ、坊やの濃いの、叔母さんにいっぱいっ――」

「あっ、あああっ、イクっ、あぁああっ！」

一番根元まで貫き、膣のもっとも深い場所で迸らせた。

「アッ、アアアッ、出てるっ、坊やのいっぱい、あっ、はぁあああっ！」

限界まで背中を反らせた慶子が、全身をビクビクビクッと震わせた。ぬめる膣内では、無数の襞が精を搾り取るべく蠕動する。

悠人は背筋を快感にわななかせつつ、種子汁をしぶかせていった。うねる柔襞に促され、脈打つこわばりは三度目とは思えぬほど大量のエキスを放っていく。

「叔母さんのなか、すごく気持ちよかったよ」

放出後、叔母の耳元で囁いた悠人は、体を起こし分身を抜き去った。

「ああ、坊や……」

慶子は腰だけを突きだしたまま、シーツにバタッと倒れこんだ。むっちりと張った豊臀の中央、粘膜色の秘花からは白濁液がどろりとこぼれだす。

「ああ、悠ちゃん……」

ぐったりとなった二人を見て、詩織が不安とも期待ともとれる呟きを漏らす。

悠人は男根を隆々とそそり立てつつ、母の後ろへと移動した。

「大丈夫だよ、ちょっと落ち着いたから。ママはじっくりズボズボしてあげる」

「あん、そんな言い方、恥ずかしいわ」

「そういうのいや？　先生や叔母さんみたいに激しい方がいい？」

「ううん、ゆっくりして。悠ちゃんをじっくり感じたいの」

「それじゃあ、いくよ」

腰を掴み、狙いをあわせ、おもむろに腰を押しだした。

「アッ、アアッ、悠ちゃんが入ってくるっ……」

肉棒がじわじわと埋没していく。母の膣内はふんわりと柔らかく、我が子を優しく包みこんだ。ふわふわの肉布団で抱きしめられ、悠人の心に安らぎが満ちていく。

「ああ、入ったよ。ママのオマ×コ、いつ入れても柔らかいね。優しく抱きしめられてる感じがする」

「ふふ、それは悠ちゃんのオチン×ンが暴れんぼうさんだからよ。だってこんなに逞しいんだもの、ンッ……」

息子の力強さを噛みしめるように、詩織がブルッと身を震わせた。

「いくよママ、動くからね」

「うん、動いてっ、アッ、あぁンッ、んふっ、ンンンッ」

緩やかに腰を使いだす。柔膣の按配を味わうように、スローペースで抜き差しした。

「ママのオマ×コ、気持ちいいよ。はぁ、気持ちよくてたまらないよ」

「あンッ、悠ちゃん、ママもよ。ママも悠ちゃんのが気持ちいいのっ」

悠人はじっくりと腰を前後させつづける。潤みに満ちた柔肉の内部は心地よく、出し入れするごとに腰が蕩けそうだった。

「ああ、やっぱりママのオマ×コが一番だよ。叔母さんのも先生のも気持ちいいけど、ママのは特別っていうか――」

「あら、それは聞き捨てならないわね」

「えっ!?」

ふと気がつくと、右後ろから叔母が身を寄せてきていた。

「ホントです。詩織さんだけずるいですよ」

左後ろでは、弥生が目だけを怒らせていた。

「せ、先生、それに叔母さんも!」

突然の事態にうろたえる。二人とも、さきほどまで息も絶えだえのはずだった。

「な、なんで……」

「そりゃ、坊やが気持ちよさそうな声出してるんだもの、放っておくわけにはいかないでしょう」

「今度は私たちが悠人さんを気持ちよくしてさしあげます」

「あっ、先生、叔母さん、ンンッ……」

弥生に唇を奪われた。慶子が乳首に舌を這わせてくる。

(ああ、先生の舌が……叔母さんの舌も……)

ぬるりと差しこまれた舌が、舌へと絡みついてくる。巻きつかれ、ヌルヌルと擦りあわされた。乳首へと這わされた舌は、ぺろぺろと素早く舐めてくる。

「あん、悠ちゃん、止まっちゃいやよ。動いてっ、ママのことつきつきしてっ」

母の懇願を耳にし、抽送を再開させる。今度はさきほどよりも速度をあげた。

「あンッ、悠ちゃんっ、それ速い、ンンッ、ああっ、すごいのっ」

途端に詩織の喘ぎ声が艶を帯びていく。

(ああ、ママ、気持ちいいんだ……)

二人からの奉仕に脳裏が蕩け、また欲望が膨らんでいく。悠人は腰使いをさらに加速させた。パンパンと音が鳴り響く勢いで打ちつける。

「ふふ、すごいわね、坊や」

「本当、見てるだけで、また濡れちゃいそうです」

愛撫を続けながら、二人がそっと呟いた。

「ああっ、ママっ、気持ちいいよママっ」

「あぁんっ、悠ちゃん、ママもすごいわっ、オチン×ン、すごく気持ちいいのっ」

母子が官能の叫びをあげていく。ひと突きごとにじわじわと性感がこみあげていた。竿のつけ根から煮え滾る欲望が急速に上昇してくる。

「ふふ、坊や、イきなさい」

「詩織さんのなかに、たっぷり出してあげてくださいね」

二人が左右の乳首に舌を這わせてくる。性感帯を襲うヌルヌルとした感触に悠人は震えた。射精感がググッとこみあげ、限界が間近に迫ってくる。

「ママ、いくよっ、ママのなかに出すからねっ」

「ええ、きてっ、悠ちゃんの精液、たくさん注ぎこんでっ」

猛烈な勢いで腰を使う。母への愛をこめた突きこみを全力で放っていく。

「ああっ、ママ、出るっ、あっ、あああああっ！」

最後の一撃を繰りだした瞬間、頭のなかが真っ白に染まった。背筋を駆けのぼる快感の奔流に呑みこまれつつ、蕩ける柔膣の最奥で、煮え滾るマグマを解き放った。

「ああっ、悠ちゃん、ママもイクッ、イク、いっくううっ！」

詩織がシーツを握り締め、背中で大きなアーチを描いた。肉感的な女体が硬直した刹那、感電さながらの痙攣が全身に走っていく。

（あっ、ああっ、出てるっ、ママのなかに出てるっ……）

ビクンッ、ビクンッと肉棒を脈打たせ、悠人はありったけの精液を放っていく。

行為後、四人はシーツの上に川の字に寝そべっていた。

仰向けになった詩織の上に悠人が重なり、慶子と弥生がそれぞれ左右から悠人に身を寄せている。四人はぴったりと密着しあっていた。

「ああ、僕、すごく幸せだよ……」

悠人がぽつりと呟いた。

「あら悠ちゃん、急にどうしたの？」

「うん、なんだか幸せすぎて怖いんだ。いつか、こんな風に四人でいられなくなっちゃうんじゃないか、って」

「心配しなくても大丈夫よ。坊やが望むかぎり、私たちはずっとこうしてそばにいてあげるわ」

「そうですよ、私たちはいつまでも悠人さんと一緒です」

「二人のいうとおりよ。悠ちゃんは安心して、ママたちに甘えてていいんだから」

「ママ、叔母さん、先生……」

三人からのあたたかな言葉を受け、幼げな面持ちが安らぎで満ちる。尽きることのない幸せが全身を包みこんでいく。

「悠ちゃん……」

「坊や……」

「悠人さん……」

四人はそっと手を繋いだ。

（ああ、みんな、大好き……）

白一色で統一された室内を、あたたかな空気が包みこむ。

窓の外から吹きこむそよ風が、レースの白いカーテンをかすかに揺らしていた。


（完）

本作は『危険な同居人　ママと美姉・プライベートレッスン』『最高の年上誘惑レッスン　ママと叔母とピアノの先生』（フランス書院文庫）を再構成し、刊行した。

フランス書院文庫X

罪母《つみはは》【危険《きけん》な同居人《どうきょにん》】

著　者　秋月耕太（あきづき・こうた）

発行所　株式会社フランス書院

東京都千代田区飯田橋３－３－１　〒102-0072

電話　03-5226-5744（営業）

　　　03-5226-5741（編集）

URL　https://www.france.jp

印刷　誠宏印刷

製本　若林製本工場

© *Kohta Akizuki, Printed in Japan.*

＊本書のコピー、スキャン、デジタル化等の無断複製は著作権法上での例外を除き禁じられています。本書を代行業者等の第三者に依頼してスキャンやデジタル化することは、たとえ個人や家庭内での利用であっても著作権法上認められておりません。

＊落丁・乱丁本は当社営業部宛にお送りください。お取替えいたします。

＊定価・発行日はカバーに表示してあります。

ISBN978-4-8296-7940-1　C0193

フランス書院文庫X

偶数月10日頃発売

寝取られ母【孕ませ懇願】

河田慈音

「に、妊娠させてください」呆然とする息子の前で、隣人の性交奴隷になった母の心はここにはない…孕ませ玩具に調教される、三匹の牝母たち！

【限定版】人妻　悪魔の園

結城彩雨

我が娘と妹の身代わりに、アナルの純潔を捧げる由美子。三十人を超える嗜虐者を前に、狂気渦巻く性宴が幕開く。肛虐小説史に残る不朽の傑作！

痕と孕【兄嫁無惨】

榊原澪央

朝まで種付け交尾を強制される彩花。夫の単身赴任中、夫婦の閨房を実験場に白濁液を注ぐ義弟。着床の魔手は、同居する未亡人兄嫁にも向かい…

奴隷生誕　藤原家の異常な寝室

甲斐冬馬

義弟に夜ごと調教される小百合、茉莉、杏里。三人の姉に続く青狼の標的は、美母・奈都子へ。ドアも窓も閉ざされた肉牢の藤原家、悪夢の28日間。

【特別版】肉蝕の生贄

綺羅　光

肉取引の罠に堕ち、淫鬼に饗せられる美都子。昼夜の別なく奉仕を強制され、マゾの愉悦を覚えた23歳の運命は…巨匠が贈る超大作、衝撃の復刻！

【禁書版】淫母

鬼頭龍一

「ママとずっと、ひとつになりたかった…」背徳の行為でしか味わえない肉悦が、母と周一を狂わせた！　伝説の名作を収録した『淫母』三部作！

【悪魔版】美姉妹・肛姦の罠

結城彩雨

性奴に堕ちた妹を救うため生贄となる人妻・夏子。麗しき姉妹愛を蹂躙する浣腸液、魔悦を生む肛姦。肉檻に絶望の滂泣が響き、A奴隷誕生の瞬間が！

フランス書院文庫X

偶数月10日頃発売

【完全増補版】無限獄
夢野乱月
「だめよ…私たちは姉弟よ…」緊縛され花芯を貫かれる女の悲鳴が響いた時、一匹の青獣が誕生した。悪魔の供物に捧げられる義姉、義母、女教師。

美臀三姉妹と青狼
麻実克人
「義姉さん、弟にヤラれるってどんな気分？」臀丘を摑み悠々と腰を遣う直也。兄嫁を肛悦の虜にした邪眼は新たな獲物へ…終わらない調教の螺旋。

【完全版】奴隷新法
御堂 乱
20××年、特別少子対策法成立。生殖のため、女性は性交を命じられる。孕むまで終わらない悪夢の種付け地獄。受胎編&肛虐編、合本で復刊！

姦禁性裁【人妻教師と女社長】
榊原澪央
「旦那さんが帰るまで先生は僕の奴隷なんだよ」夫の出張中、家に入り込み居座り続ける教え子。七日目、帰宅した夫が見たのは変わり果てた妻！

【完全版】大いなる肛姦
結城彩雨
挿画・楡畑雄二
妹を囮に囚われの身になった人妻江美子。浣腸器で尻肉の奥を抉られた江美子は、船に乗せられ魔都へ…楡畑雄二の挿画とともに名作復刻！

【特別秘蔵版】禁母
神瀬知巳
思春期の少年を悩ませる、四人の淫らな禁母たち。年上の女体に包まれ、癒される最高のバカンス。究極の愛を描く、神瀬知巳の初期の名作が甦る！

狙われた媚肉（上）【生贄妻・宿命】
結城彩雨
挿画・楡畑雄二
万引き犯の疑いで隠し部屋に幽閉された市村弘子。全裸で吊るされ、夫にも見せない菊座を犯される。地下研究所に連行された生贄妻を更なる悪夢が！

フランス書院文庫X　偶数月10日頃発売

狙われた媚肉(下)【奴隷妻・終末】

結城彩雨　挿画・楡畑雄二

悪の巨魁・横沢の秘密研究所に囚われた市村弘子。昼夜を問わず続く浣腸と肛交地獄。鬼畜の子を宿すも、奴隷妻には休息も許されず人格は崩壊し…。

罪母【危険な同居人】

秋月耕太

息子の誕生日にセックスをプレゼントする香奈子。人生初のフェラを再会した息子に施す詩織。38歳と36歳、ママは少年を妖しく惑わす危険な同居人。

【完全版】悪魔の淫獣 秘書と人妻

結城彩雨　挿画・楡畑雄二

全裸に剝かれ泣き叫びながら貫かれる秘書・燿子。肛門を侵す浣腸液に理性まで呑まれる人妻・夏子。女に生まれたことを後悔する終わりなき肉地獄！

以下続刊

〈電子書籍でも発売中〉